I0588157

UN SOUTIEN POUR MAISY

LE REFUGE, TOME 6

SUSAN STOKER

DU MÊME AUTEUR

Un protecteur pour Bree

Sauvetage à Eagle Point

Un sauveteur pour Lilly

Un sauveteur pour Elsie

Un sauveteur pour Bristol

Un sauveteur pour Caryn

Un sauveteur pour Finley

Un sauveteur pour Heather

Un sauveteur pour Khloe

Silverstone

Pour la confiance de Skylar

Pour la confiance de Taylor

Pour la confiance de Molly

Pour la confiance de Cassidy

Delta Force Deux

Un refuge pour Gillian

Un refuge pour Kinley

Un refuge pour Aspen

Un refuge pour Jayme

Un refuge pour Riley

Un refuge pour Devyn

Un refuge pour Ember

Un refuge pour Sierra

Hawaï : Soldats d'élite

Un paradis pour Élodie

Un paradis pour Lexie

Un paradis pour Kenna

Un paradis pour Monica

Un paradis pour Carly

Un paradis pour Ashlyn

Un paradis pour Jodelle

Mercenaires Rebelles

Un Défenseur pour Allye

Un Défenseur pour Chloé

Un Défenseur pour Morgan

Un Défenseur pour Harlow

Un Défenseur pour Everly

Un Défenseur pour Zara

Un Défenseur pour Raven

Ace Sécurité

Au Secours de Grace

Au Secours d'Alexis

Au Secours de Bailey

Au Secours de Felicity

Au Secours de Sarah

Forces Très Spéciales Series

Un Protecteur Pour Caroline

Un Protecteur Pour Alabama

Un Protecteur Pour Fiona

Un Mari Pour Caroline

Un Protecteur Pour Summer

Un Protecteur Pour Cheyenne

Un Protecteur Pour Jessyka

Un Protecteur Pour Julie

Un Protecteur Pour Melody

Un Protecteur pour l'avenir

Un Protecteur Pour Les Enfants de Alabama

Un Protecteur Pour Kiera

Un Protecteur Pour Dakota

Forces Très Spéciales : L'Héritage

Un Sanctuaire pour Caite

Un Sanctuaire pour Brenae

Un Sanctuaire pour Sidney

Un Sanctuaire pour Piper

Un Sanctuaire pour Zoey

Un Sanctuaire pour Avery

Un Sanctuaire pour Kalee

Un Sanctuaire pour Jane

Delta Force Heroes Series

Un héros pour Rayne

Un héros pour Emily

Un héros pour Harley

Un mari pour Emily

Un héros pour Kassie

Un héros pour Bryn

Un héros pour Casey

Un héros pour Wendy

Un héros pour Mary

Un héros pour Macie

Un héros pour Sadie

Un héros pour Annie

Autre

Un moment suspendu : Recueil de nouvelles

<u>AUDIO</u>

Un paradis pour Élodie

1

—

— Jase, s'il te plaît, ne fais pas ça.

— Je t'ai dit un million de fois de ne pas m'appeler comme ça. Je m'appelle *Jason*. Tu es stupide ou quoi ?

Jack ne bougeait pas. Il ne savait pas où il était ni qui parlait, ni pourquoi il avait si mal à la tête. Il ne savait pas non plus pourquoi il ne se levait pas et n'ouvrait pas les yeux pour tenter de comprendre ce qui se passait... mais quelque chose, comme un sixième sens, lui soufflait d'attendre. D'écouter.

— Désolée.

— Tu vas faire ça, Maisy. Je ne veux plus en entendre parler. Et si tu ne le fais pas...

La voix de l'homme s'interrompit, et même si Jack ne connaissait aucune de ces personnes, il n'aima pas la menace implicitement contenue dans ses paroles.

Il aurait probablement dû garder les yeux fermés, mais il ne pouvait pas rester silencieux plus longtemps. La façon dont l'homme traitait la femme lui déplaisait.

Se déplaçant sur le lit, il ouvrit les yeux. Ou tenta de le

faire. La lumière de la pièce était extrêmement puissante, si bien qu'il grimaça et referma immédiatement les paupières.

— Il se réveille, s'exclama la femme.

Jack s'arc-bouta contre la douleur d'un mal de tête atroce, et lorsqu'elle s'atténua légèrement, il se risqua à ouvrir les yeux une fois de plus. Cette fois-ci, il procéda plus lentement et plissa les paupières. Tout était flou et il s'efforça de se redresser.

Il sentit une main tirer sur son bras et résista à l'envie de soupirer. C'était elle. La femme à la voix douce. Vu la taille de sa main, ce n'était pas comme si elle pouvait le déplacer, lui, mais Jack fit de son mieux pour se redresser sur le lit. Désireux de voir le visage qui correspondait à cette voix apaisante, Jack tourna la tête.

Il en eut le souffle coupé.

Ses cheveux châtain clair étaient ébouriffés et son œil non averti lui donna l'impression qu'ils avaient besoin d'être coupés. Elle avait des taches d'un rose profond sur les joues. Ses yeux marron croisèrent les siens sans hésitation. Elle était un peu trop mince, mais il la trouvait tout de même très jolie.

— Doucement, dit-elle de sa voix mélodieuse.

— Heureux de te voir réveillé, lâcha l'homme.

Sa voix agaçait Jack. Maintenant que ses yeux s'étaient adaptés à la lumière, il coula un coup d'œil à l'homme, sachant instinctivement que c'était de lui dont il devait s'inquiéter.

— Est-ce que je vous connais ? demanda Jack d'un ton un peu bourru.

Il se sentait déstabilisé, sa tête le lançait et il n'avait aucune idée de l'endroit où il se trouvait.

— Je m'appelle Jason Feldman.

L'homme ne tendit pas la main à Jack : on aurait dit qu'il

évaluait la situation, faisant attention à ne pas trop en dire trop tôt. Jack n'avait aucune idée de la façon dont ces idées lui étaient venues. Levant une main, il se massa la tempe, tentant de soulager la douleur qui irradiait dans sa tête.

— Où suis-je ? Qu'est-ce qui s'est passé ?

— Qu'est-ce que tu veux dire par « qu'est-ce qui s'est passé » ? s'enquit la femme dont Jack se souvint qu'elle s'appelait Maisy.

Plantée tout près du lit, elle le regardait avec inquiétude. Il apprécia. Beaucoup même. Avait-il déjà vu quelqu'un s'inquiéter autant pour lui ?

Mais à cette simple question, son esprit se vida. Il n'était pas *sûr de* ce qu'il voulait dire. Il regarda Maisy dans les yeux.

— Je ne sais pas.

— Qu'est-ce que tu ne sais pas ? insista-t-elle doucement.

— Tout, répondit Jack. Je veux dire... je sais que je m'appelle Jack, mais c'est à peu près tout. Pourquoi j'ai mal à la tête comme ça ? Où suis-je ? Qui êtes-vous ? Qu'est-ce qui m'est arrivé ?

De l'autre côté du lit, Jason fit entendre un grognement presque ravi, et Jack reporta rapidement son attention sur lui.

— Désolé, je... c'est que je ne m'attendais pas à ça, fit l'homme.

Jack l'examina plus attentivement. S'il ne se trompait pas, l'homme essayait d'étouffer un sourire. Mais il devait faire erreur. Pourquoi ce type serait-il heureux que Jack ne se souvienne de rien ?

— Comme je l'ai dit, je m'appelle Jason Feldman. Tu es chez moi à Seattle, dans l'État de Washington. Tu as eu un accident et tu t'es cogné la tête. Voici ma sœur, Maisy, ajouta-t-il en désignant la femme d'un signe de tête. Et tu es Jack Smith, mon beau-frère.

La tête de Jack lui tourna. La seule chose qu'il avait retenue, c'était cette histoire de beau-frère. Cela signifiait...

Il se retourna vers Maisy.

Elle fixait son frère avec ce que Jack ne pouvait qu'appeler une expression de stupeur. Mais cette émotion s'effaça lorsqu'elle baissa les yeux vers lui.

— Bonjour, dit-elle bizarrement.

— On est mariés ? Tu es ma femme ? bredouilla Jack, cherchant frénétiquement dans son esprit le moindre souvenir de cette femme.

Il ne trouva rien.

Mais au lieu d'obtenir une réponse de Maisy, ce fut son frère qui répliqua :

— Bien sûr. Vous êtes mariés depuis quelques années. Vous faisiez de la randonnée ensemble et tu as fait une chute. Tu es resté inconscient pendant des heures. Le médecin a dit que tu t'en sortirais, mais on était très inquiets... Tu ne te souviens de rien ?

Jack secoua lentement la tête. Il ne trouva que du vide. Sa respiration s'accéléra tandis que l'angoisse se répandait dans son corps. Mais il sentit alors qu'on lui effleurait le bras. Maisy.

— C'est bon... tu vas bien, s'empressa-t-elle de le rassurer.

— Eh ben, merde ! Faut croire que la cérémonie de renouvellement de vos vœux est annulée, lâcha Jason.

Maisy se mordilla la lèvre, leva la tête et fixa son frère.

— Qu'est-ce qu'il y a ? demanda Jack.

— Vous aviez prévu de renouveler vos vœux, les tourtereaux. La cérémonie devait avoir lieu ce week-end. Mais tu es blessé. Et ma chère sœur, qui a passé une tonne de temps à travailler sur l'organisation, était enthousiaste comme pas deux. Je suppose qu'on va devoir reporter... même si on pourrait simplement réduire la taille de l'événement. Au lieu de la centaine d'invités que Maisy a conviés, nous pourrions faire une cérémonie plus petite, en nous limitant à la famille.

— Jase, protesta faiblement Maisy.

— Jason, corrigea-t-il immédiatement, avant de baisser les yeux vers Jack. Elle ne se souvient jamais que je déteste ce stupide surnom qui date de mon enfance.

— Peut-être qu'on devrait lui laisser le temps de retrouver la mémoire, suggéra Maisy.

— Tu vas rester là et me dire que tu ne veux pas le faire ? demanda Jason à sa sœur.

Jack sentait la tension dans l'air entre le frère et la sœur, mais il n'arrivait pas à comprendre pourquoi.

Jason ne laissa pas à Maisy le temps de répondre avant de poursuivre :

— Vous vous aimez tous les deux plus que n'importe quel couple que j'aie rencontré. Vous étiez tous les deux si enthousiastes à l'idée de cette cérémonie. On va réduire la voilure. J'ai un ami qui a été ordonné prêtre, on peut le faire venir. C'est votre nouveau départ. Tu sais que ça ferait plaisir à maman et papa.

Le visage de Maisy se vida de ses couleurs à la mention de ses parents.

La frustration envahit Jack. Il détestait ne pas savoir ce qui se passait.

— Nos parents sont morts dans un car-jacking il y a des années. Maisy était leur chouchoute. Gâtée à l'extrême. Elle était perdue sans eux. Elle a dû abandonner le lycée parce qu'elle n'arrivait pas à se remettre de leur perte. Je suis revenu vivre dans la maison familiale pour l'aider, et nous sommes restés ici depuis.

— Depuis combien de temps on est mariés ? demanda Jack à Maisy avec douceur.

Il se sentait très mal pour elle. Il ne savait pas si ses propres parents étaient encore en vie, mais il imaginait que perdre ses parents devait être terrible, et si cela se produisait quand on était mineur, cela devait être encore pire.

Mais une fois de plus, ce fut son frère qui répondit pour elle.

— Les choses ont été difficiles entre vous pendant un certain temps, mais elles se sont beaucoup améliorées ces derniers temps. Donc vous avez décidé de vous réengager l'un envers l'autre. D'où la cérémonie de renouvellement des vœux.

Rien de ce que disait Jason ne faisait tilt en Jack. En fait, il avait l'impression que c'était... faux. S'il était marié à cette femme, s'il l'aimait autant que Jason l'affirmait, il aurait bien dû ressentir quelque chose au fond de lui. Au lieu de quoi, il avait l'impression de rencontrer deux étrangers. C'était déstabilisant.

— Tu as faim ? demanda doucement Maisy.

— Je suis affamé, admit Jack.

— Je vais demander à Paige de préparer quelque chose et de l'apporter, déclara Jason. C'est notre cuisinière, précisa-t-il avant de regarder sa sœur. Je vous laisse vous rapprocher... et je vais appeler mon ami à propos de ce week-end.

— Jason, s'il te plaît, supplia Maisy.

— C'est mieux ainsi, répliqua son frère. Tu le sais bien. Je m'occuperai de tout. Tu sais à quel point tu es débordée. La dernière chose souhaitable serait que tu fasses une rechute et que le médecin doive venir te faire une piqûre de sédatif. Détends-toi, sœurette. Je m'occupe de tout.

Une fois de plus, Jack avait l'impression d'évoluer dans le noir. Il ne comprenait pas de quoi Jason parlait, et il détestait ça.

Dès que l'homme eut quitté la pièce, Jack se tourna vers Maisy.

— Une rechute ? On t'a mis sous sédatif ?

Maisy se passa nerveusement la langue sur les lèvres.

— Je ne supporte pas bien le stress.

Cela ne répondait pas vraiment à sa question, mais comme elle avait l'air vraiment mal à l'aise, Jack laissa tomber. Pour l'instant. Ses yeux balayèrent la pièce, cherchant désespérément à y reconnaître quelque chose, mais rien dans cet espace quelque peu austère ne lui semblait familier.

— Je peux avoir de l'eau ? demanda-t-il en apercevant une cruche sur une petite table de l'autre côté de la pièce.

— Oh ! Bien sûr. Je suis désolée, j'aurais dû t'en apporter dès ton réveil, s'inquiéta Maisy en se tournant aussitôt vers la table.

— Ce n'est pas grave. Alors... mon nom de famille est Smith ? s'enquit Jack.

Maisy lui lança un regard inquiet avant de lui tourner le dos pour remplir un verre d'eau.

— Oui, répondit-elle.

— Jack et Maisy Smith, hein ?

Cette fois, elle se contenta d'un hochement de tête.

Quelque chose ne tournait pas rond dans cette situation, mais Jack n'arrivait pas à mettre le doigt dessus, avec sa tête qui tambourinait si fort. Il leva une main et tâta l'arrière de son crâne, là d'où la douleur semblait provenir, et grimaça en rencontrant une grosse bosse.

— Ça fait mal ?

La question venait de sa femme, qui se tenait à nouveau près de son lit, cette fois avec un verre d'eau à la main.

— Affreux, répondit Jack en prenant le verre.

À l'instant où leurs doigts se frôlèrent, lorsqu'il lui prit le verre, elle eut un léger sursaut.

Jack inspira brusquement : une décharge de ce qui ressemblait à de l'électricité lui traversa le bras. Sans réfléchir, il tendit sa main libre au moment où Maisy s'éloignait, pour lui saisir le poignet. Elle se figea.

Jack passa son pouce sur le pouls rapide de son poignet. Elle avait la peau douce, quoique un peu froide. Mais il ne pouvait nier que la toucher lui faisait du bien. C'était la seule chose qu'il avait ressentie depuis qu'il s'était réveillé dans cette pièce. Éprouverait-il ce genre de choses avec une inconnue ? Pas du tout. Du moins, il ne le pensait pas. Il n'était pas sûr de croire à l'histoire que Jason lui racontait, mais en voyant le rose monter aux joues de Maisy à son contact, la satisfaction l'envahit.

Cette femme était son épouse. Il ne se souvenait peut-être pas de sa vie, mais il savait sans aucun doute que cette femme était à lui.

Soudain, il fut aussi anxieux qu'elle à propos de la cérémonie de renouvellement de leurs vœux.

— Je ne me souviens pas d'avoir été marié, murmura-t-il après avoir bu une gorgée d'eau et reposé le verre sur la table de chevet

— Ça a été un événement spontané. On n'a pas organisé de grande cérémonie.

— Je ne suis pas surpris.

Elle fronça les sourcils.

— Pas surpris de quoi ?

— D'avoir été trop impatient de te faire mienne pour attendre que tu prépares une grande fête.

Elle rougit encore plus.

— Je vais le faire, lui dit-il.

— Faire quoi ?

— Me remarier avec toi ce week-end. Je ne me souviens pas de notre première cérémonie, et ce sera un nouveau départ pour nous, comme l'a dit ton frère.

Elle le fixa un long moment.

— On n'y est pas obligés, murmura-t-elle.

— Je n'ai aucun souvenir de toi, ni de la vie qu'on a eue, mais au fond de moi, je sais que tu es mienne. Mon âme te reconnaît. Ça craint de ne pas savoir qui je suis ou quoi que ce soit de ma vie. Mais pour une raison ou une autre, ta présence ici rend le noir dans mon cerveau moins effrayant. Je te connais, Maisy Smith, et ce serait un honneur pour moi de t'épouser... à nouveau.

Ses yeux de sa femme s'emplirent de larmes qui ruisse-lèrent le long de ses joues.

— Jack, murmura-t-elle.

— C'est trop ? demanda-t-il en tirant doucement sur sa main pour la ramener vers lui et lui embrasser les doigts.

— J'ai juste... c'est tellement bouleversant, déclara-t-elle.

— Tu veux bien t'asseoir avec moi ? Je veux que tu me dises tout sur toi. Ce que tu aimes et n'aimes pas, tes rêves... Je ne sais même pas quel âge tu as.

— Vingt-huit ans.

Jack ouvrit la bouche, puis la referma en soupirant.

— Quoi ? Tu me trouves trop jeune ? demanda-t-elle.

Il gloussa, mais sans humour.

— Pas du tout, j'allais juste faire une blague sur *mon* âge, mais j'ai réalisé que je ne connaissais pas ma date d'anniver-saire. J'ai quel âge, mon amour ?

Elle s'immobilisa, les yeux écarquillés, et le regarda fixement.

La porte s'ouvrit, livrant passage à une femme portant un grand plateau. À peu près de la même taille que Maisy, elle devait avoir la soixantaine. Coiffée de cheveux noirs qu'elle avait ramenés en un chignon désordonné à l'arrière de la tête, elle était mince et fière. Il crut déceler une trace de sang indien dans ses traits. Elle regarda Maisy avec un petit froncement de sourcils, tout en jonglant avec le plateau dans ses mains. Jack ne put interpréter ce regard. La confusion et le malaise qu'il avait ressentis à son réveil l'envahirent à nouveau.

Maisy lui retira sa main et se précipita pour aider la femme à disposer la nourriture.

Jack ne comprenait pas la tension qui régnait entre les deux femmes. Paige avait l'air préoccupée et il ne savait pas trop pourquoi. Il n'était pas une menace pour sa propre femme. Et pourquoi Maisy rechignait-elle manifestement à lui dire son âge ? Était-il beaucoup plus jeune qu'elle ? Plus âgé ? Il n'avait pas l'impression d'avoir une vingtaine d'années, mais il n'avait pas non plus l'impression d'en avoir une quarantaine.

— Je vous ai préparé une bonne soupe de légumes. Vous vous sentirez mieux quand vous aurez le ventre plein, déclara Paige après avoir posé le plateau sur la table à côté du lit.

— Merci. Ça sent très bon, lui dit Jack.

— Oh, j'ai failli oublier. Tiens, dit Maisy.

Jack vit qu'elle lui tendait une paire de lunettes. Il s'en saisit automatiquement et les chaussa. Il ne se rappelait même pas qu'il portait des lunettes, mais dès qu'elles furent sur son nez, il se détendit un peu. Oui, sa vue n'était pas mauvaise, mais tout était beaucoup plus clair maintenant.

Il fixa sa femme et s'efforça de se souvenir, mais rien ne ressurgit, à part son prénom, avant l'instant de son réveil.

— J'ai entendu dire qu'il y avait un mariage ce week-end ? osa Paige d'une voix timide.

Maisy se mordilla la lèvre inférieure et se tourna vers Jack.

— En effet, confirma-t-il fermement.

Il ne comprit pas le regard que Paige lança à Maisy, mais elle dit :

— Super. Je vais commencer à préparer un menu.

— Rien de grandiose, la prévint Maisy. Il s'agira juste de la famille.

— Je comprends, dit Paige.

Une fois de plus, la conversation comportait des sous-entendus qui dépassaient largement l'entendement de Jack, et il était extrêmement confus. Avant qu'il puisse poser plus de questions, Paige se détourna et quitta la pièce sans rien dire d'autre.

— Je devrais y aller, lâcha Maisy, incertaine.

— Reste, insista Jack.

L'idée qu'elle s'en aille accélérait son rythme cardiaque. Il aurait quasiment pu se croire à deux doigts de la crise de panique. Mais cela n'avait aucun sens. Il n'était pas le genre d'homme à paniquer à la moindre provocation... n'est-ce pas ? Sauf que là encore, il ne pouvait pas en être certain.

— Tu es sûr ? demanda Maisy. Je me suis dit que tu voudrais peut-être un peu d'intimité.

— Tu es ma femme, je n'ai pas besoin de me cacher de toi. Tu me connais mieux que quiconque. Tu m'as vu sous mon pire et mon meilleur jours, je suppose. Reste.

Il fallut plusieurs secondes avant qu'elle acquiesce.

— Pendant que je mange, tu peux m'en dire plus sur notre vie à tous les deux. Quels sont nos métiers, ton frère, ta mère et ton père, et tout ce qui te vient à l'esprit. Maisy ? insista-t-il comme elle restait silencieuse.

Il lui prit doucement la main.

— Oui ?

— Je ne me souviens peut-être pas de toi ou de notre mariage... mais j'ai hâte d'avoir la chance de retomber amoureux de toi.

Il vit ses yeux se remplir de larmes.

— Je ne te mérite pas, Jack.

— Bien sûr que si, répliqua-t-il. Nous nous méritons l'un l'autre.

2

_____

Maisy regardait Jack dormir. Les dernières heures avaient été absolument horribles. Chaque mot qui sortait de sa bouche était un mensonge. Elle n'était pas sa femme. Elle n'avait jamais rencontré cet homme avant que Jason ne le traîne dans sa chambre et ne le jette sur le lit.

Son frère était horrible. Terrifiant. Rien à voir avec le garçon qu'elle avait admiré pendant leur enfance. À un moment, il était passé du grand frère protecteur au monstre qu'il était aujourd'hui. Et elle était prise au piège.

Il était vrai que leurs parents avaient été tués alors qu'elle n'avait que quinze ans, et que son frère était venu s'occuper d'elle parce qu'elle était mineure. Et aussi parce qu'elle était folle de chagrin.

Sans qu'elle y prenne garde, une année s'était transformée en deux, en cinq, en dix. Et maintenant, treize ans plus tard, elle vivait toujours dans la maison où elle avait grandi, avec un frère qui la détestait.

Pendant toutes ces années, ils avaient vécu à deux, avec Paige et quelques employés. Jason s'était pourtant marié, il y avait cinq ans... mais sa femme avait mystérieusement disparu quatre mois seulement après leur mariage. Son frère prétendait que Martha l'avait quitté sans un mot, mais Maisy n'était pas convaincue. Elle avait passé la nuit précédant la disparition de Martha en compagnie de celle-ci, et sa belle-sœur lui avait semblé... bien. Pas très heureuse, car elle avait admis que Jason et elle rencontraient quelques problèmes, mais Martha était déterminée à les résoudre. Elle aimait sincèrement le frère de Maisy, ce qui rendait sa disparition encore plus déroutante.

Quant à Jason, au lieu d'avoir le cœur brisé, il avait paru... satisfait.

C'était à ce moment-là que Maisy avait *vraiment* commencé à soupçonner quelque chose. Elle se refusait à penser que Jason puisse avoir quelque chose à voir avec la disparition de sa femme... mais comment pouvait-elle rejeter l'hypothèse ?

Pendant des années, elle avait gardé le silence sur ce qu'elle avait vu la nuit où Martha était censée être partie... mais si elle croyait vraiment l'histoire de Jason, selon laquelle il s'était couché à côté de sa femme pour constater sa disparition lorsqu'il s'était réveillé...

Alors comment expliquait-elle son comportement de cette nuit-là ?

Pourquoi avait-elle gardé les photos qu'elle avait prises des années plus tôt et toujours soigneusement cachées ?

Au cours des derniers mois, alors que les médicaments qu'elle avait pris pendant plus de dix ans commençaient à s'évacuer de son organisme, ce qui lui permettait de penser clairement pour la première fois depuis des années, elle avait commencé à s'interroger sur la mort de ses parents.

Jason avait reçu une grosse somme d'argent de l'assurance vie après leur décès, somme qu'il semblait avoir dépensée assez rapidement. Puis, trois mois après son mariage, il avait enfin pu accéder à l'argent supplémentaire que ses parents lui avaient laissé dans un trust.

Aujourd'hui, cet argent avait apparemment disparu depuis longtemps. C'était une somme assez importante, mais il avait réussi à tout dilapider. Si elle devait deviner, elle dirait qu'il était arrivé au bout de son héritage près d'un an auparavant... à peu près au moment où il avait commencé à sevrer Maisy de ses médicaments, à l'encourager à se trouver un petit ami.

Mais apparemment, sa patience s'était épuisée. À peine deux mois auparavant, Jason s'était mis à insister lourdement sur la nécessité pour elle de se marier. Bien sûr, comme elle était vieille, grosse et laide, *il* allait se charger de lui trouver un mari.

Elle ne s'attendait pas à ce qu'il ramène littéralement un inconnu trouvé dans la rue.

Maisy ignorait ce que son frère avait fait, ni où il avait déniché Jack, mais avec l'amnésie de ce dernier, la chance semblait sourire de façon inouïe à Jason. L'homme ne savait même pas que son nom de famille n'était pas Smith.

Son frère était malin et cette histoire de renouvellement des vœux ingénieuse. Maisy n'avait aucune idée de la façon dont Jason avait prévu de convaincre Jack de l'épouser s'il n'*avait pas* perdu la mémoire, mais puisqu'il était amnésique... cela lui facilitait beaucoup les choses.

Jason lorgnait sur l'héritage de sa sœur. L'argent que ses parents lui avaient laissé, en sécurité dans un trust depuis leur mort. Elle recevait une allocation chaque mois – que son frère lui confisquait –, mais il voulait le reste, et malheureusement pour elle, la somme était soumise aux mêmes stipulations que l'héritage de Jason.

Maisy ne pouvait accéder à l'argent que si elle était mariée.

C'était la raison pour laquelle son frère avait épousé Martha, réalisait-elle maintenant. Maisy avait appris qu'il fallait un délai de trois mois après l'officialisation du mariage pour que l'argent puisse être débloqué, et peu de temps après, la pauvre Martha était soi-disant « partie ».

Maisy avait déjà compris que son frère n'aurait pas pris la peine d'organiser son mariage blanc avec un inconnu et qu'elle serait probablement morte à l'heure qu'il était, si ce n'était qu'en cas de décès de la sœur, son héritage n'irait pas au frère, mais à une œuvre de charité. Ses parents étaient excentriques, mais aussi très clairs dans la manière dont ils entendaient répartir leurs biens. Ils savaient que l'argent pouvait pousser les gens à faire des choses terribles.

Maisy ne pensait pas qu'ils avaient imaginé leur propre fils capable d'agissements aussi sordides pour mettre la main sur leurs millions.

À présent, Jason la forçait à se marier pour pouvoir accéder à son argent.

Maisy voulait lui tenir tête, faire part de ses soupçons à la police. Mais son frère la terrifiait. Il avait beaucoup d'amis nocifs, des gens qui n'hésitaient pas à enfreindre la loi, qu'il avait probablement engagés pour tuer Martha... et peut-être même leurs parents. Des gens qui avaient probablement kidnappé le pauvre Jack.

Jason était un connard avide, et Maisy n'avait aucune idée de la façon de se libérer de son emprise.

Elle n'avait pas fait d'études supérieures, n'avait pas d'amis, de permis de conduire et d'argent. Où qu'elle aille, il la retrouverait. Et à la seconde où elle aurait apposé sa signature sur un certificat de mariage, le chronomètre s'enclencherait pour son pauvre mari... et probablement pour elle aussi.

Trois mois. C'était le temps qui lui restait avant que

chaque centime que ses parents lui avaient laissé passe sous le contrôle de Jason.

Alors elle ne serait plus irremplaçable.

Ni Jack non plus.

Reportant son attention sur l'homme allongé sur le lit, Maisy l'examina. Il était exceptionnellement beau. Elle devina qu'il avait une trentaine d'années. Il était bien bâti. Sa barbe mettait en valeur sa mâchoire carrée au lieu de la cacher. Et les lunettes ? Elle adorait les hommes qui les portaient aussi bien que Jack. Au lycée, la dernière fois où elle s'était intéressée aux garçons, elle avait toujours été attirée par ceux qui avaient l'air intelligents et un peu geeks. Non que Jack ait l'air d'un intello. Loin de là. Mais les lunettes le faisaient passer du statut de beau garçon à celui de canon. Elle avait aussi aperçu un tatouage sur son épaule droite.

En bref, il était bien au-dessus de sa catégorie, et il n'y avait aucune chance qu'un homme comme lui s'attache à une femme comme elle s'il ne pensait pas déjà qu'ils étaient mariés.

Ce qui soulevait un autre problème... son manque d'expérience sexuelle. Dieu merci, elle n'était pas vierge. Ce serait impossible à expliquer alors qu'ils étaient censés être mariés depuis deux ans.

Elle n'avait fait l'amour qu'une seule fois, peu de temps avant la mort de ses parents. Elle était jeune, trop jeune, et faire le mur lui avait semblé libérateur. Elle s'était sentie tellement adulte à l'époque. Mais l'expérience avait été horrible. Achevée en quelques minutes, cette étreinte s'était en plus avérée particulièrement douloureuse.

Puis ses parents étaient morts, son frère était revenu vivre dans la maison familiale et, avant qu'elle ne réalise ce qui se passait, il avait pris le contrôle de sa vie. Jason s'était arrangé pour qu'elle soit scolarisée à domicile et obtienne son diplôme d'études secondaires, il l'avait séquestrée loin des quelques amis qu'elle avait eus et fait venir un médecin qui la maintenait sous sédatifs avec des médicaments, d'abord pour gérer son chagrin, puis soi-disant pour l'aider à surmonter son stress. Et elle ne s'était pas plainte. C'était plus facile de suivre le mouvement, et les médicaments l'aidaient à ne pas penser à tout ce qu'elle avait perdu.

Elle soupira. Jack découvrirait qu'ils n'avaient pas été intimes lorsqu'elle refuserait de coucher avec lui. Comment Jason pensait-il pouvoir faire avaler à cet homme qu'ils étaient mariés depuis deux ans ? Cela la dépassait.

— Maisy ? Viens ici.

Comme si la simple pensée de son frère avait suffi à le faire surgir de nulle part. Maisy se tourna vers la porte.

— Tu m'as entendu ? Tout de suite.

Soupirant encore, Maisy acquiesça et se retourna vers Jack. Il dormait toujours. Sans réfléchir, elle tendit la main et lui retira délicatement ses lunettes pour les poser sur la petite table de chevet, afin qu'elles ne soient pas écrasées s'il se retournait, puis elle se dirigea vers son frère.

Dès qu'elle fut à portée de main, il lui saisit le bras sans ménagement et la tira hors de la pièce. Refermant la porte doucement, il l'entraîna au rez-de-chaussée, vers son bureau.

Maisy détestait cette pièce. C'était celle de son père, et il fut un temps où les souvenirs liés à l'endroit étaient merveilleux : elle, assise sur le canapé à jouer pendant que son père travaillait. Ou elle partageant le grand fauteuil avec sa mère pendant qu'elle lui faisait la lecture.

Mais aujourd'hui, la pièce était remplie de mauvais souvenirs et de douleur. Son frère aimait l'y emmener pour lui crier dessus. Pour lui reprocher sa stupidité, lui parler de sa chance de l'avoir, lui, pour gérer sa vie. Elle serait soi-disant à la rue s'il n'était pas là. Il avait aussi tendance, surtout ces dernières années, à utiliser la force physique pour faire passer son message. Des gifles, des bourrades, et il aimait particulièrement la pincer, lui faire des bleus sur la peau.

Le frère qu'elle avait connu n'était plus qu'un souvenir, et à sa place se trouvait un homme cruel et cupide qui pensait avoir droit à tout ce qu'il voulait, quand il le voulait.

— Il faut qu'on harmonise nos histoires, dit-il dès que la porte du bureau se referma. Dis-moi de quoi vous avez parlé. Ce que tu lui as déjà dit.

— Ça ne va pas marcher, déclara-t-elle en secouant légèrement la tête.

La douleur éclata sur sa joue lorsque la paume de Jason s'y abattit.

— Il suffit que tu le veuilles pour que ça marche, grogna-t-il.

Puis il s'approcha d'elle en serrant le haut de son bras assez fort pour que Maisy devine qu'elle allait avoir des bleus plus tard.

— Tu es redevable envers moi, reprit Jason. J'ai gâché toute ma putain de vie à revenir ici pour m'assurer que tu allais bien après la mort de maman et papa. J'ai abandonné mes rêves pour te garder. Et on a besoin de l'argent que tu toucheras en épousant ce type.

Maisy n'osait pas montrer le doute qui l'habitait. Elle avait appris au fil des ans à ne pas trahir ses émotions, à cacher ce qu'elle pensait à son frère. Elle n'avait aucune idée de la manière dont Jason avait pu dépenser non seulement les indemnités de l'assurance vie, mais aussi l'argent de la fiducie. La somme s'élevait à plusieurs millions.

— D'ailleurs, reprit Jason en lâchant son bras et en la

poussant loin de lui, ce n'est pas comme si tu avais besoin de cet argent. Il est juste là à prendre la poussière, et je ne veux surtout pas qu'il aille à une œuvre de charité. Maman et papa ont travaillé dur pour le gagner, ce serait un affront vis-à-vis d'eux qu'il aille à des étrangers.

Maisy résista à l'envie de se frotter le bras. C'était encore une chose que son frère aimait : voir la preuve qu'il l'avait blessée.

— Il m'a posé des questions auxquelles je ne savais pas répondre, avoua-t-elle.

— Comme quoi ? demanda Jason.

— L'âge qu'il a.

Son frère agita la main, balayant son inquiétude.

— Ça n'a pas d'importance. Dis-lui simplement qu'il a trente-six ans ou quelque chose comme ça.

— Il va se méfier quand il ne trouvera ni vêtements, ni papiers d'identité, ni même sa brosse à dents dans la salle de bain, insista Maisy.

— J'ai une longueur d'avance sur toi. Je me suis arrangé pour faire venir quelques trucs. Rappelle-toi, je lui ai dit que vous aviez traversé une période difficile. Donc tu peux lui dire que vous aviez décidé de ne pas vous remettre ensemble avant la cérémonie.

— Mais ça ne l'empêchera pas de vouloir retrouver ses affaires ! Ou voir où il vivait, lui fit remarquer Maisy.

Ce plan était nul. Comment Jason avait-il pu penser qu'ils allaient réussir ?

— Merde, Maisy, ne sois pas si rabat-joie. Débrouille-toi ! C'est vrai, désolé, tu es trop stupide pour y arriver. Bon... disons qu'il vivait à Spokane ou quelque chose comme ça, un endroit pas trop près d'ici, et que sa maison a brûlé. Donc tout ce qu'il possède, c'est ce qu'il y a ici. Il s'est réinstallé juste avant son accident de randonnée.

Maisy fixa son frère. Il était assis au bureau de leur père et elle se tenait devant lui, telle une enfant en train de se faire réprimander par le directeur ou quelque chose comme ça. Il avait un don pour la rabaisser, et elle détestait ça. Elle le détestait, lui.

Cette pensée la fit sursauter. Elle avait passé sa vie à accorder à Jason le bénéfice du doute. Elle avait balayé les inquiétudes qu'il lui inspirait alors qu'il devenait de plus en plus dur, de plus en plus effrayant. Après tout, c'était son frère. Le seul parent qui lui restait. Et il avait pris soin d'elle, il avait été là pour elle quand elle était au plus bas.

Mais elle savait que cela ne suffisait pas à excuser son comportement envers elle. Pas le moins du monde.

Et elle se retrouvait, adulte, à vivre sous la coupe de Jason.

Elle était excusable, dans la mesure où Jason n'était pas le genre d'homme que l'on défiait. Elle l'avait bien compris au fil des ans. Mais kidnapper un inconnu pour le forcer à l'épouser, dans le seul but d'avoir accès à son héritage, c'était incroyablement tordu. L'allocation mensuelle qu'elle recevait était généreuse et passait directement sur le compte de Jason. Avec cette somme, plus que suffisante, la plupart des gens auraient vécu confortablement. Mais maintenant qu'il avait épuisé son propre héritage, sa cupidité avait manifestement pris le dessus.

Elle n'avait pas côtoyé Jack plus d'une heure ou deux, mais elle avait déjà l'impression qu'il ne se laisserait pas berner par les histoires de son frère, pas longtemps, en tout cas. Ce n'était qu'une question de temps avant qu'il ne comprenne que quelque chose clochait. Il était également possible qu'il retrouve la mémoire. Et quand ce serait le cas, il décamperait si vite qu'elle en aurait la tête qui tournerait.

C'était pour cela que Jason tenait à ce qu'ils se marient

aussi vite. Peu importait s'il partait ensuite... tant qu'ils restaient mariés pendant au moins trois mois, son héritage serait débloqué.

Cependant, Maisy savait que Jason n'avait pas l'intention de laisser Jack partir. S'il était mort, il ne pourrait pas aller trouver les flics pour les accuser de l'avoir kidnappé et forcé à épouser une inconnue.

— Bien, alors quel problème dois-je encore résoudre pour toi ? fit Jason en ricanant.

Maisy n'avait aucune envie d'être là, d'avoir cette conversation, mais elle avait besoin d'aide. Elle n'était pas douée pour mentir. Elle ne l'avait jamais été.

— Quelle profession je lui donne ? Il va sûrement poser la question. Je me demande s'il a des amis au travail qu'il serait censé inviter à la cérémonie de ce week-end.

— Hmm, marmonna Jason, avant de claquer des doigts. Chasseur de primes.

— Quoi ?

— Chasseur de primes, répéta-t-il. Ce sont des solitaires. Il ne s'est jamais rapproché de quelqu'un parce que dans sa profession, ce ne serait pas très malin. Et tu étais une femme au foyer. Ce n'est pas comme si tu étais capable de faire grand-chose, de toute façon.

Sa pique fit mouche. Jason lui reprochait toujours de ne rien faire d'autre que de rester assise à la maison, mais ce n'était pas comme si elle avait eu l'occasion de procéder différemment. Avoir un travail allait de pair avec la possibilité de se faire des amis, ce qui n'était pas souhaitable. Les gens se demanderaient pourquoi une femme de presque trente ans vivait toujours avec son frère aîné.

Et la question aurait été pertinente. Au fil des ans, son frère avait réussi à les convaincre, les autres et elle, qu'elle était fragile. Et quand c'était nécessaire, il utilisait des médicaments pour l'empêcher de trop se soucier de ce qui se passait autour d'elle. Mais lorsqu'il avait cessé d'insister pour qu'elle prenne ses pilules tous les matins, sa lucidité nouvelle s'était accompagnée non seulement de soupçons à l'égard de son frère, mais aussi d'une vérité flagrante...

Elle avait honte d'elle-même.

Elle aurait dû partir bien avant. Elle aurait dû aller trouver la police dès qu'elle avait eu des soupçons à propos de la mort de sa belle-sœur et de ses parents. Mais elle n'avait pas accès à son argent, pas d'amis susceptibles de l'aider, et bien qu'elle soit proche du personnel de maison, en particulier de Paige, elle refusait de les mettre en danger en leur demandant leur concours pour s'échapper.

Et maintenant, il y avait Jack. Maisy savait sans l'ombre d'un doute que si elle ne suivait pas le plan mis au point par son frère, ce serait Jack qui en paierait le prix. Et si elle devait accomplir au moins une chose de bien dans le monde, ce serait de protéger l'inconnu innocent qui se trouvait dans son lit.

Jason continuait à lui suggérer des réponses aux questions que Jack ne manquerait pas de poser. Et même si, de l'extérieur, Maisy semblait écouter, son esprit s'échappait frénétiquement. Elle ne pourrait pas soutenir cette mascarade pendant trois mois. Ce n'était pas possible.

Mais la triste vérité, c'était qu'elle n'avait besoin de faire marcher Jack que jusqu'à la signature de l'acte de mariage.

Pendant une pause dans les déblatérations ridicules de Jason, elle s'exclama :

— Comment ça aurait fonctionné s'il n'était pas amnésique ?

Elle ne pouvait s'empêcher d'y penser. Ce n'était pas comme si les mariages forcés étaient encore en vogue. Et si quelqu'un l'avait kidnappée en lui disant qu'elle devait épouser untel, elle lui aurait ri au nez.

— J'ai décidé de lui donner une chance de faire ce que je lui demandais, répondit Jason, impassible. S'il avait refusé, j'aurais dû prendre des mesures plus radicales pour le convaincre.

— Comme quoi ? s'enquit Maisy à contrecœur lorsqu'il fit une pause.

Jason sourit.

— Ce n'est pas comme si un homme avait besoin de tous ses doigts.

Maisy le regarda avec stupeur.

Son frère éclata de rire. Il rit !

Oui, elle avait été idiote de lui accorder le bénéfice du doute pendant si longtemps.

— Si ça n'avait pas marché, poursuivit-il en haussant les épaules, le canon d'un pistolet braqué sur une tempe est un bon moyen de faire comprendre à quelqu'un qu'il est dans son intérêt d'apposer sa signature sur un bout de papier.

Maisy se sentait mal. Elle n'arrivait pas à croire qu'elle était de la famille de cet homme. Si impitoyable et si froid.

— Tout ce dont on a besoin, c'est de sa signature sur le certificat de mariage. Ensuite, ajouta-t-il en fixant Maisy pendant de longues secondes, tu devras faire en sorte qu'il reste docile. S'il se doute de ce qui se passe, ça ira mal pour lui.

La gorge nouée, Maisy acquiesça.

— Bien. Maintenant, dégage. Tu me donnes mal à la tête.

Maisy se dirigea vers la porte sans un mot de plus. Elle en était malade. Que faire ? Si elle avouait à Jack ce qui se passait, il filerait sans demander son reste... À condition que Jason le laisse sortir de la maison, ce dont elle doutait. Mais si elle appliquait le plan de son frère, elle était aussi mauvaise que lui.

— Maisy ?

Elle se retourna vers son frère.

— Ne fous pas tout le truc en l'air. Tu n'aimerais pas les conséquences. Et une fois qu'on aura cet argent, tu pourras avoir ton propre appartement. Je sais que ça te plairait.

Oh, il était doué ! L'ancienne Maisy aurait été ravie de l'appât qu'il venait de lui tendre. Mais, maintenant qu'elle avait enfin ouvert les yeux, que le brouillard des drogues s'était dissipé, elle n'allait pas se faire avoir par un appartement à elle. Son unique obsession, c'était s'éloigner de son frère diabolique. Ficher le camp de l'État.

Elle acquiesça docilement, car c'était ce qu'il attendait d'elle.

— Bien. Content qu'on soit sur la même longueur d'onde. Et, Maisy ?

Elle aurait aimé qu'il se taise et la laisse partir. Elle avait besoin de temps pour réfléchir. Pour essayer de trouver un moyen de se sauver, mais aussi de sauver Jack. C'était peut-être un inconnu, mais quand il l'avait touchée, elle avait ressenti... une connexion.

Il ne méritait pas ce qui lui arrivait. Elle était peut-être complice de beaucoup de choses que son frère avait faites, mais elle ferait tout ce qu'elle pourrait pour aider son « mari », quelles qu'en soient les conséquences.

— S'il te pose des questions auxquelles tu es trop bête pour répondre de manière convaincante, suce-le et écarte les jambes. Le sexe fait des merveilles pour détourner l'attention.

La bile monta dans la gorge de Maisy, qui passa rapidement la porte et la referma sans bruit derrière elle.

Elle s'y appuya et ferma les yeux, l'esprit en ébullition.

Pour la première fois depuis des années, elle regrettait que ses parents aient été riches. Peut-être que s'ils n'avaient pas eu des millions de dollars en banque, ils seraient toujours en vie. Elle serait mariée avec un vrai mari, aurait des enfants, et son frère ne serait pas devenu un monstre. L'argent avait ses avantages, mais elle ne souhaitait sa vie à personne.

— Ohé, ma chaudasse !

Entendant ces trois mots, Maisy écarquilla les yeux et s'éloigna de la porte.

Don Coffey, qui se tenait bien trop près d'elle, la reluquait. C'était l'un des nombreux hommes avec lesquels Jason « travaillait »... et quelqu'un qui avait toujours donné la chair de poule à Maisy.

— Jason est là, indiqua-t-elle en lui désignant le bureau.

— Merci. Ça te dit qu'on se retrouve plus tard ?

Maisy frémit. Don était toujours en train de la draguer, ce qui lui donnait des envies de douche.

— Désolée, je suis occupée, répondit-elle.

Il lui jeta un regard mauvais.

— Un de ces jours, tu vas regretter de m'avoir refusé.

Cela ressemblait vraiment à une menace. Don était un homme costaud. Grand (un mètre quatre-vingt-dix) et musclé. Jason lui avait dit une fois qu'il prenait des stéroïdes pour rester aussi massif, et elle n'en doutait pas une seconde. S'il le voulait, il pourrait lui faire sacrément mal. Elle s'efforçait toujours de rester en dehors de son chemin.

Maisy ne savait pas trop pourquoi son frère ne demandait pas à l'un de ses amis de l'épouser. Ce serait beaucoup moins risqué que de kidnapper un inconnu. Sans doute parce que ses amis étaient comme lui. Il y avait de fortes chances qu'ils le trahissent ou le fassent chanter une fois l'acte accompli. Ils n'étaient pas exactement des citoyens modèles et feraient probablement n'importe quoi pour obtenir plus d'argent.

Maisy ne releva pas le commentaire de Don, se contenta de le contourner, en essayant de ne pas le toucher dans le couloir, puis se dirigea vers l'escalier.

— C'est un cul que j'ai bien envie de me taper.

Don voulait qu'elle entende son commentaire grossier, c'était évident, mais elle ne réagit pas, continuant simplement à monter les marches. Il fallait qu'elle file d'ici. Même si elle n'avait pas d'argent, elle partirait aujourd'hui si elle le pouvait. Mais maintenant, il y avait Jack. Elle ne le laisserait pas dans ce nid de vipères. Elle ferait de son mieux pour le convaincre qu'ils étaient un couple aimant, participerait à cette farce de renouvellement des vœux, puis naviguerait à vue.

Trois mois. Voilà tout ce dont elle avait besoin. Après, elle serait libre. Jason pourrait bien mettre la main sur son argent. Elle voulait juste ficher le camp.

Elle se glissa dans sa chambre et ses yeux se portèrent immédiatement sur l'homme allongé sur le lit. Il avait un bras rejeté sur le côté et sa tête roulait de droite à gauche, sous l'effet d'une grande agitation. On aurait dit qu'il faisait un cauchemar.

En grimaçant, parce qu'il était probablement en train de rêver à quelque chose que son trou du cul de frère avait causé, Maisy se précipita près du lit. Elle s'assit sur le matelas et posa sa main sur le bras accessible.

Il sursauta à son contact et Maisy se demanda ce qu'elle faisait. Il pouvait la blesser par mégarde, si son rêve était violent. Mais entendant un gémissement monter des lèvres de Jack, elle se pencha vers lui, comme attirée par la vulnérabilité que trahissait ce son.

— C'est bon. Tout va bien, murmura-t-elle.

À sa grande surprise, il ouvrit les yeux, mais son regard demeurait vague.

— Non. S'il vous plaît, non ! Je n'en peux plus... Ça fait mal.

— Je ne te ferai pas de mal, dit-elle en guise d'apaisement. Je vais faire tout ce que je peux pour t'aider. Pour te sortir de là.

Il ferma les yeux et Maisy eut l'impression qu'il se calmait. Sa tête cessa d'osciller, il s'immobilisa sur le matelas. Mais lorsqu'elle voulut se lever, il tendit la main et lui saisit l'avant-bras.

Elle poussa un cri de surprise, même s'il ne lui faisait pas mal. Elle s'était tellement habituée à ce que Jason l'attrape et la serre fort qu'elle reculait automatiquement dès que quelqu'un la touchait. Mais les doigts de Jack autour de son bras, bien que fermes, ne lui causaient aucune douleur.

— Reste, chuchota-t-il. S'il te plaît.

Maisy se réinstalla sur le bord du lit.

— Je suis là, lui dit-elle doucement.

Il relâcha ses doigts, mais sans la libérer pour autant. En le regardant dormir, Maisy se demanda quelle était son histoire. Où Jason l'avait trouvé. S'il avait des amis qui s'inquiétaient de sa disparition. S'il avait une famille, une vraie femme.

À cette idée, elle fronça les sourcils. Et s'il était déjà marié ? Lorsque Jason soumettrait le certificat de mariage, cela apparaîtrait-il d'une manière ou d'une autre, malgré son faux nom de famille ? Si son mariage avec elle ne pouvait pas être enregistré auprès de l'État, il était comme mort. Car il serait hors de question que Jason le laisse partir alors.

Étonnamment, la pensée que cet homme puisse appartenir à une autre femme fit jaillir une pointe de jalousie chez

Maisy. C'était irrationnel. Elle ne le connaissait pas et il ne la connaissait pas non plus. Il était peut-être le genre d'homme à battre sa femme. Ou bien c'était un connard.

D'après le peu qu'elle savait de lui, Maisy ne le pensait pas.

— S'il te plaît, ne sois pas marié, murmura-t-elle.

Elle détestait l'idée qu'une femme puisse être affolée par la disparition de son mari.

Même si Jack n'était pas marié, il devait y avoir des gens qui remarqueraient son absence. Quelqu'un d'aussi charismatique que lui ne vivait pas dans une bulle comme elle. Ils finiraient par découvrir où il se trouvait et viendraient le chercher. Et à ce moment-là, Maisy se promettait de faire ce qu'elle pouvait pour les aider. C'était la moindre des choses. Jack avait d'une manière ou d'une autre croisé le chemin de son frère. Elle n'avait peut-être rien fait pour la pauvre Martha, mais elle pouvait faire quelque chose maintenant.

Cependant, bien qu'elle déteste l'admettre, la meilleure chose à faire pour Jack en ce moment, c'était de suivre le plan de son frère. Il aurait ainsi bien plus de chances de rester en vie. Elle priait juste pour qu'il ne retrouve pas la mémoire dans les prochains jours. Ou du moins jusqu'à ce qu'elle pense à un moyen de les sortir tous les deux de ce pétrin.

À la seconde où elle signerait le certificat de mariage, le compte à rebours débuterait. Dès que Jason aurait son argent, Jack et elle ne seraient plus nécessaires. Frissonnant à cette idée, Maisy prit une profonde inspiration.

Plus elle restait assise à côté de Jack pendant son sommeil, fixant ses doigts autour de son bras, plus elle comprenait que le destin de cet homme reposait entre ses mains.

3

Jack se réveilla lorsque quelque chose lui effleura le visage. Ouvrant les yeux, il resta confus pendant un moment, puis il prit une inspiration et la mémoire lui revint. Non pas qu'il ait beaucoup de souvenirs en tête en ce moment, mais la femme qui dormait dans ses bras n'était pas du genre qu'il pourrait oublier de sitôt.

Il était sur le flanc et Maisy lui tournait le dos. Il avait le bras autour de sa taille et le nez enfoui dans ses cheveux. Elle sentait... les pommes. Des pommes rouges et sucrées. Et la sensation de son corps contre le sien était parfaite. Jack détestait ne pas avoir de souvenirs de leur vie commune. De leur rencontre, de la façon dont il s'y était pris pour la convaincre de lui donner une chance – parce qu'il était absolument sûr qu'elle pouvait avoir quelqu'un de beaucoup mieux que lui.

Quels petits cris faisait-elle lorsqu'elle jouissait ?

L'idée de faire l'amour avec Maisy fit durcir son sexe, mais il ne tenta rien pour soulager son excitation. Il se contenta de la tenir dans ses bras pendant qu'elle dormait. Elle était encore habillée, alors que lui ne portait qu'un tee-shirt et un caleçon. Il inhala à nouveau, le parfum des pommes s'enfonçant dans sa psyché.

Le temps s'écoula. Jack perdit le compte du temps qu'il passa allongé avec Maisy endormie dans ses bras, mais finalement, elle commença à s'agiter. Il voyait le soleil se lever par la fenêtre, ce qui indiquait qu'il avait dormi toute la soirée et toute la nuit. Quand Maisy l'avait-elle rejoint ? Mystère, mais il aimait l'idée qu'elle soit venue à lui pendant qu'il dormait.

Il était évident qu'elle se rendait compte de l'endroit où elle se trouvait, car elle se crispa dans ses bras. Déçu, Jack recula et la fit rouler jusqu'à ce qu'elle se retrouve sur le dos. Puis il se hissa sur un coude et se plaça au-dessus d'elle pour scruter son visage, afin d'en mémoriser les traits. Son joli petit nez en trompette, ses taches de rousseur éparses. Les cernes sous ses yeux, qui le rendaient perplexe.

— Bonjour, dit-il au bout de longues secondes.

— Bonjour.

— Bien dormi ?

Elle le dévisagea un instant avant de hocher la tête.

— Et toi ?

— Comme une masse. Sans doute parce que j'ai tenu ma femme dans mes bras toute la nuit, plaisanta-t-il.

Mais elle n'ébaucha pas un sourire. Au contraire, elle eut l'air encore plus inquiète.

— Je vais bien, lui dit-il, pensant qu'elle se faisait du souci pour son accident.

— Tu t'es souvenu de quelque chose ? demanda-t-elle.

— Rien, répondit-il en haussant les épaules. Mais j'ai un peu moins mal à la tête ce matin, et je me suis réveillé avec une odeur de pomme dans le nez... Y a pire, comme réveil, conclut-il dans le but de la faire sourire.

— C'est mon shampoing, murmura-t-elle.

— J'aime bien.

Elle le fixa, le corps tendu. Elle serrait son bras comme si elle avait peur. Minute : avait-elle peur de lui ? Cette pensée lui fit froncer les sourcils.

— Ça va ?

— Ce n'est pas moi qui ai reçu un choc à la tête et qui suis amnésique, répliqua-t-elle.

Jack fronça un peu plus les sourcils. Il ne lui avait pas échappé qu'elle n'avait pas répondu à sa question. Il essaya à nouveau.

— Est-ce que cela te met mal à l'aise ? demanda-t-il. De dormir avec moi ?

— Nous sommes mariés, c'est ce que font les gens mariés, déclara-t-elle.

Et voilà. Une fois de plus, elle avait éludé sa question. Jack se renfrogna.

Quelque chose attira son attention sur le haut du bras de Maisy, à l'endroit où son tee-shirt remontait. Il repoussa un peu plus la manche avec son doigt et découvrit un méchant hématome.

— Qu'est-ce que c'est ? Qu'est-ce qui s'est passé ?

— Rien, tout va bien, répondit-elle avec désinvolture. Ma peau marque facilement. Il faut que je me lève.

Mais au lieu de reculer et de la laisser jeter ses jambes hors du lit, Jack se rapprocha, se mit à califourchon sur ses cuisses et l'enferma sous lui.

— Qu'est-ce qui s'est passé ? Ce n'est pas moi qui t'ai fait ça, quand même ?

— Non ! Bien sûr que non.

Elle se crispa encore plus, si c'était possible.

— Je ne te ferai pas de mal, Stellina.

— Je sais.

Jack se détendit en constatant qu'elle était sincère.

— Tu as peur de moi ? demanda-t-il, incapable de s'en empêcher.

Elle ne s'était pas détendue sous lui, mais raide comme un piquet. Et il détestait ça.

— Non.

— Tu es sûre ? demanda-t-il en inclinant la tête.

— Qu'est-ce que ça veut dire « Stellina » ?

— « Petite étoile ». C'est italien.

— Pourquoi tu me donnes ce nom ? s'étonna Maisy.

— Je ne sais pas. J'en déduis que je n'ai jamais utilisé ce terme auparavant ? s'enquit-il avant de reprendre, voyant qu'elle secouait la tête : ça me semble tout à fait approprié. Dans ma tête, tout est sombre. Ténébreux. Mes souvenirs sont là, mais, pour une raison ou une autre, ils sont enveloppés d'obscurité. Toi, en revanche, tu es comme une étoile filante, une lumière dans cette obscurité. Je ne me souviens peut-être pas du genre d'homme que je suis ni de mon passé, mais j'ai dû faire quelque chose de bien pour t'avoir comme femme.

À la grande inquiétude de Jack, les yeux de Maisy se remplirent de larmes.

— Quoi ? Qu'est-ce qui ne va pas ? demanda-t-il.

La panique montait en lui pour la deuxième fois en autant de jours.

— Rien. C'est juste que... c'était vraiment gentil.

Jack l'étudia. Il n'aimait pas qu'un simple compliment puisse la faire réagir de façon aussi émotive. Si elle réagissait ainsi, il était évident qu'il ne s'était pas montré assez tendre pendant leur mariage. Il se promit de faire mieux.

— Quel est le programme de la journée ? demanda-t-il.

Elle leva les yeux vers lui.

— Euh... je ne sais pas.

— Qu'est-ce qu'on fait d'habitude ?

Maisy se mordilla la lèvre et son regard s'éloigna du sien.

L'étonnement de Jack redoubla. Encore une dérobade.

Elle se retourna vers lui.

— Je pense qu'on devrait se lever, s'habiller et aller prendre le petit déjeuner. On verra ensuite comment tu te sens.

— Tout va bien.

— Jack, tu t'es cogné la tête. Et pas qu'un peu. Tu as perdu la mémoire. Je pense qu'on devrait y aller mollo.

— Tout va bien. J'ai connu bien pire qu'un coup sur la tête.

Ils se figèrent tous les deux.

— Vraiment ? chuchota Maisy.

Il eut beau se creuser la tête, Jack ne se souvint d'aucune autre blessure.

— Je le suppose, non ? Je ne me souviens pas.

— C'est bon, le rassura Maisy en passant une main le long de son biceps. Ne te force pas à te souvenir. Ce n'est pas bon pour ta tête.

Jack se frotta le front et soupira.

— Oui. Bon, en tout cas, une douche, ça me dit bien. Même si j'adore rester au lit avec toi, on devrait probablement se lever. On se douche ensemble ?

Elle leva les yeux vers lui.

— Euh... non.

— Dommage, la taquina-t-il, avant de songer à quelque chose. Je suppose que mes vêtements sont ici ? Cette pièce est vraiment... féminine, nota-t-il après avoir regardé autour de lui.

— Euh... oui. Tu ne vivais pas vraiment ici... hum... tu avais un appartement à Spokane.

— Spokane ? C'est à des heures de route ! s'exclama-t-il.

— Oui. Jason t'a dit hier qu'on avait connu quelques problèmes. On avait réussi à les surmonter, mais tu avais un bail que tu ne pouvais pas rompre. Donc, jusqu'à ce qu'on renouvelle nos vœux, on s'était dit qu'il valait mieux continuer à vivre séparément. On... sortait ensemble en quelque sorte.

— Pourquoi on avait des problèmes ? demanda Jack.

— Euh... c'était terminé, dit-elle, éludant à nouveau.

— Est-ce que je t'ai trompé ? J'ai été violent ?

— Quoi ? Non ! s'écria Maisy sans une once d'hésitation.

Jack se détendit, soulagé au-delà de toute mesure de n'avoir fait aucune de ces choses à sa femme. Il n'avait pas l'impression d'être le genre d'homme à rompre ses vœux de mariage, mais comme il n'avait pas de souvenirs pour étayer cette intuition, il n'en était pas sûr.

— Mais pourquoi, alors ? Pourquoi vivrais-je aussi loin de toi ?

— Peut-être que je t'ai trompé et que ça t'a énervé, suggéra Maisy.

— C'est faux.

— Jack, tu n'en sais rien.

— On est vraiment en train de se disputer à ce sujet ? demanda-t-il avec un petit sourire.

Maisy soupira.

— OK. Non, je ne t'ai pas trompé. Ce n'était pas une chose en particulier. Mais... tu étais souvent absent. À cause de ton travail.

— De mon travail ?

— Tu étais... chasseur de primes. Toujours en train de pourchasser les méchants. Tu partais tout le temps. Je ne le supportais pas bien.

Jack cligna des yeux, surpris.

— Chasseur de primes ?

— Oui. Tu aimais travailler pour toi-même. Tu n'as pas beaucoup d'amis. Tu passais beaucoup de temps à observer les gens... euh... à les surveiller.

Rien de ce qu'elle lui disait ne trouvait le moindre écho en Jack. Pourquoi aurait-il passé autant de temps loin de chez lui, surtout avec une femme comme Maisy l'attendant dans leur lit ?

— Bref, je suis retournée vivre dans la maison familiale avec Jason, et tu es allé à Spokane. Mais... je déteste devoir te dire ça après tout le reste... mais ton immeuble a été ravagé par un incendie. Il a brûlé. Donc toutes tes affaires... ont disparu.

Jack la regarda fixement.

— Sérieusement ? Tout ce que j'ai, c'est ce tee-shirt et un slip ?

Elle gloussa nerveusement.

— Non, bien sûr. Et Jason va t'apporter d'autres affaires aujourd'hui.

Jack réfléchit à tout ce qu'il venait d'apprendre. La situation lui paraissait extrêmement bizarre. Pourtant, il n'arrivait pas à mettre le doigt sur la raison de cette impression ; beaucoup de couples mariés se séparaient de nos jours. Quoi qu'il en soit, il se sentait déstabilisé et confus.

Peut-être parce qu'il avait l'impression que Maisy inventait les choses au fur et à mesure. Il était presque certain qu'elle lui mentait comme une arracheuse de dents, mais comme il ne se souvenait de rien à propos d'elle, il ne pouvait pas en être sûr. Il n'avait pas non plus la moindre idée de la raison qui pouvait la pousser à lui mentir.

— Donc, je n'ai pas de vêtements, pas d'affaires, rien.

— Tu m'as moi, répliqua Maisy d'une voix douce, mais ferme. Et je vais faire tout ce que je peux pour m'assurer que tout ira bien à partir d'aujourd'hui.

Ses paroles semblaient sincères, presque désespérées même.

— J'ai l'impression de ne pas te mériter, lâcha-t-il.

À sa grande surprise, ces paroles parurent l'affliger.

— Tu te trompes, répliqua-t-elle et, sans lui laisser le temps de répondre : Bon, on se lève ou pas ? Paige va être fâchée si on ne descend pas à temps pour le petit déjeuner.

— À temps ? s'étonna Jack.

Maisy haussa les épaules.

— Mon frère aime manger à des heures bien précises.

Jack voulait en savoir plus sur Jason. Il voulait tout savoir sur sa femme et sa famille. Il n'avait pas bougé de sa position par rapport à elle et ne ressentait pas non plus le besoin de s'éloigner. Malgré ses doutes, il aimait être aussi proche d'elle, la caresse qu'elle lui faisait machinalement sur le bras.

— Parle-moi un peu plus de toi, Stellina.

— Hum, qu'est-ce que tu veux savoir ?

— Tout.

Elle ricana nerveusement une fois de plus.

— Je ne suis pas si intéressante que ça.

— J'en doute fortement. Parle-moi de ta famille.

Son sourire retomba.

— Mes parents sont morts quand j'étais adolescente. Carjacking. Ils ont été tués par balle. Jason est revenu à la maison pour s'occuper de moi. Tu te souviens peut-être de ce qu'il a dit hier, comme quoi je ne supportais pas bien le stress. J'ai été un peu à l'ouest pendant un certain temps, je ne pouvais pas fonctionner correctement sans médicaments pour m'empêcher de paniquer tout le temps. J'ai abandonné l'école, j'ai passé mon diplôme de fin d'études secondaires à distance... et me voilà.

— Je suis vraiment désolé pour tes parents, Maisy. Comment s'est-on rencontrés ?

C'était une question simple, pourtant elle avait l'air d'un lapin pris dans des phares de voiture.

— Euh... en ligne.

— En ligne ? Ne me dis pas que j'étais sur un site de rencontres, s'esclaffa Jack.

Mais elle ne sourit pas.

— Non, un ami de mon frère nous a mis en contact. On a échangé un peu en ligne, puis on s'est rencontrés, et voilà.

En ce qui concernait les explications, c'était très insuffisant, mais comme elle avait l'air tendue et stressée à l'extrême, Jack laissa tomber. Ce n'était sans doute pas important. Ils s'étaient rencontrés, étaient tombés amoureux et s'étaient mariés.

— Quel est le programme de ce week-end ? demanda-t-il.

Elle se détendit sous lui. C'était donc une bonne idée d'arrêter de l'interroger sur la période où ils s'étaient fréquentés.

— Je ne connais pas les détails. Jason a promis de s'en occuper.

— D'accord. Bon, je ne peux pas dire que je suis ravi d'avoir été blessé ou que mon appartement ait brûlé, mais je suis ravi d'avoir une seconde chance avec toi. Je te promets de faire tout ce que je peux pour que notre mariage fonctionne. Mais j'ai besoin que tu me parles. Si je fais quelque chose que tu n'aimes pas, dis-le-moi pour qu'on puisse y remédier. Je ne veux pas en arriver à une nouvelle séparation. D'accord ?

Au lieu de répondre, elle lui pinça le haut du bras.

— Aïe, geignit Jack, même s'il n'avait pas eu mal. C'était pour quoi, ça ?

— Je m'assurais que tu es bien réel et pas un rêve. Les hommes ne disent pas ce genre de choses. Ils n'aiment pas parler.

— Moi, si. Enfin, je pense que oui, affirma-t-il. Si ça permet de te faire passer l'envie de quitter ma maison, mon lit, ma vie, je ne vais pas m'en priver.

Maisy leva une main et prit son visage entre ses mains.

— Je vais arranger les choses.

On aurait dit un vœu. Un vœu qu'il ne comprenait pas tout à fait. Il se pencha et l'embrassa. Ce n'était pas un baiser passionné, mais il s'attarda. L'électricité qu'il avait ressentie lors de leur premier contact, hier, était revenue en force. Et elle descendit le long de sa colonne vertébrale et se dirigea droit vers son sexe. C'était surprenant, vraiment. Le baiser était chaste, un simple contact entre leurs lèvres. Et pourtant, ce baiser avait changé sa vie.

Lorsqu'il releva la tête, elle se passa la langue sur les lèvres, comme hypnotisée. Puis elle prit une grande inspiration et lâcha :

— Allez, il faut vraiment qu'on se lève.

Jack la laissa glisser sous lui et la suivit. Il vacilla un peu, une fois debout, mais Maisy était là, passant un bras autour de sa taille.

— Ça va ?

— Un peu étourdi, mais c'est bon.

— Viens, je vais t'accompagner jusqu'à la salle de bain. Il doit y avoir une brosse à dents supplémentaire. Sinon, tu peux utiliser la mienne.

— Tu me laisserais utiliser ta brosse à dents ? s'étonna-t-il.

— Eh bien, non. Je te la laisserais. Partager les brosses à dents, c'est dégoûtant, ajouta-t-elle avec un petit sourire.

Elle leva les yeux vers lui, alors qu'ils s'étaient mis en route.

Jack éclata de rire.

— Donc partager une brosse à dents, c'est dégoûtant, mais tu veux que j'utilise la tienne ? demanda-t-il, toujours en souriant.

Elle rougit un peu.

— C'est vrai. Désolée, je n'y avais pas pensé.

Elle ne le soutenait pas vraiment, pendant qu'ils avançaient. Plus petite que lui d'une bonne quinzaine de centimètres, elle n'avait ni l'angle ni la force nécessaires pour l'empêcher de tomber. Mais Jack aimait tout de même la sentir contre lui.

— Je veux dire, est-ce que partager une brosse à dents est différent de partager... d'autres fluides corporels ? demanda-t-il, toujours en souriant.

À sa grande surprise, elle vira au rouge pivoine.

— Oui. Maintenant, ne tombe pas et ne te recogne pas la tête, le prévint-elle alors qu'ils entraient dans la petite salle de bain.

— Peut-être que tu devrais rester pour prendre une douche avec moi, la taquina Jack.

Le rouge refusa de quitter les joues de Maisy.

— Oublie. Je vais me doucher dans la salle de bain au bout du couloir. Je vais voir si je peux emprunter un survêtement à Jason pour que tu puisses l'enfiler jusqu'à ce qu'il te donne d'autres vêtements aujourd'hui. C'est d'accord ?

— C'est parfait, Stellina.

Elle le fixa un long moment avant de prendre une grande inspiration et de retourner dans la chambre.

— Maisy ? lança Jack, bizarrement réticent à la voir s'éloigner.

Elle s'arrêta et se retourna vers lui.

— Oui ?

— Merci.

— De quoi ?

— D'avoir été si gentille avec moi. De m'avoir épousée. D'avoir accepté de m'épouser à nouveau après que je t'ai négligé. D'être toi.

Ses yeux se remplirent à nouveau de larmes. Puis elle se retourna et quitta la pièce sans un mot.

Sentant instinctivement que quelque chose ne tournait vraiment pas rond, Jack fronça les sourcils et ferma la porte de la salle de bain. Il s'observa dans le miroir au-dessus du lavabo. C'était un sentiment étrange de voir un inconnu lui rendre son regard. Il ne se reconnaissait pas. Ses lunettes étaient encore posées sur la table à côté du lit, mais il distinguait assez bien son reflet. Il avait une petite cicatrice sous le menton et sa barbe était un peu trop longue pour ne pas le gêner. Il était bronzé, ce qui suggérait qu'il passait beaucoup de temps au soleil – logique s'il était bien un chasseur de primes aimant la randonnée.

« S'il était bien » chasseur de primes ? Doutait-il de l'histoire de sa femme concernant son métier ? Il n'avait aucune raison de ne pas lui faire confiance, pourtant au fond de lui, il ne se voyait pas passer sa vie à traquer les méchants. Il ne savait pas trop pourquoi, ce n'était pas quelque chose qui lui plaisait. Sans compter qu'il ne pensait pas être le genre d'homme à négliger sa femme.

Sa tête le lançait comme si un souvenir tentait désespérément de remonter à la surface, mais il avait beau essayer, il ne parvenait pas à le faire émerger.

Frustré, confus et souffrant, Jack se détourna brusquement du miroir et tendit la main vers le pommeau de la douche. Il se sentait sale, il avait encore du sang dans les cheveux et besoin de se laver. Peut-être la journée apporterait-elle plus de clarté à sa situation. Au moins, il aurait l'occasion de mieux connaître sa femme.

Jack ne comprenait pas la tension entre Maisy et son frère, mais il se souvenait de la façon dont Jason lui avait parlé avant de savoir que Jack était réveillé, et il n'aimait pas ça du tout. Sa femme avait besoin qu'on prenne sa défense, et il n'avait peut-être pas été là pour elle auparavant, mais il était présent, désormais. S'il découvrait que Jason ne respectait pas Maisy, il chercherait un nouvel endroit où ils pourraient vivre, dès la fin de leur cérémonie de renouvellement. Il ne savait peut-être pas qui il était, ni rien de son passé, mais il ne resterait pas les bras croisés et ne laisserait pas quelqu'un à qui il tenait se faire maltraiter de quelque manière que ce soit.

Et Maisy Smith était définitivement quelqu'un à qui il tenait. Pour le meilleur et pour le pire, malade comme en pleine santé, il s'était juré de rester à ses côtés, et c'était ce qu'il ferait. Il la protégerait de lui-même, de son frère et de tous ceux qui oseraient lui faire du mal.

Jack ne savait pas d'où lui venait ce féroce instinct de protection. Sans doute de son statut de mari. Des souvenirs de l'amour qu'il portait tapis dans son inconscient. *Je ferai ce qu'il faut pour toi, Stellina, je te le jure.*

Satisfait de sa promesse intérieure, Jack se déshabilla et entra dans la douche. Aujourd'hui était littéralement le premier jour du reste de sa vie, et il était prêt à embrasser la situation... avec sa femme à ses côtés.

4

Le reste de la semaine fut extrêmement stressant pour Maisy. Elle avait l'impression de marcher sur des œufs. Chaque fois que Jack lui posait une question, elle était persuadée que tout était perdu. Elle redoutait de dire ce qu'il ne fallait pas et qu'il retrouve soudain la mémoire.

On était samedi matin, jour de son mariage.

C'était ironique. Elle rêvait de ce jour depuis si longtemps. L'un de ses jeux préférés, lorsqu'elle était petite, consistait à se déguiser, à utiliser une serviette ou une couverture comme « voile » et à descendre l'escalier en imaginant se diriger vers son futur mari. Sa mère jouait le rôle de l'officiant et Maisy répétait mot pour mot ses vœux à un fiancé imaginaire.

Et maintenant, elle était là, à se plier à ce simulacre de mariage. Elle se détestait. Elle détestait Jason pour l'avoir terrorisée au point qu'elle soit incapable de lui dire « non ».

Elle se moquait de l'argent... elle y renoncerait sans hésiter si cela la libérait de cette situation. Mais il y avait Jack. Et ça craignait, car, au cours de la semaine, Maisy avait découvert qu'elle aimait bien cet homme.

Il était prévenant, intelligent, poli et protecteur.

C'était cette dernière caractéristique qui la faisait réfléchir. Il pensait vraiment qu'elle était sa femme, et chaque
fois que Jason dépassait les bornes – ce qu'il veillait à ne pas
faire souvent en présence de Jack –, ce dernier intervenait
pour l'éloigner de son frère.

Jamais il ne lui pardonnerait cette mascarade. Ces
mensonges, le fait de prétendre être quelqu'un qu'elle
n'était pas.

Mais il y avait eu des matinées comme celle-ci, où elle
était restée allongée dans ses bras, se sentant aimée pour la
première fois depuis la mort de ses parents, et Maisy avait
presque pu oublier que tout ceci n'était qu'une comédie.
Entendre le cœur de Jack battre sous sa joue alors qu'elle
avait la tête sur son torse, sentir son parfum viril, sentir ses
bras autour d'elle... elle se sentait en sécurité.

Elle savait déjà qu'elle n'avait aucune envie de renoncer
à Jack, mais elle savait aussi que le moment arriverait inévitablement. Il se souviendrait qu'ils n'étaient pas réellement
mari et femme, qu'il avait été kidnappé, piégé pour l'épouser. Et il partirait.

D'un côté, Maisy priait pour qu'il recouvre la mémoire.
Elle voulait qu'il s'en aille d'ici. Qu'il s'éloigne de Jason.
S'il était encore là après les trois mois requis, il était fichu.
Tout comme Maisy. Elle le savait jusque dans ses entrailles.
Et pourtant, elle était là. Complice de tout ce que faisait
Jason.

Elle était une personne horrible. La peur de ce que son
frère pourrait lui faire en cas d'échec de son plan n'était pas
une excuse, alors qu'elle le soupçonnait du meurtre de sa
belle-sœur, voire de leurs parents. Mais quelles options s'of-
fraient donc à elle alors qu'elle se trouvait littéralement sans
le sou ? Sans doute pourrait-elle vivre dans la rue, mais

Jason chercherait sans relâche à lui remettre la main dessus. Il avait besoin d'elle pour avoir accès à son argent.

Jack tressaillit sous elle, et Maisy détourna ses pensées de son affligeante situation pour les orienter vers l'homme qui avait réussi à s'insinuer sous sa peau en quelques jours à peine.

Jusqu'à présent, il n'avait pas passé une seule nuit sans cauchemars. Elle n'avait aucune idée de ce dont il s'agissait, mais si l'on se fiait à ses réactions, ils étaient affreux. Et elle détestait l'idée que cet homme – fort, compatissant et attentionné – ait été traumatisé par quelque chose de si horrible qu'il en souffrait toutes les nuits.

Elle pria pour que ces cauchemars ne soient pas dus aux mauvais traitements que les méchantes connaissances de Jason avaient infligés à Jack.

— Tout va bien, murmura-t-elle d'un ton apaisant.

Elle approcha une main de son visage et la lui posa sur une joue.

— Tu es en sécurité.

— Owl ! Ça va ? Parle-moi, mec !

Maisy ignorait qui était Owl, mais ce n'était pas la première fois qu'il prononçait ce nom alors qu'il était en plein cauchemar. Et il était évident qu'il s'agissait de quelqu'un que Jack aimait profondément.

— Il va bien, assura-t-elle en priant pour ne pas mentir.

Bon, ce ne serait qu'un mensonge supplémentaire venant s'ajouter à tous ceux qu'elle lui avait déjà racontés.

— Ils lui font mal ! gémit Jack, en agitant sa tête sur l'oreiller.

Le bras qu'il avait entouré autour d'elle se resserra, au point d'en être presque douloureux.

— Qu'est-ce qu'il a ?

Maisy sursauta au son de la voix de Jason. Elle était telle-

SUSAN STOKER

ment concentrée sur Jack qu'elle n'avait même pas entendu son frère. Elle ne fut pas surprise qu'il soit entré sans y avoir été invité, il envahissait toujours son intimité. Mais il ne l'avait pas fait depuis que Jack s'était réveillé après avoir été amené chez eux. Elle ne savait pas pourquoi il était là maintenant, mais elle n'aimait pas ça. Pas du tout.

— Un cauchemar, répliqua-t-elle brusquement, sans quitter Jack des yeux.

— Réveille-toi ! lui cria Jason.

Maisy fusilla son frère du regard. Elle doutait qu'il s'agisse de la façon appropriée de réveiller quelqu'un en train de cauchemarder.

Jason s'approcha du bord du lit, sans se soucier du fait qu'elle était allongée avec son futur mari, et posa une main sur le bras de Jack, pour le secouer presque violemment.

— Eh ! Ressaisis-toi ! Tu dois te lever et te préparer pour ton mariage !

Jack se déplaça à une vitesse à laquelle Maisy ne se serait jamais attendue. Il la poussa sur le côté et frappa Jason. Son poing entra en contact avec la pommette de son frère dans un bruit sourd.

Jason grogna quand sa tête partit en arrière.

Jack fit alors quelque chose que Maisy eut du mal à comprendre. Au lieu de repousser son frère, il l'agrippa par le tee-shirt et le tira vers le lit. Et il le frappa à nouveau.

Maisy ne put que regarder, les yeux écarquillés, Jack s'appliquer à tabasser Jason.

Bien qu'il soit fort et qu'il ait apparemment un crochet du droit très percutant, Jason réussit à échapper à son emprise et recula en trébuchant.

— C'est quoi ce bordel ? s'exclama-t-il.

— Plus jamais ça ! dit Jack. Stop !

Aussi incroyable que cela puisse paraître, Jack semblait

encore endormi, prisonnier des horreurs qu'il voyait dans son esprit.

Sans plus penser à sa propre sécurité, désireuse seulement de l'apaiser, Maisy recula jusqu'à Jack et posa une main sur sa poitrine.

— C'est bon, il arrête !

Étonnamment, Jack se calma à son contact et à sa voix.

— Sérieux, c'est quoi ce bordel ? fulmina Jason en reculant encore un peu. Je crois qu'il m'a pété le nez !

— Il rêve, il ne savait pas que c'était toi, répliqua Maisy sur la défensive.

— Il a de la chance que j'aie besoin qu'il t'épouse, grosse vache !

Soulagée maintenant que Jack s'était à nouveau installé à ses côtés, elle demanda :

— Qu'est-ce que tu fais ici si tôt ?

— Plus tôt je vous aurai mariés, mieux ce sera. Le célébrant est en bas.

— Déjà ? s'étonna Maisy après un coup d'œil à l'horloge. Il n'est même pas 7 heures.

— Une heure, la prévint Jason. Je veux que tu descendes à 8 heures. Tu m'entends ?

Maisy grinça des dents et fit la moue.

— Fais-moi confiance, Maisy. Tu seras en bas à 8 heures, ou tu vas le regretter, putain, la menaça Jason.

Puis il se retourna et sortit de la pièce en marmonnant des grossièretés.

En fait, Maisy regrettait déjà. Désolée de s'être laissé entraîner dans cette situation. Désolée de ne pas avoir tout avoué à Jack. Elle regrettait de ne pas l'avoir aidé à sortir de cette maison et à s'éloigner d'elle.

Mais le cas échéant, Jason aurait kidnappé quelqu'un d'autre. Il se moquait de savoir qui elle épousait, du moment que le mariage était conclu. Il était probable qu'il trouverait en plus quelqu'un d'horrible, juste pour lui montrer qu'elle n'avait aucun contrôle sur quoi que ce soit. Quelqu'un qui la battrait et la violerait. Quelqu'un comme son soi-disant ami Don.

La détermination l'envahit alors. Pour la première fois depuis des années, elle s'inquiétait et se préoccupait de quelqu'un d'autre qu'elle-même. Si elle avait été seule en jeu, elle aurait probablement continué à faire ce qu'elle faisait depuis dix ans, à savoir obéir à Jason, fermer les yeux sur les horreurs qu'il avait commises, se noyer dans un brouillard, juste pour avoir un endroit où vivre. Mais maintenant, elle était responsable de la sécurité de quelqu'un d'autre.

Elle épouserait Jack et ferait ce qui était en son pouvoir pour le protéger de Jason. Cela leur ferait gagner du temps. Si elle n'épousait pas Jack, son frère le tuerait et enlèverait quelqu'un d'autre.

Elle avait trois mois pour trouver une solution et le moyen d'expliquer à Jack ce qui se passait. Elle avait bien l'intention de le lui dire… ne serait-ce que pour qu'il puisse se protéger de son frère. Elle aiderait Jack à trouver d'où il venait. Beaucoup de gens devaient être morts d'inquiétude à cause de sa disparition. Il la détesterait, Maisy n'en doutait pas, mais s'il était assez révolté pour la quitter, pour s'éloigner de son frère…

C'était la meilleure chose qu'elle puisse faire pour lui.

Elle espérait qu'il s'en tirerait sain et sauf.

Elle n'avait pas besoin que Jack soit présent à la banque, en personne, pour avoir accès à son héritage. Le certificat de mariage devrait suffire. Jason aurait son argent, et elle serait soit libre, soit morte. À ce stade, que ce soit l'un ou l'autre n'avait pas vraiment d'importance.

Jack se déplaça sous elle et Maisy réalisa qu'elle avait glissé une main sous son tee-shirt et caressé son torse, à la fois pour l'apaiser et parce que sa peau chaude était merveilleusement agréable au toucher.

— Bonjour, dit-il d'une voix profonde et rauque qui semblait pénétrer directement dans son âme.

Il se déplaça contre elle pour lui enrouler un bras autour de la taille et presser son autre main sur la sienne, afin de l'empêcher de la retirer de sous son tee-shirt.

— Bonjour, dit-elle prudemment.

Il n'y avait pas si longtemps, il avait cogné son frère. S'en souviendrait-il ?

— Quelle heure est-il ?

— Il est 7 heures. Et je dois dire que Jason est impatient ! Il voudrait qu'on soit descendus à 8 heures.

Jack haussa un sourcil, surpris.

— Cela ne te laisse pas beaucoup de temps pour te préparer. Pourquoi se presser autant ?

Elle haussa les épaules.

— Il est excité, j'imagine ?

C'était l'euphémisme du siècle. Plus vite il lui aurait fait épouser Jack, plus vite commencerait le compte à rebours pour qu'il obtienne les millions de dollars tant convoités.

— Est-ce que les choses... vont bien entre vous deux ? s'enquit Jack avec douceur.

Maisy s'immobilisa. Elle ne savait pas du tout comment répondre à cette question. Elle ne pouvait pas être honnête et dire à son futur mari qu'elle détestait son frère. Qu'il était un type horrible.

— C'est juste que j'ai remarqué qu'il ne te traitait pas vraiment comme il faut. J'ai dû te faire beaucoup de mal pour que tu choisisses de revenir vivre avec lui.

Maisy sentit les larmes lui monter aux yeux. Elle détestait que Jack se pense responsable de leur séparation.

— Ne pleure pas, la supplia-t-il. Je peux tout gérer, sauf ça. Je suis désolé, c'est le jour de notre remariage. Je laisse tomber. Mais tu dois savoir que... j'ai l'intention de partir d'ici. Je veux trouver un endroit juste pour nous. Je n'aime pas la façon dont il te parle parfois, et bien qu'il soit de la famille, ce n'est pas sympa. Il faut que j'obtienne une nouvelle carte d'identité, que j'accède à notre compte en banque, que je parle au propriétaire de mon appartement pour récupérer mon dépôt de garantie et que j'obtienne un nouveau téléphone portable.

Ses paroles firent cesser ses larmes alors qu'elle le regardait fixement. Bien sûr qu'il tenait à faire tout cela. Tout locataire d'un appartement ayant brûlé ferait la même chose. Mais le problème, c'était qu'il n'avait pas de compte en banque, qu'il n'y avait pas de propriétaire et qu'elle n'avait aucune idée de l'endroit où était passé son ancien téléphone portable. Sans parler de ses papiers d'identité. Jack Smith n'existait pas, et il s'en rendrait compte bien vite, une fois qu'il aurait commencé à essayer de récupérer sa vie inexistante.

— Respire, Stellina. Je suis désolé, je ne voulais pas te stresser aujourd'hui, la rassura-t-il avant de sourire. Je dois dire que j'aime me réveiller avec tes mains sur moi.

Maisy avait la gorge complètement nouée.

— Je ne vais pas insister, mais ce soir... j'aimerais vraiment faire l'amour à ma femme. Même si ça craint, parce que je ne me souviens pas de ce que tu aimes.

— Ce que j'aime ? murmura-t-elle.

Jack sourit.

— Oui. Tu aimes que ce soit dur et rapide ? Lent et doux ? Est-ce que ton clitoris est sensible ? Est-ce que tu peux jouir si je joue avec tes tétons ou tu as besoin de plus de stimulation ? Je ne sais pas quelle est ta position préférée, si tu aimes avoir le contrôle ou si tu préfères que je sois dominant.

Sentant Maisy se tortiller contre lui, il gloussa.

— Je me sens un peu comme l'un de ces hommes d'autrefois... désirant désespérément sa femme, mais devant attendre la nuit de noces pour découvrir tous ses secrets. Sauf que cette fois, j'ai l'impression que c'est moi, la vierge. Ce sera comme une première fois et j'ai hâte.

Maisy ne s'était pas autorisée à trop penser à cette partie de la ruse que son frère leur avait imposée. Oui, elle dormait aux côtés de Jack depuis que son frère l'avait ramené à la maison, mais elle avait occulté la partie sexuelle du mariage, supposant qu'elle trouverait une raison de la repousser. Maintenant, elle se rendait compte à quel point elle avait été stupide. Encore une fois. Bien sûr, elle ne pouvait pas refuser indéfiniment de coucher avec son mari.

Il voulait lui faire l'amour ce soir. Et ce serait leur première fois ensemble, mais elle ne pouvait pas le lui dire.

— Stellina ? Je suis désolé, je t'ai choquée ?

Elle se força à respirer. La seule chose choquante dans ce qu'il avait dit, c'était le constat qu'elle en brûlait d'envie. Son entrejambe était déjà humide.

— Non, mentit-elle.

— Menteuse, répliqua-t-il gentiment.

Il fallut bien des efforts à Maisy pour ne pas tressaillir en entendant ce mot.

Il se pencha, gardant sa main coincée sous son tee-shirt alors qu'il se rapprochait de plus en plus. Maisy ferma les yeux à la dernière seconde et elle baissa la tête, le rejoignant à mi-chemin. Elle avait besoin de son baiser plus qu'elle ne l'aurait imaginé.

À la seconde où leurs lèvres se touchèrent, elle se sentit comme chez elle.

Il l'avait déjà embrassée plusieurs fois, mais il s'agissait toujours d'effleurements plutôt chastes. Ce baiser était complètement différent. Il suivit de la langue le contour de ses lèvres et elle s'ouvrit immédiatement à lui.

Il s'engouffra dans la brèche, prenant le contrôle. Tout ce que Maisy put faire, ce fut s'accrocher et gémir tandis qu'il s'emparait de sa bouche comme un possédé. Il mordilla, suça et explora chaque espace de sa bouche. Ses tétons étaient durs sous son tee-shirt... Elle lui planta les ongles dans la peau du torse pendant qu'il la dévorait.

Quand il s'écarta, ils respiraient tous les deux à grand-peine. Maisy resta là, à le fixer du regard.

— Je ne te laisserai pas repartir, déclara Jack, sur un ton qui tenait du souhait. Ce qui s'est passé entre nous appartient au passé. À partir de maintenant, c'est nous contre le reste du monde. Je ne te laisserai pas tomber et je serai toujours ton champion. Merci de m'avoir donné une chance d'arranger les choses. Cette fois, je te promets d'être le mari que tu mérites.

Ses mots semblaient tout droit sortis d'un film. Comme... les vœux de mariage. Les larmes lui montèrent à nouveau aux yeux. Il ne dirait jamais ce genre de choses s'il savait que tout était faux. Qu'ils se connaissaient depuis moins d'une semaine. Que son frère l'avait kidnappé pour le forcer à se marier avec elle. Qu'il avait prévu de les torturer tous les deux si l'un d'eux résistait.

— Je te promets de faire ce qu'il faut pour être à tes côtés, répliqua-t-elle d'une voix rauque. Je ferai de mon mieux pour te soutenir et te protéger.

— Ça, c'est mon travail, nuança Jack avec un petit

sourire, tout en passant une main dans ses cheveux. Veiller à ta sécurité, je veux dire.

Maisy ferma les yeux et appuya la tête sur son épaule. Cet homme. Il était en train de la tuer.

Ils restèrent ainsi quelques minutes, perdus dans leurs pensées. Puis il finit par dire :

— Si on doit être en bas à 8 heures, il vaut mieux que tu te lèves et que tu commences à te préparer.

Il n'avait pas tort. Mais la pensée de l'énorme tort qu'elle causait à cet homme était écrasante.

— Allez, Stellina, debout. Plus vite ce sera fait, plus vite on pourra revenir ici et entamer notre lune de miel.

Elle leva la tête à ce moment-là, et elle vit une étincelle dans ses yeux.

— Enfin, si j'arrive à calmer cette érection assez longtemps pour ne pas passer pour un pervers en public.

Sans qu'elle y prenne garde, Maisy avait baissé les yeux. Et quand elle vit le renflement de son pantalon de survêtement, elle en eut la gorge nouée. Pour être honnête, la taille de son sexe lui faisait peur. La seule fois où elle avait fait l'amour, elle avait eu mal. Très mal, même. Et ce garçon était loin d'avoir les proportions impressionnantes de Jack.

D'un doigt sous le menton, Jack l'obligea à relever le visage pour pouvoir la regarder dans les yeux.

— Je ne te ferai pas de mal. Tu le sais certainement.

Si, il lui ferait du mal, la dévasterait lorsqu'il tournerait sa haine contre elle après avoir compris la tromperie dont il était l'objet. Elle acquiesça cependant.

— Je ne me souviens pas de notre vie sexuelle, mais tu m'as manifestement eu plusieurs fois en toi – je n'imagine pas avoir été capable de te résister –, alors ça va être bon. Mieux que bon. Je t'en donne ma parole.

Elle acquiesça. Et soudain, elle voulait ça. Avec lui. Elle

voulait sentir chaque centimètre de lui au plus profond de son corps, savoir ce que c'était que d'être choyée au lit. Ayant lu beaucoup de livres, elle savait ce qu'était censé être le sexe, et pour une fois, elle voulait en faire l'expérience. Et elle ne doutait pas que le sexe avec Jack serait inoubliable.

— D'accord, dit-elle fermement. Je me lève. On se marie, et on fait des galipettes.

Il sourit.

— On se remarie, et d'accord pour la suite du programme.

Flûte ! Elle ne devait pas oublier qu'il s'agissait d'une cérémonie de renouvellement des vœux, et non d'un véritable mariage. Jack était intelligent, vraiment intelligent, et si elle se plantait trop souvent, il se méfierait.

— Levez-vous, madame Smith. Préparez-vous. Nous descendrons ensemble.

Ressortant la main de sous son tee-shirt, Maisy acquiesça. Il la lui prit, puis lui sourit tandis qu'elle glissait vers le bord du lit.

Quand elle eut traversé la moitié de la pièce, Jack dit :

— Maisy ?

Elle se retourna pour le regarder.

— Je me sens l'homme le plus chanceux du monde que tu sois prête à me donner une seconde chance. Merci.

Merde, Maisy se sentait comme la pire des impostures. Elle avait la gorge si serrée qu'elle ne pouvait parler, aussi se contenta-t-elle de lui sourire, puis fila dans la salle de bain. Dès que la porte se referma derrière elle, les larmes ruisselèrent.

5

— Maisy Smith, voulez-vous prendre cet homme comme époux légitime, pour le meilleur et pour le pire, dans la richesse et dans la pauvreté, dans la maladie et dans la santé, jusqu'à ce que la mort vous sépare ?

— Oui, répondit Maisy d'une voix douce et légèrement tremblante.

Jack serra sa main pour la soutenir. Elle lui sourit et leurs regards restèrent accrochés.

— Jack Smith, voulez-vous prendre cette femme comme épouse légitime, pour le meilleur et pour le pire, dans la richesse et dans la pauvreté, dans la maladie et dans la santé, jusqu'à ce que la mort vous sépare ?

— Oui, confirma-t-il, se surprenant lui-même par la profondeur des émotions qu'il éprouvait à prononcer ce seul petit mot.

La matinée ne s'était pas déroulée comme il s'y serait attendu. Il avait pensé que Maisy la passerait à se préparer et qu'ils prendraient ensuite un brunch tranquille avant la cérémonie de renouvellement des vœux. Au lieu de quoi, il s'était réveillé non seulement avec la migraine – ce qui était

encore assez normal –, mais aussi, pour une raison inconnue, avec les articulations douloureuses. Puis Maisy avait
posé une main sur son torse nu, ce qui avait fait éveillé une
douleur pour le coup agréable au niveau de son sexe. Et le
baiser qu'ils avaient partagé avait été bouleversant.

Certains aspects dans la vie de sa femme le dérangeaient
beaucoup, dont le plus important était le mépris évident
que Jason témoignait à sa sœur. C'était incroyablement
déplacé et Jack était en état d'alerte. Il n'aimait pas le
manque de respect dont ce Jason avait fait preuve en insistant pour que la cérémonie ait lieu si tôt le matin, mais
comme il ne comprenait pas les tenants et les aboutissants
de la situation, il ne se sentait pas autorisé à exprimer son
opinion.

Cependant, il avait été très sérieux ce matin, quand il
avait dit à Maisy vouloir quitter cette maison dès que
possible. Il y avait quelque chose chez Jason dont il se
méfiait. Et puis, il ne voulait pas avoir à s'inquiéter d'une
éventuelle irruption de son beau-frère dans leur chambre,
chaque fois que l'envie lui passerait par la tête. Il désirait
avoir sa femme pour lui tout seul.

Pour la cérémonie, elle portait une robe lavande toute
simple, qui lui descendait jusqu'aux genoux. La tenue épousait le haut de son corps et s'évasait au niveau des hanches.
Elle était magnifique et il n'avait pas hésité à le lui dire dès
qu'il l'avait vue. Le rouge qui lui était monté aux joues et le
regard timide qu'elle lui avait lancé avaient donné à Jack
l'envie de la jeter sur leur lit et de lui montrer à quel point il
la trouvait jolie, mais il ne voulait pas non plus avoir affaire
à un Jason agacé. Aussi avait-il simplement offert son bras à
sa femme et ils étaient sortis de la chambre.

Dès qu'ils entrèrent dans la salle à manger, après avoir
descendu l'escalier, Jason leur lança :

— Pas trop tôt. J'étais à deux doigts d'envoyer quelqu'un vous trouver tous les deux. Finissons-en.

Et l'officiant avait commencé à parler.

Jack avait jeté un coup d'œil à l'« officiant » en question et les poils s'étaient hérissés dans sa nuque. Il ne connaissait pas l'homme, mais il n'avait pas l'air d'un type dont le métier consistait à célébrer des mariages. Chauve, le bouc hirsute, il avait reluqué un peu trop longtemps la poitrine de Maisy. Et son intérêt déplacé pour la femme de Jack mis à part, le gars semblait presque s'ennuyer.

Comme cérémonie de renouvellements de vœux, ce n'était pas vraiment idéal. Jack fit néanmoins de son mieux pour ignorer ces aspects dérangeants et se concentra sur l'essentiel.

Maisy.

La cérémonie avait à peine commencé qu'elle s'achevait déjà.

— Vous pouvez embrasser la mariée.

Il avait tenu les mains de Maisy pendant que l'ami de son frère officiait, mais il lui prit maintenant le visage entre ses paumes. Elle s'appuya contre son torse et leva les yeux vers lui.

La « cérémonie » n'avait duré en tout et pour tout que cinq minutes, au maximum. Jack n'avait pas eu l'occasion de dire à Maisy sa fierté d'être son mari. Sa gratitude pour la seconde chance qu'elle lui accordait. Il détestait qu'ils se soient éloignés l'un de l'autre, mais il s'était juré de faire tout ce qui était en son pouvoir pour éviter que cela se reproduise.

— Tu es vraiment très belle, murmura-t-il.

Il la sentit se pencher un peu plus vers lui.

— Merci. Tu n'es pas mal non plus.

Jason lui avait apporté un tas de vêtements plus tôt dans

la semaine, et Jack avait choisi un pantalon en toile, ce matin, au lieu du jean dans lequel il se sentait plus à l'aise... vu que c'était un jour spécial et tout.

— Pour l'amour de Dieu, embrasse-la ! s'exclama Jason.

Sans quitter sa femme du regard, Jack baissa lentement la tête.

Elle leva le menton lorsqu'il s'approcha.

Gardant les yeux ouverts, Jack fit de son mieux pour mémoriser cet instant. N'ayant guère de souvenirs avec sa femme, il chérissait maintenant chacun d'eux. Comme la façon dont elle s'allongeait, alanguie, contre son torse dans le lit et se pelotonnait contre lui, tel un chat repu. La sollicitude qu'elle manifestait à son égard, l'inquiétude que lui inspirait sa perte de mémoire et son désir de savoir si des souvenirs lui étaient revenus. Le plaisir qu'elle semblait prendre à rester assise à ses côtés pendant des heures, simplement pour discuter. Il aimait que sa femme prenne soin de lui et voulait lui rendre la pareille. Il se sentait protecteur à son égard, d'autant qu'elle semblait... fragile. Jack ne savait pas trop pourquoi, mais ce sentiment persistait.

Leur baiser de mariage fut court, mais extrêmement sincère. Jack avait mis tous ses sentiments dans cette étreinte. Ça lui semblait judicieux. Il apprenait encore à connaître Maisy, et à cause de ses souvenirs perdus, il avait l'impression qu'il venait juste de la rencontrer. Mais une partie de lui, au plus profond, l'avait reconnue. Si tel n'avait pas été le cas, il aurait pu douter de tout ce qu'on lui avait dit après son réveil.

— Très bien, vous deux, ça suffit. Vous pourrez faire des galipettes une fois qu'on aura rempli les formalités administratives, intervint Jason d'un ton brutal.

C'était une intrusion dans un beau moment et, une fois de plus, Jack n'apprécia guère.

À contrecœur, il décolla ses lèvres de celles de Maisy et plongea son regard dans le sien. Elle se passa la langue sur les lèvres, geste qu'il trouva très sensuel. Les doigts agrippés à lui comme de petites griffes, elle s'appuyait contre son torse comme s'il était la seule chose qui la maintenait debout.

— Coucou, dit-il stupidement.

— Coucou, répondit-elle dans un chuchotement.

— Tenez, lança Jason, gâchant une fois de plus le moment en agitant quelque chose dans leur direction.

Fronçant les sourcils, Jack se retourna et vit que son beau-frère lui tendait un stylo.

— Il est temps de signer la paperasse, expliqua-t-il.

— La paperasse ? Mais on est déjà mariés, répliqua Jack en fronçant les sourcils.

— Oui, mais j'ai pensé que vous aimeriez garder un souvenir de cette journée, quelque chose à mettre dans un album. Ce n'est pas grand-chose. Juste un souvenir. Ce n'est pas comme si vous pouviez vous marier deux fois.

Jack examina Jason. L'homme lui semblait parler un peu vite, comme s'il était nerveux... ou excité. Il n'arrivait pas à le déterminer.

— Tiens, toi d'abord, Maisy, dit Jason à sa sœur en lui fourrant presque le stylo de force entre les doigts.

Elle décolla une main du torse de Jack et accepta le stylo que son frère lui tendait. Jack ne la laissa pas s'écarter de trop pour autant. Si elle put pivoter entre ses bras, il l'enlaçait toujours par la taille, pour la plaquer contre lui.

Elle le regarda timidement et Jack sut qu'il ne se lasserait jamais de la voir piquer un fard. Il l'accompagna sur quelques pas jusqu'à la table de la salle à manger, où était posé un document d'apparence officielle.

Jason se pencha à côté de Maisy pour lui désigner en emplacement au bas de la page.

— Tu signes là, ordonna-t-il.

Jack sentit Maisy se raidir, mais, sans hésiter, elle se pencha et signa à l'endroit indiqué par son frère. Après quoi, elle se retourna et leva les yeux vers Jack tout en lui présentant le stylo.

Curieusement, il hésita. Il regarda le papier, puis Jason. L'homme semblait un peu trop pressé de les voir signer ces papiers, quels qu'ils soient. Agité. Presque content de lui. Comme un enfant qui s'apprête à recevoir un cornet de glace géant ou quelque chose du genre. Des sonnettes d'alarme se mirent à retentir dans le cerveau de Jack. C'était vraiment frustrant de ne pas savoir pourquoi son beau-frère lui inspirait ce genre de réactions.

— Jack ? chuchota Maisy.

La main qui tenait le stylo tremblait. Maisy était-elle nerveuse ? Si oui, à propos de quoi ?

— D'habitude, le marié a le trac avant de se marier, plaisanta Jason. Alors c'est quoi ? Tu regrettes de t'être refait passer la corde au cou par ma sœur ?

Puis il rit comme s'il venait de sortir la chose la plus drôle du monde.

Si Jack n'avait pas déjà eu les yeux rivés sur Maisy, il n'aurait pas noté l'effet de la pique de Jason sur elle. Elle tressaillit, mais le mouvement ne fut que fugace. Les mots de son frère l'avaient visiblement blessée plus qu'elle ne le laissait paraître.

Jack bougea avant même d'avoir réfléchi à ce qu'il faisait. Il prit le stylo des mains de Maisy et se pencha sur la table, griffonnant son nom sur la ligne au-dessus de celle de Maisy avant de plaquer le stylo sur la table.

— Je ne regrette rien dans mon union avec Maisy. Ni maintenant, ni la première fois.

— Non, bien sûr que non. Je vais juste aller vous faire encadrer ça, déclara Jason, que la colère de Jack paraissait laisser indifférent.

Il s'empara du papier sur la table, faisant un signe à son ami qui avait célébré la cérémonie.

L'homme leva des yeux des fesses de Maisy qu'il était en train de reluquer et sourit à Jack avant de suivre Jason jusqu'à la porte. Le silence qui s'étira dans la pièce après leur départ semblait assourdissant.

— Eh bien, fit enfin Maisy, nerveuse, sans expliquer ce qui la travaillait.

— Bonjour, madame Smith, dit Jack en la plaquant contre lui.

Il l'entoura de ses bras pour exercer une petite pression sur son corps.

Maisy leva les yeux vers lui, mais au lieu de la joie, il vit de l'appréhension dans ses yeux. Ce qui était inacceptable. Que son frère soit maudit pour avoir terni l'éclat de cette journée.

— Tu as faim ? demanda-t-il.

Les lèvres de Maisy frémirent.

— Je suis affamée.

C'était d'ailleurs un autre point qui tracassait Jack : il trouvait que sa femme ne mangeait pas assez. Il n'avait pas pris beaucoup de repas avec son frère et elle dans la salle à manger, mais lors des quelques repas qu'ils avaient partagés, il n'avait pas manqué les regards réprobateurs que Jason avait lancés à sa sœur pendant qu'elle mangeait.

— Je crois que Paige prévoyait de nous préparer un petit déjeuner spécial, dit-elle à Jack.

— Tu as envie d'aller quelque part ?

Maisy fronça les sourcils.

— Dans un restaurant ? demanda-t-elle, confuse.

— Oui, Stellina. Dans un restaurant, par exemple. On n'est pas sortis depuis... tu sais, mon accident. J'ai pensé qu'on pourrait peut-être faire un tour, parler, prendre un bon repas quelque part. Tu m'en dirais plus sur toi. Il y a tant de choses que je veux encore savoir. Ce sera une bonne occasion pour moi de te faire la cour à nouveau.

— Comme un rendez-vous.

— Exactement.

L'air choqué de Maisy à l'idée qu'il ait envie de l'emmener quelque part déplut à Jack.

— D'accord. Mais il faut qu'on avertisse Paige. Elle a probablement déjà commencé à préparer le brunch pour nous.

Voilà une autre chose que Jack appréciait chez sa femme. Elle cherchait à ménager les sentiments d'autrui. Elle n'aimait pas embêter ceux qui l'entouraient. Elle était très attentionnée. Chaque jour, il apprenait quelque chose de nouveau à son sujet. Elle aimait les animaux, n'était pas très portée sur les activités de plein air, n'aimait pas les fruits de mer, mais, pour une raison mystérieuse, pouvait manger du thon en boîte. Elle ne ronflait pas, mais reniflait dans son sommeil, et elle ne dormait pas bien tant qu'elle n'était pas collée contre lui. Ce dernier point, Jack l'aimait plus qu'il ne voulait l'admettre.

C'était... étrange. Bien, mais étrange. Comme si avoir quelqu'un qui dormait à ses côtés était une nouveauté pour lui. Ce qui était déroutant puisqu'il était un homme marié, mais d'un autre côté, il avait apparemment vécu à Spokane pendant qu'elle était ici à Seattle, alors peut-être que ce n'était pas si inhabituel après tout. Chaque soir, lorsqu'ils allaient dormir, elle semblait hésiter à monter dans le lit avec lui, mais après s'être endormie, elle migrait inévitablement de son côté et s'accrochait à lui comme si elle était en train de se noyer et qu'il était sa bouée de sauvetage. Et Jack adorait ça. Il aimait la sentir dans ses bras. Il aimait l'avoir près de lui.

— D'accord, on va prévenir Paige, puis on file. Ça craint qu'on m'ait volé ma voiture pendant qu'on faisait de la randonnée. Mais ce n'est que temporaire. Il faut que je la remplace rapidement. J'apprécie que ton frère en ait loué une pour nous. Mais tu devras conduire, car je n'ai pas encore remplacé mon permis de conduire.

— Euh... zut. Je n'y avais pas pensé. Je n'ai pas le permis.

— Tu n'as pas le permis de conduire ?

Elle secoua la tête.

— Non. Je n'étais pas assez âgée quand mes parents sont morts, et après, je n'en voyais plus l'intérêt. J'arrivais tout juste à survivre au jour le jour. Et comme ils se sont fait agresser dans leur voiture, j'avais encore moins envie de m'asseoir au volant d'un véhicule.

Jack comprenait sans mal. La frustration le tenaillait. Il devait quitter cette maison. Sans trop savoir pourquoi, il se sentait prisonnier ici. Ce qui était dommage, car c'était la maison où Maisy vivait pour l'instant.

— On s'en fout, marmonna-t-il. Si je me fais arrêter, tant pis. Je me prendrai une contravention pour absence de permis, mais tu devras dire aux flics qui je suis pour que je ne sois pas arrêté.

Jack plaisantait, mais l'expression bouleversée de Maisy lui fit regretter sa légèreté.

— Ou on peut rester ici, s'empressa-t-il d'ajouter.

— Non ! C'est bon. Je suis sûre que tu en as marre de la maison. Je te fais confiance, Jack.

— Cela signifie beaucoup pour moi. Tu es en sécurité quand tu es avec moi.

— Et tu es en sécurité avec moi aussi, répondit-elle.

Il lui sourit et l'attira à nouveau contre lui. Il aimait la sentir contre son corps. Elle était douce pour son corps dur, le yin pour son yang. Comment avait-il pu oublier cette femme ? Elle semblait occuper chaque espace libre de son esprit à présent. Son cerveau était rempli de tout ce qui concernait Maisy Smith. Sa femme. C'était incroyable, mais tellement juste en même temps.

Il baissa la tête sans un mot et sentit une vague de satisfaction le submerger lorsqu'elle se hissa sur la pointe des pieds pour quêter ses lèvres avec empressement. D'une main, elle vint lui caresser la nuque pendant qu'il l'embrassait.

Ce qui avait commencé comme un moyen de lui montrer qu'il était heureux de l'avoir pour femme, qu'il l'honorait et la chérissait, se transforma sur-le-champ en beaucoup plus. Jack dut déployer d'immenses efforts pour ne pas l'allonger sur la table derrière eux et la prendre dans la foulée.

Il désirait cette femme. Sa femme. Il brûlait de voir son corps. De découvrir ce qu'elle aimait au lit. De la sentir serrer son sexe quand il plongerait dans son fourreau chaud et humide.

C'était sa femme, il l'avait possédée des centaines de fois par le passé, mais il ne se les rappelait pas, ce qui rendait les choses encore plus excitantes. Combien d'hommes avaient eu la chance d'avoir une seconde première fois avec leur femme ?

Maisy et lui haletaient lorsque Jack se força à relever la

tête. D'une main, il avait relevé le bas de sa jolie robe lavande et pétrissait ses fesses appétissantes. Son autre main avait plongé dans ses cheveux, pour lui immobiliser la tête pendant qu'il dévorait sa bouche.

Les pupilles dilatées, les lèvres rougies et gonflées de leurs baisers, elle le regardait, hébétée, tout en caressant la peau sensible de sa nuque. Ses tétons pointaient sous le corsage de la robe et Jack dut puiser dans tout son contrôle pour ne pas se pencher et en prendre un dans sa bouche.

— Trop mignon.

Au son de cette voix grave, Jack bougea avant même de s'en rendre compte. Il pivota sur lui-même, se plaçant entre Maisy et celui qui avait osé les interrompre, non sans avoir lâché ses fesses pour que sa robe retombe, couvrant à nouveau ses cuisses. En se retournant, il fixa l'homme qui se tenait juste derrière la porte. C'était un blond, grand et musclé, qui avait des yeux d'un bleu glacé dénué de vie. Son sourire en coin hérissa le poil de Jack et lui donna aussitôt envie de soustraire Maisy à sa vue.

Cet homme était un inconnu, Jack ne l'avait jamais vu dans la maison.

— Ne vous interrompez pas pour moi, fit l'homme, narquois. Ça commençait à prendre tournure.

— Vous êtes qui ? aboya Jack.

Cet homme lui donnait la chair de poule et il n'avait aucune envie de le voir dans la même pièce que sa femme.

— Personne, répondit l'homme avec le même sourire moqueur. Je cherchais juste Jason.

— Il n'est pas là, grommela Jack.

— D'accord. Je vais donc partir à sa recherche. J'ai entendu dire que des félicitations s'imposaient ?

Pourquoi avait-il formulé cela comme une question ? Jack se contenta d'opiner sèchement.

— OK. Alors, félicitations. Et désolé pour votre problème de mémoire... mais visiblement, les choses commencent à se passer mieux que prévu pour vous, gros veinard.

Jack ne voyait pas ce que l'homme insinuait, mais l'individu lui déplaisait vraiment. Sans rien répondre, il le fusilla du regard.

Sur un coup de chapeau imaginaire, l'inconnu partit aussi silencieusement qu'il était arrivé. Mais les rires qui retentirent dans le couloir et la salle à manger agacèrent Jack au plus haut point.

— C'était qui, ce type ? demanda-t-il en se retournant pour attirer de nouveau Maisy dans ses bras.

— Je ne sais pas. Je ne l'ai jamais vu. Mais Jason a beaucoup de... d'associés... que je n'ai jamais rencontrés.

La tête de Jack tambourinait plus fort qu'avant. Comme si son inconscient lui criait un avertissement, mais qu'il ne parvenait pas à le déchiffrer. C'était à la fois frustrant et irritant.

— Jack ? fit Maisy. Si tu n'as pas envie d'aller où que ce soit, ce n'est pas grave. Je suis sûre que ce que Paige a prévu sera merveilleux.

Prenant une profonde inspiration et souhaitant que sa migraine reflue, il secoua la tête.

— Non, on y va, c'est sûr.

Puis il contempla sa femme : son visage, ses lèvres encore gonflées, ses cheveux ébouriffés par sa main à lui. Il s'empressa d'ajouter :

— Ce soir, j'aimerais refaire l'amour avec ma femme... si tu es d'accord.

Oui, ils en avaient déjà parlé, mais après avoir juré de l'aimer et de l'honorer, il avait l'impression de devoir obtenir sa permission.

Elle eut l'air nerveuse, voire un peu effrayée, ce qui dérangeait Jack. Mais elle se passa la langue sur les lèvres et hocha la tête.

— On n'est pas obligés de le faire, si tu n'es pas sûre, se sentit-il obligé de préciser.

— J'en suis sûre. Je... je te désire. Mais... ça fait un moment pour moi.

Jack fronça les sourcils.

— Un moment ?

Elle acquiesça et se mordit la lèvre. Ses yeux partirent vers la gauche pendant une fraction de seconde, avant qu'elle ne croise à nouveau son regard.

— On n'a pas... tu sais... pendant plusieurs mois. Depuis que tu as déménagé à Spokane. Et je serai probablement... rouillée. Est-ce qu'on peut... tu pourras... y aller doucement ?

Le cœur de Jack se retourna dans sa poitrine.

— Je ne te ferai pas de mal, Stellina. Je te donne ma parole.

Elle acquiesça.

— Alors oui, j'aimerais... consommer notre mariage ce soir.

Jack gloussa à son petit trait d'humour.

— Ce sera notre deuxième lune de miel. J'aimerais bien que tu me racontes la première lune de miel pendant notre petit déjeuner. Allons voir Paige et en route ?

La gorge nouée, Maisy acquiesça.

Il se pencha pour lui embrasser le front avec respect, inhalant une fois de plus son odeur de pomme. Il associerait éternellement ces senteurs à cette femme. Cela craignait que même ce parfum ne parvienne pas à percer le brouillard de son passé. L'odeur n'était-elle pas censée être l'un des plus puissants déclencheurs de souvenirs ?

Peu importait. Il se créerait d'autres souvenirs, à partir de maintenant.

Jack enroula ses doigts autour de ceux de Maisy et l'entraîna dans la direction opposée à celle de l'« associé » de Jason. Hors de question de revoir cet homme.

Le frère de Maisy n'était pas ce qu'il donnait à voir, Jack en était sûr. Plus il s'attardait dans cette maison, moins bien il se sentait. Et il n'aimait pas du tout que sa femme ait vécu ici sans lui.

Il y avait quelque chose d'anormal dans cet endroit. Jack n'arrivait pas à mettre le doigt dessus. Tout ce qu'il savait, c'était qu'il voulait en partir. Il voulait que Maisy en parte elle aussi. Et il ferait en sorte d'accélérer son processus de retour à une vie normale. Il avait besoin d'une carte d'identité, d'une voiture et de savoir comment effectuer un travail dont il ne se souvenait même pas, afin de pouvoir subvenir aux besoins de sa femme.

Il ignorait encore des tas de choses sur lui-même et sur sa femme, mais il ferait tout ce qu'il fallait pour être le meilleur mari possible. Et s'il pouvait faire disparaître l'inquiétude et la peur qu'il voyait parfois se tapir dans les yeux de Maisy, il serait un homme comblé.

6

———————

Curieusement, Maisy passa une excellente journée. Paige n'avait pas du tout été déçue qu'ils renoncent au repas prévu. En fait, elle semblait carrément ravie que Maisy sorte de la maison.

Jack était un conducteur très sûr et compétent. À cause de ce qui était arrivé à ses parents, elle n'avait jamais été à l'aise dans une voiture, mais avec lui au volant, elle avait pu se détendre un peu. Il avait la tête constamment en mouvement, savait où se trouvaient les autres voitures et les gens autour d'eux.

Ils finirent par s'arrêter dans un *diner* de quartier où Jason n'aurait jamais mis les pieds. Il était snob en matière de nourriture et ne mangeait que dans des restaurants huppés et coûteux.

Le *diner* sentait la graisse, et même des heures plus tard, Maisy avait encore cette odeur de friture dans les cheveux. Pourtant, le repas était absolument délicieux. Elle avait commandé des gaufres avec de la crème fouettée et des fraises, un verre de lait au chocolat et une assiette de biscuits Oreo frits pour le dessert. Jack ne fit pas un seul commentaire sur le nombre de calories qu'elle consommait ni ne haussa même un sourcil devant ses choix alimentaires malsains. De son côté, il avait commandé un hamburger avec des frites et une part de tarte aux pommes.

Mais ce qu'elle apprécia le plus dans ce repas, ce fut de se sentir aussi à l'aise avec lui. Jack la bombardait de questions et, alors que parler d'elle la mettait d'ordinaire mal à l'aise, à aucun moment les questions de son mari ne s'aventurèrent en terrain inconfortable.

Lors de sa première entrevue avec Jack, elle avait rechigné à répondre à des questions personnelles, pour ne pas trop se rapprocher de lui. Mais plus elle passait de temps en sa compagnie, plus elle se détendait. Qu'est-ce que cela changerait si elle parlait de ce qu'elle aimait et de ce qu'elle n'aimait pas ? Si elle s'ouvrait juste un peu ?

Elle lui cita ses plats préférés, les livres qu'elle aimait, lui parla de la façon dont elle passait son temps libre et raconta quelques événements de la période terrible qui avait immédiatement suivi le meurtre de ses parents. Elle était devenue un cas désespéré avant que Jason n'intervienne pour qu'elle n'ait plus à quitter la seule maison qu'elle avait jamais connue.

Maisy se sentit même assez à l'aise pour évoquer les années qu'elle avait passées dans un état dépressif. Les médicaments prescrits étaient la seule chose qui lui permettait de tenir le coup la plupart du temps. Jack se montra compréhensif et empathique, sans la juger au motif qu'elle avait recouru à des médicaments pour ne pas avoir à gérer la douleur émotionnelle de son deuil.

C'était comme s'il comprenait vraiment, ce qui était un soulagement, mais renforçait aussi le sentiment de culpabilité de Maisy. Il devait y avoir une raison pour qu'il soit aussi empathique, et elle détestait ne pas la connaître. Ne pas connaître l'homme qui se cachait derrière les souvenirs perdus.

Avant qu'elle ne se sente encore plus mal de l'avoir épousé sous un prétexte, et ne s'interroge sur les amis ou la famille qui se faisaient probablement un sang d'encre à son sujet, il lui proposa de voir ce qu'ils pouvaient faire d'autre avant de rentrer.

Maisy paya l'addition – Jack fut embêté de ne pas avoir son propre argent pour régler – et il lui prit la main sur le trajet jusqu'à la voiture. Ils allèrent dans un grand magasin où, sur une impulsion, elle lui acheta un smartphone à carte prépayée. Elle pourrait regretter cette décision, surtout si Jason l'apprenait, mais elle tenait à ce que Jack ait accès à de l'aide... juste au cas où. Après quoi ils s'arrêtèrent dans un grand parc et marchèrent pendant deux heures. À regarder les gens, rire, se tenir par la main.

Ce fut l'un des plus beaux jours de la vie de Maisy.

Et elle se sentait encore plus coupable. Car même si elle détestait son frère pour avoir kidnappé Jack et l'avoir forcé à l'épouser, elle ne s'était jamais sentie aussi heureuse qu'en ces instants. Avec Jack à ses côtés qui l'embrassait, lui tenait la main et lui donnait l'impression d'être normale pour la première fois depuis des années. Or elle n'avait pas le droit d'éprouver ce genre de choses. Pas à l'égard d'un homme qui n'était pas vraiment le sien au départ.

C'était nul. Parce que tôt ou tard, Jack se souviendrait de tout. C'était inévitable. Et à ce moment-là, elle se retrouverait dans la même situation qu'avant. Enfin, pas tout à fait. Dès que Jason aurait mis la main sur son argent, elle serait probablement victime d'un horrible accident, et son frère serait libre de dépenser son argent comme bon lui semblerait.

Sauf que maintenant, après avoir eu un aperçu de

l'avenir qu'elle aurait pu avoir si elle s'était battue plus énergiquement, loin d'être envahie par le désespoir... elle sentait
sa colère monter.

Comment Jason osait-il la traiter ainsi ? Elle se fichait de
l'argent, elle voulait simplement en avoir assez pour quitter
Seattle et refaire sa vie. Peut-être rencontrer un homme qui
l'aimerait pour ce qu'elle était. Qui l'embrasserait comme si
sa vie en dépendait. Qui lui tiendrait la main, qui rirait de
ses blagues idiotes.

Flûte, de qui se moquait-elle ? Jack était bel et bien cet
homme, à ceci près que leur relation reposait sur un
mensonge. Il ne se doutait pas qu'il ne l'avait rencontrée
qu'une semaine plus tôt. Qu'il était un pion dans l'effroyable
projet de son frère. C'était horrible, et Maisy ne voyait pas
comment arranger les choses ni même si elles pouvaient
l'être. Elle était trop impliquée dans l'escroquerie maintenant. Elle était aussi fichue que Jason. Elle aurait dû essayer
de parler à Jack dès qu'il s'était réveillé. Lui expliquer pourquoi il souffrait, lui révéler que son frère l'avait kidnappé.
Elle aurait dû faire ce qu'elle pouvait pour le libérer du
danger qui enveloppait la maison de son enfance.

Mais elle n'avait rien fait. Et maintenant, elle était aussi
coupable que Jason. Elle avait épousé Jack sous un prétexte,
bon sang ! Il n'y avait aucune chance qu'il lui pardonne.

— Pourquoi ce soupir ? demanda-t-il.

Ils étaient assis devant la maison. Ni l'un ni l'autre
n'avait manifesté le désir de rentrer pour l'instant et, d'un
commun accord, ils étaient restés à discuter dans la voiture,
depuis trente minutes déjà.

— C'est juste que... ça a été une chouette journée, lui
répondit-elle honnêtement.

— C'est vrai, acquiesça Jack en lui prenant la main. Et ce
n'est pas fini.

Il lui embrassa les phalanges.

La façon dont il la regardait, comme si elle était la femme la plus désirable du monde, donnait à Maisy des envies de se tortiller sur son siège. Elle le désirait. C'était fou, probablement stupide, mais si ça se trouvait, il recouvrerait la mémoire demain. Et si elle n'avait qu'une nuit avec Jack, avec un homme qui semblait la désirer avec une passion qu'elle n'avait encore jamais connue, elle allait se montrer avide et prendre ce qu'on lui offrait. Elle pourrait se remémorer leur nuit de noces lorsqu'elle serait à nouveau seule, enfermée dans le cauchemar qu'était sa vie.

— On devrait probablement rentrer, suggéra-t-elle doucement.

— Oui. Tu penses que ton frère a prévu un dîner ? Une sorte de réception ?

Maisy secoua immédiatement la tête.

Ce qui fit froncer les sourcils à Jack.

— Pourquoi pas ? Il ne veut pas que sa petite sœur conserve un souvenir extraordinaire du renouvellement de ses vœux ?

Réalisant qu'elle aurait dû trouver une excuse au lieu de se contenter de répondre par la négative, Maisy se creusa la tête pour trouver quelque chose de sensé. Mais son esprit était vide. Comme elle l'avait déjà dit à Jason, elle n'était pas douée pour le mensonge. Elle n'aimait pas mentir et n'avait jamais été capable de réfléchir rapidement. Finalement, elle secoua juste la tête.

— Peu importe. Ça n'a pas d'importance. Je ne suis pas sûr de vouloir passer ma soirée avec ton frère, sans vouloir t'offenser.

Elle lui adressa un petit sourire.

— Ce n'est pas grave. Je n'ai pas envie de passer ma soirée de noces avec lui, moi non plus.

— Alors... on pourrait faire une descente dans la cuisine de Paige et emporter des encas dans notre chambre ? Fermer notre porte à clé et fêter ça à notre manière ?

Maisy avait l'impression que son cœur allait sortir de sa poitrine. Elle lui adressa un petit sourire et hocha la tête.

— Très bien. Allons-y alors, renchérit Jack, visiblement impatient.

Il sauta du véhicule et Maisy gloussa en l'imitant. Il lui saisit la main dès qu'elle eut contourné la voiture et l'entraîna vers la porte.

S'attendant à moitié à ce que Jason les attende, les sourcils froncés et une réprimande toute prête pour leur reprocher leur aussi longue absence, Maisy fut agréablement surprise de constater que le couloir était vide. À la cuisine, ils trouvèrent Paige et deux des femmes de ménage en train de discuter.

Ils firent un brin de causette et Jack réussit à obtenir de Paige qu'elle leur prépare une planche de charcuterie avec différentes sortes de fromages, des crackers, des cornichons, des olives, des carottes, du chocolat, quelques biscuits et des noix. Il porta le tout dans l'escalier jusqu'à leur chambre et, après avoir posé leur festin sur le lit, alla d'un pas décidé verrouiller leur porte.

Maisy savait très bien que la porte fermée à clé n'empêcherait pas son frère d'entrer s'il le voulait vraiment. Elle l'avait appris à ses dépens l'année précédente, lorsqu'il lui avait crié dessus et qu'elle s'était réfugiée dans sa chambre pour s'éloigner de lui. Il avait ri et utilisé une clé dont elle ne soupçonnait pas l'existence pour entrer dans sa chambre sans la moindre difficulté. Il s'était moqué de sa stupidité, lui déclarant qu'elle ne pouvait s'enfuir nulle part sans qu'il la retrouve. Là-dessus, il lui avait juré que si elle s'en allait à nouveau quand il était en train de lui parler, elle le regretterait.

Mais ce n'était pas le moment de penser à son frère et à toutes les mauvaises choses qu'il avait faites. Elle était mariée et voulait profiter de ce temps seule avec son mari plus qu'elle ne l'aurait jamais cru possible. C'était stupide, elle aurait dû le repousser, prétendre qu'elle avait ses règles ou quelque chose comme ça. Il la détesterait encore plus d'avoir couché avec lui lorsque ses souvenirs reviendraient, mais Maisy avait besoin de Jack plus que de l'air qu'elle respirait. Si elle ne devait n'avoir que cette nuit, elle prenait, aussi égoïste que cela puisse paraître.

Jack s'approcha d'elle et posa les mains sur ses épaules. Puis il la fit doucement reculer, jusqu'à ce que l'arrière de ses genoux touche le matelas.

— Grimpe, dit-il avec un petit sourire. On va pique-niquer.

Obtempérant, Maisy s'assit d'un côté de la grande planche à découper que Paige avait garnie d'amuse-gueules. Jack la rejoignit sur le matelas et s'assit à côté d'elle plutôt qu'en face.

Puis il commença à lui donner la becquée, un petit encas à la fois. Ils rirent et parlèrent de ses émissions de télévision préférées pendant qu'ils mangeaient. Mais chaque fois que les doigts de Jack effleuraient ses lèvres, le désir de Maisy montait d'un cran. Il ne fallut guère de temps pour qu'il cesse d'être timide dans ses caresses pendant qu'ils mangeaient. Il avait posé sa main libre sur son genou, et chaque fois qu'il lui donnait un morceau de nourriture, il passait le pouce sur sa lèvre inférieure ou caressait sa joue.

Et bien sûr, Maisy donnait autant qu'elle recevait. Elle le nourrit également, savourant la dilatation de ses pupilles lorsqu'elle le taquinait en retour.

Lorsqu'au bout d'un moment, il lui tendit un carré de chocolat, Maisy lui attrapa le poignet pour l'empêcher de retirer sa main. Elle lui lécha le doigt, afin de le débarrasser du petit morceau de chocolat fondu qui y était resté collé.

Jack gémit, son qui fila droit dans l'entrejambe de Maisy. Elle plongea ses yeux dans les siens et prit son index dans sa bouche. Soudain extrêmement impudique, elle lécha le doigt et le suça très fort.

Maisy poussa un cri de surprise lorsque Jack bougea. Il l'avait allongée sur le dos avant qu'elle ne comprenne ce qu'il faisait. Et elle le regarda, impatiente, planer au-dessus d'elle. Puis, sans un mot, il se pencha vers elle et l'embrassa. Durement, profondément, et avec une domination totale. Et elle adora chaque seconde de ce baiser. Elle fondait à son contact, s'abandonnant à tout ce qu'il voulait.

Et ce qu'il voulait, apparemment, elle le voulait aussi. Maisy ne s'était jamais sentie aussi... vivante. Chacune de ses terminaisons nerveuses la picotait. Son entrejambe était détrempé, ses sous-vêtements tout humides. Elle avait envie de Jack. Maintenant.

Sans se rendre compte qu'elle se cramponnait à lui pour qu'il se rapproche, elle miaula de déception en le voyant reculer.

— Doucement, Stellina. On a toute la nuit.

Elle secoua la tête.

— Non. Je te veux, Jack. Tout de suite. Si tu ne viens pas en moi tout de suite, je crois que je vais mourir.

À sa grande frustration, il sourit.

— Ah bon ?

Elle le fusilla du regard.

— Tu te moques de moi ?

Il redevint sérieux.

— Jamais de la vie. Tu ne sais pas ? J'ai très, très envie de toi, moi aussi. Mais c'est notre première fois, je veux la savourer. Te savourer.

L'espace d'une fraction de seconde, Maisy paniqua. Savait-il ? Se souvenait-il qu'ils n'étaient pas mariés ? Qu'elle était pratiquement une inconnue pour lui ? Mais il continua :

— Tu te souviens peut-être de ce que ça fait de me toucher, mais pour moi, c'est tout nouveau. Je ne veux rien manquer. La façon dont tu te tortilles quand je te touche, si tu te cambres quand je suce tes seins, les sensations que j'éprouve la première fois que je te ferai jouir.

— La première fois ? s'exclama Maisy.

— Ne me dis pas que je suis un amant égoïste, répliqua Jack en fronçant les sourcils.

— Euh… non, pas du tout. J'ai juste…

Il la laissa tranquille.

— Chhhhhuut. Ce n'est pas grave. Eh oui, la première fois. J'ai l'intention de te voir jouir plusieurs fois ce soir. C'est d'accord ?

Est-ce qu'elle était d'accord ? Cet homme ne devait pas être réel.

— Oui, lâcha-t-elle.

Il sourit à nouveau.

— Bien. Alors, allonge-toi et ne bouge pas. Il faut que j'enlève la nourriture du lit.

Maisy resta immobile pendant que Jack se redressait sur les genoux et descendait du matelas. Il déplaça rapidement la planche de charcuterie sur la commode, puis faillit l'achever lorsqu'il enleva ses lunettes et les posa sur la table de chevet, pour enlever son tee-shirt… avant de s'attaquer à son pantalon.

Avant qu'elle ne soit prête, il était nu. Le sexe gonflé, le gland presque violet, dressé, dur et ferme, entre ses cuisses musclées. Elle n'eut pas le temps de le regarder assez longtemps qu'il était de retour sur le lit, l'enveloppant de son corps.

Un grand sourire aux lèvres, il la regarda.

— On dirait presque que tu me vois nu pour la première fois. Notre séparation n'a tout de même pas duré si longtemps que tu as oublié.

Le cœur de Maisy tambourinait dans sa poitrine. Jack était magnifique. Et intimidant. Et comme il pensait qu'ils avaient déjà fait l'amour plusieurs fois, il n'avait manifestement aucun problème à s'exhiber devant elle.

— C'est juste que... tu es magnifique, Jack.

Il eut l'air surpris quelques instants, puis lui adressa un sourire plein de douceur.

— Je peux ? demanda-t-il, tout en commençant à remonter lentement sa robe le long de ses jambes.

Maisy retint son souffle pendant qu'il la déshabillait. Il était extrêmement difficile de rester allongée sans chercher à se couvrir. Depuis qu'elle était devenue adulte, elle n'avait jamais été nue devant qui que ce soit, ne serait-ce qu'une seule fois dans sa vie... pour autant qu'elle sache. Maintenant, le plafonnier était allumé et elle n'avait plus nulle part où se cacher.

D'ailleurs, Jack trouverait curieux qu'elle soit timide... Ils étaient censés être mariés depuis deux ans. Elle fit de son mieux pour ne pas se tortiller d'inconfort pendant que Jack l'aidait à passer la robe par-dessus sa tête, puis jeta ses sous-vêtements sur le côté du lit. Elle s'allongea sur le dos et essaya de déchiffrer son expression. Était-il déçu ?

— C'est toi qui es magnifique, lâcha-t-il après un long moment. Je ne sais pas ce que j'ai fait pour avoir la chance d'être ton mari, mais je ferai tout ce qui est en mon pouvoir pour que tu ne regrettes jamais de t'être remariée avec moi.

Maisy avait envie de pleurer. Cet homme... il était tout ce dont elle avait rêvé. Et tout cela n'était qu'un mensonge.

La culpabilité la rongeait. Elle ne pouvait pas continuer à lui mentir. Elle ne pouvait pas le laisser continuer à penser qu'ils étaient ce qu'ils n'étaient pas. Elle ouvrit la bouche pour lui révéler qu'ils s'étaient rencontrés moins d'une semaine auparavant et que son frère l'avait kidnappé pour l'obliger à se marier, mais les mots restèrent coincés dans sa gorge lorsque Jack se glissa entre ses jambes et remonta ses mains le long de ses cuisses, pour les écarter en même temps.

Maisy était plus exposée que jamais et prête à mourir d'embarras. Jack regardait son sexe comme s'il n'en avait jamais vu auparavant. Il déplaça une main et passa son pouce le long de sa fente. Elle sursauta lorsqu'il effleura son clitoris.

— Doucement, Stellina, murmura-t-il.

Maisy gémit en se cambrant à son contact. Elle s'était masturbée, mais rien de ce qu'elle avait pu se faire n'était aussi bon que les doigts de Jack sur elle. Fermant les yeux, elle s'abandonna à la sensation.

— Je n'arrive pas à croire que j'ai oublié cette petite chatte. Si parfaite, putain, constata-t-il avec révérence.

Maisy sursauta lorsqu'il écarta encore ses cuisses. Elle ouvrit les yeux et dirigea son regard vers le bas. Le spectacle sensuel qui s'offrait à elle amena un autre gémissement sur ses lèvres. Jack s'était abaissé et son regard rencontra le sien juste au moment où il sortit sa langue pour la lécher.

— Jack, murmura-t-elle en lui enserrant la tête.

Elle voulait le repousser, tant cet acte lui paraissait intime... mais lorsqu'il la lécha à nouveau, elle affermit sa prise dans ses cheveux et l'attira plus près.

Il gloussa et Maisy sentit son souffle sur ses plis extrêmement sensibles. Puis il la dévora. Il n'y avait pas d'autre mot.

Lorsque les femmes parlaient des hommes qui les « dévoraient », elle n'avait pas vraiment réfléchi à ce que signifiait une expression aussi crue. Maintenant, elle comprenait. Jack utilisait son nez, ses lèvres, sa langue et même ses doigts pour la stimuler. Il la léchait, la mordillait et la suçait, l'amenant au bord du gouffre en quelques minutes.

Tout ce qu'elle pouvait faire, c'était s'accrocher alors qu'il lui faisait littéralement perdre la tête. Elle ne ressentait aucune gêne. Juste du plaisir entre les mains de cet homme. Lorsqu'il posa les lèvres sur son clitoris et utilisa sa langue comme un vibromasseur, elle poussa un petit cri et tenta de s'éloigner de lui. Mais il l'en empêcha, agrippant ses hanches pour l'immobiliser.

Et quand il glissa un doigt en elle, Maisy gémit.

Elle explosa une seconde plus tard. C'était l'orgasme le plus intense et le plus agréable qu'elle ait jamais eu dans sa vie. Et il sembla durer encore et encore. Jack devait avoir mal, tant elle avait entortillé les poings dans ses cheveux, pourtant il ne relâchait pas ses assauts sur sa petite boule de nerfs.

Quand son orgasme reflua, elle devint molle sous lui. Elle sentit alors Jack bouger, mais n'eut pas la force d'ouvrir les yeux. Il fallut qu'elle le sente lui enrouler les jambes autour de sa taille pour qu'elle réussisse à soulever les paupières.

Et la vision qui l'accueillit resterait à jamais gravée dans son esprit. Les cheveux de Jack étaient ébouriffés et son torse rougi par l'effort. Il se passa la langue sur les lèvres comme s'il ne pouvait supporter de perdre même une goutte des fluides qui lui enduisaient les lèvres et le menton.

— Je te veux. Je peux ?

Maisy se rendit compte alors qu'il avait la main autour de son érection et qu'il se caressait lentement, haletant de désir. Soudain, elle eut besoin de l'avoir en elle, tout autant que lui désirait s'y trouver.

Elle acquiesça, mit ses bras au-dessus de sa tête et cambra le dos. Pour lui montrer sans paroles qu'il pouvait prendre ce qu'il désirait.

En réponse, Jack lui écarta encore les cuisses et se déplaça vers l'avant. Elle ne pouvait détacher les yeux de son sexe, visiblement douloureux, d'où s'échappaient quelques gouttes annonciatrices du plaisir. Il se pencha sur elle, en appui sur une main, tandis que l'autre se dirigeait vers son entrejambe.

Jack n'avait encore jamais ressenti cela. Certes, il n'avait aucun souvenir de leurs anciennes étreintes, mais il était certain de n'avoir jamais été aussi impatient de pénétrer une femme. C'était un honneur de vivre une deuxième première fois avec Maisy. Et elle était absolument splendide. Elle avait eu un orgasme comme si elle n'en avait pas eu depuis des années... Ce qui lui donna le sentiment d'être une merde pour l'avoir si manifestement négligée pendant longtemps.

Et elle avait joui magnifiquement. En plus d'avoir un goût de paradis, elle était très réactive. Il se sentait l'homme le plus chanceux du monde. Il avait voulu faire durer l'expérience, explorer chaque centimètre carré d'elle, renouer avec sa femme. Mais il était incapable d'attendre plus longtemps. Il était à deux secondes d'exploser et il voulait être en elle à ce moment-là.

Tout en se déplaçant vers l'avant, Jack regarda son sexe et grimaça. Des gouttes perlaient déjà au bout de son gland et ce n'était qu'une question de temps avant qu'il perde le contrôle. Il caressa les plis de Maisy, appréciant de la trouver aussi mouillée. La fierté enfla dans sa poitrine. Il avait réussi. Il l'avait fait jouir si fort qu'elle avait trempé non seulement son visage, mais aussi le drap sous eux.

Sentait son odeur musquée sur lui, il sourit. Il pressa son gland avide entre ses lèvres et poussa.

Avant même que Maisy ne pousse un cri alarmé, il s'était immobilisé. Elle était tellement serrée ! S'il n'avait rien su, il aurait pu croire qu'elle était vierge. Mais c'était impossible.

— Jack…, murmura-t-elle d'une voix hésitante.

La tendresse et l'inquiétude l'envahirent, faisant refluer un peu son besoin de jouir. Assez en tout cas pour qu'il reprenne le contrôle.

— Doucement, Stellina. Tout va bien.

— C'est juste que… tu es si gros.

— Oui, mais tu peux me prendre en toi. Tu l'as déjà fait. Détends-toi.

Ses paroles parurent sans effet. Elle était crispée sous lui, et Jack détestait ça de toutes ses fibres.

Il sentait le sang pulser dans son sexe, mais il résista à l'envie de plonger dans le paradis qui, il en était sûr, l'attendait. Au lieu de quoi, il déplaça la main qui avait guidé son sexe vers elle et commença à caresser légèrement son clitoris sensible.

Elle s'agita contre lui, et son sexe glissa d'un centimètre supplémentaire dans son corps brûlant.

— Regarde-moi, Maisy, ordonna-t-il. Ne me quitte pas des yeux, compris ?

Elle acquiesça et plongea immédiatement son regard dans le sien, ce qui provoqua un immense sentiment de satisfaction chez Jack.

— C'est bien. Tu sais à quoi je pensais pendant que je te léchais ?

Elle secoua la tête, les joues rosies.

— Que tu as un goût divin. Je pourrais passer toute la nuit entre tes jambes et mourir heureux.

— Jack, protesta-t-elle en fronçant légèrement le nez.

Il sourit, au comble du bonheur en sentant ses muscles intérieurs se détendre un peu autour de lui.

— Je n'ai jamais rien vécu d'aussi incroyable que lorsque tu as joui pour moi. Je te sentais te resserrer autour de mon doigt et je ne pensais qu'à l'incroyable sensation que ce serait quand il y aurait ma queue à la place de mon doigt.

Tout en continuant à caresser son clitoris, il entama un précautionneux va-et-vient.

— Tu es faite pour moi, Stellina. Je te promets de ne plus laisser passer tellement de temps que tu en viennes à oublier la forme de ma queue au fond de toi. Remonte encore tes jambes pour moi. Pose tes pieds à plat sur le matelas. Voilà, c'est parfait. Maintenant, écarte les cuisses. Fais-moi de la place. Oh oui... exactement comme ça.

Et Jack s'enfonça doucement, presque jusqu'à la garde.

— On y est presque, tu te débrouilles très bien. Encore un peu et tu m'auras tout entier.

Comme elle ne le quittait pas des yeux, l'expérience s'avérait encore plus intense. Ses prunelles marron semblaient étinceler, les pupilles légèrement dilatées alors qu'elle essayait d'accéder à ses requêtes.

Il se mit à frotter son clitoris, vite et fort, et les yeux de Maisy s'écarquillèrent, sa respiration se fit haletante tandis qu'elle le fixait du regard.

— Encore, Maisy. Jouis encore pour moi.

Comme si ces mots étaient la permission qu'elle attendait, les muscles de Maisy se contractèrent et elle vola par-dessus bord en poussant un cri.

Alors qu'elle jouissait, Jack donna un coup de reins pour franchir ses muscles secoués de spasmes et se retrouva enfoui jusqu'à la garde. Puis il s'immobilisa et serra les dents en se délectant de la sensation de son fourreau chaud et humide qui ondulait autour de son sexe.

— Tu es complètement entré ? demanda-t-elle d'une voix tremblante quelques secondes plus tard.

— Oui, bébé, et c'est génial. Tu es incroyable.

— Toi aussi, admit-elle d'un ton qui semblait surpris.

Jack en fut irrité. Il avait manifestement été un amant horrible par le passé. L'étroitesse du sexe de Maisy indiquait qu'il ne lui avait pas fait l'amour depuis bien trop long-temps. Et la surprise qu'elle avait manifestée quand il avait déclaré vouloir lui donner plusieurs orgasmes, et même le choc de découvrir que l'avoir en elle pouvait être si bon... Il se jura alors de faire mieux. De lui montrer que les parties de jambes en l'air entre eux pouvaient être incroyables.

— Tu as... on a fini ? demanda-t-elle.

Une fois de plus, le sentiment de n'avoir pas fait ce qu'il fallait pour sa femme le frappa, mais Jack le repoussa. Il l'analyserait plus tard : pour l'instant, il devait faire plaisir à sa femme.

— Pas le moins du monde, répondit-il en soulevant ses hanches avant de plonger à nouveau en elle.

Leurs poils pubiens s'entremêlaient et il sentait les fluides de Maisy couler sur ses bourses.

— Oh ! s'exclama-t-elle en se levant pour lui agripper le haut des bras.

Il s'était baissé pour prendre appui sur ses coudes et tenir les épaules de Maisy de façon à avoir un bon levier.

— Je ne suis pas sûr de pouvoir tenir longtemps, avoua-t-il. Tu es si chaude et si humide que je dois me concentrer comme un fou pour ne pas jouir ici et maintenant.

À ses mots, les muscles internes de Maisy s'agitèrent autour de lui.

Il écarta le bassin pour ne plus avoir que son gland en elle.

— Tu es d'accord ? Je ne te fais pas mal ?

— Oui. Et non. Jack !

— Jack, quoi ? la taquina-t-il.

— Bouge ! s'exclama-t-elle.

Relâchant un long souffle, il se détendit pour la première fois depuis qu'il s'était rendu compte qu'elle avait du mal à l'accueillir.

— Avec plaisir, dit-il plein de respect. Regarde.

— Je croyais que tu m'avais dit de te regarder dans les yeux.

Jack sourit, et il se rendit compte qu'il adorait ça. Il aimait qu'elle puisse le taquiner. Il aimait pouvoir lui glisser des cochonneries et constater qu'elle avait l'air d'aimer ça. Il aimait avoir le contrôle total dans leur lit. Il n'était pas sûr de savoir pourquoi il avait besoin de ce contrôle, et il ne s'en était pas rendu compte jusqu'à cet instant, mais il était soulagé que sa femme puisse le lui accorder. Cela étant, encore une fois, elle était probablement très habituée à ses manières au lit.

— Et maintenant, je veux que tu me voies te prendre, lui dit-il. Regarde ma queue toute humide. Elle est couverte de tes fluides. Tu es si moite et chaude. Tu es parfaite.

Jack rajusta à nouveau sa posture pour maintenir son torse en suspens et bougea les hanches, entrant et sortant du sexe de sa femme. La vue de sa queue couverte de fluides était si érotique qu'il avait le sentiment de n'avoir jamais rien vu d'aussi beau de toute sa vie.

— Jack, murmura-t-elle en enfonçant à nouveau les ongles dans ses bras.

— Tu me prends à la perfection. Tu es faite pour moi, dit-il, sentant jusqu'au plus profond de son âme que ses mots étaient la pure vérité. Je ne te laisserai plus partir. Peu importe comment les choses se passent entre nous, je ne te quitterai plus jamais. Je n'irai pas vivre à l'autre bout de l'État. On arrangera les choses avant que ça ne se reproduise. Peut-être que je te garderai dans notre lit, les jambes écartées, et ma queue fichée en toi jusqu'à ce qu'on ait réglé nos différends.

— Plus fort, Jack.

— Tu veux plus de moi ? demanda-t-il.

Il aimait son impatience à l'avoir en elle.

— Oui ! S'il te plaît.

S'il adorait avoir le contrôle, il détesta sur-le-champ son ton suppliant. Il voulait qu'elle soit impatiente de l'avoir en lui, oui, mais pour une raison ou une autre, il n'aimait pas l'entendre supplier.

— Regarde-moi dans les yeux, Stellina, ordonna-t-il.

Elle obéit sans hésiter.

— Tu veux quelque chose, tu l'as. Tu ne me supplies pas pour quoi que ce soit. Jamais. Compris ?

Elle acquiesça.

— Bien, maintenant cramponne-toi. Ça va être dur et rapide. C'est d'accord ?

— Oui, Jack. Prends-moi. Fais-moi tienne.

— Tu es mienne, dit-il. Tout comme je suis à toi.

Et il n'en fallut pas davantage pour qu'il ne contrôle plus rien. Il commença vite et fort, comme il l'en avait prévenue. Et sa femme le prit entièrement en elle. Elle enfonça encore les ongles dans ses bras tandis qu'il sentait le plaisir exploser sans crier gare. Il plongea le plus loin possible quand ses bourses se contractèrent et il jouit si fort qu'il en eut le vertige. Jack se déversa en elle giclée après giclée, la marquant de l'intérieur. Il éjacula tant qu'il sentit le sperme s'écouler de l'endroit où ils étaient unis. Et pourtant, ce n'était toujours pas suffisant.

Se déplaçant au-dessus d'elle, il tendit une main entre eux deux et entreprit de caresser une fois de plus son clitoris.

— Jack, non...

— Maisy, si, répliqua-t-il. J'ai besoin de sentir ça encore une fois. Vide-moi, Stellina. Prends tout ce que j'ai à donner.

Elle ferma les yeux, mais il ne la réprimanda pas. Il parcourut amoureusement ses traits du regard tandis qu'elle s'efforçait d'atteindre le sommet une fois de plus. Lorsqu'elle jouit enfin, ce ne fut pas aussi intense que la fois précédente, mais ce pas moins agréable, pour elle comme pour lui.

Elle était couverte de sueur quand il les fit pivoter, et qu'elle se retrouva couchée contre lui comme une couverture lestée. Jamais il n'avait éprouvé de telles sensations. Tendant la main, il réussit à tirer les couvertures sur eux.

Elle soupira et il sentit son souffle chaud dans son cou.

— Je devrais bouger.

— Pourquoi ?

— Parce que je suis trop lourde.

— D'où tiens-tu cette idée ?

Elle leva alors la tête et Jack ne put refouler un sentiment de satisfaction masculine. Elle avait l'air complètement ravie. Grâce à lui. Il l'avait mise à l'envers. Et c'était incroyable.

— De moi. Euh... Jack ?

— Oui ?

— Tu es toujours en moi.

— Oui, convint-il.

— Est-ce que... tu ne devrais pas te lever et te nettoyer ou quelque chose comme ça ?

— Pourquoi ? C'est ce que je fais d'habitude ? Je quitte notre lit après t'avoir donné trois orgasmes ?

— Euh...

Une fois de plus, Jack fut envahi par le sentiment qu'il ne disposait pas de tous les éléments. Qu'il lui manquait quelque chose d'énorme. Comme elle ne développait pas, il secoua finalement la tête.

— Eh bien, c'est peut-être ce que je faisais avant, mais plus maintenant. Je ne veux pas bouger. Je suis trop bien. La sensation de ta chatte autour de mon sexe, c'est merveilleux, même quand je ne suis pas dur. Je veux rester là aussi longtemps que possible. À moins que... je te fasse mal ?

— Non.

Il poussa un soupir de soulagement.

— Tant mieux. Je sortirai bien assez tôt. Pour l'instant, j'aimerais que tu me laisses rester.

— Comment je pourrais te refuser cela ? demanda-t-elle.

Même s'il s'agissait d'une question rhétorique, Jack répondit :

— Tu ne peux pas.

Ils restèrent blottis l'un contre l'autre pendant une minute ou deux, puis Maisy se raidit.

— Quoi ? Qu'est-ce qu'il y a ? demanda-t-il, totalement à l'unisson de ses sensations, d'autant plus que, comme elle était allongée sur lui, il sentait tout son corps.

Elle leva les yeux.

— On... on... n'a pas utilisé de protection.

Jack cligna des yeux.

— Merde. J'ai supposé... J'ai juste pensé que puisqu'on

était mariés depuis si longtemps, tu prenais une contraception. Je suis désolé.

Maisy ne répondit pas, sans le quitter de son regard préoccupé.

— Tu ne prends pas de contraceptifs ? insista-t-il.

Elle secoua la tête.

— On utilisait des préservatifs avant ?

Elle marqua une pause avant de reposer sa tête sur son épaule.

— C'est bon, murmura-t-elle.

— Regarde-moi, Maisy, ordonna-t-il.

Il attendit qu'elle lève la tête, à contrecœur, pour le regarder à nouveau. Il y avait de l'inquiétude dans ses yeux, et il détestait ça, surtout après ce qu'ils venaient de partager.

— J'irai me faire dépister demain. Je ne pense pas être du genre à t'avoir trompée, mais comme je ne me souviens de rien de ma vie avant l'accident, je veux m'en assurer. Je ne ferais jamais rien qui puisse te mettre en danger.

Elle hésita un instant, puis acquiesça.

Un accord aussi rapide à ce dépistage lui dépeignit mieux la situation que des inquiétudes énoncées à haute voix.

— Et je prendrai des préservatifs pendant que j'y suis.

— Je... ce n'est pas la période délicate pour moi, dit-elle. Et honnêtement, j'aime te sentir. Totalement. C'est salissant, mais... est-ce que tu me trouves bizarre si je te dis que j'aime ça ?

Jack lui sourit.

— Non, moi aussi, j'aime ça. Tu veux un bébé, Stellina ? demanda-t-il doucement.

— Je ne devrais pas, murmura-t-elle.

— Mais c'est le cas, conclut-il, en proie à une immense satisfaction.

SUSAN STOKER

Il l'imaginait déjà enceinte. Elle serait absolument magnifique.

— Peut-être.

En l'entendant murmurer cet aveu, Jack sentit son membre tressaillir tout au fond du fourreau de Maisy. C'était comme s'il brûlait de lui faire un bébé à la seconde même.

Elle lui sourit.

Il lui rendit son sourire.

— Merci, murmura-t-il. Merci de m'avoir donné une autre chance. De ne pas avoir renoncé à moi, à nous. Je te promets de ne plus te décevoir.

— Tu ne m'as pas déçue, protesta-t-elle.

Mais Jack ne la laissa pas continuer.

— Si. Je n'ai manifestement pas respecté les vœux de mariage que j'ai prononcés la première fois. Je vivais à l'autre bout de l'État, à faire je ne sais quoi, pendant que tu étais ici, dans la maison de ton frère. C'est inacceptable. Je te promets de ne plus te quitter, Stellina. Nous réglerons tous les problèmes qui se présenteront. Ensemble.

Les yeux de Maisy se remplirent de larmes.

Jack lui passa une main dans la nuque et la maintint ainsi pour venir l'embrasser. Sentant qu'il commençait à durcir à nouveau, il repoussa la couverture et dit :

— Je n'ai pas assez de volonté pour me retirer de toi. On doit donc s'arrêter jusqu'à ce que je me sois fait tester.

Maisy se mordit la lèvre, puis s'assit lentement à cali-fourchon sur lui, ce qui enfonça son sexe plus profondé-ment en elle. Pressant les mains sur son torse, elle le regarda, tout en se tortillant jusqu'à ce que ses genoux se retrouvent de part et d'autre des hanches de Jack.

— Je te fais confiance, dit-elle.

— Maisy, l'avertit-il, les mains déjà sur ses hanches.

Il aurait aimé la faire descendre de lui, mais il s'en sentait incapable. Et lorsqu'elle se souleva d'un centimètre avant de redescendre, ils gémirent tous les deux.

Jack braqua les yeux sur ses seins, qui étaient parfaits, ni trop gros, ni trop petits, et lorsqu'elle bougeait, ils oscillaient de manière aguicheuse. Il en saisit un dans sa main et le serra.

Elle se souleva à nouveau sur son érection, pour s'enfoncer, plus fort cette fois.

— C'est ça, Stellina. Chevauche-moi. Baise ton mari, vite et fort.

À ces mots, il sentit les muscles internes de Maisy se resserrer de plus belle autour de lui et elle commença à bouger plus vite. Il mémorisa ce moment. Sa femme le prenant, la tête rejetée en arrière, ses seins rebondissant à chaque mouvement. Même si sa mémoire était vide, il avait l'impression de n'avoir jamais rien vu d'aussi sexy de toute sa vie.

Elle le prenait fort et vite, des mouvements qui devinrent vite désordonnés, voire maladroits, si bien que ces minutes se firent encore plus mémorables. On aurait dit qu'elle se trouvait sur lui pour la première fois, chose impossible. Avec une femme pareille pour épouse, Jack était certain de l'avoir prise dans toutes les positions imaginables. Mais comme sa mémoire lui faisait défaut, il ne voyait pas d'inconvénient à réapprendre ce qu'ils préféraient.

Et cette chevauchée lui plaisait indéniablement.

— Touche-toi, ordonna-t-il.

Elle déplaça aussitôt la main, passant entre ses jambes et frottant son clitoris tandis qu'elle allait et venait sur son membre.

Dès qu'il sentit ses muscles se contracter, il les fit rouler, pour la baiser durement pendant qu'elle jouissait, jusqu'à ce qu'il la rejoigne dans l'orgasme. Une fois de plus, il se déversa en elle. Mais cette fois, il ne put s'empêcher de penser à la possibilité de la mettre enceinte. Cela aurait dû l'effrayer, au lieu de quoi l'idée lui apparaissait... tout à fait ce qu'il fallait.

Après avoir repris son souffle, Jack se glissa hors du lit et se rendit à la salle de bain. Il mouilla un gant de toilette et se nettoya avant de regagner la chambre et de nettoyer leurs fluides combinés entre les jambes de Maisy. Le rouge qui envahit le visage de sa femme n'échappa pas à son œil aiguisé. Encore une attention qu'il n'avait manifestement pas eue auparavant. Il avait été un idiot, c'était la seule explication qu'il trouvait à la surprise de sa femme devant ses faits et gestes.

Après avoir remis le gant de toilette dans la salle de bain, il se glissa à nouveau dans le lit et attira Maisy dans ses bras. Ils étaient nus tous les deux, et c'était merveilleux de sentir le contact de leurs peaux. Elle s'endormit presque immédiatement, blottie contre lui, mais Jack resta éveillé pendant un bon moment, à réfléchir.

Il ne se souvenait de rien d'autre avant son réveil dans cette pièce, mais pour une raison ou une autre, tenir Maisy lui paraissait... étrange. C'était incroyable, et il adorait ça, mais cette sensation lui semblait nouvelle. Ce n'était pas quelque chose qu'il avait fait pendant des années.

Ce sentiment l'inquiéta.

Se réprimandant une fois de plus, Jack se promit mentalement d'être un bien meilleur mari. S'il n'avait pas dormi toutes les nuits de leur mariage en la tenant dans ses bras, il était un putain d'idiot. Parce qu'il n'y avait rien de mieux que de sentir cette femme endormie et douillette contre son cœur.

L'aimait-il ?

Jack réfléchit à cette question pendant un long moment. Il était marié avec elle, il avait donc dû l'aimer à un moment donné. Mais sa totale absence de souvenir à propos de leur vie commune était un peu déconcertante. Il avait envie de dire que bien sûr, il aimait sa femme, mais honnêtement, faute de mémoire, il avait l'impression de ne la connaître que depuis une semaine. Il se souciait d'elle, oui. Il s'inquiétait pour elle et pour sa relation manifestement tendue avec son frère. Il y avait quelque chose d'anormal, mais il n'avait pas réussi à mettre le doigt sur le problème, enfin... pour l'instant.

Il se sentait protecteur à son égard... mais s'agissait-il d'amour ? Il avait honte d'admettre qu'il n'en était pas encore sûr. Il ne l'avouerait jamais à Maisy, car cela la ferait sans doute affreusement souffrir. C'était une femme qui aimait d'un amour aussi fort que profond. Il le voyait bien, même au bout d'une semaine.

L'amour viendrait. Il était tombé amoureux d'elle une fois, il récidiverait. Il n'en doutait pas. Pour l'instant, le lien qu'il ressentait entre eux, tant sur le plan émotionnel que physique, lui suffisait. Leurs étreintes avaient été extraordinaires, et ça devait forcément être lié à l'amour qu'ils avaient déjà éprouvé l'un pour l'autre. Son corps se souvenait manifestement d'elle, même si ce n'était pas le cas de son cerveau.

Maisy s'agita contre lui, Jack tourna la tête et l'embrassa sur la tempe. Elle se calma immédiatement et la sensation de chaleur dans sa poitrine s'accrut. Oui, il y avait de fortes chances qu'il retombe amoureux de sa femme. Ce n'était qu'une question de temps.

Jack avait beaucoup d'autres choses à régler, mais ça ? Son mariage ? Il était solide. Il s'assurerait qu'il le reste, quoi qu'il arrive.

7

Maisy rougit lorsque, levant les yeux, elle croisa le regard de Jack. Ils dînaient avec Jason, assis l'un à côté de l'autre. Jack avait sa main gauche sur la cuisse de Maisy, comme s'il ne supportait pas de ne plus la toucher ne serait-ce qu'un instant. Et Maisy adorait ça.

Une semaine s'était écoulée depuis leur mariage et il était insatiable. Ils passaient plus de temps au lit qu'en dehors, ce dont Maisy ne se plaignait pas.

Mais les commentaires sarcastiques de son frère lorsque Jack n'était pas là – comme lorsqu'il était allé faire un test pour prouver qu'il n'avait pas de MST –, sur le fait qu'elle se prostituait et où il la mettait en garde de ne rien gâcher, commençaient à l'énerver. À chaque jour qui passait, Jason semblait devenir plus cruel. Comme si la présence de Jack chez lui transformait son frère en un monstre encore plus redoutable.

Il était impatient et mécontent de devoir attendre trois mois pour mettre la main sur ce qu'il considérait comme son argent.

Jason avait utilisé certaines de ses relations criminelles

pour obtenir une carte d'identité de « remplacement » pour son nouveau beau-frère. Il avait également rattaché Jack au compte bancaire de Maisy, afin qu'il puisse obtenir une carte de crédit. Jason était d'autant plus mécontent qu'il avait dû verser de l'argent sur ce compte, afin que Jack n'ait pas de soupçons lorsqu'il verrait le peu d'argent qu'il y avait sur leur soi-disant compte commun.

Elle disposait maintenant de plus d'argent qu'elle n'en avait jamais eu de sa vie, presque dix mille dollars, mais Jason s'était assuré qu'elle comprenait bien qu'il s'agissait d'une avance sur la somme minuscule qu'il lui donnait chaque mois. Ce qui était ridicule, car l'allocation mensuelle qu'elle était censée recevoir était le double de ces dix mille dollars. Jason se l'appropriait chaque mois, lui laissant quelques centimes... et veillant surtout à ce qu'elle soit dépendante de lui.

Mais maintenant qu'elle était mariée à Jack, les choses étaient différentes. Et Jason le sentait. Il perdait le contrôle sur elle, ce qu'il détestait.

— On va visiter des appartements demain, annonça Jack sans crier gare.

Il lui serra la cuisse lorsqu'elle se retourna pour le regarder, choquée.

— Pourquoi ? demanda Jason d'une voix dure.

— Parce que. Il est temps. Tu nous as eu assez longtemps dans les pattes.

— Vous ne m'embêtez pas.

Maisy aurait ricané en entendant cette remarque, si elle s'était sentie assez en sécurité pour le faire. Mais comme ce n'était pas le cas, elle se tut.

— Nous avons besoin d'être seuls, Maisy et moi. J'apprécie que tu aies laissé ta sœur séjourner ici pendant qu'on réglait nos différends, et que tu m'aies permis de récupérer de mon accident, mais on a besoin d'avoir notre chez-nous, déclara Jack avec fermeté.

— Maisy, ce n'est pas une bonne idée, répliqua Jason. Et si tu fais une rechute ? Quand Jack retournera à la chasse aux primes, tu te retrouveras à nouveau seule. Et tu sais ce qui se passe quand tu es seule. Tu déprimes et tu dois prendre des médicaments pour ne pas faire de bêtises. Et quand tu es sous médicaments, tu planes à cent mille. Tu te souviens de la fois où tu as allumé toutes les bougies et où tu as failli mettre le feu à la maison ?

Maisy pinça les lèvres. Son frère n'avait pas tout à fait tort. Elle n'aimait pas être seule. Et les médicaments prescrits par le médecin l'aidaient. Mais elle se sentait déconnectée de tout alors. Elle avait pris des médicaments pendant des années après la mort de ses parents, et perdu une grande partie de sa vie à cause de ça.

— Je m'occupe d'elle, trancha Jack. Je vais trouver une autre profession. Il est évident que mon ancien travail n'était pas bon pour notre relation. Et si Maisy a besoin de voir un médecin, je l'y emmènerai. Je ne sais pas quels médicaments elle prenait avant, mais il n'y a pas de raison qu'elle « plane à cent mille », comme tu dis. Elle n'avait probablement pas les bons dosages ou la bonne combinaison de médicaments. C'est ma femme, ma responsabilité. Pas la tienne.

La tension dans la pièce, palpable, rendait Maisy extrêmement nerveuse. Elle savait pourquoi Jason ne voulait pas qu'elle déménage. Parce qu'il voulait garder un œil sur elle et s'assurer qu'elle ne le trahissait pas. À l'évidence, il ne s'attendait pas à un homme comme Jack lorsqu'il l'avait kidnappé. Il voulait quelqu'un qu'il pourrait contrôler, et ce n'était pas le cas de Jack. Loin de là.

Sans un mot, Jason recula sa chaise de la table et se leva.

Il décocha à Maisy un regard si menaçant qu'elle tressaillit. Elle allait devoir faire tout son possible pour éviter de se retrouver seule avec lui pendant un moment. Parce que quand il était dans cet état d'esprit, il s'en prenait toujours à elle. Et maintenant qu'elle était mariée et dormait avec son mari toutes les nuits, son frère ne pouvait la marquer nulle part sans que Jack le remarque. L'époque où il avait la possibilité de lui faire un bleu au bras en la serrant trop fort ou en la poussant si violemment qu'elle tombait par terre ou contre un meuble était révolue. Une autre façon pour lui de perdre son emprise sur elle. Ce qui le mettait encore plus en colère.

Jason devrait trouver un autre moyen de la blesser... et Maisy avait le sentiment que cela impliquerait de menacer Jack.

Cela fonctionnerait. Maisy en était déjà au point où elle ferait n'importe quoi pour protéger son mari. Il n'avait pas demandé à être ici. Il avait été arraché à sa vraie vie et plongé dans cette farce. Jason n'hésiterait pas à faire tout ce qui était nécessaire pour mettre la main sur son argent, et s'il y avait ne serait-ce qu'un pour cent de chances que Jack retrouve la mémoire, ou qu'il fasse quelque chose pour menacer ses plans, son frère passerait à l'action.

Il enfermerait Jack dans la cave – ou pire, le tuerait carrément et ne signalerait pas sa mort ou sa disparition aux autorités avant que trois mois ne se soient écoulés. Il suffisait que son mariage dure trois mois. Après cela, peu importait que Jack divorce ou que l'un des deux finisse par mourir.

— Ça va ? chuchota Jack lorsqu'ils furent seuls.

Maisy fit de son mieux pour effacer de son visage l'effroi qu'elle ressentait, puis elle leva les yeux vers lui.

— Oui.

Il resserra une main sur sa cuisse.

— Tu n'as pas l'air bien.

Par-dessus le marché, cet homme lisait en elle comme dans un livre ouvert. Elle n'arrivait pas à lui cacher ses émotions. Elle soupira.

— Je suis désolé, lâcha-t-il.

Maisy pencha la tête en signe d'interrogation.

— De quoi ?

— De ne pas t'avoir parlé de mon idée de déménager avant d'en informer ton frère.

Elle ne se souvenait pas de la dernière fois où Jason s'était excusé auprès d'elle. Au contraire, lorsqu'il était dans l'erreur, il passait sur la défensive plutôt que de s'excuser.

— Tout va bien.

— Vraiment ? insista Jack. Tu veux prendre un appartement avec moi ?

— Oui.

Maisy ne voyait pas ce qu'elle pourrait vouloir davantage que de quitter cette maison. À une époque, elle y avait trouvé un refuge rempli de souvenirs de sa famille. Mais au fil des ans, ces quatre murs étaient devenus une prison. Son frère n'était plus la personne qu'elle avait admirée dans sa jeunesse, et il la terrifiait depuis un bon bout de temps.

— Ton frère... il n'est pas gentil.

Elle eut envie de ricaner. C'était l'euphémisme de l'année, où elle n'y connaissait rien. Mais que savait Jack ? Qu'avait-il entendu ? L'angoisse menaça de la submerger.

— C'est une grande maison, mais elle n'est pas si grande que ça. J'ai entendu la manière dont il te parlait quand il pensait qu'il n'y avait personne alentour. Ce n'est pas cool, Maisy. C'est abusif, et je ne peux plus me taire là-dessus. Je sais que c'est ton frère et que tu l'aimes, mais c'est une brute. Si tu étais une femme rencontrée par hasard et qu'il était un homme avec qui tu avais une relation, je te conseillerais de te tirer avant qu'il ne fasse autre chose qu'utiliser des mots pour te blesser.

Maisy fixa Jack et sentit l'étau qui lui comprimait en permanence la poitrine se détendre d'une fraction de centimètre. Elle était à la fois heureuse et frustrée que Jack ne connaisse pas l'étendue réelle de la personnalité dangereuse de Jason.

Heureuse, parce que s'il savait que son frère avait levé la main sur elle, il perdrait probablement les pédales. Il avait vu quelques petits bleus sur son bras, lors de sa première semaine chez eux, mais elle les avait mis sur le compte de sa maladresse. Heureusement, il semblait avoir accepté son excuse.

Et frustrée, parce qu'elle savait qu'à la seconde où Jack retrouverait la mémoire, son inquiétude pour elle disparaîtrait dans un souffle. Car, abusée ou non, elle était complice de l'entreprise de Jason. Elle n'avait pas participé au complot visant à kidnapper un inconnu, elle n'avait pas voulu se marier, mais elle n'avait pas non plus révélé l'arnaque. Elle n'était pas allée trouver la police, une fois qu'elle avait réalisé ce qui se passait... ni pour leur parler de ses autres soupçons concernant son frère.

Elle avait accepté de se marier en sachant pertinemment que Jack n'avait aucune idée du kidnapping dont il était la victime, et elle lui avait menti à maintes reprises à propos de leur soi-disant vie commune, tout cela parce qu'elle avait peur de s'opposer à son frère.

Elle avait honte. Et elle était fatiguée. Tellement fatiguée.

Pour la première fois depuis des mois, le désir de se perdre dans les médicaments qu'elle avait l'habitude de prendre monta en elle, vite et fort. Elle voulait la détente qu'ils lui procuraient. Elle voulait s'engourdir face à ce qu'elle sentait poindre à l'horizon... à savoir les conséquences des actes de Jason... et des siens.

Perdre Jack la détruirait. Elle l'aimait déjà. C'était ridicule, et les chances que son frère choisisse pour elle un homme qui finirait par être l'amour de sa vie étaient infinitésimales. N'empêche, elle en était là.

Jack la traitait comme si elle était la personne la plus importante de son univers. Il s'assurait constamment de son bien-être. Il voulait la nourrir, s'assurait qu'elle dormait assez et qu'elle s'hydratait. Il l'écoutait. Il riait avec elle. Il la soutenait.

Bref, il était parfait. Et il la détesterait à jamais lorsqu'il aurait compris l'étendue de sa tromperie.

— Tu peux tout me dire, Stellina. Même si tu as peur, même si une situation te met mal à l'aise, tu peux m'en parler et je ferai ce que je peux pour l'améliorer. Tu n'es pas seule, je suis là. Tu comprends ? dit gentiment Jack en lui déposant un baiser sur la main.

Il faisait cela tout le temps, et ce geste ne manquait jamais de la faire fondre.

Maisy le regarda fixement. Oui, il était ici... maintenant. Mais elle n'avait aucun doute : dès que ses souvenirs lui reviendraient, il partirait sans un regard en arrière. Elle lui fit tout de même un petit signe de tête.

— Parfait. Je ne sais pas ce qu'il en est pour toi, mais j'ai un peu perdu l'appétit. Que dirais-tu de monter à l'étage, qu'on aille se blottir sous nos couvertures ?

Elle sourit. Elle ne refuserait jamais une telle proposition.

— Oui, c'est une idée géniale.

— J'ai un cadeau pour toi, lâcha-t-il.

Il avait l'air nerveux, ce qui ne lui ressemblait pas. Et sa nervosité rendit Maisy anxieuse à son tour.

— Je n'ai besoin de rien. Sauf de toi.

Les lèvres de Jack frémirent.

— C'est l'une des choses que j'aime chez toi. Tu n'exiges pas de babioles. Tu ne collectionnes pas les trucs inutiles. Tu te contentes de t'asseoir à la fenêtre et de lire, ou de profiter du soleil, en regardant le monde passer. C'est génial. Mais je t'ai trouvé quelque chose quand même. Viens, avant de monter, on va passer s'excuser auprès de Paige pour ne pas avoir fini son super dîner.

— Et voir si on ne pourrait pas voler un petit casse-croûte pour plus tard ? demanda Maisy, qui commençait à assez bien connaître son « mari ».

Ils avaient passé les deux dernières semaines sans quasiment se quitter d'une semelle. Elle savait qu'il était gourmand et qu'il aimait bien prendre un encas quelques heures après le dîner.

Il sourit.

— Peut-être.

Puis il se leva et l'entraîna avec lui. Mais au lieu de se diriger vers la porte, il l'attira contre lui et la serra fort dans ses bras.

Il lui caressa les cheveux avant de lui chuchoter :

— Je déteste que tu souffres d'anxiété. Que tu aies dû prendre des médicaments à cause de ça, parce que je n'étais pas là pour toi. Mais je te promets d'être là maintenant. Je serai un meilleur mari cette fois-ci.

Maisy eut envie de lui révéler la vérité sur-le-champ. Ce n'était ni bien ni juste. Jack s'en voulait pour quelque chose qu'il n'avait même pas fait.

La détermination monta en elle. OK, elle n'avait pas fait ce qu'il fallait avant, mais elle ne pouvait pas continuer ainsi, laisser cet homme penser qu'il l'avait déçue. Il n'avait rien fait. Il s'était simplement trouvé au mauvais endroit au mauvais moment.

Il fallait qu'elle lui raconte tout. Qu'ils venaient de se rencontrer, que leur cérémonie de renouvellement avait été en fait un faux mariage – mais légal aux yeux du gouvernement, d'autant que « Jack Smith » avait maintenant une pièce d'identité pour le confirmer, supposait-elle. Que son frère l'avait kidnappé et avait peut-être tué sa propre femme. Elle lui parlerait de son héritage, que Jason cherchait à s'approprier, d'où la présence de Jack dans cette maison.

Découvrir qui était Jack et d'où il venait serait une tâche plus difficile, mais elle lui donnerait les dix mille dollars que Jason avait déposés à contrecœur sur son compte et il pourrait les utiliser pour engager un détective privé. Il y avait sûrement quelqu'un qui le cherchait, qui s'inquiétait pour lui. Il serait en mesure de retrouver les siens et de l'oublier.

Plus sereine qu'elle ne l'avait été depuis longtemps, maintenant qu'elle avait un plan, Maisy rendit son étreinte à Jack. Ce serait douloureux, de l'abandonner, mais c'était la chose à faire. Elle aurait déjà dû s'y résoudre, mais le fait qu'elle décide enfin d'agir signifiait peut-être quelque chose.

Elle ouvrit la bouche pour tout lui déballer, mais il la devança.

— Viens, on va trouver Paige. Plus vite ce sera fait, plus vite on pourra se glisser sous les couvertures... et se faire un câlin.

— Se faire un câlin ? demanda Maisy avec un petit rire.

Levant les yeux, elle trouva son mari si beau qu'elle en avait mal au cœur. Il avait les yeux qui pétillaient derrière ses lunettes, et elle fit de son mieux pour mémoriser ce moment.

— Je ne sais pas si, avant, j'étais le genre de mari qui

aimait faire des câlins à sa femme, mais maintenant je trouve que c'est le meilleur moment de ma journée.

— Moi aussi, admit-elle sans hésiter.

Oui, il valait mieux qu'elle lui dise tout dans leur chambre, de toute façon. Loin de toute oreille indiscrète.

— Et quand on aura fini de se câliner, tu pourras me grimper dessus.

Maisy s'esclaffa, surprise, lorsqu'il les fit tourner vers la porte de la salle à manger.

— Je crois que tu es obsédé par l'idée que je te chevauche, constata-t-elle.

— Je ne t'entends pas te plaindre, répliqua Jack, badin. C'est que tu es magnifique dans cette position. Je peux tout voir, j'ai facilement accès à ton clitoris, et tu me prends tout au fond de toi. De plus, vu que tu détestes dormir dans un endroit humide, ce n'est plus un problème quand tu es sur moi.

Maisy s'arrêta et regarda Jack. Sa description de leurs ébats avait suffi à l'exciter, mais c'était le regard qu'il portait sur elle qui l'avait poussée à s'arrêter.

— Quoi ? C'est trop ? demanda-t-il avec un petit sourire sexy.

— Non, je... je suis en train de tomber amoureuse de toi, admit-elle.

C'était un mensonge de plus dans une longue liste de ses mensonges, mais elle n'était pas assez courageuse pour lui dire qu'elle n'était pas en train de tomber amoureuse de lui, qu'elle l'était déjà.

— C'est une bonne chose, puisqu'on est mariés. Allez, Stellina, j'ai besoin de faire un câlin à ma femme de toute urgence.

* * *

Une heure plus tard, Jack ne put s'empêcher de sourire en regardant sa femme le chevaucher, en proie à un désir effréné. Elle était perdue dans ses sensations, la tête rejetée en arrière, se frottant désespérément sur son membre alors qu'elle approchait de l'orgasme.

Il n'avait pas menti, tantôt, c'était sa position préférée, même si avec elle, tout était extraordinaire. Sa Maisy était magnifique. Et le pire, c'était qu'elle n'avait aucune idée de l'attrait qu'elle exerçait sur lui. Elle était complexée par son corps et pourtant, même si son frère essayait de la convaincre qu'elle était grosse, Jack la trouvait parfaite. Il aimait tout en elle.

Il l'aimait, elle.

Oui, il aimait sa femme. Il ne lui avait pas fallu longtemps pour en arriver à cette conclusion. Il avait du mal à croire qu'une semaine plus tôt, il remettait en question ses sentiments pour elle. Jack avait l'impression de l'aimer depuis toujours. Et il ne s'agissait pas d'un sentiment superficiel ni induit par la qualité de leurs ébats. Il était si heureux d'avoir eu une seconde chance de prouver qu'il pouvait être le genre de mari qu'elle méritait. Il ignorait quel avait été son problème, pourquoi il avait pensé que ce serait une bonne idée de vivre à des kilomètres de route d'elle, pourquoi il avait fait passer son travail avant leur relation, mais c'était fini maintenant.

— Jack, murmura-t-elle presque désespérément.

Sachant ce dont elle avait besoin, il se mit en mouvement. La retournant pour qu'elle soit sur le dos, il multiplia les coups de reins jusqu'à ce qu'ils soient tous les deux haletants. Il y avait une semaine, elle pouvait à peine le prendre sans souffrir, c'était difficile à croire, car maintenant, elle accueillait tout ce qu'il avait à donner et en demandait plus.

Elle aimait quand il y allait rudement, et la façon dont sa

petite chatte comprimait son érection, comme s'il se refusait à la lâcher, était la sensation la plus incroyable qui soit.

— Tu veux jouir ? lui demanda-t-il en allant et venant toujours.

— Oui, oui, oui, siffla-t-elle.

— Alors, touche-toi. Fais-toi jouir pendant que je prends ce qui est à moi, ordonna-t-il.

Elle glissa aussitôt une main entre eux. Elle n'avait pas beaucoup d'espace pour manœuvrer, mais elle ne paraissait guère s'en soucier. Elle lui frôlait le ventre dès qu'il s'enfonçait en elle, et c'était sexy à mort. Il la sentait se doigter frénétiquement le clitoris, ce qui ne faisait qu'augmenter son plaisir.

Serrant les dents, Jack se raccrocha tant bien que mal à son contrôle. Il voulait qu'elle jouisse avant de se laisser aller. Il en avait besoin. C'était elle qui passait en premier, toujours. Ce n'était pas un sentiment familier, mais il était juste. Maisy était tout pour lui. Il ferait ce qu'il fallait pour assouvir ses besoins. Quels qu'ils soient.

Dès qu'il sentit son fourreau palpiter autour de son érection, il retira la main qu'il avait glissée entre eux et lui souleva les jambes pour les placer sur ses épaules. Puis il se pencha afin qu'ils soient face à face. Elle était presque pliée en deux, complètement ouverte à lui.

Son cul tremblait tandis qu'elle continuait à jouir et que les hanches de Jack allaient et venaient entre ses cuisses. Il ne fallut pas longtemps pour que son propre plaisir le submerge, et lorsqu'il se libéra enfin, il s'enfonça le plus loin possible en elle et gémit.

Cet orgasme lui fit presque mal. Chaque fois avec elle avait un parfum de première fois. Il détestait encore ne pas avoir la moindre idée de ce qu'était leur vie sexuelle avant son accident, mais il était convaincu qu'elle n'avait pas pu être aussi satisfaisante qu'elle l'était maintenant. Sinon, il n'aurait jamais pu l'oublier. La sensation d'être déchiré de l'intérieur chaque fois qu'il était fiché en elle, il n'en avait jamais fait l'expérience auparavant. Il aurait parié sa vie là-dessus.

Cette fois, au lieu de rouler pour que Maisy soit sur lui, Jack lui fit baisser les jambes et s'appuya sur un coude au-dessus d'elle pour se pencher sur la table de chevet. Il veilla à ce que son sexe ne glisse pas hors du fourreau humide et chaud où il était logé. Chaque fois qu'il jouissait, il s'attendait à perdre son érection, mais il restait toujours à moitié dur, comme si son membre, doué de sa volonté propre, était déterminé à rester dans le sexe tout chaud de Maisy.

— Jack ? demanda-t-elle lorsqu'il se fut replacé sur elle.

— Oui ?

— Ce n'est pas que je me plaigne, car j'adore être sous toi, enveloppée comme ça. Mais... qu'est-ce qu'il y a ?

— Tu sais, la surprise dont j'ai parlé en bas ?

Il tenait un coffret entre eux. Le petit cri que poussa Maisy le fit sourire.

— Qu'est-ce que c'est ? demanda-t-elle, sans tendre la main vers la petite boîte.

— Pourquoi ne pas l'ouvrir ? suggéra-t-il.

À contrecœur, elle se saisit du coffret qu'elle examina, avant d'ouvrir lentement le couvercle.

— J'ai remarqué que tu ne portais pas de bague, et je n'en avais pas non plus. Je suppose qu'elle a dû être détruite dans l'incendie. Mais j'ai envie que tous ceux qu'on croise sachent que tu es à moi. Et je veux montrer au monde que je suis pris, moi aussi, dit-il.

Maisy ne tendait toujours pas la main vers les bagues nichées dans la petite boîte.

— Elles ne sont pas très chic, mais tu n'as pas l'air du genre à aimer un gros bijou bien voyant.

Jack commençait à s'inquiéter : Maisy se contentait de regarder les deux alliances.

— Si tu ne les aimes pas, je peux les rendre et en acheter d'autres.

— Non ! s'exclama-t-elle soudain. Je les adore. C'est juste que... Jack.

Il y avait dans ses paroles un chagrin que Jack ne comprenait pas. Il s'était imaginé qu'elle serait ravie de son cadeau. Le fait que ni lui ni elle ne portent d'alliance ne lui avait pas plu. Mais maintenant, il remettait en question sa surprise. Peut-être s'étaient-ils mis d'accord auparavant pour ne pas en porter pour une raison qu'il avait oubliée.

Il la regarda sortir les bagues. Levant la main gauche et s'apprêtant à passer l'anneau à son doigt, il s'arrêta. C'était un peu malcommode de se tenir en équilibre sur son coude au-dessus d'elle tout en tendant la main, mais il n'aurait manqué ce moment pour rien au monde.

— Tu me laisses faire ? demanda-t-il.

Maisy acquiesça avec un petit sourire.

Elle lui présenta sa main et Jack fit glisser le mince anneau d'or à son annulaire. Puis il ajouta lentement la bande de diamants qui, selon lui, correspondait parfaitement à la personnalité de sa femme. En voyant les bagues à son doigt, il sentit son cœur battre plus vite et son sexe durcir en elle.

Elle hoqueta et se passa sensuellement la langue sur les lèvres. Puis elle brandit la bague qu'il s'était achetée pour lui.

Déplaçant son poids sur la droite, Jack tendit la main. En sentant l'anneau glisser à son doigt, il eut l'impression d'avoir trouvé sa maison.

— Tu es à moi, souffla-t-il.

— Et tu es à moi, répondit-elle.

— Tout à fait.

Un coup frappé à la porte les fit sursauter. Jack tourna la tête et fronça les sourcils.

— Maisy ? On a rendez-vous avec le banquier demain matin. Ne dors pas trop tard !

Jack se renfrogna.

— Fous le camp ! aboya-t-il avant d'entendre les pas de son beau-frère s'éloigner dans le couloir. Après ce rendez-vous, on ira se chercher un appartement.

— D'accord.

— D'accord, répéta-t-il avant de se retirer à contrecœur de son corps pour se mettre à genoux. Relève-toi, ordonna-t-il. À genoux, face à la tête de lit.

Les joues de Maisy virèrent au rose, mais elle s'exécuta sans hésiter. Elle se détourna de lui et se mit à genoux devant lui, en appui sur les coudes, exposant sa chatte et son cul parfaits.

Le sexe de Jack palpita quand il vit des gouttes de sperme s'échapper lentement de ses replis intimes. Avec son pouce, il en cueillit quelques-unes avant qu'elles ne tombent sur les draps et les repoussa dans le sexe de Maisy. Une image d'elle portant son enfant fit bondir son cœur. Elle avait admis ne pas prendre de contraceptif et si, une semaine plus tôt, elle avait affirmé que ce n'était pas le bon moment dans son cycle pour tomber enceinte... c'était peut-être le cas maintenant.

L'envie de la lier à lui d'une manière aussi fondamentale était puissante. Si puissante que Jack s'avança à genoux, saisit ses hanches avec une poigne probablement trop serrée et plongea dans son fourreau d'un seul coup de boutoir.

Ils hoquetèrent tous les deux.

— Merde, désolé... c'est trop ? demanda-t-il.

Il lui fallut déployer de gros efforts de maîtrise pour ne pas se mettre à bouger en elle. Pour lui laisser le temps de s'adapter à sa taille.

— Non, tu es parfait. Encore, Jack. S'il te plaît.

Encore cette supplique. La plupart des hommes se délecteraient de s'entendre supplier par leur femme d'y aller plus fort. Mais pas lui. Il détestait qu'elle le supplie.

— Tu n'as pas besoin de me supplier, lui dit-il en amorçant ses va-et-vient. Je te donne volontiers tout ce dont tu as besoin.

— Tout ce dont j'ai besoin, c'est de toi, répliqua-t-elle.

Aucun des deux ne parlait plus : on n'entendait plus dans la pièce que le claquement de la peau contre la peau tandis qu'il la prenait fermement et rapidement par-derrière. Les yeux de Jack étaient rivés sur sa queue qui entrait et sortait des plis lubrifiés de Maisy, dégoulinants de leurs fluides. C'était torride comme l'enfer, et l'érection de Jack ne faisait que durcir encore.

Mais la sensation était si bonne, ce n'était qu'une question de temps avant que ses bourses ne se préparent à lâcher prise. Serrant les dents, Jack se plaqua contre le dos de Maisy. Elle se dressa sur les mains et commença à bouger, se frottant sur son sexe, tout à la quête frénétique d'atteindre le plaisir.

Baissant les yeux, Jack vit leurs mains gauches l'une à côté de l'autre sur le matelas. Leurs alliances brillaient à la lumière du plafonnier qu'il n'avait pas pris la peine d'éteindre. Ce rappel tangible de leur engagement l'un envers l'autre accéléra les battements de son cœur.

Il se pencha vers elle et lui caressa l'oreille, incapable de retenir les mots qui voulaient franchir ses lèvres.

— Je t'aime, Stellina. Je ne sais pas ce que j'aurais fait

sans toi ces dernières semaines. Tu es tout pour moi, et je te jure que je serai toujours à tes côtés. Quoi qu'il arrive, je serai ton roc.

Elle se figea sous lui.

— Tu ne peux pas me promettre ça, dit-elle doucement.

— Bien sûr que si, grogna-t-il. Tu m'aimes ?

Son cœur s'arrêta de battre pendant un moment, guettant sa réponse.

— Oui.

— C'est tout ce qui compte. On trouvera des solutions au fur et à mesure. Ensemble.

— D'accord.

Jack se détendit.

— D'accord, lâcha-t-il.

Il glissa une main sous son corps et elle tressaillit à l'instant où il se mit à lui titiller le clitoris.

— Jouis sur ma queue, Stellina. Marque-moi.

— Tu es à moi, haleta-t-elle, juste avant d'exploser.

Ses mots pleins de possessivité et la sensation d'avoir son sexe avalé par le sien suffirent à faire jouir Jack à son tour. Il resta profondément fiché là pendant que son plaisir giclait en elle. Lorsqu'il eut fini, il se sentit aussi faible qu'un chaton. Il se laissa tomber sur le côté, serrant Maisy contre sa poitrine, jusqu'à ce que son membre sorte de son corps, puis il la fit pivoter. Elle se hâta d'adopter la position la plus confortable qu'ils aient trouvée pour dormir. Plaquée contre son flanc, la tête sur son épaule, une jambe par-dessus la sienne, la taille enlacée par son bras.

— Comment va ta tête ? demanda-t-elle au bout d'un moment, à moitié endormie.

Jack sourit. Elle s'inquiétait toujours pour lui. Lorsqu'elle avait découvert que la migraine qui le faisait souffrir depuis son réveil, deux semaines plus tôt, n'avait pas diminué, elle s'était immédiatement inquiétée.

— C'est bon.

— Ça n'a pas disparu ? insista-t-elle.

— Non.

— On devrait peut-être t'emmener voir un médecin.

— Ça va, s'entêta-t-il.

Maisy soupira de frustration, son haleine chaude glissa sur son torse.

— Tu ne devrais plus avoir mal, protesta-t-elle.

— Si j'ai toujours mal à la tête dans une semaine, j'irai. D'accord ?

Elle hocha aussitôt la tête contre lui.

— D'accord. Promis ?

— Je ne fais pas de promesses que je ne tiens pas, la rassura-t-il.

Il joua avec la bague qu'elle portait au doigt reposant sur son torse.

Une minute ou deux s'écoula avant qu'elle ne reprenne la parole.

— Tu m'aimes vraiment ? demanda-t-elle d'une voix douce.

Pourquoi avait-elle l'air si surprise ?

— Oui.

— Mais tu viens de me rencontrer.

Il fronça les sourcils.

— Pas vraiment. On était mariés avant que je perde la mémoire, et il est évident que mon âme a reconnu la tienne. Je ne me souviens peut-être pas de ce qu'on a fait au quotidien, mais un amour comme le nôtre ne peut pas être freiné par quelque chose d'aussi trivial qu'une perte de mémoire.

— Je vais faire ce qu'il faut pour toi, déclara Maisy d'un

ton solennel. J'ai commis des erreurs. Énormes, mais je vais tout arranger, même si c'est la dernière chose que je fais.

— Chhhhh, l'apaisa Jack, qui n'aimait pas la détresse qu'il percevait dans sa voix. Dors, Stellina. Demain, tu auras ton rendez-vous à la banque, puis on se dégotera un agent immobilier qui pourra nous aider dans notre recherche d'appartement. On a le reste de la vie pour trouver une solution.

— Je t'aime, Jack. Vraiment.

Les mots s'installèrent dans son âme. Jack lui embrassa le front avant de fermer les yeux.

Il ignorait combien de temps il avait dormi ni ce qui l'avait réveillé, mais à un moment donné, il dormait paisiblement et, l'instant d'après, ses yeux s'ouvrirent. Non pas sur le plafond de la chambre qu'il occupait avec Maisy, mais sur un box métallique, sombre et lugubre. Il entendit des cris et des gémissements, et son cœur commença à s'emballer.

— Stone ? Ça va ? Tiens bon, mon pote ! On ne va pas mourir ici, tu m'entends ? On ne meurt pas ! L'armée vient nous chercher. Ils ne laisseront pas mourir deux des meilleurs Night Stalkers ici. Ne m'abandonne pas, Stone !

Après plusieurs clignements d'yeux, la cellule obscure laissa place à la chambre confortable qu'il partageait avec Maisy depuis deux semaines. La lumière du plafond était toujours allumée et Maisy ronflotait dans ses bras. Jack était couvert de sueur et sa tête tambourinait si fort qu'il avait du mal à respirer.

C'était quoi, ce rêve ? Était-ce seulement un rêve ? Le plus fou, c'était qu'il savait : la personne qui parlait s'appelait Owl. Mais il n'avait aucune idée qui était Stone. Rien dans ce rêve n'avait de sens.

Fermant les yeux, Jack fit de son mieux pour ralentir sa respiration et son rythme cardiaque.

C'était un cauchemar, rien d'autre.

Au fond de lui, il soupçonnait qu'il s'agissait de bien plus. Mais il ne pouvait pas y penser maintenant, sachant d'instinct qu'alors, sa tête éclaterait littéralement. Il compta donc les respirations de Maisy. Il se concentra sur ce qu'il ressentait quand son souffle lui effleurait la peau. Il inhala l'odeur de sexe et de pommes qui imprégnait l'air et le lit, écouta le bruit assourdi des véhicules à l'extérieur de la maison. En se passant la langue sur les lèvres, il sentit le musc de Maisy, resté là depuis qu'il l'avait dévorée, avant qu'ils ne fassent l'amour.

La gorge nouée, Jack finit par sombrer dans un sommeil agité. Cette fois-ci, il rêva d'un magnifique flanc de montagne couvert d'arbres, de cabanes disséminées dans la forêt, de rires, d'odeurs de cuisine et d'une vache qui meuglait d'impatience à l'intérieur d'une vaste grange peinte en rouge. Cette vision paisible le calma et le plongea dans un sommeil réparateur.

* * *

— Je n'arrive pas à croire qu'on n'ait rien trouvé ! s'exclama Owl en se passant une main dans les cheveux.

Il était très agité. Brick n'était pas content non plus, mais il devait être la voix de la raison ici, sinon Owl se mettrait en colère. Deux semaines s'étaient écoulées depuis l'enlèvement de Stone. Et depuis, aucun signe de l'endroit où il avait été emmené ni du coupable.

Lara avait repensé sans relâche à ce qui s'était passé dans le hangar de Seattle, mais rien de ce dont elle se souvenait ne leur avait donné d'indices sur l'endroit où Stone pouvait se trouver. Elle leur avait donné une assez bonne description du kidnappeur, ainsi que de la voiture, mais elle n'avait pas pu voir sa plaque d'immatriculation. Et sans cette information, ils étaient tout aussi dans le noir qu'au début de l'enquête. Ils savaient qu'un tueur en série avait engagé un homme pour kidnapper Lara, et que cet homme avait vendu Stone. Et c'était à peu près tout. Le tueur en série et son homme de main étaient morts, tous les deux, emportant tous leurs secrets dans la tombe.

Les caméras de surveillance de l'aéroport régional ne fonctionnaient pas, et celle qui avait filmé la voiture quittant le hangar était trop éloignée pour qu'on puisse déchiffrer la plaque.

Stone s'était volatilisé et aucun indice ne permettait de savoir où il se trouvait. Et Owl, son ancien coéquipier de Night Stalker dans l'armée, qui avait de plus été prisonnier de guerre avec lui, était sur le point de perdre les pédales.

— Je n'arrive pas à croire qu'avec les meilleurs sur l'affaire – Tex, cette Elizabeth avec qui il travaille, et même Ry, le soi-disant génie de l'informatique –, on n'arrive pas à retrouver sa trace ! Il doit bien être quelque part, Brick ! Et il doit se demander pourquoi on ne vient pas le chercher. Il faut qu'on le trouve. Tout de suite !

— Je sais, Owl. Et on essaie.

Owl s'effondra sur une chaise à la table de la petite salle de conférence du pavillon principal du Refuge.

— Il faut qu'on le retrouve, insista-t-il, désespéré. Je ne peux pas supporter de penser à ce qu'il endure. Ça n'a aucun sens. Qui l'a enlevé ? Et pourquoi ? Vu qu'il n'y a même pas de demande de rançon, pourquoi l'avoir kidnappé ?

Brick n'avait pas de réponse.

— Je n'en sais rien. Mais je te promets qu'on ne va pas

s'arrêter de chercher, Owl. Peu importe le temps que ça prendra ou le prix que ça coûtera, on n'abandonnera pas. Jamais.

— Je vais reparler à Ry. Hier soir, elle a dit qu'elle avait eu une idée. Je veux voir si elle a trouvé quelque chose de nouveau, marmonna Owl.

Brick aurait aimé pouvoir faire plus, aider son ami. Owl et Stone étaient aussi proches que deux hommes peuvent l'être. Ils avaient connu l'enfer et en étaient revenus ensemble. Brick savait qu'Owl se reprochait l'enlèvement de Stone. Même s'il était inconscient au moment où il s'était produit, il s'en voulait encore.

Ryan, également connue sous le nom de Ryleigh ou Ry, travaillait au Refuge depuis un certain temps maintenant et, apparemment, elle était une sorte de prodige du piratage informatique. Elle trimballait certainement un lourd passif, mais avec Owl et Lara qui se remettaient tous les deux d'avoir été kidnappés par un tueur en série – un bâtard diabolique bien décidé à faire de Lara son jouet sexuel pour la deuxième fois – et avec Stone qui manquait à l'appel, personne n'avait beaucoup de temps pour tenter de comprendre pourquoi Ryan travaillait au Refuge et ce qu'elle cachait.

Brick posa une main sur l'épaule d'Owl et exerça une petite pression.

— Comment va Lara ?

— Bien. Aucun signe de nausées matinales pour l'instant, répondit Owl.

Parler de la grossesse de sa femme de fraîche date sembla faire refluer l'angoisse de ses yeux.

— Super. Préviens-moi si Ry a trouvé quelque chose.

— Ça marche. Brick ?

— Oui ?

— Merci.

— De quoi ?

— De ne pas avoir abandonné.

— Je n'abandonnerai jamais. Stone est quelque part, Owl. Il est fort. Je suis sûr qu'il s'accroche, il attend juste qu'on le trouve. Et on le trouvera.

Owl prit une grande inspiration.

— Ça, c'est sûr.

Puis il adressa un signe de tête à Brick et se dirigea vers la porte.

Brick resta planté au milieu de la pièce pendant un long moment après le départ d'Owl. Il ferma les yeux et inspira profondément. Il ne savait absolument pas qui pourrait vouloir Stone, ni pour quoi faire. Chaque jour qui passait sans que l'on sache où il avait disparu n'était pas bon signe. Mais Brick n'avait pas menti à Owl, il ne cesserait jamais d'essayer de trouver des réponses. Stone était l'un de ses meilleurs amis, qui ne méritait pas ce qui lui était arrivé.

L'idée qu'il soit à nouveau pris en otage lui faisait l'effet d'une boule d'acide dans le ventre. Cet homme avait assez souffert, et quiconque était responsable de son enlèvement le paierait. Brick y veillerait personnellement.

Relâchant son souffle, Brick ouvrit les yeux et se dirigea vers la porte. Il voulait appeler Tex une fois de plus, vérifier que ses autres amis tenaient le coup, et il devait s'assurer que les hôtes du Refuge cette semaine passaient un bon moment. Il avait beaucoup de pain sur la planche et ne voulait pas en laisser perdre un croûton.

Mais pour commencer, il devait voir Alaska. Elle était son roc, sa lumière. À son contact, les choses semblaient moins terribles. Les autres femmes et elle étaient tout aussi inquiètes pour Stone, mais grâce à sa propre expérience, elle lui faisait entièrement confiance pour aller au fond des choses et ramener leur ami à la maison.

Il avait besoin de ce coup de pouce, car, pour l'heure, Stone semblait vraiment avoir disparu dans la nature. Il n'y avait aucun indice, aucun signe permettant de savoir où il pouvait se trouver. À chaque jour qui passait, la probabilité de ramener leur ami vivant à la maison devenait de plus en plus mince.

8

Maisy était mal à l'aise. Non seulement parce qu'elle devait aller à la banque avec son frère ce matin, mais aussi parce que Jack se comportait... différemment. Et elle ne pensait pas que ce soit lié aux mots d'amour qu'ils avaient échangés la veille au soir.

Il s'était passé quelque chose, mais elle ignorait quoi. Ce matin, il semblait méfiant, à bout de nerfs. Lorsqu'ils étaient descendus prendre leur petit déjeuner, il avait tressailli au moindre bruit. Maisy avait suggéré que c'était peut-être dû à sa migraine, mais il avait nié.

Elle n'avait aucune envie d'aller où que ce soit seule avec Jason. Elle s'était habituée à ce que Jack soit là pour inter-venir et servir de tampon entre son frère et elle, mais il était évident qu'il se sentait très mal. Elle l'avait convaincu de rester à la maison et de prendre des analgésiques en vente libre pour qu'ils puissent se mettre en quête d'un apparte-ment dès son retour.

Dès qu'elle eut fermé la portière de la Land Rover de Jason – qu'il avait achetée avec son argent, tout en lui disant que lui acheter une voiture à elle serait un gaspillage puisqu'elle n'allait jamais nulle part –, il laissa libre cours à sa méchanceté.

— Pas même un remerciement pour ton frère ? demanda-t-il avec un sourire narquois.

— Pardon ?

— Je t'ai acheté une queue et tu ne m'as pas remercié une seule fois.

L'estomac de Maisy se retourna et elle agrippa si fort l'accoudoir de la portière que ses jointures devinrent blanches.

— Sérieusement, frangine, les sons qui proviennent de ta chambre la nuit me rendent presque jaloux. Jack a l'air de s'y connaître sur la question.

— Tais-toi, marmonna Maisy, gênée que son frère se montre aussi grossier.

La gifle surgit de nulle part, puis Jason lui poussa ensuite l'épaule assez fort pour que sa tête heurte la vitre à côté d'elle.

— Ne me parle pas comme ça ! Montre un peu de respect, Maisy, grogna Jason avant d'enclencher la marche arrière et de sortir de l'allée.

Sa joue la faisait souffrir et Maisy passa la main sur ce qu'elle savait être une marque rouge. Elle était choquée de découvrir qu'il se moquait de laisser une trace que Jack pourrait voir. Jason devenait de plus en plus instable. Autrement dit, elle devait redoubler de prudence. Elle aurait probablement dû insister pour que Jack vienne avec eux aujourd'hui, mais il avait vraiment l'air de souffrir et elle n'avait pas voulu aggraver la situation. Égoïstement, elle regrettait qu'il ne soit pas là, car ce voyage était une erreur. Elle le savait au plus profond d'elle-même.

Jason conduisit sans rien dire jusqu'à la banque, mais, voyant qu'il ne suivait pas le trajet habituel, elle sentit l'anxiété lui vriller le ventre. Il finit par s'arrêter sur le parking d'un centre commercial. Il y avait beaucoup de monde, des voitures qui allaient et venaient partout. Personne ne les remarquerait dans ce parking presque plein.

Jason se tourna vers elle et l'expression de son visage fit courir un frisson dans la nuque de Maisy.

— Il faut qu'on parle, déclara-t-il, très sérieux.

Maisy acquiesça. Ce n'était pas comme si elle avait la possibilité de refuser, il l'avait amenée ici pour une raison précise, et elle devait écouter ce qu'il avait à dire.

— Ne te laisse pas prendre dans ses filets.

— Quoi ?

— Ne tombe pas amoureuse du connard que tu as épousé. Il ne va pas rester longtemps.

— Qu'est-ce que tu veux dire ? Pourquoi ?

— Tu sais très bien pourquoi.

Maisy déglutit difficilement.

— Jase, non. S'il te plaît.

La main de son frère vola et il la gifla à nouveau.

— Je t'ai dit mille fois de ne pas m'appeler comme ça ! tonna-t-il.

Un petit gémissement lui échappa, et Maisy eut honte. Elle devrait ouvrir la portière et s'enfuir, se défendre. Mais elle avait trop peur des conséquences si elle osait le défier.

— Écoute, tout ce putain de plan est parti en vrille. Je ne m'attendais pas à ce qu'il perde la mémoire, même si c'est un bonus appréciable.

— C'était quoi, ton plan, au départ ? murmura Maisy.

— Don a un ami d'un ami qui a pu passer un marché avec un type. Il savait que tu devais te marier, et il s'est arrangé pour te faire livrer quelqu'un. Je n'ai aucune idée qui est ce putain de Jack ou d'où il vient, et je m'en fous, mais comme je te l'ai déjà dit, il fallait qu'il t'épouse d'une manière ou d'une autre. Peu importait qu'il soit enchaîné à un putain de mur dans la cave, vous alliez vous marier. Ça a été une bonne surprise quand il s'est réveillé sans aucune idée de qui il était. Et ne me dis pas que tu ne profites pas de quelques avantages, parce que ce serait sacrément mentir. Je t'entends la nuit. Je me demande si les prostituées apprécient les coups de queue autant que toi.

La bile monta dans sa gorge, mais Maisy la ravala.

— Bref, j'ai payé cher pour qu'il soit ton mari, alors si on y réfléchit bien, toi aussi tu paies pour qu'il te baise. Autant en profiter, ironisa Jason. Quoi qu'il en soit, le mal est fait. Tu es mariée et le compte à rebours a commencé pour que ton argent puisse être débloqué. Maman et papa n'auraient jamais dû le lier à ce stupide trust avec leurs stipulations ridicules. Dans trois mois, quand l'argent sera débloqué, on n'aura plus besoin de ton gigolo.

— Jason, s'il te plaît, ne lui fais pas de mal. Je romprai avec lui, je divorcerai, tout ce que tu veux !

— Que tu es naïve ! commenta Jason avec un froncement de sourcils condescendant. Tu crois qu'on peut le laisser partir comme ça ? Il finira par retrouver la mémoire, et qu'est-ce qui se passera alors ? Il ne sera pas content d'avoir été kidnappé, jeté dans une malle, et qu'on lui ait menti pendant des semaines. Et si tu penses une seconde qu'il pourrait apprendre à t'aimer, détrompe-toi, surtout quand il réalisera que tu fais partie de la combine. Que tu lui mens depuis le début. Que tu savais ce qui se passait et que ça ne t'a pas empêchée de prétendre que vous étiez déjà mariés pour l'inciter à aller jusqu'au bout de cette soi-disant cérémonie de renouvellement. Tu es impliquée jusqu'au cou, Maisy. Il n'y a qu'un seul choix possible.

Son frère avait raison. Il n'y avait qu'un seul choix.

Pour une fois dans sa vie, Maisy devait faire ce qu'il

fallait, à savoir libérer Jack et s'assurer que son frère paye pour tous les torts qu'il avait causés.

— Compris ? insista Jason d'une voix froide et dure.

Elle acquiesça.

— Bien. Trois mois. Même toi, tu peux te taire aussi longtemps. Continue à faire ce que tu fais, à écarter les jambes, et quelques semaines après que l'argent aura été débloqué, on racontera à tout le monde qu'il s'est barré. Qu'il t'a abandonnée !

Maisy ravala les mots qui lui brûlaient la langue. Il était impossible que la police soit assez stupide pour croire deux fois la même histoire, à savoir que Jack était parti de la même manière que la femme de Jason, quelques mois après leur mariage et, comme par hasard, après le déblocage de l'argent de la fiducie.

— Au bout d'un certain temps, on demandera aux autorités de le déclarer mort, tu sais, quand on aura constaté qu'il n'utilise plus ses cartes de crédit et qu'il n'y a plus aucune trace de lui. Oh ! je sais, il pourrait laisser une lettre de suicide, où il dirait qu'il t'aime à la folie, mais qu'après avoir appris ton intention de divorcer, il ne peut plus continuer à vivre. Je pourrais faire croire qu'il est allé sur la côte et qu'il s'est jeté dans l'océan ou quelque chose comme ça. De cette façon, impossible de retrouver son corps. Et bref, une fois qu'il aura été officiellement déclaré mort, on pourra toucher son assurance vie.

Son frère était fou. C'était la seule explication au calme avec lequel il mijotait la mort d'un autre être humain. Et puis, enfin, ses mots prirent tous leur sens.

— Son assurance vie ?

— Oui, répondit Jason en se penchant sur la banquette arrière pour attraper un dossier, d'où il sortit plusieurs feuilles de papier avant de lui en tendre une. Tiens, signe ça.

— Qu'est-ce que c'est ? demanda Maisy en tentant de lire le papier.

C'était manifestement la dernière partie d'un document officiel. Il y avait deux emplacements pour les signatures, la sienne et celle de Jack. Celui de Jack était déjà rempli. Le haut de la page, dans la marge, indiquait qu'il s'agissait de la page quatorze sur quatorze.

— La police d'assurance vie de Jack, bien sûr, lâcha Jason en souriant.

— Il a signé ça ? s'étonna Maisy, les sourcils froncés par la confusion.

— Bien sûr que oui, tu ne vois pas sa signature ?

Maisy examina le document et, lorsqu'elle leva les yeux vers son frère, elle réalisa que Jack n'avait évidemment pas signé ce document. C'était un faux, comme, probablement, la plupart des papiers qui avaient trait à l'argent et à leur héritage.

— Ce n'est pas sa signature, constata-t-elle courageusement.

Mais Jason se contenta d'en rire.

— Que tu es rapide, ironisa-t-il. Non, en effet. Mais personne n'en saura rien. J'ai juste besoin que tu signes et je soumettrai les documents... que j'antidaterai. Il ne faut pas que les flics pensent qu'on l'a fait juste après ton mariage. Ça ne ferait pas très bon effet quand Jack disparaîtra.

Maisy secoua la tête et tenta de repousser le papier vers son frère.

— Non.

— Non ? répéta-t-il à voix basse, sans chercher à s'emparer de la feuille qu'elle essayait de lui rendre.

— Non, répéta-t-elle en essayant d'avoir l'air ferme. Ce n'est pas bien, Jason. Tu reçois déjà l'argent de mon héritage. Ce n'est pas nécessaire.

Il se déplaça plus vite qu'elle ne l'en aurait cru capable, bondissant par-dessus la console pour la saisir à la gorge. Il la plaqua contre le côté de la voiture, lui cognant à nouveau la tête contre la vitre. Puis, son visage tout contre le sien, il grogna :

— Qu'est-ce que tu en sais, Maisy ? Tu as dormi pendant dix ans et demi. C'est moi qui me suis occupé de l'emprunt de la maison, des factures, qui ai veillé à ce que notre réputation soit irréprochable. Tu crois que ça a été facile ? Détrompe-toi. Il n'y a plus d'argent. Rien. Sans l'argent de ta fiducie, on est foutus. On sera sans ressource et expulsés de la maison où on a grandi. Alors tu me dois bien ça, sœurette. J'ai pris soin de toi. Je me suis réinstallé dans la maison. J'ai engagé des tas de médecins pour m'assurer que tu ne te tues pas de chagrin. Tu as été une bonne fille jusqu'ici, alors ne fous pas tout en l'air maintenant. Et ne pense même pas à te retourner contre moi. Sinon, tu finiras comme cette pauvre Martha. Maintenant, signe-moi ce putain de papier.

Sans savoir d'où lui venait son courage, Maisy réussit à demander :

— Et si je refuse ?

À sa grande surprise, Jason lui lâcha la gorge et se rassit sur le siège conducteur en éclatant de rire. Mais sans le moindre humour. En fait, il l'effrayait à mort.

— Si tu refuses, je rentre à la maison, je dirai à ton gigolo que tu l'as piégé pour qu'il t'épouse, que tu as agi uniquement pour l'argent, puis je l'enferme dans la chambre forte au sous-sol comme je l'aurais fait s'il n'avait pas perdu la mémoire. Je lui donnerai un quignon de pain et un verre d'eau par jour. Peut-être. Au bout de trois mois, il n'aura plus que la peau et les os, à croupir dans sa propre crasse. À ce moment-là, je lui mettrai une balle dans le crâne et je me débarrasserai de son corps dans un endroit où personne ne le retrouvera jamais.

Maisy dévisagea son frère avec horreur. Quand ils étaient petits, elle jouait à cache-cache avec cet homme. Il lui tenait la main sur le chemin de l'école. Le jour où il lui avait accidentellement dit que le père Noël n'existait pas, il l'avait serrée dans ses bras lorsqu'elle avait pleuré. Il s'était tenu à côté d'elle au funérarium après la mort de leurs parents, un bras autour de ses épaules, et il lui avait promis de s'occuper d'elle aussi longtemps qu'elle aurait besoin de lui.

Maintenant, il était un monstre qu'elle détestait.

— Et toi ? poursuivit Jason. Je vais farcir la tête de Jack avec des histoires comme quoi tu l'as trahi. Je ferai en sorte qu'il te déteste et qu'il sache que c'est toi qui as eu l'idée de le kidnapper. Je lui dirai que tu t'es moquée de sa crédulité pathétique, de sa nullité au lit. Et à la fin, je t'enfermerai, histoire que tu passes ses derniers jours avec lui. Bâillonnée, bien sûr, pour que tu fermes ta grande gueule. À ce moment-là, il se fichera bien de ce qui t'arrive, je te le promets. Je t'obligerai à regarder pendant que je lui collerai une balle dans le crâne. Ensuite, comme je ne veux surtout pas que tu parles à qui que ce soit de ce que tu sais, tu le rejoindras. Vous pourrez reposer en paix jusqu'à ce que la mort vous sépare, tiens.

Maisy se sentait engourdie. Ce n'était pas possible.

— Signe ce putain de papier, ma chère sœur, grogna Jason en se penchant sur la console.

Il lui tendit le stylo en la fixant de son regard diabolique.

Comme en transe, Maisy s'en saisit et, les doigts tremblants, signa le papier.

— Je savais que tu te rallierais à ma façon de voir les choses, constata Jason avec satisfaction.

Il rangea le document signé dans le dossier, qu'il jeta sur le siège derrière lui. Il se tourna à nouveau vers elle.

— Trois mois, Maisy. C'est tout. Ensuite, tout sera terminé et on pourra reprendre notre vie d'avant. Oh, et autre chose : quand on rentrera à la maison, tu parleras à Jack. Convaincs-le de ne pas déménager. Tu resteras à la maison jusqu'à ce que les trois mois soient écoulés. Je ne te fais pas confiance pour ne pas tout faire foirer. Et comme je sais à quel point tout cela a été stressant, j'ai fait des réserves à ton intention. Tu vas recommencer à prendre tes anxiolytiques dès aujourd'hui. Crois-moi, ce sera mieux pour toi.

Inutile d'être une flèche pour comprendre pourquoi Jason voulait que Jack et elle restent jusqu'à la fin des trois mois. Il voulait avoir un accès facile à Jack pour l'éliminer. Définitivement. Mais il était hors de question qu'elle redevienne le zombie qu'elle avait été sous pilules. Elle avait les idées claires, maintenant, et savait sans l'ombre d'un doute que son frère utiliserait sa supposée rechute pour se débarrasser d'elle aussi. Il serait assez facile pour elle de faire une « overdose ».

Un sentiment d'urgence l'envahit. Elle devait partir. Loin de Seattle, loin de son frère. Elle devait en éloigner Jack aussi. Il lui fallait un plan, seulement pour l'instant, elle ne savait par où commencer.

— Maisy ? Est-ce que tu me comprends ? Quand on rentrera à la maison, je dirai à Jack que tu as fait une crise de panique et que tu dois recommencer à prendre tes médicaments. Et ce soir, tu te mettras à genoux pour sucer ton amant et le convaincre se rester. C'est compris ?

Maisy acquiesça. N'importe quoi, pourvu que Jason se taise.

— Bien. Maintenant, on va aller à la banque et remplir les papiers nécessaires à la sortie de la fiducie. Tu signes ce qui t'est présenté sans poser de questions, ou tu n'aimeras pas ce qui va s'ensuivre.

Elle acquiesça à nouveau. Elle ne pouvait pas lutter contre lui, pas maintenant. Il ferait exactement ce qu'il promettait. Il ferait du mal à son mari.

Jason avait raison, elle était aussi coupable que lui d'avoir piégé Jack. Elle n'aurait pas dû accepter ce cirque. Maintenant, elle était dans l'obligation de faire ce qu'elle pouvait pour arranger les choses. Elle trouverait un moyen de sauver Jack. Même si cela signifiait finir aussi morte que son ancienne belle-sœur.

— C'est bon de te voir conciliante. Les choses vont bien se passer, déclara Jason d'un ton que n'importe qui d'autre aurait considéré comme apaisant.

Mais pour Maisy, il avait un air sinistre.

— Laisse-moi le soin de réfléchir, Maisy, reprit-il. Tu as toujours été trop stupide pour comprendre les choses. Je m'en occupe, et dans un peu plus de trois mois, tous nos problèmes seront derrière nous.

Trois mois. Ce n'était pas assez. Maisy commença à paniquer lorsque Jason démarra la voiture et reprit la route en direction de la banque. Elle prit une grande inspiration mentale. Elle avait de l'argent, versé par son frère dans l'optique de piéger Jack. Elle pouvait l'utiliser pour... pour quoi ? S'envoler quelque part ? Son frère pourrait la retrouver si elle utilisait son vrai nom. Et Jack ? Que lui dirait-elle ?

Elle pourrait publier un message sur les réseaux sociaux à propos de Jack, parler de son amnésie, en demandant si quelqu'un avait une idée de son identité. Beaucoup de ces choses devenaient virales. Peut-être que cela parviendrait à ses proches.

Mais Jason ou ses amis pourraient eux aussi en avoir

connaissance, et avant les amis de Jack, ce qui ne serait bon pour aucun d'eux.

Jack et elle pourraient littéralement monter dans la voiture et partir, mais où iraient-ils sans que Jason les trouve ? Comment vivraient-ils une fois leur petit pécule épuisé ? Oui, ils pourraient tous les deux trouver du travail, mais combien de temps parviendraient-ils à rester sous le radar s'ils utilisaient leur propre nom ? Elle n'était pas une criminelle comme son frère. Ou du moins... elle ne l'avait jamais été. Elle ne savait pas comment on se procurait de fausses cartes d'identité et de nouvelles identités.

Ses épaules s'affaissèrent. S'éloigner de Jason semblait de plus en plus impossible à chaque seconde qui passait. Peut-être que Jack aurait des idées... si elle lui racontait tout. C'était ce qu'elle avait vraiment eu l'intention de faire la veille au soir. Elle avait perdu la tête au moment où Jack avait commencé à l'embrasser, à la caresser... à la déshabiller.

Bon sang, qu'elle était faible !

Et encore plus terrifiée qu'avant, si c'était possible. Elle n'était pas sûre, jusqu'alors, que Jason ait quelque chose à voir avec l'agression dont ses parents avaient été victimes, mais maintenant elle en était presque certaine. Et le meurtre de Martha était une évidence, après sa menace sur le fait que Maisy allait finir comme elle.

Son frère était un psychopathe. Il ne se souciait de personne d'autre que lui-même. Il avait assez de relations pour réussir à engager quelqu'un qui simulerait un car-jacking et tuerait leurs parents au passage. Aussi facilement qu'il avait trouvé quelqu'un pour kidnapper Jack.

Elle se redressa et regarda fixement par la vitre. Elle devait prévenir la police. C'était sa seule option... même s'il semblait peu probable que Jason la laisse souvent sans surveillance, à partir de maintenant.

Il pourrait réussir à lui voler son argent, et peut-être même à la tuer... mais si elle écrivait tout ce qu'elle savait et le laissait pour la police, celle-ci serait obligée d'enquêter, non ? Ce ne serait que justice si Jason se retrouvait derrière les barreaux, incapable de dépenser l'argent pour lequel il avait manigancé si dur.

Ce n'était pas la meilleure solution, Maisy préférerait vivre, mais elle était presque sûre que ce n'était pas une option, pour elle.

Son objectif premier était de sauver Jack. Il n'avait pas demandé à être impliqué dans leurs affaires. Ensuite, elle voulait que Jason paie pour avoir tué la pauvre Martha, et probablement leurs parents.

Plus elle y pensait, plus l'idée lui plaisait. Elle écrirait tout ce dont elle se souvenait, chaque méfait qu'elle pensait imputable à son frère, en donnant des détails et des précisions qui pourraient être utilisés contre lui. Les noms de ses amis, des médecins qui avaient rédigé des ordonnances sans poser de questions, des personnes qui, selon elle, avaient pu l'aider à contracter l'assurance vie de Jack... et maintenant qu'elle y pensait, il en avait probablement fait établir une à son nom à elle aussi.

— N'oublie pas de te taire le plus possible, laisse-moi parler, lui ordonna Jason en se garant devant la banque.

Maisy acquiesça. L'espace d'une fraction de seconde, elle s'imagina dans le bureau du directeur, devant l'exécuteur testamentaire de ses parents, en train d'affirmer que tout cela n'était que mensonge. Que Jack avait été forcé de l'épouser et que son frère était un vrai psychopathe.

Mais elle se figura alors Jack assis dans la cave, enchaîné au mur, affamé et les yeux pleins de haine...

Rien que d'y penser, elle tressaillit.

Elle ne pouvait pas faire ça. Pour l'instant, elle se plierait à toutes les exigences de Jason, simplement pour gagner du temps. De toute façon, il était certain à cent pour cent que Jack la détesterait à la fin. Tant qu'il retrouvait ses proches et qu'il ne vivait pas un mensonge... cela en valait la peine.

Maisy avait commis beaucoup d'erreurs dans sa vie, mais il était temps qu'elle les assume. C'était trop peu, trop tard, mais c'était tout ce qu'elle avait.

Faute d'autre choix, elle sortit du SUV et suivit Jason à l'intérieur de la banque.

9

Jack s'inquiétait pour sa femme.

Depuis la semaine précédente, en fait depuis qu'elle était allée à la banque avec son frère pendant qu'il restait à la maison pour essayer de se débarrasser de son mal de tête, elle était différente. Beaucoup plus silencieuse.

Et ce n'était pas peu dire, car sa Maisy n'était pas vraiment une femme extravertie à l'origine. Mais elle était encore plus introvertie maintenant. Et franchement, cela l'effrayait au plus haut point.

Elle avait regagné leur chambre à son retour. Il était allongé sur le lit, les yeux fermés, à essayer de se détendre, et elle s'était blottie contre lui sans un mot. Puis elle lui avait annoncé qu'elle ne se sentait pas encore prête à déménager.

Elle avait l'air si triste, si vaincue, que Jack avait accepté sans hésiter.

Depuis une semaine, elle ne ressemblait plus du tout à la femme qu'il avait appris à connaître. Elle fronçait les sourcils presque en permanence, tant elle était inquiète, et elle quittait à peine leur chambre. Lorsqu'elle le faisait, c'était pour s'asseoir dehors au soleil, à fixer le vide sans engager la conversation avec qui que ce soit. Soit cela, soit elle écrivait dans le journal qu'elle avait commencé à tenir au lendemain de sa visite à la banque.

Il l'avait suppliée de lui parler. De lui dire ce qui s'était passé. Tout ce qu'elle avait consenti à lâcher, c'était qu'elle avait eu une crise de panique à la banque et qu'un médecin urgentiste lui avait recommandé de reprendre ses médicaments. Elle avait refusé de s'étendre davantage sur le sujet, et Jason avait prétendu que son dossier médical était enfermé dans son bureau. Il lui avait conseillé sur un ton condescendant de ne pas s'inquiéter, ajouté qu'il avait toujours pris soin de sa sœur et que Jack n'avait pas besoin de s'en soucier.

Jack en avait été furieux. Et encore plus de la marque rouge sur la joue de Maisy, qui ne lui avait pas échappé. Il avait immédiatement voulu confronter Jason cet après-midi-là. Mais en le voyant sortir du lit dans ce but, Maisy avait perdu les pédales. Elle avait pleuré en le suppliant de ne rien dire à son frère.

Il était plus qu'évident qu'elle avait peur de lui. Elle était terrifiée, en fait. Raison de plus pour ficher le camp de cette maison, mais Maisy semblait plus fragile qu'il ne l'avait jamais vue. Et la dernière chose qu'il voulait, c'était la stresser encore plus qu'elle ne l'était déjà.

Les non dits dans la maison étaient de plus en plus inquiétants. Il ne les comprenait pas, mais ils dégageaient de mauvaises vibrations. Chaque fois que Maisy interagissait avec son frère, elle gardait la tête baissée et prononçait à peine deux mots. La plupart du temps, elle laissait Jason et lui discuter sans intervenir, ce qui était pour le moins gênant.

Mais quand ils étaient tous les deux dans le noir, dans leur lit, Maisy était encore plus différente. Elle était exigeante, presque désespérée dans leurs ébats. Elle s'accrochait à lui comme si elle avait peur qu'il s'en aille – ce qui n'était pas près d'arriver.

Jack n'avait aucune idée de ce qui se passait, mais il n'aimait pas ça. Certes, il aimait bien l'affection et la passion de sa femme, mais pas au détriment de ce qui se passait par ailleurs. Jason prétendait que sa santé mentale était fragile, et en présence de son frère, cela semblait être le cas. Pourtant la nuit, quand elle le suppliait de la prendre plus fort, de la baiser dans toutes les positions possibles et imaginables, elle ne semblait pas du tout fragile.

À première vue, il aurait pu penser qu'elle jouait la comédie... mais il n'était pas sûr de savoir qui était la vraie Maisy. Une jeune femme délicate qui prononçait à peine deux mots pendant la journée ? Ou une femme insatiable qui prenait tout ce qu'il avait à donner et en redemandait chaque nuit ?

Non content de s'inquiéter pour sa femme, il était de plus en plus préoccupé par sa propre santé. Ses maux de tête n'avaient pas diminué et il avait des flashs qu'il ne comprenait pas. Des souvenirs, sans doute, ce qui l'enchantait : il n'y avait rien qu'il ne souhaitait plus que de se rappeler sa vie d'avant son réveil dans cette maison. Mais ce qu'il voyait n'avait aucun sens. Les flashs lui montraient des personnes qu'il ne connaissait pas et des endroits dont il ne se souvenait pas. Et le plus déroutant, c'était l'impression qu'il avait de voler. Au lieu de le rendre malade, toutefois, ces visions où il évoluait dans les nuages, volait au-dessus des villes et des océans, lui donnaient un sentiment de liberté.

C'était déroutant et désorientant. Chaque nouvelle image déclenchait des élancements sous son crâne. Jack ne souhaitait rien d'autre que l'arrêt de la douleur.

Maisy tressaillit dans ses bras. Ils avaient fait l'amour presque frénétiquement, un peu plus tôt. Sa femme s'était agenouillée entre ses jambes écartées et lui avait fait une fellation qui avait bouleversé son monde. Elle ne l'avait pas laissé s'écarter, avalant chaque goutte de son plaisir sans hésiter. Il lui avait rendu la pareille et elle avait fini en sueur, les mains crispées sur les draps après deux orgasmes. Elle l'avait alors chevauché presque frénétiquement, jusqu'à ce qu'il jouisse en elle une fois de plus. Puis elle s'était laissée tomber contre lui et s'était endormie presque instantanément.

Lorsqu'il avait essayé de la déplacer pour qu'elle soit mieux installée, elle s'était accrochée à lui et avait gémi sourdement. Alors il l'avait laissée où elle était. Et maintenant, elle tremblait dans ses bras. Visiblement en proie à un cauchemar, elle avait les yeux qui papillonnaient derrière ses paupières.

Pendant un bref instant, il ressentit une empathie si forte qu'elle ne pouvait provenir que de la compréhension exacte de ce qu'elle traversait. Mais lorsqu'elle gémit son nom, ce sentiment disparut.

— Non ! Jack ! S'il te plaît, laisse-moi t'expliquer !

— Chuuut, murmura-t-il pour l'apaiser, détestant l'angoisse qui transparaissait de ses paroles.

Mais elle ne l'entendait pas.

— Jason, arrête ! Je ferai tout ce que tu veux ! S'il te plaît, ne lui fais pas de mal !

Jack fronça les sourcils. Il n'aimait pas ce qu'il entendait.

— Réveille-toi, Stellina ! ordonna-t-il.

Mais elle ne se réveilla pas. Elle cessa toutefois de parler, pour ne plus laisser échapper qu'un gémissement continu. C'était déchirant, et elle avait l'air si malheureuse que Jack était hors de lui.

Il roula sur lui-même et la coinça sous lui pour lui prendre le visage dans ses mains, en appui sur ses coudes.

— Maisy ! s'écria-il, plus fort qu'avant. Réveille-toi ! Tu rêves. Tu es en sécurité avec moi. Je suis là. Je ne laisserai personne te faire du mal.

Il ne savait pas trop à quoi il s'attendait, mais pas à ce que ses yeux s'ouvrent, comme si son sommeil n'avait été que feint. Sauf qu'elle n'avait pas fait semblant. Il le savait jusqu'au bout des ongles.

— Jack ? murmura-t-elle en continuant à le regarder.

— Oui, Stellina. C'est moi. Ça va. Tu rêvais. Tu veux en parler ?

Une fois de plus, la question lui sembla familière, comme s'il l'avait entendue trop souvent. Et il fut à deux doigts de ricaner amèrement, car la dernière chose dont il avait envie, c'était de parler de ses cauchemars, lui. D'où lui venait donc cette idée ?

À sa grande surprise, Maisy acquiesça.

— Tu dois savoir... Je n'ai pas voulu ça.

— Voulu quoi, ma chérie ?

— Enfin, si, je voulais ça. Un mari. Une famille. Mais pas de cette manière !

Quoique confus, Jack acquiesça, voulant qu'elle continue à parler.

— Je t'aime, admit-elle. Et ce n'est pas un mensonge. Je ferais n'importe quoi pour toi.

— Je t'aime aussi, dit Jack.

Elle sourit tristement.

— Je suis désolée. Je suis vraiment désolée.

— Je ne comprends rien à ce que tu dis, Stellina. C'est ton cauchemar qui te met dans tous tes états.

Elle le fixa un instant, avant de fermer les yeux et d'acquiescer.

Jack n'aimait pas la perte de contact visuel. Il avait l'impression qu'elle l'écartait de son univers, comme pendant la journée lorsqu'ils évoluaient dans la maison.

— Regarde-moi, ordonna-t-il.

Elle rouvrit aussitôt les yeux.

— Je t'aime, Maisy. Tu es la seule constante dans ma vie depuis mon accident. Tu es la seule personne dont je suis sûr de la sincérité, qui me dira les choses telles qu'elles sont. Et je ferais n'importe quoi pour toi. Tomber amoureux de toi une deuxième fois, c'était un cadeau. Tu m'entends ?

Les yeux de sa femme se remplirent de larmes qui débordèrent et ruisselèrent sur son visage jusque dans ses cheveux.

— Le plus beau jour de ma vie, c'est quand je t'ai rencontré, murmura-t-elle.

Jack se pencha et embrassa les larmes salées de son visage.

— Alors pourquoi tu pleures ? insista-t-il.

— Quand tu auras retrouvé la mémoire, tu partiras, avoua-t-elle dans un murmure à peine audible.

Jack secoua la tête.

— Non, certainement pas.

— Si. Mais ce n'est pas grave. Je comprendrai.

— Qu'est-ce que tu ne me dis pas ? Que s'est-il passé entre nous ? Pourquoi j'ai déménagé à Spokane ? insista-t-il avant de secouer la tête. Non, tu sais quoi ? Ça n'a pas d'importance. C'est du passé. On a recommencé il y a deux semaines. Notre renouvellement de vœux, c'était exactement ça : un nouveau départ. Je ne te quitterai pas, Stellina. Et je ne te laisserai pas me quitter non plus.

Elle lui adressa un sourire larmoyant.

— Je vais arranger les choses. Je t'en donne ma parole.

— Les choses sont déjà arrangées, déclara-t-il fermement.

L'anxiété lui nouait les tripes. Quelque chose n'allait pas. Ça allait même très, très mal. Bien qu'il vienne d'affirmer que la raison de leur rupture n'avait pas d'importance, il savait au fond de lui que c'était faux. Et il ne pouvait réparer ce qui s'était passé entre eux s'il n'en connaissait pas les détails.

Elle prit une profonde inspiration, puis porta une main à son visage et essuya les larmes de ses tempes, presque avec impatience. Souriant légèrement, elle dit :

— Alors... c'est le milieu de la nuit et on est tous les deux réveillés... qu'est-ce qu'on peut faire ?

Jack ne voulait pas changer de sujet. Même s'il aimait faire l'amour à sa femme, il se posait beaucoup de questions. Pourquoi, tout à coup, prenait-elle à nouveau autant de pilules ? Il avait vu les flacons que Jason lui avait apportés. Il détestait qu'elle ait besoin de médicaments, et il voulait faire quelque chose, n'importe quoi, pour diminuer son anxiété. Comment pouvait-on avoir besoin d'autant de médicaments différents pour une crise d'anxiété ? Bon, son médecin connaissait sûrement ses antécédents médicaux mieux que lui. Il ne lui prescrirait pas quelque chose de nocif, si ?

Elle glissa le long de son corps la main qui avait essuyé son visage et parvint à se glisser entre eux pour se refermer autour de son sexe. Comme d'habitude, ce simple contact suffit à le faire bander.

— Fais-moi l'amour, Jack, dit-elle en se passant la langue sur les lèvres.

Il ne pouvait pas lui résister. Tout ce que sa Maisy voulait, elle l'obtenait.

— Comment me veux-tu ?

— Comme ça. Tu me regardes dans les yeux. Et tu y vas longtemps, lentement et profondément.

Putain, ses mots l'excitaient à mort. Jack recula les hanches et se retrouva infailliblement devant sa fente. Puis il plongea à l'intérieur. Il ne se souvenait même pas d'avoir bougé. Mais son membre savait manifestement ce qu'il voulait, et c'était être enfoui dans son sexe brûlant.

Elle était encore humide du sperme de leur précédente étreinte, et l'idée qu'il puisse la remplir à ras bord était sensuelle et immensément satisfaisante.

— Comme ça ? demanda-t-il en la caressant lentement de l'intérieur.

— Ouiiii, gémit-elle.

Jack fit l'amour à sa femme comme elle le lui avait demandé. Longtemps, lentement et profondément. Il la regarda dans les yeux sans qu'elle rompe le contact, pas une seule fois. Il se sentait plus proche d'elle que jamais... mais en même temps, cela ressemblait à une sorte d'adieu.

Non, il se trompait. Elle était à lui. Il ne la laisserait pas partir. C'était impensable. Cette femme était l'autre moitié de son âme. Il n'avait aucun doute à ce sujet.

Il ne se souvenait peut-être pas de sa vie avant Maisy, mais il n'en avait pas besoin. Elle était son passé, son présent et son avenir. Et il ne laisserait rien ni personne l'empêcher de la garder à ses côtés. Il l'avait oubliée une fois, mais cela n'arriverait plus. Il se l'attacherait si étroitement qu'aucun des deux ne pourrait se défaire de l'autre. S'il fallait pour cela la faire délirer de plaisir, qu'il en soit ainsi. Ce ne serait pas bien difficile que de lui donner de multiples orgasmes tous les soirs pour le reste de leur vie.

En parlant de cela... Jack tendit la main entre eux, titilla l'un de ses tétons et sentit aussitôt les parois du sexe de Maisy se resserrer autour de son membre. Il aimait sa réactivité. Mais il voulait qu'elle jouisse. Il était lui-même au bord du gouffre et il ne voulait pas y tomber sans elle.

Descendant encore la main, il entreprit de lui caresser le clitoris. Elle gémit et secoua la tête, mais Jack ne la retira pas. En l'espace d'une minute, elle explosa. Toutefois, pendant tout le temps que dura son orgasme, elle ne le quitta pas du regard. Lorsqu'il jouit en elle, l'impression fut d'autant plus intime qu'il avait toujours les yeux dans les siens.

Il attendit que son sexe ait ramolli pour se pencher et enfouir le visage dans son cou. Il inspira son parfum de pomme et l'odeur subtile – ou pas si subtile que ça, vu le nombre de fois où ils avaient fait l'amour ce soir-là – du sexe. C'était inscrit au fer rouge dans sa mémoire. Peu importait la force du prochain coup sur sa tête, Jack se jura de ne jamais oublier cette odeur. Ni Maisy.

Au lieu de se lever pour aller chercher un gant de toilette, Jack se retira, installa sa femme dans la position qu'ils adoptaient habituellement pour dormir et la serra contre lui.

— Jack, je dois me nettoyer.

— Non.

— Mais… je dégouline, protesta-t-elle en souriant contre son épaule.

— Je m'en fiche. Je ne bouge pas, répliqua-t-il.

Elle lui caressa le ventre puis resserra son bras autour de lui.

— Je t'aime, Jack. Même si tu dois douter de tout, crois en mon amour, s'il te plaît.

— Bien sûr, Stellina.

Elle s'endormit rapidement et Jack sentit son cœur se gonfler d'amour. La confiance qu'elle lui avait témoignée le déterminait plus que tout à ne pas la décevoir, comme il l'avait manifestement fait par le passé. Les choses étaient différentes aujourd'hui. Il était un homme différent de celui qui était allé s'établir à l'autre bout l'État pour la raison idiote qui lui était passée par la tête à l'époque. Peu importait s'il retrouvait la mémoire et se souvenait de ce qui s'était passé entre eux. Il l'aimerait toujours. Il ne pouvait pas imaginer ce qui pourrait changer ses sentiments pour elle.

* * *

Jack se réveilla en sursaut. Maisy dormait toujours profondément à côté de lui. Elle ne bougea pas quand il remua contre elle. En tournant la tête pour voir l'horloge, il s'aperçut que cela faisait deux heures que Maisy et lui avaient fait l'amour. Le soleil commençait à peine à poindre à l'horizon, derrière leur fenêtre.

Il ferma les yeux et inspira profondément. Le rêve avait été si vivace. Il était sur un lit d'hôpital. Il ne savait pas pourquoi il était là ni ce qui s'était passé, mais les bips des machines à côté de son lit étaient irritants, et il en avait assez que les médecins et les infirmières le regardent avec pitié.

La scène suivante explosa dans son esprit... Il se trouvait dans une sorte de petite chambre douillette. Owl était assis par terre, se protégeant le nez. La main de Jack lui faisait mal et il savait instinctivement qu'il venait de le frapper.

— Tu es réveillé, Stone ? demanda Owl.

— Je t'ai prévenu de ne pas me toucher quand je fais un cauchemar ou que je dors, grogna Jack à l'adresse de son ami.

— Va te faire foutre. Je n'allais pas te laisser hurler de douleur. Tout va bien. Tu veux en parler ?

— Non.

— OK. Il fallait que je demande. Tu es sûr d'être réveillé maintenant ?

— Oui, je suis réveillé.

— Bien. Je vais faire des crêpes. Prends une douche. On se retrouve dans un quart d'heure.

Jack grimaça. Le rêve lui donnait l'impression d'envahir son cerveau, tant il semblait incroyablement réel. Il rouvrit les yeux et se vit toujours dans sa chambre, avec Maisy. Il n'était pas à l'hôpital et il n'était pas non plus dans cette autre chambre à l'aspect douillet.

La sueur perla sur son front. Parce que ce rêve n'avait pas du tout l'aspect d'un rêve. Sauf qu'il n'avait aucune idée de l'identité de cet homme appelé Owl ni de la raison pour laquelle il continuait à rêver de lui. Et qui était Stone ? Était-ce vraiment lui ? C'était le nom qu'Owl paraissait lui donner. Pourtant, ce nom n'éveillait rien en lui. S'agissait-il d'un surnom ou de son nom de famille ?

Car il était Jack Smith. N'est-ce pas ?

Son estomac se serra. Qu'est-ce qui se passait ? Si c'était sa mémoire qui revenait, Jack n'était pas sûr de le vouloir.

Il était ironique que dans son rêve, on lui ait posé la même question qu'il avait, lui, adressée à Maisy quand elle s'était réveillée de son cauchemar. Non, il ne voulait pas parler des démons dans sa tête qui semblaient ne sortir que la nuit.

Une autre idée lui vint alors à l'esprit. Il avait manifestement flanqué un coup de poing au dénommé Owl qui avait essayé de le toucher pendant son sommeil. Cela ne pouvait pas être un souvenir, parce qu'il n'avait aucun problème à avoir Maisy à ses côtés chaque nuit. Il ne voyait à l'évidence aucun inconvénient à ce qu'elle le touche : en fait, il dormait comme un bébé avec elle collée contre son flanc. Ce dont il rêvait devait venir de quelque chose qu'il avait vu dans un film ou à la télévision.

Maisy remua contre lui et Jack reporta son attention sur elle, heureux de se concentrer sur autre chose que le fouillis dans son cerveau.

— Quelle heure est-il ? marmonna-t-elle.

Il l'aimait ainsi. Ensommeillée, ouverte. Ne se cachant pas de lui.

— Tôt. Trop tôt pour se lever. Ferme les yeux, chérie. Tu peux dormir encore un peu.

— D'accord, mais il faudra qu'on descende pour le petit déjeuner. Jason nous attend.

Jack serra les dents. Que Jason aille se faire foutre, avec son exigence de se présenter pour le petit déjeuner. Ils étaient adultes, et s'ils voulaient faire la grasse matinée, ils devaient pouvoir le faire. Mais il savait déjà par expérience que s'il tenait ce genre de propos à Maisy, elle serait bouleversée, et ce ne serait pas une bonne façon de commencer la matinée.

Il répondit donc simplement :

— Je sais. Je ne te laisserai pas dormir trop longtemps.

Elle soupira contre lui et la sensation de ce souffle chaud contre son torse fit tressaillir son membre, mais Jack l'ignora. Sa femme avait plus besoin de sommeil que de sexe.

Il ne se rendormit pas, se contentant de regarder le plafond jusqu'à ce qu'il soit temps pour eux de se lever s'ils voulaient prendre le petit déjeuner à l'heure édictée par Jason. Et comme il l'avait prévu, dès que Maisy se fut levée, elle redevint la femme introvertie et soumise qu'elle était depuis la semaine précédente.

Il détestait cela. Il voulait la femme heureuse et souriante qu'il avait appris à connaître avant qu'elle n'ait ce rendez-vous à la banque avec son frère. Il avait laissé Maisy le convaincre de rester à la maison, mais Jack mettait en doute le bien-fondé de sa décision. Il devait éloigner Maisy de son frère. Leur relation n'était pas saine, c'était plus évident que jamais. C'était peut-être la cause de leur dispute d'avant son amnésie, ce qui l'avait poussé à déménager à Spokane.

Eh bien, il n'allait pas recommencer. Il ferait tout ce qu'il fallait pour protéger sa femme, même s'il devait pour cela l'éloigner d'un membre de sa famille.

Déterminé à faire ce qui était juste cette fois-ci, Jack attendit que Maisy finisse de se préparer pour pouvoir l'accompagner au rez-de-chaussée et entamer leur journée.

10

———————

Le petit déjeuner fut un désastre. Maisy était plus que jamais consciente des soupçons grandissants de Jack. Il n'aimait pas Jason, et pour cause. Son frère se montrait chaque jour plus suffisant et méprisant, et lorsque Jack avait dit qu'il se réjouissait de pique-niquer avec elle dans le parc, Jason avait ricané dans sa barbe.

Si les regards pouvaient tuer, Jason serait mort sur-le-champ. Ces derniers temps, aucun des deux hommes ne cachait plus son mépris envers l'autre, ce qui rendait la situation très tendue.

Lorsque Jason quitta finalement la table – non sans avoir jeté à Maisy un regard d'avertissement pas très discret –, Jack se tourna vers elle et déclara :

— C'est fini.

— Quoi ? Mais tu aimes les biscuits et les sauces de Paige.

— Je ne resterai pas ici une semaine de plus. Je sais que c'est ton frère et que tu l'aimes, mais c'est au-dessus de mes forces.

— Je suis désolée qu'il ait été... bourru ces derniers temps, bredouilla Maisy, au désespoir.

Elle repensait déjà aux propos de son frère, qui lui avait expliqué en termes très clairs qu'elle le regretterait si elle partait avant la fin des trois mois.

— « Bourru » ? Maisy, c'est un connard violent. Je me fiche de ce qu'il me dit, j'ai entendu pire, mais je ne supporte pas qu'il te traite comme il le fait. Je ne comprends même pas pourquoi tu es restée ici aussi longtemps.

Honnêtement, Maisy ne savait pas trop non plus. Non, ce n'était pas vrai. Au début, c'était parce qu'elle était mineure. Ensuite, elle avait été droguée jusqu'à la moelle, incapable de prendre soin d'elle. Elle n'avait pas non plus d'argent, grâce à Jason. Et nulle part où aller où l'on s'occuperait d'elle. Elle n'avait qu'un diplôme de fin d'études secondaires, n'avait jamais vécu seule et ignorait tout de sa capacité à s'en sortir dans le « monde réel ».

Tout ça... et elle était terrifiée par son frère.

— Regarde-moi, Stellina.

En se retournant, Maisy fixa l'homme qui était devenu le centre de son monde en si peu de temps.

— Je ne le laisserai pas te faire du mal. Je sais que c'est difficile pour toi. Quand tes parents sont morts, il a été ton roc. S'il n'était pas intervenu, tu serais allée en famille d'accueil, tu aurais été arrachée à cette maison et à tout ce que tu connaissais. Tu lui es reconnaissante des bonnes choses qu'il a faites pour toi. Mais tu n'as plus quinze ans. Et tu m'as moi, pour prendre soin de toi. Fais-moi confiance, chérie. Je ne vais pas te laisser tomber. Je ne me souviens peut-être plus de l'homme que j'étais, mais je sais jusqu'au bout des ongles que je peux subvenir à tes besoins. Te protéger.

Maisy le savait aussi. Elle n'avait aucune idée de qui était cet homme, mais elle ne doutait pas que, quels que soient ses proches, ils étaient les plus chanceux de la planète.

— Comment... où irons-nous ?

— Je ne sais pas trop. Mais j'ai rendez-vous avec un type ce matin au sujet du travail dont je t'ai parlé il y a quelques jours, dans un ranch, tu sais ? Ce n'est pas l'idéal, mais ça nous rapportera de l'argent et on n'aura plus à dépendre de ton frère. Et... il a parlé d'un petit chalet vacant sur le domaine.

— Qu'est-ce que tu sais sur les excursions ? Sur les chevaux ?

— Honnêtement ? Rien. Mais je vais me débrouiller. Et l'idée de vivre sur ce beau domaine, de mener une vie simple... ça m'attire plus que je ne l'aurais cru possible. Je ne reprendrai pas mon travail de chasseur de primes, et pas parce que je n'ai aucun souvenir de ce qu'il faut faire pour l'être. Je ne veux pas reprendre un travail qui m'éloigne de toi pendant de longues périodes. Ce type m'a assuré que les excursions se font principalement pendant la journée, avec seulement quelques nuits en déplacement. J'ai commis une erreur par le passé, je t'ai renvoyée vivre dans cette maison sans moi. Ça ne se reproduira pas.

Maisy sentit ses yeux se mouiller.

— Ne pleure pas, ma chérie. Qu'est-ce que tu veux faire, toi ?

— Moi ? demanda-t-elle en reniflant.

— Oui. Je ne veux pas que tu t'ennuies pendant que je suis en train de réparer des trucs et de caresser les invités du ranch dans le sens du poil.

Maisy haussa les épaules.

— Je ne sais pas.

— Bien sûr que si. Qu'est-ce que tu aimes ?

— La lecture. Les animaux. Les fleurs. Les enfants.

Une émotion que Maisy ne parvint pas à déchiffrer se peignit sur le visage de Jack.

— D'accord, donc on pourrait accueillir des animaux dans un refuge, les habituer à vivre dans une maison avant de leur trouver un foyer. Ou bien tu pourrais apprendre à arranger des fleurs et travailler pour un fleuriste. Ou encore, on pourrait proposer au propriétaire du ranch que tu t'occupes des enfants qui arrivent avec leurs parents. Et si rien de tout cela ne t'intéresse, tu n'auras qu'à t'asseoir sur le perron pour lire des livres, entourée des centaines de fleurs que tu auras plantées, avec notre fidèle chien Randy à tes côtés et notre bébé attaché contre ton buste.

— Jack, murmura Maisy, complètement bouleversée.

— La vérité, c'est que je me fiche de ce que tu fais, Stellina. Je veux juste retrouver ton beau sourire chaque fois que je rentrerai à la maison et savoir que tu es heureuse.

Elle le voulait aussi. Plus qu'il ne pouvait l'imaginer. Seulement, c'était un rêve, qui revenait à tenter d'attraper une chimère. Juste là, devant son visage, mais impossible à saisir.

— Et voilà, je t'ai fait peur. Allez, tu as dit que tu voulais parler à Paige avant qu'on sorte. Je t'accompagne à la cuisine, puis je monte me changer. Tu es sûre de vouloir pique-niquer dans le parc pour le déjeuner ? On peut aller quelque part.

— J'en suis sûre.

Depuis une semaine, Maisy s'efforçait d'agir comme sous l'emprise de la drogue. De se montrer planante, ne remarquant rien de ce qui se passait autour d'elle. Sauf qu'elle n'avait pas pris une seule pilule. Elle avait besoin d'avoir les idées aussi claires que possible si elle voulait trouver un moyen de sortir du trou à rats qu'était devenue sa vie. Et d'éloigner Jack de son frère. Il était difficile de garder un visage neutre lorsque Jason commençait à s'en prendre à elle. Quand il lui avait rappelé ce qui arriverait à Jack si elle le défiait.

Jack se leva et lui tendit la main. Ni lui ni elle n'avaient avalé grand-chose au petit déjeuner, car Maisy n'avait pas faim. Elle n'était pas sûre de ce qui allait se passer dans les prochains jours, mais avec la détermination de Jack à partir et le désir égal de Jason de les voir rester pour pouvoir garder le contrôle sur elle, quelque chose allait finir par se briser. Elle espérait seulement que ce ne serait pas elle.

Jack ouvrit la porte de la cuisine, et Paige ainsi que les deux femmes qui l'aidaient dans la préparation des repas se retournèrent. Satisfait de constater l'absence de Jason, Jack prit Maisy dans ses bras. Il la fixa un long moment, avant de l'embrasser sur le front.

— Je t'attends à l'étage.

Dès qu'il fut parti, Maisy s'approcha de Paige. Elle n'avait pas beaucoup de temps, et elle devait confier quelque chose d'important à la vieille femme.

— Maisy, qu'est-ce qui ne va pas ? Il y a eu un problème avec ton petit déjeuner ? demanda-t-elle en fronçant les sourcils.

— Non, c'était super, comme d'habitude. Mais il faut que je te parle. Seule à seule.

Paige, bénie soit-elle, ne perdit pas un instant. Elle se tourna vers ses assistantes.

— Vous voulez bien nous laisser un moment, s'il vous plaît ?

Sans hésiter, les deux femmes acquiescèrent et se dirigèrent vers la porte. Lorsqu'il ne resta plus que Paige et Maisy dans la pièce, la cuisinière se tourna vers elle.

— Qu'est-ce qui se passe ? Qu'est-ce que tu voulais me dire ?

Maisy regarda autour d'elle, sans trop savoir ce qu'elle cherchait. Des caméras vidéo ? Des enregistreurs audio ? Elle n'aurait pas su les déceler, de toute façon. Quoi qu'il en soit, elle ne pouvait pas risquer d'être entendue. Elle désigna le grand cellier d'un signe de tête et s'y dirigea.

Paige suivit, l'air confuse, mais sans protester. Maisy referma la porte derrière elles, puis se tourna vers cette femme qu'elle connaissait pratiquement depuis toujours et prit une profonde inspiration.

— J'ai besoin que tu fasses quelque chose pour moi. Quelque chose d'énorme. Et peut-être dangereux. Mais je ne te le demanderais pas si je ne pensais pas que c'est important.

La femme l'examina un long moment. Puis elle lui fit une réponse qui la sidéra.

— Quand j'ai commencé à travailler pour tes parents, j'avais vingt-cinq ans. C'était censé être un travail de transition. Un poste que j'occuperais jusqu'à ce que je trouve un « vrai » métier. J'ai maintenant soixante et un ans, et je suis toujours là. J'ai aimé ton père et ta mère, et quand tu es née, ils ont vraiment eu le sentiment que leur famille était complète. Certains de mes meilleurs souvenirs sont liés à toi, Maisy. Préparer des biscuits, vous regarder, tes camarades et toi, couiner de joie devant les gâteaux d'anniversaire que j'avais préparés à ton intention. Et certains de mes pires souvenirs sont également liés à cet endroit. Quand j'ai pleuré avec toi après avoir appris le car-jacking, m'inquiéter pour toi quand tu étais si déprimée que tu ne pouvais pas sortir du lit... et voir ton frère te maltraiter si horriblement.

Maisy en resta bouche bée.

— Je vois tout, reprit Paige d'un ton féroce. J'aurais voulu partir il y a des années, mais je ne pouvais pas te laisser seule dans cette maison. Alors tout ce que tu as à me dire restera entre nous deux. Tu es la fille que je n'ai jamais eue. Je t'aime, mon enfant, donc quoi que tu aies à dire, dis-le.

Le désir de parler de Jack à Paige fut difficile à étouffer. Ce qu'elle s'apprêtait à faire était déjà assez dangereux. Elle mettait autant Paige en danger que Jack et elle, mais elle devait entreprendre quelque chose. Et si c'était bien insuffisant, c'était la seule chose qu'elle pensait à sa portée à ce stade.

— J'ai tenu un journal. Pas vraiment un journal intime, plus une confession. J'ai tout écrit la semaine dernière. J'y ai inclus tout ce dont je me souvenais, tous les détails qui, je l'espère, seront utiles. Il se trouve dans ma chambre. Il y a une latte mal fixée juste sous la fenêtre. Je ne pense pas que Jason soit au courant. S'il arrive quelque chose..., ajouta-t-elle avant de se taire, la gorge nouée, puis de se forcer à continuer. Si quelque chose nous arrive, à Jack ou à moi... il faudrait que tu le récupères. Ainsi que les autres choses que j'ai cachées avec. Remets tout à la police.

— Maisy, chuchota Paige, au comble de l'angoisse.

— Non, je ne pense pas que quelque chose va arriver, s'empressa de mentir Maisy. Mais si jamais...

Paige lui attrapa la main.

— Je comprends. Et ne t'inquiète pas, je m'en occuperai. De ton côté, il faut que tu écoutes ce que j'ai à te dire. D'accord ?

Maisy dévisagea la femme qui avait toujours été là pour elle. À en juger par ses rides et ses traits tirés, on comprenait qu'elle avait eu une vie extrêmement difficile, pourtant elle était venue jour après jour sans faillir. Elle préparait des soupes, du pain délicieux, des desserts et obligeait Maisy à avaler quelque chose quand elle n'avait pas envie de manger. Or Maisy la mettait en danger en ne lui expliquant pas tout. Pourtant, l'expression des yeux noisette de Paige lui donnait l'impression que cette femme connaissait déjà les secrets sombres et dangereux qui grouillaient dans cette maison.

— Maisy ? Regarde-moi. Lutte contre le brouillard des saletés de médicaments qu'il te donne et concentre-toi.

Elle se sentait coupable que Paige la pense distraite à cause des médicaments qu'elle était censée prendre. Jason avait probablement prévenu la cuisinière qu'elle était déprimée et qu'elle reprenait ses médicaments. Il avait préparé le terrain, pour ainsi dire.

— Je t'écoute, dit-elle à sa vieille amie.

— Je sais, répliqua Paige, doucement, mais fermement. Je m'occuperai de ce journal pour toi. Je te donne ma parole. Mais si l'occasion se présente, fiche le camp. Quitte cette maison et les fantômes qui y vivent. Tu mérites de voler de tes propres ailes, alors que tu as toujours été attachée au sol ici. Emmène ton mari et va-t'en. Tu m'entends ? Va-t'en.

— J'en ai bien l'intention.

— Parfait, commenta Paige avec une telle satisfaction et un tel soulagement que Maisy en eut les larmes aux yeux. Et prends soin de ton homme. C'est un type bien. Il veillera sur toi.

Maisy avait des tas de choses à dire, mais elle n'avait pas le temps, et elle n'était pas sûre de la manière de s'y prendre. Paige savait que Jack n'était pas son mari avant qu'il n'apparaisse, quelques semaines plus tôt. Elle n'était pas stupide. Pourtant, elle n'avait rien dit. Elle s'était tue, comme tout le monde avec son frère.

Une petite partie d'elle se sentait un peu mieux à cette idée, aussi terrible soit-elle. Qu'elle n'était pas la seule à avoir peur de Jason ! Cela ne l'exonérait pas de ses torts envers Jack, mais au moins ne se sentait-elle plus aussi isolée.

Paige s'approcha d'elle et la serra très fort dans ses bras. Comme elles étaient à peu près de la même taille, la cuisinière put facilement lui chuchoter à l'oreille.

— Pars. Va le plus loin possible d'ici.

Maisy s'écarta pour demander :

— Et toi ?

— Dès que tu seras libre, je le serai aussi. Je suis restée uniquement pour toi.

Ses paroles faillirent mettre Maisy à genoux. Savoir que cette femme veillait sur elle depuis près de trente ans la bouleversa profondément. Si elle restait dans cette maison, cela obligerait Paige à faire de même, et ce n'était pas juste.

— Je t'aime, dit-elle à Paige.

Ce fut au tour de la vieille femme d'avoir les larmes aux yeux.

— Je t'aime aussi, mon enfant. Tes secrets sont en sécurité avec moi. Maintenant, monte à l'étage et prépare-toi pour ta sortie avec ton homme. Je vous aurai préparé un panier à pique-nique quand vous redescendrez.

— Merci.

Mais Paige secoua la tête.

— Je savais que ce jour viendrait. J'ai prié pour. Et tu n'as pas idée de ma joie qu'il soit presque arrivé.

Maisy ne savait pas trop comment réagir. Elle n'avait aucun plan, aucune idée de la façon dont elle pourrait s'échapper de cette maison. Où qu'elle aille, Jason la suivrait, elle n'en doutait pas. Il ne laisserait aucun obstacle se dresser entre l'argent qu'il convoitait et lui. Il attendait juste qu'elle signe les papiers après trois mois de mariage pour que les fonds soient débloqués. Après cela… elle pourrait tout aussi bien disparaître.

Elle se retourna et ouvrit la porte du cellier, soulagée de voir que la cuisine était toujours vide. Elle envoya un baiser à Paige et se dirigea vers sa chambre par l'escalier de service. Heureusement, elle ne rencontra pas son frère en chemin. Il aurait probablement vu son visage et compris que quelque chose se tramait.

Elle se glissa dans sa chambre et sourit en entendant Jack fredonner dans la salle de bain en se brossant les dents. Fermant les yeux, elle chercha à mémoriser le moment. C'était tellement... normal. Dans une vie où rien n'avait été normal, c'était extraordinaire.

L'eau se mit à couler, puis elle l'entendit cracher dans le lavabo. Un instant plus tard, il se tenait dans l'embrasure de la porte de la salle de bain.

— Je ne t'avais pas entendue entrer, dit-il avec un sourire.

Comme il s'approchait, Maisy repoussa la porte, en proie au besoin soudain de le toucher. De se rassurer en se disant qu'il était réel. Qu'il était là. Elle se heurta à son torse et s'y accrocha fort, la joue sur son épaule.

— Ça va ? demanda-t-il en lui rendant son étreinte.

Maisy leva les yeux vers lui.

— Maintenant, oui, avoua-t-elle honnêtement.

Il l'étudia un long moment, tandis qu'elle se livrait au même examen sur lui. Elle glissa une main dans les cheveux de son mari et lui caressa la nuque.

— Tu as toujours mal à la tête ?

Jack haussa les épaules.

Maisy fronça les sourcils.

— Tu as pris quelque chose ?

— Oui.

— Ce n'est pas normal. Il faut qu'on t'emmène chez le médecin.

— Ça va aller, répliqua Jack.

Maisy n'aimait pas qu'il ait encore des maux de tête

aussi longtemps après son traumatisme crânien. L'homme de main de son frère avait fait mal à Jack, très mal. Il l'avait frappé assez fort pour qu'il ait une commotion cérébrale et qu'il perde la mémoire. Le fait qu'il ait encore mal à la tête, des semaines plus tard, était mauvais signe.

— Peut-être qu'un médecin pourra t'expliquer pourquoi tu n'as pas retrouvé la mémoire. Ou pourra te dire si c'est permanent ou non.

— Je ne veux pas qu'on joue avec ma tête, affirma Jack avec fermeté. Ma mémoire reviendra ou ne reviendra pas. Ça ne changera rien.

Maisy ne peut retenir sa grimace. Le retour de sa mémoire changerait tout, au contraire.

— Je vais bien, insista Jack, se méprenant sur sa grimace. Je te promets. Je te le dirais si je pensais que quelque chose clochait et j'irais voir un médecin. D'accord ?

Il fallait qu'elle s'y résolve. Elle acquiesça.

— Parfait. Va finir de te préparer. Paige est toujours d'accord pour nous concocter un pique-nique ?

— Oui.

— Cool. On prendra le panier en sortant. Maisy ?

Elle leva les yeux vers lui.

— On va passer une bonne journée. Je le sens. C'est le premier jour du reste de notre vie.

Elle lui adressa un sourire hésitant. Ce ne serait pas aussi facile que cela, elle le savait aussi sûrement qu'elle connaissait son nom. Jason n'allait pas les laisser ficher le camp de la maison et se diriger vers le soleil couchant pour entamer leur nouvelle vie. Non, il ferait quelque chose pour empêcher cela. L'heure tournait et il ne pouvait pas se permettre de les perdre de vue.

— Arrête de t'inquiéter, je m'en occupe, déclara Jack. Et ne traîne pas, je ne veux pas être en retard à mon entretien.

Il l'embrassa vite et fort sur les lèvres, avant de la faire pivoter pour la pousser d'un air enjoué vers l'armoire.

Elle lui adressa un sourire timide et ouvrit sa penderie. Elle portait déjà un jean, mais elle choisit un chemisier à manches longues, plus habillé qu'elle n'en avait porté depuis des années. Elle avait besoin de son éclat rouge vif pour se remonter le moral.

Jason ne saurait pas ce qu'ils faisaient aujourd'hui, ils sortaient souvent faire des courses ou acheter de nouveaux vêtements à Jack, et il était déjà au courant du pique-nique. Il ne devrait donc pas se méfier de leur sortie. Mais si Jack décrochait ce travail, son frère apprendrait bien assez tôt qu'ils avaient l'intention de décamper.

Maisy frissonna, puis fit de son mieux pour refouler les pensées concernant son frère. Elle voulait profiter de cette journée... parce qu'elle savait que l'horloge tournait aussi concernant sa relation avec Jack.

11
_____

Jack était de bonne humeur. Il avait adoré le ranch. Le propriétaire lui avait paru plutôt décontracté et cool, et les autres employés qu'il avait rencontrés avaient les pieds sur terre et semblaient enthousiastes à l'idée d'avoir quelqu'un pour les aider.

Son travail consisterait à effectuer toutes sortes de travaux autour du ranch. Il réparerait les clôtures, nettoierait les stalles, s'occuperait de la plomberie des chalets, de l'entretien général et, une fois qu'il aurait appris à reconnaître les sentiers, il guiderait les clients lors de randonnées autour de la propriété. Le ranch s'étendait sur environ cinq cents hectares de forêt et de terrain plat, où se trouvaient les maisons et les chalets, ainsi qu'un manège où les chevaux pouvaient être entraînés par le personnel et montés par les clients. Il s'agissait d'une grande exploitation et Jack était impressionné.

Mais... il manquait quelque chose. Ce ne fut qu'en arrivant avec Maisy dans le petit parc situé à proximité de sa maison qu'il comprit quoi.

Les montagnes. Il y avait des collines et des vallées, mais

les vraies montagnes se trouvaient à l'ouest de la ville. Jack fut pris d'un accès de nostalgie. Mais de quoi ? Ou plutôt d'où ? Il était frustrant de ne pas comprendre ce que son cerveau essayait de lui communiquer.

Une secousse de douleur lui traversa la tête et il grimaça, heureux que Maisy ait le dos tourné pour étendre la nappe que Paige avait incluse dans leur panier. Il avait l'impression d'être sur le point de se souvenir de tout, mais pour une raison ou une autre, la porte de ses souvenirs restait obstinément fermée.

Les nuits étaient devenues atroces. Il rêvait de choses décousues et terrifiantes, mais il n'en connaissait pas le contexte. Des noms et des visages défilaient dans ses cauchemars, des noms et des gens qu'il avait l'impression de connaître, mais dont les liens avec lui restaient un mystère. La seule chose qui lui permettait de rester sain d'esprit, c'était Maisy. La tenir dans ses bras lui permettait d'éloigner les pires cauchemars. L'avoir près de lui, sentir son odeur de pomme, sa peau nue contre la sienne, l'empêchait de perdre les pédales.

Il sourit lorsque, accroupie au sol, elle leva les yeux vers lui et repoussa une mèche de cheveux derrière son oreille.

— Paige a fait des biscuits au beurre de cacahuètes, lança-t-elle joyeusement.

Jack s'assit par terre à côté d'elle et attrapa une barquette de poulet grillé.

— Et si on commençait par quelque chose d'un peu plus nutritif ?

— Le beurre de cacahuète est plein de protéines. Et il y a des œufs, des produits laitiers et des glucides dans les biscuits, le taquina Maisy.

Jack gloussa, retira le sachet de biscuits de sa main et le

plaça de l'autre côté, tout en lui tendant la barquette contenant les tranches de poulet.

Elle fit la moue.

— Tu es méchant.

— Non. Je me soucie de ta santé et de ton bien-être. Que penses-tu de ceci : tu manges d'abord les choses saines, et ensuite tu auras une récompense.

Les yeux de Maisy pétillèrent et elle plaisanta à nouveau :

— Je pense que ce que je veux comme récompense n'est pas tartiné de beurre de cacahuètes et ne se trouve pas dans ce petit sac.

Et juste comme ça, le sexe de Jack tressaillit dans son jean. Le soir du renouvellement de leurs vœux, sa femme s'était montrée... réticente. Ou plutôt hésitante à l'idée de faire l'amour avec lui. À propos de la taille de son membre, de son désir pour elle, etc. Il avait été éloigné d'elle pendant trop longtemps, et c'était tout à fait évident. Mais maintenant ? Sa libido correspondait à la sienne, et il devait se contenir pour ne pas la pousser sur le dos et la prendre surle-champ. Mais ils étaient dans un parc public et il y avait des gens tout autour d'eux. Il ne ferait jamais rien qui puisse l'embarrasser ou la mettre en danger. Or faire l'amour dans un parc public reviendrait à commettre ces deux impairs.

— Je vais remettre ça à plus tard, Stellina. Pour l'instant, tu devras te contenter des biscuits.

— Zut, dit-elle avec un petit sourire.

Pendant qu'ils mangeaient, Jack n'aborda que des sujets légers. Il lui parla des gens qui les entouraient, du temps magnifique, de la beauté de son chemisier rouge... de tout ce qui ne la stressait pas. Mais il fallait bien qu'il attaque la question de la suite.

— Je vais accepter le poste si on me le propose, déclara-t-il solennellement après qu'ils eurent terminé leur déjeuner et savouré les fameux biscuits de Paige.

Elle soupira et acquiesça. Mais sans le regarder, en se concentrant à la place sur une famille qui tapait dans un ballon de foot sur l'herbe, pas très loin d'eux.

— Tu ne veux vraiment pas partir ? demanda-t-il.

Il devait savoir. Il fallait qu'elle se rende compte de l'atrocité du comportement de son frère à son égard. S'il s'agissait de quelqu'un d'autre, elle le supplierait de fuir cette situation, il en était certain. Pourquoi tenait-elle tant à rester ?

— Si, je veux partir. Mais ce n'est pas si simple.

— C'est très simple, au contraire, répliqua Jack. Tu as vingt-huit ans, Maisy. Tu es adulte. Il ne peut pas te contrôler éternellement.

— Quand j'avais huit ans... j'ai été malade. Vraiment malade. Jason dormait par terre toutes les nuits, même si mes parents le lui interdisaient. Ils avaient peur qu'il tombe malade lui aussi, mais il s'en fichait. Il se faufilait auprès de moi tous les soirs après qu'ils s'étaient endormis.

— Maisy..., intervint Jack, mais sans succès.

— Vers mes douze ans, poursuivit-elle, un gamin à l'école s'en est pris à moi. Il racontait que j'avais été adoptée et que mes vrais parents étaient des tueurs en série. C'était ridicule, mais quand on a douze ans, n'importe quoi semble être la fin du monde. Jason est allé trouver le gamin et lui a parlé. Je n'ai jamais su ce qu'il lui avait dit, mais les rumeurs ont cessé. Immédiatement.

Elle soupira et s'allongea sur la couverture en regardant le ciel. Jack s'abaissa à côté d'elle et lui prit la main. Ils restèrent ainsi, allongés sur le dos, à regarder les nuages qui passaient paresseusement au-dessus d'eux, tandis qu'elle continuait à parler.

— Quand papa et maman sont morts, j'étais perdue. J'avais une peur bleue d'être envoyée en famille d'accueil. Jason venait d'obtenir son diplôme universitaire, mais il s'est installé à la maison et il fait les démarches nécessaires pour devenir mon tuteur légal. Quand j'ai voulu mourir, il m'a conduite chez un médecin qui m'a donné les médicaments dont j'avais besoin pour continuer à vivre.

— Ces médicaments ont fait de toi un zombie, ne put s'empêcher d'objecter Jack en fronçant les sourcils.

Elle haussa les épaules.

— Oui, mais le fait est que, pendant des années, il a été mon roc. La seule personne que je voyais. Il m'a permis de continuer, même quand je n'en pouvais plus. Sa vie n'a pas été facile, Jack. Il a tout abandonné pour revenir à la maison et s'occuper de moi.

— Je comprends, Maisy, je comprends. Mais tu n'as plus huit ans. Ni douze ni quinze. Et, tu m'as moi, maintenant. Je ne comprends pas cette emprise qu'il a sur toi, et ça me fait peur. C'est pour ça qu'on s'est séparés ?

Maisy soupira, mais ne répondit rien pendant un long moment. Puis elle tourna la tête et le regarda dans les yeux.

— Je veux partir, mais j'ai peur.

— De quoi ? demanda Jack.

Elle fronça les sourcils.

— Il a changé. Il n'est plus le grand frère dont je garde le souvenir. Il ne t'aime pas et j'ai peur qu'il fasse quelque chose pour... nous empêcher de rester ensemble.

— Il ne peut rien dire ni faire pour que ça arrive, jura Jack.

Au lieu de la rassurer, ses paroles parurent affliger Maisy. Elle retourna son regard vers le ciel.

— Tu es la meilleure chose qui me soit arrivée, Jack. Je le pense vraiment, murmura-t-elle. Quoi qu'il arrive, c'est la vérité. Prends le poste, tu seras génial. Je ne serais pas surprise que tu deviennes copropriétaire de ce ranch d'ici quelques années.

— Je ne le ferai pas si tu ne le veux vraiment pas. On trouvera un autre moyen de joindre les deux bouts, déclara Jack, réchauffé par la foi qu'elle avait en lui.

Elle secoua la tête et se tourna vers lui.

— Non, je ne veux pas rester. Je veux partir. Avec toi. Commencer une nouvelle vie. Ce ne sera pas facile, mais je ferai tout ce que je peux pour t'aider. Je trouverai un travail, je n'ai aucune idée duquel, mais je veux contribuer.

— Tout ce dont j'ai besoin, c'est que tu me soutiennes, lui dit Jack, sincère.

— C'est le cas.

— Bien. Le propriétaire est censé me rappeler dans quelques jours après quelques entretiens supplémentaires. S'il m'offre le poste, j'accepterai et on décidera de la suite. Je dirai à Jason qu'on déménage et je ne veux pas te voir dans les parages quand je le ferai. S'il proteste, je lui ferai voir ma façon de penser. Je ne lui donnerai pas une autre occasion de te maltraiter. Personne ne te fera de mal, Maisy. Je suis là pour te protéger. Pour subvenir à tes besoins. En tant que mari, je prends mes vœux au sérieux.

Elle déglutit difficilement.

— Et pour moi non plus, ces vœux ne sont pas une plaisanterie.

Jack porta leurs mains jointes à sa bouche et lui embrassa le bout des doigts, mais ne chercha pas à se lever.

— C'est une si belle journée, soupira-t-il.

Elle s'esclaffa.

— Oui, c'est vrai !

Jack se sentait plus heureux en cet instant qu'il ne l'avait été depuis ce qui lui semblait une éternité. Il avait sa femme à ses côtés, un avenir avec elle à envisager, et la certitude profondément ancrée d'être là où il devait être.

Un bruit au loin attira son attention. En tournant la tête, Jack ne vit rien dans le ciel, mais le bruit lui parut incroyablement familier.

En se redressant, il regarda dans la direction d'où il provenait.

Dix secondes plus tard, un hélicoptère apparut. Il volait vite et semblait avoir une destination précise en tête. Jack se souvint que Maisy lui avait parlé d'un hôpital à proximité du parc.

Le bruit des pales du rotor s'installa dans son âme... et il dut fermer les yeux à cause de l'intensité de la douleur qui lui traversa la tête.

Des images défilèrent dans son esprit... un chalet robuste niché au milieu des arbres... lui assis autour d'une grande table, riant avec un groupe d'hommes... assis à une console pleine de boutons et de lumières alors qu'il regardait par un pare-brise le sol en contrebas... des hommes en uniforme et armés, montant et descendant de l'hélicoptère qu'il pilotait... Owl, son ami et copilote, assis à côté de lui, essayant frénétiquement d'empêcher l'hélicoptère de s'écraser... douleur, sang, hôpital... Owl riant avec une femme aux cheveux blonds... prévenant cette même blonde de ne pas toucher Stone s'il faisait un cauchemar... sa joie d'être aux commandes de l'hélicoptère qu'ils achetaient pour le Refuge... son réveil dans un coffre, la panique...

Il poussa un cri tandis que sa mémoire revenait rapidement et brutalement. Elle ne s'éveilla pas progressivement, le laissant s'acclimater aux images et aux sons que son inconscient lui avait cachés. Non, elle fit irruption comme un film d'horreur à plein volume.

— Jack ?

Il entendit Maisy l'appeler par son nom, comme de loin. Son vrai prénom, pas celui qu'il utilisait depuis des années – Stone.

Il était Stone. Pas Jack Smith. Non, son nom de famille était Wickett. Il n'avait pas de frères et sœurs, ses parents étaient retraités et vivaient à New York. Il était propriétaire du Refuge, une retraite pour les personnes souffrant de TSPT. Copropriétaire, en fait, avec Brick, Tonka, Spike, Pipe, Tiny et son meilleur ami, Owl.

Merde, Owl ! Est-ce qu'il allait bien ? Et Lara ?

Tant de questions se bousculaient dans son esprit... mais la plus importante...

Qui était la femme à ses côtés, qui lui tenait la main, putain ? Parce qu'elle n'était certainement pas son épouse. Du moins, elle ne l'était pas quelques semaines plus tôt, avant qu'il ne soit kidnappé.

Nauséeux, Stone repensa à la cérémonie de renouvellement des vœux à laquelle il avait joyeusement participé. Il avait l'impression qu'il ne s'agissait pas du tout d'un renouvellement.

Il avait en fait épousé la menteuse qui se trouvait à ses côtés.

— Jack ? Qu'est-ce qu'il y a ? Ça va ? Il faut qu'on aille aux urgences ? Parle-moi, tu me fais peur.

La gorge nouée, priant pour que la douleur s'estompe, Stone se tourna vers Maisy.

Elle fronçait les sourcils, semblant inquiète. Les yeux plongés dans les siens, elle lui broyait la main. S'il ne s'était pas souvenu de tout, il aurait pu la croire réellement préoccupée par son bien-être.

Le niveau de trahison qu'il ressentait l'aurait mis à genoux s'il n'avait été déjà assis.

Il ne savait pas quoi lui dire. L'ignorance dans laquelle il était concernant le but de sa tromperie l'empêchait de s'emporter. Il avait besoin d'informations. Qui était-elle ? Pourquoi son frère et elle l'avaient-ils kidnappé ? Travaillaient-ils avec Carter Grant, le tueur en série qui avait juré de se venger de Lara ? Où se trouvait cette dernière ? Et Owl ? Merde, il fallait qu'il appelle Brick. Pour savoir ce qui se passait.

— S'il te plaît, dis quelque chose ! le supplia Maisy.

— Ça va, réussit-il à lâcher, mais d'une voix plate et dure, même à ses propres oreilles.

— Tu es sûr ?

— Oui... on devrait rentrer.

— Oh, euh... d'accord, concéda Maisy, mal à l'aise.

Il se sentit un peu coupable de l'effrayer, mais il repoussa ce sentiment. Il avait été kidnappé, putain. On lui avait fait croire qu'il était le mari de cette femme ! Que son nom de famille était Smith. Il ne pouvait se fier à rien de ce qu'elle disait ou faisait. Elle était manifestement une menteuse extrêmement douée.

Il lui lâcha la main et se leva. Quand elle l'eut imité, il commença à remballer le pique-nique et elle se pencha pour l'aider.

— Je m'en occupe, la coupa-t-il d'un ton sec.

Maisy acquiesça et recula sans le quitter des yeux.

L'esprit de Stone était en ébullition. Il devait réfléchir à la suite. Il avait le champ libre dans la maison, il ne serait donc pas difficile de partir. Mais il avait besoin de réponses avant de disparaître. Il devait savoir pourquoi.

Sa tête lui faisait mal. Son cœur lui faisait mal. Il avait l'impression que chaque terminaison nerveuse de son corps lui faisait mal. Les souvenirs de son passé n'arrêtaient pas de défiler dans son cerveau comme un mauvais film de série B. Son expérience de prisonnier de guerre, la torture, le sauvetage éprouvant, le calme qu'il ressentait dans les montagnes du Nouveau-Mexique, son respect pour ses amis qui s'y étaient installés avec lui.

Mais à côté de ces souvenirs, il y en avait de nouveaux, avec Maisy. Maisy au-dessus de lui qui le chevauchait, Maisy collée contre son flanc pendant qu'elle dormait. Sa peur en présence de son frère. Les mystérieuses ecchymoses qu'elle prétendait dues à sa maladresse. La façon dont Jason lui parlait quand il se pensait hors de portée d'oreille.

Stone était complètement désorienté. Les sentiments qu'il éprouvait pour Maisy n'avaient pas disparu au moment où il avait retrouvé la mémoire. Au contraire, il se sentait encore plus protecteur envers elle. Ce qui était dingue, car elle faisait manifestement partie du complot qui se tramait autour de son enlèvement. Elle l'avait trompé depuis qu'il s'était réveillé dans son lit. Mais il ne comprenait pas pourquoi. Quelle pouvait être la finalité de cette ruse élaborée ?

Ils marchèrent en silence vers la voiture et Stone s'installa au volant, attendant à peine qu'elle ait claqué sa portière avant de quitter la place de parking. L'ambiance demeura tendue jusqu'à la maison, mais Stone n'arrivait pas à trouver quoi que ce soit à dire qui ne trahirait pas ce qu'il ressentait et ce qu'il pensait. Il avait besoin d'espace. Pour essayer de tout comprendre. Pour décider de ce qu'il allait faire.

Une chose était sûre, il ne passerait pas un jour de plus dans la prison qu'était cette maison. Il n'était peut-être pas enchaîné et n'avait peut-être pas été torturé physiquement, mais ce mensonge, la fausse identité qu'on lui avait donnée, c'était tout de même une forme de torture. Mentale.

— Je vais rapporter le panier à Paige, dit doucement Maisy après qu'il se fut garé.

— OK.

SUSAN STOKER

— Jack ? Tu es sûr que ça va ?

— Oui, je suis juste fatigué. Je vais aller m'allonger, voir si je peux faire disparaître ce mal de tête. Donne-moi un peu de temps, d'accord ?

— Oh oui, pas de problème. Tu penses que tu voudras descendre pour le dîner ?

— Non, je n'ai pas faim. On se voit ce soir. On parlera, lui dit Stone.

Il la regarda alors, pour la première fois depuis le parc. Ses joues s'étaient vidées de leurs couleurs et elle avait l'air extrêmement inquiète. Elle avait raison de l'être. Sa vie était sur le point d'être bouleversée… et elle ignorait combien il pouvait se montrer impitoyable.

Maisy acquiesça.

Stone se tourna alors vers l'escalier. Il devait passer quelques coups de fil. Ses amis devaient se faire un sang d'encre à son sujet. Et il avait besoin de réponses. Si Owl et Lara étaient encore dans la région de Seattle, il les trouverait et les ferait sortir du putain de trou où Carter Grant les avait enfermés.

— Jack ?

Il n'allait pas se retourner. Il voulait ignorer la douceur avec laquelle elle prononçait son nom. Mais il en était incapable. Il s'arrêta donc et pivota vers elle.

— Je t'aime plus que je ne suis redevable à mon frère. Quand tu voudras partir, je serai prête.

Ses mots déroutèrent Stone au plus haut point. Mais au lieu de se précipiter vers elle, de la secouer et d'exiger des réponses aux centaines de questions qui se bousculaient dans sa tête, il se contenta de hocher la tête et de poursuivre son chemin dans le couloir, loin d'elle.

Chaque pas qu'il faisait s'apparentait à une torture, et il ne comprenait pas pourquoi. Elle lui avait menti. Elle l'avait épousé contre son gré... Non, ce n'était pas exact. Il était consentant, il pensait juste être un homme différent de ce qu'il était en réalité. Malgré tout, il ne pouvait ignorer la façon dont elle s'accrochait à lui, vraiment amoureuse en apparence. Ou la façon dont elle s'ouvrait à lui. Elle avait partagé des choses avec lui, apparemment sincère à chacune de ses confidences.

Serrant les dents, il gravit l'escalier deux à deux, soulagé de ne pas avoir croisé Jason. Il n'était pas sûr de ce qu'il ferait ou dirait à ce type s'il le voyait en ce moment. Cela lui éviterait de commettre quelque acte irréfléchi qui risquerait de le faire jeter dans la pièce sécurisée qu'ils avaient, aux dires de Maisy, aménagée au sous-sol – il n'y était même pas descendu : il n'avait aucune idée de ce qu'il pourrait y trouver, mais il se doutait bien que ça ne lui plairait pas. Stone devait réfléchir. Contacter Brick, savoir ce qui se passait.

Après quoi, il déciderait s'il devait disparaître comme un voleur dans la nuit ou brûler métaphoriquement l'endroit avant de s'en aller.

Quoi qu'il en soit, Stone allait ficher le camp de là. Il s'était juré de ne plus jamais être prisonnier. Il ne resterait pas, même pour une femme qu'il craignait d'avoir déjà bien trop dans la peau.

* * *

— Stone ? Putain de merde, c'est vraiment toi ? Où es-tu ? Qu'est-ce qui s'est passé ?

Stone ne put s'empêcher de sourire en entendant les paroles stupéfaites de Brick.

— Je ne pensais pas que quelque chose pouvait ébranler l'imperturbable Brick, ne put-il s'empêcher de répliquer.

— Arrête tes conneries et explique, ordonna Brick.

Stone redevint sérieux.

— Je vais tout te dire, mais d'abord, est-ce qu'Owl va bien ? Et Lara ?

— Ils vont bien. Ils sont ici au Refuge. Putain de merde, je n'en reviens pas que tu ne sois pas au courant. Grant avait engagé un gars, Ricky Norman, pour vous tuer, Owl et toi, et pour emmener Lara dans son repaire sur l'île. Norman a préféré te vendre. Et l'homme qui t'a acheté était censé prendre Owl par la même occasion, mais finalement il n'a voulu que de toi. Le Norman a donc livré Owl et Lara à Grant, qui a piqué une crise. Ils se sont tirés dessus, si bien qu'Owl a pu voler leur hélico pendant que ces deux connards s'entretuaient, mais pas avant d'avoir pris une balle. Il s'est évanoui dès qu'ils ont pris l'air. C'est Lara qui les a conduits jusqu'à un aéroport et maintenant ils sont mariés. Lara est enceinte. À ton tour. Qu'est-ce qui s'est passé ? Où étais-tu passé ?

— Tu ne vas pas me croire, répondit Stone, agité par tout ce qu'il venait d'apprendre.

Il était ravi pour Owl et Lara, mais furieux qu'ils aient eu à vivre une expérience aussi pénible.

Il passa les cinq minutes suivantes à expliquer tout ce qui lui était arrivé.

— Purée ! Mais ça va, là ? Tu n'es pas blessé ? demanda Brick.

— Non, ça va.

— Merci, putain. Et tu as retrouvé toute ta mémoire maintenant ?

— Je pense que oui. Je me souviens d'avoir eu une crise de panique quand j'étais dans ce coffre. Je pense que mon esprit a dû passer en mode off pour se protéger. J'étais à nouveau kidnappé, et j'ai peut-être pensé qu'on allait me torturer ou quelque chose comme ça. Alors j'ai juste... oublié qui j'étais.

— Et ces gens, Jason et Maisy, ils t'ont piégé ? Ils t'ont dit que tu étais le mari de la nana ?

— Oui.

— Merde, Stone, c'est de la folie ! Pourquoi ?

— Je ne sais pas.

— Savent-ils qui tu es ? D'où tu viens, ton nom ou quoi que ce soit d'autre ?

— Je n'en suis pas sûr. Je n'ai évidemment pas vu mon portefeuille ou quoi que ce soit d'autre.

— Hmm.

Stone attendit. Mais son ami n'ajouta rien d'autre.

— C'est tout ? demanda-t-il avec impatience. Juste, « hmm » ?

— Ça n'a pas de sens. Il doit y avoir une raison. Lara a expliqué que le gars qui t'a emmené a déclaré que son patron ne voulait qu'un gars, pas deux. C'est pour ça qu'il a laissé Owl.

— Je pars ce soir. J'achèterai un billet à l'aéroport et je serai à la maison demain.

— Je pense qu'il faut d'abord considérer la question sous tous ses angles, répliqua Brick.

Stone était sidéré.

— Tu ne penses pas que je devrais revenir au Refuge ?

— Si, bien sûr que si. Mais on doit comprendre pourquoi tu as été enlevé. Est-ce que tu as été ciblé, ou est-ce que le premier type venu aurait fait l'affaire ? Si tu pars, est-ce qu'ils vont te poursuivre ? On a besoin de plus de réponses, et je n'aime pas l'idée qu'ils puissent te pister jusqu'ici si tu achètes un billet. Donne-moi une heure ou deux, laisse-moi dire aux autres que tu es en sécurité. Je sais que Ry peut te ramener à la maison sans laisser de traces.

— Qui ?

— Oh, merde, j'ai oublié que tu ne savais pas. Tu connais Ryan, la nouvelle femme de ménage ?

— Oui ?

— Son vrai nom est Ryleigh. C'est un génie de l'informatique. Tex a admis qu'elle était même plus forte que lui, ce qui le fait bien chier. Elle est restée muette sur les raisons de sa présence ici et elle se cache de quelque chose ou de quelqu'un, mais elle refuse d'en dire plus. Elle a travaillé jour et nuit pour essayer de comprendre ce qui t'est arrivé. Elle va être soulagée que tu ailles bien, mais énervée de ne pas avoir été celle qui t'a trouvé, ajouta Brick. Tiny garde un œil sur elle. Pour s'assurer qu'elle ne s'enfuit pas.

Stone était stupéfait.

— Putain de merde, sérieusement ?

— Oui. Bon, fais profil bas, ne montre pas que tu t'es souvenu de qui tu es. Laisse-moi parler aux autres et à Ry, et je te rappellerai. Je peux te rappeler sur ce numéro ?

— Oui.

— Tu devras probablement te débarrasser du téléphone quand tu partiras. Si tes kidnappeurs sont malins, ils pourront le tracer et découvrir que tu as appelé ici, mais ça prendra du temps, je pense. Tout le monde n'a pas un Tex ou une Ry à sa disposition pour effectuer des piratages informatiques à sa place, ironisa Brick. Et puis, Stone...

— Oui ?

— Putain, je suis content que tu ailles bien. On était tous en train de perdre la tête. Je n'aime pas la situation, pas du tout, mais c'est un énorme soulagement de savoir que tu es en vie. Lara va être folle de joie. Elle s'en voulait de ne pas avoir pu empêcher ce type de t'emmener. Et Owl va vouloir s'assurer que ça va. Je pense que tu nous auras tous en ligne quand je rappellerai.

Stone ferma les yeux. C'était formidable d'avoir des amis pareils à ses côtés. Il n'avait pas réalisé à quel point il s'était senti seul jusqu'à cet instant.

— Merci.

— Ne me remercie pas, grommela Brick. Reste près de ton téléphone, je te rappellerai dès que j'aurai plus d'informations pour toi.

— Bien reçu.

Stone mit fin à l'appel et s'assit sur le lit.

Et dans l'instant même, il sentit l'odeur de pommes.

Soupirant, il se pencha pour appuyer les coudes sur ses genoux et fixer le sol.

Il voulait croire que Maisy n'avait rien à voir avec cette situation pourrie. Mais quelle autre explication trouver ? Elle lui avait menti droit dans les yeux à maintes reprises. Elle n'avait peut-être pas planifié son enlèvement, mais elle avait participé à la farce après son réveil, quand il s'était découvert amnésique.

Stone fronça les sourcils en essayant de se rappeler le moment où il s'était réveillé. Il se souvenait que Jason avait parlé durement à Maisy, proférant une menace voilée lorsqu'elle l'avait supplié de ne pas faire « ça ». Faisait-elle référence à ce que Jason avait prévu pour Jack ? Ce n'était qu'une supposition.

Il se souvenait aussi de ses hésitations pour répondre à ce qu'il avait cru être les questions les plus faciles. Elle avait été entraînée par son frère, il n'en doutait pas. Mais pourquoi ? Dans quel but ?

Stone se frotta les tempes et soupira à nouveau. Il ne faisait aucun doute que Jason Feldman était un connard et une brute. Il maltraitait sa sœur, mentalement et probablement physiquement. Le méritait-elle ? Honnêtement, Stone ne le pensait pas. Il avait passé presque chaque minute de ces dernières semaines avec elle. Et maintenant qu'il avait un moment pour y réfléchir, il comprenait qu'elle était terrorisée par son frère. Elle le lui avait même avoué aujourd'hui, mais avec tout ce qui s'était passé, à savoir avec le retour de sa mémoire, il l'avait occulté.

Il ignorait pourquoi il avait été kidnappé, et s'il s'éclipsait complètement, qu'adviendrait-il de Maisy ? Il ne devrait pas s'en soucier. Elle avait participé à l'escroquerie pour le laisser croire à leur simulacre de mariage. N'empêche, il ne pouvait s'empêcher de penser que s'il la laissait seule avec son frère, il lui arriverait malheur.

Puis une autre pensée lui traversa l'esprit... et il se redressa dans son lit.

Il avait eu des rapports sexuels non protégés avec Maisy toutes les nuits depuis la farce du renouvellement de leurs vœux. Parfois plusieurs fois par nuit.

Elle pourrait très bien porter son enfant à l'heure qu'il était.

Et il n'était pas question qu'il laisse son fils ou sa fille grandir dans cette maison, élevé par ses ravisseurs.

Sa décision prise, Stone se sentit comme débarrassé d'un poids énorme. Il n'avait pas réalisé à quel point il était anxieux à l'idée de laisser Maisy derrière lui. Cela n'avait aucun sens. Elle lui avait menti et s'était fait passer pour sa femme... et en même temps, il ne cessait de l'entendre lui confier ses peurs.

Eh bien, elle avait peut-être peur de son frère, mais elle serait terrifiée lorsqu'elle rencontrerait Brick et ses autres amis. Ils pouvaient être carrément intimidants quand ils voulaient. Elle ne pourrait pas continuer à taire le plan que son frère et elle avaient mis au point lorsqu'ils l'interrogeraient.

Il ne restait plus qu'à attendre que Brick rappelle afin

qu'ils discutent des dispositions à prendre pour rentrer chez lui sans laisser de trace. Il leur annoncerait qu'il ne serait pas seul, que Maisy viendrait avec lui, puis il attendrait le moment propice pour s'enfuir.

Quelle que soit la raison de sa présence ici et des mensonges qu'on lui avait fourrés dans le crâne, Stone avait fini de jouer leur jeu. Au moment où le soleil se lèverait, il serait sur le chemin du retour. Vers sa vraie maison. Vers des hommes et des femmes qui ne lui mentiraient jamais.

12

————————

— Où êtes-vous allés aujourd'hui ? hurla Jason au visage de Maisy.

Elle tressaillit et tenta de s'éloigner, mais il lui attrapa le bras et l'attira à lui.

— Tu es sourde ou quoi ? Où êtes-vous allés ?

— Juste pique-niquer. Paige nous avait préparé un déjeuner, balbutia-t-elle.

— Menteuse ! Tu mens ! Vous êtes allés à la banque, avoue ! brailla Jason.

— Quoi ? Non !

Jason la repoussa violemment et Maisy, projetée en arrière, se cogna la hanche contre le bord du bureau avant de tomber par terre. Elle atterrit sur son bras gauche, ce qui lui fit mal. Très mal. Maisy n'aimait pas être par terre quand son frère la surplombait de toute sa hauteur. Elle était bien trop vulnérable ainsi. Il lui avait déjà flanqué des coups de pied. Et ça avait été très douloureux.

Elle avait une peur bleue. De son frère, oui... mais quelque chose était arrivé à Jack aujourd'hui. Alors qu'il était là avec elle, elle avait eu tout à coup l'impression qu'il se trouvait à des millions de kilomètres. Sa tête lui faisait un mal de chien, elle le voyait à la façon dont il se tenait et à ses sourcils froncés, mais il y avait plus qu'une simple migraine.

Il s'était éloigné d'elle sans qu'elle comprenne pourquoi, même si elle se creusait la cervelle pour le déterminer. Avait-elle dit quelque chose qui l'avait énervé ? Fait quelque chose de travers ? Non, elle ne le pensait pas, n'empêche qu'il agissait différemment.

Bien sûr, la raison la plus évidente de ce changement, du fait il ne l'avait pas touchée une seule fois depuis leur retour à la maison, c'était qu'il s'était souvenu de quelque chose. Mais il le lui aurait sûrement confié, non ?

Maisy était dans le doute. Elle ignorait comment fonctionnait l'amnésie et détestait encore un peu plus son frère pour ne pas avoir fait examiner Jack par un médecin. Et s'il restait handicapé à vie par ce que lui avait fait subir le kidnappeur engagé par Jason ?

— Vous vous êtes absentés bien trop longtemps pour un putain de pique-nique ! grogna Jason en s'approchant encore.

Maisy s'éloigna de lui en crabe, mais pas assez rapidement. Son frère l'attrapa par les cheveux, pour la relever alors qu'elle essayait désespérément de soulager la pression sur sa tête.

— Dis-moi où vous êtes allés et ce que vous avez fait. J'attends ! ordonna Jason.

— Je te jure, on n'a rien fait ! Jack voulait changer de décor, alors on est allés au parc et on a traîné. Ensuite, on a mangé le déjeuner que Paige nous avait préparé et on est rentrés à la maison. S'il te plaît, Jason, lâche-moi, tu me fais mal !

Son frère la regarda avec une expression froide. Maisy en frissonna.

— Supplie-moi.

— Quoi ? s'étonna Maisy en essayant, sans succès, de se dégager de son emprise.

— Supplie-moi de te relâcher.

— S'il te plaît, Jason.

Comme elle n'ajoutait rien, il lui tira de plus belle sur les cheveux.

— Encore.

Si elle avait pu aller trouver la police à la seconde même, Maisy l'aurait fait. Elle avait bel et bien devant elle un homme qui avait tué sa femme parce qu'elle ne lui était plus utile. Le monstre qui avait probablement tué ses parents par cupidité. Elle le détestait. Complètement et totalement.

— S'il te plaît, lâche-moi. Je te jure qu'on n'a rien fait d'autre que pique-niquer aujourd'hui. Je ne te trahirais pas de cette façon. Je t'en supplie, Jason, laisse-moi partir. S'il te plaît, s'il te plaît, s'il te plaît...

C'était humiliant de s'abaisser ainsi, mais elle le ferait si c'était la condition pour échapper à son frère.

Pour la première fois, elle se rendit compte de ce que Jack lui avait donné en ne l'obligeant pas à le supplier pour quoi que ce soit. Elle s'était expliqué ce trait de caractère en se disant que c'était une bizarrerie de sa part, mais elle était sûre et certaine à présent qu'à un moment donné de sa vie, il avait dû supplier pour quelque chose, et qu'il comprenait à quel point c'était dégradant. À quel point cela vous plongeait dans le désespoir. Parce qu'en cet instant, elle se sentait plus bas qu'un insecte. Jason se jouait d'elle, et c'était atroce.

Il sourit, puis la repoussa si fort qu'elle trébucha et retomba par terre. Dans le mouvement, son visage heurta le pied de la chaise en face du bureau. La douleur lui monta à la joue, mais elle n'hésita pas à se relever d'un bond.

— Ne fais pas tout foirer, la prévint Jason. Il nous

reste moins de trois mois pour obtenir cet argent. Tout ce que tu as à faire, c'est écarter les jambes, soulager sa queue, et on sera tirés d'affaire. Je sais que tu es amoureuse de lui, c'est évident... et pathétique, ajouta-t-il, le regard mauvais. Mais ne va pas croire que vous pourrez vivre heureux tous les deux. C'est hors de question. On ne peut pas risquer qu'il se souvienne. Tout ce qui compte, c'est que l'acte de mariage a été déposé et que le compte à rebours pour obtenir ce qui nous est dû a commencé. Pigé ?

— Oui.

— Je ne plaisante pas. Il s'est peut-être entiché de toi maintenant, mais c'est simplement parce qu'il peut te baiser régulièrement. Il ne se serait jamais intéressé à toi s'il n'avait pas pensé que vous étiez mariés. Tu es trop moche et trop conne pour attirer un homme digne de ce nom. C'est pour ça que j'ai dû sortir et en trouver un pour toi. C'était pour ton bien, Maisy. Tu devrais plutôt me remercier qu'au lieu de te rapporter un godemiché, je t'aie acheté une vraie queue.

Les notes diaboliques de son rire firent frémir Maisy. Toute l'affection qu'elle avait un jour ressentie pour son frère mourut définitivement.

— Maintenant, pour être sûr que tu ne vas pas tout faire foirer, j'ai parlé à ton médecin et il t'a prescrit un nouveau médoc, déclara Jason en se dirigeant vers son bureau où il prit un flacon de pilules qu'elle n'avait encore jamais vu. Et comme je ne pense pas que tu prennes tes médicaments tous les matins comme tu es censée le faire, je vais devoir en plus me charger de ça à ta place. Tiens.

Il sortit une pilule et la lui tendit.

Maisy le considéra avec inquiétude. Elle n'avait aucune idée de ce que c'était et aucune envie de l'avaler. Mais elle savait qu'il valait mieux ne pas protester. Ne pas le défier. Elle tendit la main, mais Jason secoua la tête.

— Non, on ne va pas faire comme ça, sœurette.

Jason se déplaça si vite qu'elle ne put l'esquiver. Il lui attrapa les cheveux et lui fit basculer la tête en arrière au point de la déséquilibrer. Après quoi il lui enfonça la pilule dans la bouche et posa une main sur ses lèvres et son nez, pour l'empêcher de respirer.

— Avale-la, ordonna-t-il.

Maisy fixa son frère de ses yeux écarquillés. Elle tenta d'écarter sa main, mais il était bien plus fort qu'elle. Elle voulait faire semblant d'avaler la pilule. La cacher sous sa langue jusqu'à ce qu'elle puisse la recracher. Mais elle n'avait pas prévu que Jason la priverait d'oxygène, ce qu'il n'avait jamais fait auparavant.

Même si elle n'avait aucune intention d'avaler cette saloperie, la pilule glissa accidentellement dans sa gorge pendant qu'elle se débattait dans son besoin désespéré d'air.

— Ça y est, tu as avalé ? demanda Jason.

Maisy tenta d'acquiescer, mais ne put bouger la tête.

Son frère retira sa main et Maisy prit une énorme bouffée d'air. Puis il l'obligea à garder la bouche ouverte pendant qu'il l'inspectait comme si elle était une enfant... ou un chien. Enfin, il passa doucement la main sur ses cheveux et murmura, exactement comme si elle était un animal :

— Brave bête. Tu vois, du moment que tu fais ce que je veux, il ne t'arrivera rien de mal. Maintenant, pourquoi tu ne vas pas t'allonger ? Cette pilule ne va pas tarder à faire effet et, crois-moi, tu n'auras pas envie de te promener quand ce sera le cas.

Il ricana, sans qu'il n'y ait rien de drôle dans ce rire.

— Qu'est-ce que c'était ? demanda Maisy.

— Pas de quoi t'inquiéter. Tu en as déjà pris... c'est juste du valium. Mais comme la dose précédente n'était pas suffisante, je l'ai triplée.

Maisy regarda son frère avec stupeur.

— Triplée ? Avec la dose normale, je me sentais déjà dans les vapes, s'insurgea-t-elle.

Jason se contenta de hausser les épaules.

— Eh bien, maintenant, tu n'as plus à t'inquiéter de rien. C'est mon travail. Tu as toujours été trop anxieuse. Comme je l'ai dit, c'est pour ton bien, Maisy. Ton seul souci, ça doit être de rendre ton mari heureux. Et tu ne pourras pas mieux le faire qu'en ouvrant les jambes. S'il a une chatte à fourrer, il ne pensera pas à autre chose. Encore quelques semaines, sœurette. Ensuite, ce sera terminé.

Maisy s'abstint de demander ce qu'il entendait par « terminé »... Elle le savait.

Elle ne voulait pas non plus penser aux effets d'une triple dose de valium. Elle serait complètement dans les vapes, comme elle l'avait été pendant de trop nombreuses années de sa vie.

— Monte dans ta chambre, ordonna Jason d'un ton grave et méchant. La dernière chose que je veux, c'est que tu t'évanouisses ici et que je sois obligé de voir ta sale gueule.

Maisy se tourna vers la porte, l'esprit en ébullition. Elle devait ajouter ce détail à son journal. Elle devait faire savoir à la police que son frère s'était remis à la droguer. Mais Jack avait déclaré qu'il voulait être seul un moment. Elle ne pouvait pas monter dans sa chambre... En même temps, si elle désobéissait, elle redoutait la réaction de son frère.

Faute d'autre choix, et amère de constater une nouvelle fois le peu de contrôle qu'elle avait sur sa vie, Maisy se dirigea vers l'escalier. La différence, c'était qu'à présent, elle était consciente de la manipulation de son frère. Autrefois, elle avait cru qu'il essayait de l'aider. Elle lui était reconnaissante d'être à ses côtés. Et maintenant ? Elle voulait se trouver n'importe où sauf ici. Mais Jason n'allait pas les laisser partir, Jack et elle. Il allait probablement commencer à droguer Jack aussi, ce qui était inacceptable. Peut-être qu'elle pourrait se disputer avec son « mari », faire en sorte qu'il la déteste tellement qu'il partirait ?

Son cœur lui parut se contracter à cette pensée, mais mieux valait l'éloigner de Jason plutôt qu'être responsable de sa mort, ce qui l'attendait s'il restait ici. Elle disposait d'environ quinze minutes avant que le médicament ne commence vraiment à faire effet, si elle en jugeait d'après son expérience avec un dosage normal. Or elle savait qu'elle devrait faire quelque chose de radical avant que cela ne se produise. Une fois que la sensation de flottement due au valium serait apparue, elle perdrait la détermination qui coulait actuellement dans ses veines.

Bien décidée à convaincre Jack de quitter cette maison des horreurs, Maisy ouvrit la porte de leur chambre.

Debout à la fenêtre, Jack se tourna vers elle et son assurance reflua soudain. Elle se retourna vers la porte. Il avait l'air si... en colère ! Maisy ne l'avait jamais vu dans cet état.

— Qu'est-ce que tu fais ici ? Je t'ai dit que je voulais être seul, lâcha Jack.

Maisy ne put s'empêcher de grimacer. Elle avait fini par considérer Jack comme son refuge. Quand les choses devenaient trop intenses avec son frère, elle pouvait compter sur son mari pour l'aider à recouvrer son calme. Sa dureté, qui lui rappelait Jason, était un coup dur. Elle ferma les yeux et resta un long moment face à la porte, pour tenter de trouver le courage de susciter la colère de Jack. De l'attiser. De l'énerver et de le frustrer au point qu'il décampe.

Elle se détourna de la porte pour lui faire face, ouvrit la bouche, prête à lui lancer quelque chose d'aussi ridicule que scandaleux, mais s'il avait eu l'air en colère quand elle était entrée dans la chambre, la fureur absolue qui se lisait sur son visage la stoppa net dans son élan.

— C'est quoi ce bordel ? lâcha-t-il en se dirigeant vers elle à grands pas.

Maisy grimaça et le dévisagea. Devant la main qu'il leva, elle tressaillit, incapable de s'en empêcher, et se recroquevilla légèrement. Ce qui parut le mettre encore plus en colère. Son but étant de l'énerver au point qu'il s'en aille, elle avait au moins atteint la première partie de son objectif. Le hic, c'était qu'elle ne savait pas comment elle y était parvenue. Était-il à ce point en colère contre son existence même ? Cela ne l'aurait pas surprise, elle semblait inspirer ce genre de sentiments aux gens.

Merde... elle ressentait déjà les effets de la pilule que son frère lui avait littéralement enfoncée dans le gosier. Ses pensées étaient décousues et elle ne parvenait pas à retrouver sa détermination de quelques instants plus tôt, quand elle se dirigeait vers sa chambre.

— Qu'est-ce qui est arrivé à ton visage ? Et... est-ce que je vois des putains de marques de doigts sur ton bras ? grogna Jack.

Il immobilisa sa main au-dessus du visage de Maisy, comme s'il avait peur de la blesser.

En souriant, elle lui prit la main et, penchant la tête vers lui, les yeux fermés, elle la posa sur sa joue.

— Maisy ?

— Hmmm ? demanda-t-elle, perdue dans la sensation de sa paume contre sa joue surchauffée.

C'était si bon. Ses mains étaient douces, mais elles avaient aussi des callosités, ce qui était incroyable lorsqu'il les passait sur son corps. Il était tout ce qu'elle avait toujours voulu chez un homme, et il était à elle.

— Qu'est-ce qu'il y a ? Tu te comportes bizarrement.

Était-ce le cas ? Maisy ouvrit les yeux et regarda Jack. Ses yeux marron étaient si beaux. Ils lui rappelaient le chocolat au lait. Y en avait-il dans la maison ? Elle avait faim. Puis elle se souvint qu'elle essayait de mettre son mari en colère, mais pourquoi, déjà ?

Elle se rappela alors. Jason allait le tuer. C'était une certitude.

— Tu devrais ficher le camp, lâcha-t-elle.

— Quoi ?

— Pars. Il faut que tu partes. Mais ne le dis à personne. Pars, Jack. Il faut que tu t'en ailles.

Il l'examina, mais sans retirer la main de son visage, constata-t-elle avec un immense soulagement.

— Pourquoi ? Pourquoi devrais-je partir ?

— Parce que. C'est un sale endroit, ici. Il se passe des choses pas nettes.

— Comme quoi ?

Maisy secoua la tête.

— Je ne peux pas te le dire. Tu me détesterais. Et je t'aime trop pour t'obliger à me détester. Mais je vais arranger ça. Il faut que je l'écrive dans mon journal.

— Maisy, tu as pris quelque chose ? murmura Jack.

Elle préférait ce gentil Jack à celui qui était en colère.

— J'essaie d'être gentil, reprit-il. Alors maintenant, dis-moi ce que tu as pris.

Merde, elle avait dit tout haut ce qu'elle pensait du gentil Jack ?

— Maisy, concentre-toi. Dis-moi ce que tu as pris.

— Je ne voulais pas, mais je ne pouvais pas respirer et j'ai dû avaler. Il a dit que c'était du valium. Mais en triple dose. Je ne savais pas que ça existait. Je suppose qu'il peut forcer ses affreux minions à faire tout ce qu'il veut.

Elle ne savait plus trop ce qu'elle bafouillait, et des créatures jaunes comme dans *Moi, moche et méchant* dansaient dans sa tête.

— Putain !

— Oui. Il a aussi dit que je devais faire la putain, mais... je suis fatiguée. Et j'ai la tête qui tourne. Est-ce que je peux me reposer une minute avant qu'on fasse l'amour ? Ou peut-être que tu peux le faire pendant que je dors ? Mais après, il faut que tu partes, insista-t-elle en clignant des yeux, et il lui fallut beaucoup d'énergie pour les rouvrir. Pars d'ici, Jack. J'aimerais pouvoir te dire d'où tu viens, pour que tu puisses y retourner. Mais je ne sais pas. Je suis désolée. Je suis vraiment désolée.

Elle crut se flétrir, mais ne tomba pas sur le sol. Elle flottait. Non, Jack la portait. Elle tourna la tête et l'enfouit dans la peau de son cou.

— Tu sens tellement bon, constata-t-elle.

Elle lui faisait confiance pour ne pas la laisser tomber.

Elle sentit bientôt quelque chose de moelleux sous elle et sourit. Elle reconnaissait son matelas.

— J'aime mon lit, dit-elle rêveusement.

— C'est Jason qui t'a fait ça ? demanda-t-il en faisant courir les doigts le long de son bras.

Il l'avait demandé si gentiment que Maisy acquiesça.

— Et ça ? insista Jack.

Elle sentit à nouveau ses doigts sur sa joue.

— En quelque sorte, admit-elle en haussant les épaules. Je suis tombée quand il m'a bousculée.

— Et il t'a forcée à prendre du valium ?

Le scepticisme dans la voix de Jack lui fit mal. Plus que les bleus sur son corps.

— Tu as déjà cru que tu allais mourir ? Sa main sur mon nez et ma bouche..., poursuivit-elle sans attendre de réponse. Ça m'empêchait de respirer. Je ne pouvais plus. C'était effrayant. Il va me tuer, tu sais. Pas aujourd'hui, parce que le temps n'est pas écoulé. Mais dans quelques mois, on sera comme morts. Tu aurais dû le laisser faire. Puis tu serais parti. Tu aurais été en sécurité. Et il n'aurait pas réussi à mettre la main dessus. Les organismes de bienfaisance auraient tout eu. J'aurais dû mourir il y a trèèèèès longtemps... et tu ne serais pas là.

— Chut, Stellina, tu es en sécurité maintenant.

Elle aimait qu'il l'appelle sa petite étoile.

— Non, pas en sécurité...

Puis elle ferma les yeux et ne trouva plus la force de les rouvrir. Peut-être ferait-elle une sieste, puis elle se lèverait et ferait ce qu'elle était censée faire. Pour l'instant, son seul souci était de dormir.

13

Stone regarda Maisy en fronçant les sourcils. Il était très en colère contre elle lorsqu'elle était entrée dans la chambre, mais maintenant, il ne pouvait plus s'empêcher de s'inquiéter. Ses respirations étaient lentes et superficielles, et il ne parvenait pas à détacher les yeux sa poitrine, pour s'assurer que Maisy continuait à respirer pendant qu'elle dormait. Non, elle ne dormait pas, elle était anesthésiée.

Il avait eu besoin de s'éloigner d'elle après avoir retrouvé la mémoire, mais ce faisant, il l'avait laissée seule avec son frère. Et elle était revenue vers lui, maltraitée et droguée. Ce n'était pas acceptable.

Les sentiments de Stone à l'égard de la femme dans ce lit étaient confus. Il la détestait d'avoir participé à cette folle supercherie, pourtant l'amour qu'il avait pour elle était toujours là. Il frémissait sous la surface.

Son téléphone, en vibrant, le fit sursauter. Secouant la tête, Stone répondit et mit le haut-parleur. Ce n'était pas comme s'il avait besoin de cacher l'appel ou son contenu à Maisy. Pas quand elle était comme morte.

Le simple fait de penser à elle « morte » le fit paniquer intérieurement.

— Stone.

— Putain, ce que c'est bon d'entendre ta voix !

Stone sourit.

— Je te retourne le compliment, Owl. Lara et toi, vous allez vraiment bien ?

— Tout baigne. C'est toi qui nous inquiètes. Tu étais vraiment amnésique ?

— Tu penses vraiment que je vous aurais laissé vous inquiéter aussi longtemps sinon ? répliqua Stone, un peu plus durement qu'il ne l'avait prévu.

— Non, bien sûr que non. Je suis juste hyper soulagé que tu ailles bien.

— C'est quoi, le plan ?

— Stone, c'est Brick. J'ai parlé aux autres et ils sont d'accord pour dire qu'avec toutes les questions qui restent en suspens sur ce qui se passe réellement, il vaut mieux que ta stratégie pour ficher le camp reste secrète. Ry est sur l'affaire depuis qu'elle sait où tu es et qu'elle a obtenu le numéro du téléphone que tu utilises. Elle est encline à penser que les connards qui t'ont kidnappé n'ont aucune idée de qui tu es en réalité.

— Comment elle sait ça ? s'enquit Stone, confus.

— Comment elle sait tout ce qu'elle sait ? répliqua Pipe.

Stone sourit.

— Salut, comment va Cora ?

— Bien. On envisage d'adopter un garçon de sept ans.

— On pourrait s'en tenir au sujet qui nous occupe ? intervint Brick, mais Stone avait pu entendre, au ton de son ami, la fierté et le bonheur qui étaient les siens.

— Excellente nouvelle, Pipe. Tu seras un modèle et un père extraordinaire.

— À condition qu'on reçoive notre agrément, conclut sèchement Pipe. Les gens ont tendance à regarder mes tatouages et à y réfléchir à deux fois. Sans parler de mon drôle d'accent.

— Peu importe, dit Stone. Si Ry est aussi douée que vous le dites, elle peut simplement aller approuver la demande et la faire avancer.

— C'est une excellente idée ! commenta Pipe.

— Non, absolument pas. On pourrait ne pas l'encourager à enfreindre la loi plus qu'elle ne le fait déjà afin de ramener Stone à la maison ? grommela Brick.

Stone entendit des gloussements et réalisa que tous ses amis étaient probablement à l'autre bout du fil.

— Tonka ? Spike ? Tiny est là aussi ? demanda-t-il.

— On est tous là, confirma Tonka.

— Sauf Tiny, qui est dans son chalet en train de surveiller Ry, comme s'il avait la moindre idée de ce qu'elle fabrique sur son ordinateur, s'esclaffa Spike.

— Henley et Reese vont bien ? Leur grossesse se passe bien ? Merde, j'ai l'impression d'être parti depuis des années au lieu de quelques semaines, constata Stone, hébété.

— Tout va bien. On était juste impatients de te revoir. Maintenant, revenons à nos moutons. Ry a piraté la boîte mail et le téléphone de Jason Feldman, et il semble qu'il ait demandé à quelques-uns de ses amis de trouver des informations sur toi. Sache que personne n'en a été capable – ce qui doit faire d'eux les trouducs les plus stupides de la planète, étant donné toutes les informations qui existent en ligne sur toi, s'ils savent où chercher.

— Visiblement, l'une de ses connaissances les plus douteuses a engagé l'ami d'un ami pour te conduire jusqu'à la maison. Le type qui a volé ton portefeuille est maintenant dans la nature. Personne n'arrive à le retrouver. Et le type qu'il a engagé pour faire tout ça ne connaît même pas le vrai nom de celui à qui il a demandé de s'occuper de ton enlèvement.

— Et un autre ami, un abruti nommé Don – qui n'est pas quelqu'un qu'on a envie de voir traîner près d'un être cher – semble être un fils de pute complètement cinglé. Mais quoi qu'il en soit, ce sont tous des amateurs... Je cite Ry, ce n'est pas moi qui le dis. Même si je suis d'accord.

— Pourquoi moi ? demanda Stone, se résolvant enfin à poser la question qui le taraudait le plus.

— Si ça peut te consoler, je ne pense pas que l'identité de la personne qu'ils ont kidnappée ait eu la moindre importance à leurs yeux. Ça aurait tout aussi bien pu être moi. Mais le motif est vieux comme le monde : l'argent, expliqua Owl. Ry cherche encore à comprendre tous les détails, mais elle est convaincue que c'est lié à l'acte de mariage qui a été présenté avec ton nom dessus.

Le renouvellement des vœux était en fait une cérémonie de mariage. Mais apprendre ce qui avait motivé son enlèvement soulevait encore plus de questions. Par exemple, qu'auraient-ils fait s'il n'avait pas perdu la mémoire ?

— Bon, Ry a contacté quelqu'un qu'elle connaît sur le dark web et qui va te retrouver à l'aéroport à 5 heures du mat' avec une nouvelle pièce d'identité. Elle t'a réservé une place sur un vol de 6 heures du matin au départ de Seattle. Et quand elle affirme que personne ne pourra remonter jusqu'à toi ou au faux nom qu'elle t'a créé, je la crois.

Le regard de Stone se porta à nouveau sur la femme sur le lit. Maisy était complètement vulnérable en cet instant. Il pouvait littéralement faire ce qu'il voulait d'elle, sans qu'elle s'en rende compte.

La marque sur son visage semblait le narguer. Elle l'avait blessé. Elle lui avait menti et l'avait utilisé pour de l'argent. Et pourtant, il était plus qu'évident qu'elle était terrifiée par son frère. Il était plus évident que jamais que Stone ne pouvait pas la laisser derrière lui. Elle était restée seule avec son frère pendant quoi, une heure ? Et elle était revenue à ses côtés recouverte d'ecchymoses et droguée jusqu'à l'os.

Et Stone n'arrivait pas à se sortir de la tête les mots qu'elle avait prononcés lorsqu'elle lui avait demandé s'il avait déjà cru qu'il était sur le point de mourir. Parce que oui, il avait fait cette expérience. Les journées où il avait été prisonnier de guerre étaient gravées dans son cerveau. C'était sans doute la raison pour laquelle il avait eu une amnésie temporaire. C'était la façon dont son cerveau essayait de le protéger pour qu'il ne revive pas les horribles souvenirs de son premier enlèvement.

D'autres paroles que Maisy avait lâchées dans son état drogué retentirent dans son esprit.

« *C'est un sale endroit, ici. Il se passe des choses pas nettes.* »

« *Je t'aime trop pour t'obliger à me détester. Mais je vais arranger ça.* »

« *Je suppose qu'il peut forcer ses affreux minions à faire tout ce qu'il veut.* »

« *Pars d'ici, Jack. J'aimerais pouvoir te dire d'où tu viens, pour que tu puisses y retourner. Mais je ne sais pas. Je suis désolée. Je suis vraiment désolée.* »

« *Il va me tuer.* »

— J'ai besoin de deux billets et de deux pièces d'identité, déclara-t-il alors.

— Quoi ? Pourquoi ? s'étonna Brick.

— Je ne laisse pas Maisy ici.

Un silence complet l'accueillit pendant un moment. Puis Owl déclara :

— Elle était dans le coup, Stone. Elle savait que tu n'étais pas son mari, et pourtant, d'après ce que tu as dit, elle a participé à la mascarade.

— Je sais, mais contre son gré, répliqua-t-il, réalisant qu'il était absolument convaincu de ce qu'il disait. Elle a été la pire des menteuses, mais j'étais tellement troublé et en état de choc, parce que je ne me souvenais de rien d'autre que de mon prénom, que j'ai ignoré les signaux. Il abuse d'elle, Owl. Elle est allongée sur le lit devant moi, complètement dans les vapes à cause de la triple dose de valium qu'il l'a littéralement forcée à avaler, avec des bleus sur le bras et le visage. Et j'en ai vu d'autres. Si je la laisse ici, il va la tuer. Et puis... il est possible qu'elle porte mon bébé.

Il entendit Brick marmonner quelque chose sur le fait que toutes les femmes étaient enceintes, mais Owl reprit la parole.

— Tu lui fais confiance ?

— Non, répondit Stone sans hésiter. Mais tout indique qu'elle est ma femme légalement.

— En effet, confirma Spike. Ry a trouvé ton certificat de mariage. Il a toutes les apparences de la légalité.

— Sauf que ce n'est pas son nom, objecta Tonka. Donc techniquement, ce n'est pas légal.

— C'est ma femme, s'entêta Stone.

Il ne savait pas trop pourquoi il ne sautait pas sur cet argument de l'erreur dans son nom de famille pour considérer son mariage comme non valide. Il s'était engagé. Même si ses sentiments à l'égard de Maisy étaient ambivalents, il avait fait le serment de la protéger. Et il ne reviendrait pas là-dessus maintenant. Pas quand il savait, sans avoir à y réfléchir à deux fois, que s'il la laissait ici, il la condamnait à mort.

— OK. J'ai envoyé un message à Ry pour lui dire d'ajouter un passager. Cela vous rendra plus reconnaissable si quelqu'un se lance à votre recherche, mais je pense que si vous portez des chapeaux ou quelque chose comme ça, ça aidera.

Stone acquiesça, perplexe quant aux dégâts qu'une telle dose de valium pouvait causer à un fœtus. Sans réfléchir, il posa une main sur le ventre de Maisy.

— Alors, tu vas pouvoir aller à l'aéroport ? demanda Brick.

— Oui.

— OK. Ry a dit que tu devais jeter ton téléphone quelque part avant d'y arriver. Et je suppose que ça vaut aussi pour le téléphone de Maisy.

— Elle a dedans des photos qu'elle ne voudra pas perdre, nuança Stone.

Une fois de plus, il n'arrivait pas à comprendre les sentiments protecteurs qu'il éprouvait à l'égard de la femme qui l'avait trompé. Mais il se souvenait de son visage lorsqu'elle lui avait montré les photos de ses parents. Ses traits recelaient tant de chagrin et d'amour qu'il ne pouvait pas supporter qu'elle les perde, car il était évident que sa mère et son père lui manquaient encore.

— Je vais en parler à Ry. Je suis sûr qu'elle pourra les télécharger sans problème avant que tu ne coupes le téléphone. Envoie-moi juste son numéro après avoir raccroché, dit Brick.

— J'apprécie ce que tu fais pour elle, dit Stone à son ami.

— Laisse tomber, marmonna Brick. On est ravis que tu ailles bien. Et c'est normal entre amis. Un SEAL ne laisse pas tomber un SEAL.

Stone s'esclaffa. Il avait entendu cette phrase à maintes reprises de la part des SEAL qu'il avait transportés dans son hélicoptère lorsqu'il était dans l'armée.

— Oui, sauf que je ne suis pas un SEAL, dit-il.

— C'est vrai, les SEAL ont une odeur bien plus suave que la vôtre, pauvres Night Stalkers.

Que c'était bon de bavarder sans contrainte ! Un retour à la normalité. Soudain, Stone eut hâte d'être chez lui. Dans son chalet au cœur des montagnes du Nouveau-Mexique.

— Tu es sûr de vouloir l'emmener avec toi ? insista Tonka à la faveur d'une accalmie dans la conversation.

— Non. Mais je ne peux pas la laisser là, répondit Stone avec honnêteté.

— Je ne sais pas encore où on la logera, mais on trouvera bien une solution, fit Brick.

— Elle restera avec moi. Je dois garder un œil sur elle. Je ne lui fais pas confiance pour se débrouiller seule, expliqua Stone à ses amis.

— Ça me dit quelque chose, murmura Pipe.

— Qu'est-ce que tu insinues ? s'enquit Stone.

— C'est ce que Tiny dit à propos de Ry, expliqua Owl. Est-ce que ça va être un problème de faire profil bas jusqu'à ce que tu doives ficher le camp ?

Réfléchissant la situation, Stone répondit :

— Non, Maisy est dans le coaltar. Complètement. J'espère pouvoir la réveiller suffisamment pour la faire sortir de la maison par ses propres moyens plus tard. Et je pourrai prétendre que j'ai mal à la tête et sauter le dîner. D'autant que si je vois Jason, j'ai peur de ne pas me contenir.

— OK. Mais elle doit être consciente pour prendre l'avion, Stone, le prévint Spike.

— Je sais.

En effet, et l'état de Maisy l'inquiétait, mais il était surtout furieux qu'elle ait été droguée de force. Il n'était pas près d'oublier la description de l'étouffement qui avait permis à son frère de lui faire avaler le comprimé.

— Bon, on va te laisser, déclara Brick. Je t'enverrai des informations sur ton contact et sur l'endroit où le trouver à l'aéroport. N'oublie pas de jeter les téléphones ensuite, et on se revoit bientôt. Stone ?

— Oui ?

— Je suis content que tu ailles bien. Les choses n'étaient pas pareilles ici sans toi. À plus tard.

— À plus tard.

Stone raccrocha, mais sans se lever du lit où il était assis à côté de Maisy.

Il tendit la main sans réfléchir et repoussa ses cheveux. Elle se tourna vers lui dans un soupir et tendit le bras à l'aveuglette. Touchant son genou, elle l'entoura de ses doigts, presque désespérément.

— Maisy ? murmura-t-il.

Elle ne répondit pas.

— Merde, grommela Stone en soupirant.

Il s'était enflammé tout à l'heure. Prêt à s'en prendre à Maisy, à la forcer à venir avec lui, à l'emmener au Refuge pour y être interrogée. Et maintenant, tout ce qu'il voulait, c'était la serrer contre lui et la protéger du moindre regard de travers. C'était vraiment déroutant.

En regardant sa montre, Stone vit qu'il avait encore des heures devant lui avant de songer à partir. Il s'allongea à côté de Maisy et ne fut pas surpris de la voir immédiatement se blottir contre lui. Le visage enfoui contre son torse, elle s'agrippait à l'avant de son tee-shirt avec une énergie désespérée.

— C'est bon, Maisy. Tu es en sécurité.

— Pas en sécurité, marmonna-t-elle.

— Tu es en sécurité quand tu es avec moi, répliqua-t-il en passant une main dans sa nuque.

— Mais tu n'es pas en sécurité avec moi, lâcha-t-elle si

tristement que Stone recula pour voir si elle était éveillée et lucide.

Mais ce n'était pas le cas. Les yeux toujours fermés, elle se relâchait entre ses bras.

D'un côté, il aimait qu'elle ne lui cache rien, et tout faisait beaucoup plus sens maintenant qu'il en savait davantage sur la raison de son enlèvement. Mais il ne parvenait pas à faire coïncider la femme qu'il avait appris à connaître et celle qui était apparemment assez cupide pour suivre un plan visant à kidnapper un homme et à le forcer à l'épouser pour de l'argent.

Mais à peine cette idée lui vint-elle à l'esprit que Stone songea qu'elle n'avait pas peut-être pas eu le choix. Jason avait-il tout planifié à son insu ? Peut-être... mais d'un autre côté, elle avait accepté. Elle s'était tenue devant lui et avait juré de l'aimer et de le chérir comme s'ils étaient vraiment amoureux. Et elle avait eu de nombreuses occasions de lui dire la vérité.

Rien n'avait de sens, mais Stone n'obtiendrait pas plus de réponses à ses questions ce soir. Peut-être même pas demain. Cela dit, Maisy et lui allaient finir par s'asseoir et elle lui raconterait tout. Elle lui devait bien ça.

* * *

— Tu dois te lever, Maisy.

Poussant un lourd soupir, Maisy secoua la tête et tenta d'ignorer l'ordre de Jack.

— S'il te plaît, Stellina. Il faut que tu te concentres. On doit y aller.

Elle ne pouvait pas résister lorsqu'il utilisait ce petit nom. Elle l'adorait. Presque autant qu'elle aimait Jack. Non, n'importe quoi, rien ne pouvait surpasser son amour pour Jack. Elle se retourna et se força à ouvrir les yeux.

La pièce était plongée dans l'obscurité, mais grâce à la lumière de la salle de bain, elle vit son mari assis à côté d'elle, l'air inquiet.

— Te voilà. Il faut que tu te lèves. Tu peux y arriver ?

Maisy acquiesça, puis se redressa maladroitement et tenta de rejeter ses jambes sur le côté du lit. Elle n'arrivait pas à coordonner ses mouvements et la pièce paraissait tourner autour d'elle.

— C'est bien. Laisse-moi t'aider. Appuie-toi sur moi. Bravo.

Les encouragements de Jack lui firent du bien, mais elle fronça les sourcils. Elle ne méritait pas d'être félicitée. Elle était une personne horrible, mais elle ne se souvenait pas de ce qu'elle avait fait pour se sentir dans cet état.

— Je vais t'aider à aller aux toilettes, il faut que tu fasses pipi avant de partir, mais d'abord, bois ça.

Clignant des yeux, Maisy vit Jack porter une grande bouteille d'eau à ses lèvres.

— Elle est tiède, mais il faudra s'en contenter.

Pendant une fraction de seconde, elle paniqua. Elle ne voulait pas être obligée à boire l'eau. Elle avait l'impression de se noyer quand Jason la forçait à boire... mais elle avisa ensuite l'homme à côté d'elle. Ce n'était pas son frère, c'était Jack. Son mari. Et il ne lui ferait pas de mal. Pas comme elle l'avait fait avec lui.

Même si cette pensée la perturbait, elle attrapa la bouteille d'eau.

Jack la tint fermement pendant qu'elle but, mais sans l'obliger à incliner la tête en arrière pour qu'elle en avale plus qu'elle ne l'aurait souhaité. À la seconde où l'eau toucha sa langue, elle réalisa qu'elle avait la bouche desséchée et qu'elle mourait de soif. Elle engloutit l'eau goulument.

Lorsque Jack lui retira précautionneusement la bouteille, elle gémit.

— Je sais que tu as soif et que l'eau est bonne pour nettoyer ton système, mais je ne veux pas que tu vomisses. Tu pourras en reboire dans un petit moment. Viens, je t'emmène aux toilettes.

Elle aurait dû être gênée qu'il l'aide à déboutonner son jean et à baisser sa culotte, mais c'était son mari. Il connaissait intimement chaque centimètre carré de son corps.

Maisy écarquilla légèrement les yeux lorsqu'elle entendit Jack jurer à voix basse, le regard rivé sur sa hanche. Elle baissa les yeux : il effleurait doucement un gros hématome, et elle fronça les sourcils, mais elle ne se rappelait plus comment elle s'était blessée.

La mâchoire serrée, Jack l'aida à s'asseoir sur les toilettes. Elle refusa qu'il l'essuie, mais dut s'accrocher à nouveau à lui lorsqu'elle se leva pour ne pas basculer tête la première.

Une fois son pantalon reboutonné, Jack la fit pivoter vers lui et la serra contre lui en la regardant d'un air sérieux.

— On part, Maisy. Maintenant.

Elle avait l'impression de flotter, d'observer la scène d'en haut.

— D'accord.

— Il faut que tu comprennes ce que je te dis. On va à l'aéroport, on quitte Seattle, et on ne reviendra pas de sitôt.

Elle hocha la tête et répéta :

— D'accord.

Puis elle réfléchit encore quelques secondes à ce qu'il avait dit.

— C'est bien, finit-elle par décréter. Il faut que tu partes. Tu as retrouvé les tiens ?

Maisy n'était pas très sûre de ce qu'elle avait en tête, mais elle savait que c'était important.

— Oui.

— Je suis très contente. Je parie qu'ils étaient inquiets. Ça doit être agréable d'avoir des gens qui s'inquiètent pour toi. Libère-toi, Jack. Ne reviens pas. Jamais. Tu n'es pas en sécurité ici. Martha ne l'était pas non plus, et maintenant elle est dans le jardin. Je n'en suis pas sûre, mais je pense. Elle n'était pas en sécurité, et je ne l'ai compris que trop tard. Mais toi, tu sais, et tu peux partir.

— Tu viens aussi, déclara Jack.

Il lui fallut une seconde pour assimiler l'information. Puis elle secoua la tête.

— Je ne peux pas. Je dois signer les papiers. Si je ne suis pas là, il sera furieux.

— Alors il sera furieux, parce que je ne partirai pas sans toi.

Maisy en resta bouche bée.

— Il faut que tu t'en ailles ! Tu dois partir ! s'écria-t-elle en le repoussant avec force.

— Pas sans toi. Si ça se trouve, tu portes mon bébé. Je ne vais pas te laisser ici.

Portant une main à son ventre, elle s'affaissa dans ses bras.

— Un bébé, haleta-t-elle.

— Oui, donc tu viens avec moi.

— D'accord.

— D'accord ? répéta Jack.

Maisy acquiesça.

— Il va faire du mal au bébé. Ça fera moins d'argent pour lui. J'aimerais pouvoir m'en débarrasser.

— Te débarrasser de notre enfant ? s'écria Jack.

Elle n'aimait pas le ton blessé de sa voix. Elle secoua la tête si énergiquement qu'elle en eut le vertige.

— Non ! Je ne ferais jamais de mal à mon enfant. Jamais ! L'argent. Je regrette qu'il y en ait autant. Sans cet argent, papa et maman seraient toujours là, et Martha, et tu ne serais jamais venu, même si ça, au moins, ça ne me déplaît pas. Tous les autres seraient en vie.

— C'est bon, Maisy. Ça va. Il faut que tu viennes avec moi maintenant. Tu es encore un peu dans les vapes à cause du valium, mais je voudrais que tu sois aussi lucide que possible pour pouvoir prendre l'avion.

— On va prendre l'avion ? s'étonna-t-elle.

— Oui, c'est un problème ?

— Je n'ai jamais pris l'avion. Je voulais, mais Jason a dit que ce n'était pas une bonne idée. Que j'étais trop malade.

— Tu n'étais pas malade, affirma Jack sur un ton que Maisy ne comprit pas.

Ce qui ne l'empêcha pas d'acquiescer quand même.

— J'étais triste, lâcha-t-elle du fond du cœur.

— Oui.

— Je ne le suis plus, lui dit-elle honnêtement. Parce que je t'ai, toi, et que je t'aime.

— C'est vrai. Il faut qu'on y aille si on veut prendre notre vol.

— Je pourrais avoir un siège côté hublot ? demanda-t-elle alors que Jack la conduisait hors des toilettes.

— Oui.

— Extra !

La sensation de flottement persista lorsque Jack l'aida à descendre l'escalier. C'était une bonne chose qu'il soit là, parce qu'il faisait sombre et qu'elle serait probablement tombée sur la tête si elle avait été seule. Mais elle avait Jack, elle n'était pas seule. Son mari prendrait soin d'elle.

Il les conduisit discrètement dehors plutôt que dans le garage, et Maisy ne comprit pas. Puis Jack lui expliqua qu'ils allaient prendre un taxi pour ne déranger personne dans la maison, ce qui était logique.

Le temps lui échappait complètement lorsqu'ils pénétrèrent dans l'aéroport. Maisy ne se demanda même pas pourquoi ils n'avaient pas de valises, elle était trop fatiguée et excitée à l'idée de monter dans l'avion. Jack rencontra un ami à l'aéroport, ce qui était déroutant parce qu'elle ne se rappelait pas avoir eu des amis ici, mais elle repoussa la question lorsqu'il les enregistra pour le vol dans son ordinateur et qu'ils se postèrent dans la file d'attente pour passer les contrôles de sécurité.

Une fois que ce fut chose faite, Jack parut beaucoup plus détendu, et elle s'appuya contre lui pendant qu'ils attendaient l'embarquement de leur vol. Elle n'entendit pas l'annonce, mais elle laissa Jack l'aider franchir le couloir qui conduisait à l'avion. Il lui indiqua l'une des premières rangées de sièges et Maisy leva les yeux vers lui.

— Première classe ? murmura-t-elle une fois qu'ils furent assis.

Il lui sourit, et Maisy eut la sensation de pouvoir se perdre dans ce sourire.

— Apparemment.

— Cool.

— Bonjour, monsieur et madame Henderson, puis-je vous offrir quelque chose à boire avant le décollage ?

Maisy fronça les sourcils, ne sachant pas trop à qui la femme s'adressait, mais elle conclut qu'elle avait dû mal l'entendre, car Jack répondit qu'ils prendraient tous les deux de l'eau.

— Tu peux prendre mon verre, dit-il après qu'elle eut vidé avec empressement son gobelet en plastique.

— Tu es sûr ? demanda-t-elle.

— Tout à fait.

Le regard intense de son mari ne l'avait pas quittée et, si elle avait pu réfléchir clairement, Maisy se serait peut-être demandé à quoi il pensait si fort. Mais comme elle se sentait encore éloignée de la réalité, elle se contenta de boire son eau. Soudain, ses paupières furent trop lourdes pour rester ouvertes.

— Dors.

Elle passa la main par-dessus la console qui les séparait et lui attrapa le bras.

— Tu ne me quitteras pas ?

— Non.

— Promis ?

— Tu crois que je risque de me lever et de te laisser comme ça, toute seule, dans un avion ? demanda-t-il en fronçant les sourcils.

Maisy haussa les épaules.

— Si j'étais toi, je le ferais. Je suis méchante.

— Ferme les yeux, Stellina. Tout va bien se passer.

Elle obéit et sentit bientôt ses inquiétudes s'envoler. Mais avant de laisser la sensation de flottement l'envahir, elle murmura :

— Je t'aime.

Maisy ne remarqua même pas qu'il ne lui retournait pas sa déclaration, car elle était à nouveau perdue dans la sécurité des nuages qui avaient envahi sa tête.

14

Les yeux fermés, Stone serra Owl dans ses bras. Avec force. Il était heureux d'être rentré chez lui. Enfin, presque. Owl et Brick étaient venus à Santa Fe pour les chercher, Maisy et lui, et il n'avait pas réalisé l'intensité de son stress jusqu'à ce moment-là.

Avoir de bons amis pour veiller sur ses arrières, c'était incroyable. Il était à peu près sûr d'avoir quitté Seattle sans s'être fait repérer, mais la présence de renforts était un énorme soulagement pour lui.

Maisy avait été dans les vapes pendant presque tout le voyage, mais elle avait l'air plus consciente qu'elle l'avait été depuis l'après-midi précédent, quand elle était entrée dans leur chambre à la maison de Seattle.

— Est-ce qu'elle va bien ? Elle n'en a pas l'air, commenta Owl en reculant.

Brick était sur le côté en train de bavarder avec Maisy, qui n'était donc pas à portée de voix.

— En fait, elle va beaucoup mieux maintenant que tout à l'heure.

— Là, elle va mieux ? s'étonna Owl, sceptique.

— Il l'a forcée à prendre une triple dose de valium. Donc, oui, elle est mieux maintenant.

— Elle comprend ce qui se passe ?

— Je ne sais pas, répondit Stone en toute honnêteté.

— Elle sait au moins que tu as retrouvé la mémoire ?

— Non. Du moins, je ne pense pas. Je n'ai pas eu l'occasion de la confronter. De lui dire que je savais tout. J'allais le faire, mais elle a eu une entrevue avec son frère et les médicaments ont fait effet avant que je puisse lui en toucher deux mots.

— Eh bien, merde. Ça va être intéressant, lâcha Owl.

— Vous êtes prêts à partir ? demanda Brick en s'approchant des deux hommes.

Stone regarda Maisy. Elle avait l'air perdue et confuse, mais son regard était fixé sur lui. Comme s'il était sa bouée de sauvetage dans un monde qui avait soudain basculé.

— Jack ? demanda-t-elle doucement.

Il voulait garder ses distances. Ne surtout pas oublier son rôle dans tout ce qui s'était passé. Mais comme elle avait l'air peu sûre d'elle et inquiète, il ne put s'empêcher de s'approcher d'elle. Il l'attira à ses côtés et la laissa se blottir contre lui.

— C'est bon, Maisy. Tout va bien.

Elle acquiesça et le laissa prendre un peu de son poids.

— Viens, on rentre à la maison.

La « maison ». Ça sonnait bien.

Ils se dirigèrent vers la Jeep de Brick, où Stone grimpa après avoir installé Maisy sur la banquette arrière. Elle s'endormit presque aussitôt qu'ils furent sortis du parking. Stone parla tranquillement avec Brick et Owl des dernières semaines pendant qu'ils roulaient vers Los Alamos et le Refuge. Moins d'une heure plus tard, Brick se garait à côté du pavillon principal et Stone ne put s'empêcher de sourire en voyant le groupe qui attendait à l'extérieur.

Il réveilla Maisy et la fit sortir de la Jeep, mais la perdit de vue presque immédiatement, lorsqu'il fut entouré de ses amis. Stone serra Lara dans ses bras, bien fort, se retirant pour la regarder dans les yeux et s'assurer qu'elle allait bien.

Elle lui sourit.

— Je vais bien, je t'assure.

— J'ai entendu dire que tu avais piloté cet hélicoptère comme une folle du volant, lui dit-il.

Elle rougit.

— Ce n'était pas beau à voir.

Stone était très reconnaissant que les choses aient fini par leur être favorables.

— Tu es là, donc je dirais que c'était magnifique, lâcha-t-il avant de la serrer à nouveau dans ses bras pour lui murmurer à l'oreille : Merci d'avoir sauvé mon meilleur ami.

Elle avait les yeux remplis de larmes lorsqu'elle le lâcha enfin. Stone fit ensuite le tour des femmes et de ses amis pour les étreindre. Même Robert, le cuisinier du Refuge, s'était joint au groupe et promit de préparer des côtelettes de porc, le plat préféré de Stone, pour le lendemain soir, en guise de bienvenue.

Stone était satisfait. Lorsqu'il avait accepté d'investir dans le Refuge, au départ, il n'était pas sûr de rester sur le long terme. À présent, il ne s'imaginait pas vivre ailleurs.

Une petite voix au fond de son esprit lui souffla qu'il avait été prêt à faire sa vie à Washington avec Maisy, et qu'il en aurait été parfaitement heureux, mais Stone l'ignora.

À propos de Maisy, où était-elle ? Il se sentait coupable de l'avoir complètement oubliée l'espace d'un instant.

Pivotant sur lui-même, il la chercha, paniquant momentanément faute de la repérer sur-le-champ.

— Ryleigh l'a emmenée là-bas, lui indiqua Tiny en désignant un banc sous le porche du pavillon.

En se retournant, Stone y avisa Maisy, flanquée de Ryan... Non, son nom était apparemment Ryleigh, ou Ry, comme la plupart des gens l'appelàient. Maisy avait les yeux baissés, visiblement mal à l'aise et incongrue. Stone se dirigea vers elle avant même d'y avoir réfléchi.

Il s'agenouilla devant elle, posant les mains sur ses genoux, et adressa un signe de tête à Ry, avant de reporter son attention sur Maisy.

— Ça va ? demanda-t-il.

Elle acquiesça, mais sans lever les yeux. Stone fronça les sourcils et jeta un nouveau coup d'œil à Ry.

— Merci de lui avoir tenu compagnie. Je m'occupe d'elle, maintenant.

Ry affichait un air qu'il n'avait jamais vu auparavant. La gouvernante avait pour habitude de rester sur la réserve au Refuge. Elle se montrait polie et amicale, mais maintenant que Stone y pensait, elle ne s'était pas vraiment ouverte à qui que ce soit. Elle restait en marge. Pourtant, vu l'intensité de son regard en cet instant, Stone fut surpris de ne pas se consumer sur place. C'était un peu irritant. Il n'avait rien fait de mal. C'était Maisy qui l'avait laissé dans l'ignorance des projets de son frère. Mais il ne pouvait pas s'empêcher d'apprécier la façon dont Ry protégeait Maisy. Il se sentait tout aussi protecteur à son égard... même après tout ce qui s'était passé.

— Sois gentil avec elle, lui intima Ry avec une touche d'agressivité dans la voix.

Stone se sentit immédiatement sur la défensive.

— À ce que je vois, tu ne sais rien de ce qu'il y a entre nous, rétorqua-t-il.

Au lieu de reculer, Ry se redressa et porta sur lui un regard d'avertissement.

— Tu n'étais pas là, donc je devrais sans doute te laisser un peu de répit. Mais voilà... c'est moi qui ai retrouvé Jasna, qui ai suivi le traceur de Reese pour que tu puisses arriver en héros et la récupérer avant qu'elle ne soit emmenée de l'autre côté de la frontière. Je suis aussi celle qui a travaillé sans relâche pour retrouver tes miches et faire en sorte que tu rentres à la maison. Depuis que tu as appelé Brick, il y a moins d'un jour, j'ai lu tous les messages que tu as envoyés, tous les courriels et j'ai vu toutes les photos sur ton téléphone. À ce propos, le type du ranch avec qui tu as passé l'entretien veut t'embaucher, et il t'a envoyé un e-mail pour te proposer le poste. À mon avis, tu vas devoir le prévenir que tu ne travailleras pas là-bas tout compte fait. Mais surtout, j'ai fait la même chose avec le téléphone de Maisy.

Elle prit une profonde inspiration avant de poursuivre.

— J'ai toutes ses photos, tous ses courriels, et elle a même fait quelques enregistrements en secret – je ne vois pas comment il aurait pu en aller autrement, vu ce qui y est dit. Je connais ta femme probablement mieux que toi sur certains points, et je te préviens que tu dois y aller doucement avec elle.

Stone la regarda d'un air soupçonneux.

— Des enregistrements de quoi ?

— Entre elle et son frère, qui est un vrai connard si tu veux mon avis.

— Je le confirme, acquiesça Stone. Je suppose que tu ne t'es pas arrêtée de fouiner dans ma vie assez longtemps pour te pencher sur Jason et comprendre pourquoi il m'a choisi et m'a menti comme un arracheur de dents ?

— J'y travaille. Tout ce que je dis, fit-elle sur un ton

SUSAN STOKER

moins mordant, c'est que ta femme est à la fois plus forte que tu ne peux l'imaginer, et bien plus vulnérable aussi.

— Cela n'a aucun sens, lâcha Stone, désireux d'en finir avec cette conversation.

Ry haussa les épaules. Puis elle prit une profonde inspiration et détourna brièvement le regard vers leur groupe d'amis.

— Je suis désolée. Je suis furax. Tu n'as rien fait de mal, et je me défoule sur toi. Tu as le droit d'être en colère. À propos de ce qui t'est arrivé, et avec Maisy.

Stone fut surpris par son brusque changement d'attitude.

— Merci.

Ry lui adressa un petit signe de tête.

— Excusez-moi ?

Stone et Ry se tournèrent tous deux en entendant Maisy les interpeller d'une voix douce.

— Tu as mon téléphone ? demanda-t-elle à Ry.

— Non, je suis désolée, répondit celle-ci sur un ton apaisant, calme, amical.

— J'ai dû jeter le tien et le mien avant d'arriver à l'aéroport, lui dit Stone.

— Mais j'ai pu récupérer toutes tes photos, s'empressa d'ajouter Ry.

— Oh... super...

— Tu étais mimi, quand tu étais gamine. La photo de toi entre tes parents devant le bateau est adorable.

Maisy sourit et son regard se perdit dans le lointain.

— Oui, on était allés observer les baleines. Jason ne voulait pas venir, si bien qu'il était resté avec un ami. Mais on s'était bien amusés.

Ry lui tapota la main.

— J'ai des choses à faire, mais si tu as besoin de quoi que

ce soit, viens me trouver et je me débrouillerai. J'habite dans le chalet numéro dix, celui avec la porte verte, à l'ouest de la maison où tu vas séjourner. Pigé ?

— Pigé, répondit Maisy d'un air absent.

Ry regarda Stone une fois de plus, et son visage, de doux, se fit de nouveau sévère.

— Doucement, dit-elle, avant de serrer l'épaule de Maisy et de se lever.

Elle ne s'était pas éloignée de trois mètres que Stone vit Tiny se détacher du groupe qui bavardait encore devant le pavillon et s'élancer à sa poursuite.

— Tu as retrouvé la mémoire.

Stone se retourna pour regarder Maisy. Elle était toujours assise sur le banc, les mains sur ses genoux, mais elle le regardait. Il alla s'asseoir à côté d'elle, sur le siège que Ry venait de libérer, et hocha la tête.

Maisy regarda autour d'elle pendant un moment avant de dire :

— Cet endroit s'accorde bien avec ta personnalité.

— C'est vrai, convint Stone.

Soudain, il ne savait plus quoi dire à la femme qui se trouvait à ses côtés. Il avait passé les dernières semaines avec elle et ils n'avaient jamais eu de mal à trouver un sujet de conversation. Mais maintenant, elle était comme une inconnue pour lui, et ça craignait.

— Je suis désolée, je...

— Non, l'interrompit Stone. Pas maintenant.

Maisy fronça les sourcils.

— On aura une discussion, mais il faut d'abord que tu sortes complètement des vapes du valium. Je veux que tu sois lucide et que tu n'aies aucune excuse pour ne pas me dire tout ce que je dois savoir.

Maisy pinça les lèvres, mais acquiesça.

— Pourquoi tu m'as emmenée si tu as retrouvé la mémoire ? demanda-t-elle au bout d'un moment.

— Comment j'aurais pu obtenir des réponses sinon ? répondit-il.

S'il ne l'avait pas regardée dans les yeux à cet instant précis, il n'aurait pas vu l'éclair de douleur qui les traversa avant qu'elle ne parvienne à contrôler ses émotions. Leur relation n'était qu'un leurre. Une farce. Pourquoi serait-elle contrariée qu'il n'ait aucune autre raison de vouloir d'elle ici ?

— C'est un fait, admit-elle en hochant la tête.

Stone se sentait mal, ce qui n'avait aucun sens. Il n'avait rien dit de faux, pourtant s'il était honnête avec lui-même, ce n'était pas la seule raison pour laquelle il avait été incapable de l'abandonner derrière lui. Il aurait pu invoquer sa possible grossesse. Et puis... il l'avait dans la peau, mais ça, il ne l'admettrait jamais. Et quoi qu'elle ait fait, il ne pouvait pas la laisser essuyer la colère de son frère. Surtout après avoir vu les bleus sur sa peau et compris qu'il avait drogué sa propre sœur, apparemment sans la moindre hésitation.

— La journée a été longue et on n'est qu'au début de l'après-midi. Je vais t'installer et je reviendrai au pavillon pour nous chercher quelque chose à manger. Je suis sûr qu'il n'y a rien de comestible dans ma cabane.

Le regard perdu dans le lointain, Maisy lâcha :

— Il ne va pas être content.

Stone savait de qui elle parlait.

— Rien à foutre.

Elle se retourna et croisa son regard.

— Il va s'en prendre à moi.

— Il devra d'abord te trouver, nuança Stone. Et je sais de source sûre que c'est plus facile à dire qu'à faire.

— Tu ne comprends pas, s'entêta Maisy en fronçant les sourcils.

— Tu as raison. Je ne comprends pas. Mais pour l'instant, il faut que tu dormes, que tu laisses les restes de drogue s'évacuer de ton organisme, et demain, on parlera. Je te dirai ce que je sais, et tu m'expliqueras pourquoi ton frère m'a fait kidnapper, et pourquoi tu as participé à ses mensonges.

Ses mots avaient été plus cinglants qu'il ne l'avait voulu.

Maisy soupira et acquiesça.

— Tu nous diras tout, à mes amis et à moi ? demanda-t-il, étonné qu'il soit si facile d'obtenir des réponses auprès d'elle.

— Oui, mais il ne s'arrêtera pas. Il a besoin de moi.

— Alors on l'empêchera d'agir, répliqua simplement Stone, même s'il avait le sentiment que ça ne serait pas simple du tout. Allez, viens. Après le déjeuner, j'aurais bien besoin d'une sieste moi aussi. J'ai passé une bonne partie de la nuit debout.

— À faire quoi ? s'enquit Maisy tandis que Stone l'aidait à se lever.

— Je m'assurais que tu respirais, dit-il sans circonvolution.

Maisy trébucha et serait tombée par terre si Stone n'avait pas été là pour la maintenir debout.

— Doucement, dit-il en passant un bras autour de sa taille pour l'emmener dans son chalet. Alaska dit qu'avec les autres, elle va te chercher des vêtements et des articles de toilette. Tu peux enfiler un habit à moi, jusqu'à ce qu'ils reviennent de la ville.

— Je ne veux pas les déranger, objecta Maisy.

— Tu ne les déranges pas. C'est dans leurs habitudes.

Ils continuèrent à marcher et, au bout d'un moment, Maisy dit doucement :

— Je me doutais que tu avais des amis dans ce genre. Des gens qui veillent sur toi. Qui s'inquiéteraient de ta disparition.

Stone serra les dents.

— Et pourtant, tu m'as quand même menti, se sentit-il obligé de lui faire remarquer.

Maisy ne répondit pas, mais c'était aussi bien. Stone était encore un peu trop marqué par sa trahison pour pouvoir lui pardonner déjà. Il avait l'impression d'être déchiré en deux. D'un côté, il était ravi d'avoir Maisy ici avec lui, dans sa véritable maison. De l'autre, il était furieux et se refusait même à la regarder en face.

Mais elle était sous sa responsabilité. Pas plus qu'il n'avait pu la laisser dans l'État de Washington pour affronter les conséquences de sa disparition, il ne parvenait pas à confier la responsabilité de Maisy à l'un de ses amis. Pour le meilleur et pour le pire, elle était à lui. Faux ou pas, un certificat de mariage enregistré dans une base de données informatiques à Seattle était là pour l'attester.

Lorsqu'il arriva à son chalet, Stone vit que quelqu'un l'avait déjà déverrouillé pour lui, ce qu'il apprécia puisqu'il n'avait aucune idée de l'endroit où ses clés étaient passées. Sur le trajet qui les ramenait de l'aéroport, Brick lui avait dit que Ry s'occupait de faire remplacer ses papiers d'identité et qu'il aurait de nouvelles cartes bancaires et de crédit d'ici quelques jours. Elle avait désactivé toutes les anciennes dès qu'ils avaient appris sa disparition. Il prit note de la remercier pour sa prévoyance.

Il se dit également qu'il était plutôt pratique d'avoir un génie de l'informatique au Refuge.

Il ouvrit la porte de son chalet et, de sa main posée dans

le dos de Maisy, il la guida à l'intérieur. Elle s'arrêta juste après la porte et examina l'espace qui s'offrait à elle.

La pièce principale était ouverte, avec la cuisine d'un côté, un canapé qui occupait la majeure partie du salon et une table pour séparer les deux espaces. Le sol du salon disparaissait sous un tapis gris, devant la cheminée qui faisait face au canapé et une énorme bibliothèque sur le mur opposé. Mais le plus beau, selon lui, c'étaient les baies vitrées qui donnaient sur la forêt. On avait ainsi l'impression que le chalet était complètement ouvert d'un côté. Comme s'il campait dans les arbres.

— C'est...

Stone retint son souffle en attendant qu'elle exprime le fond de sa pensée.

—... parfait, acheva-t-elle avec respect.

— Oui, convint-il. Viens, je vais te montrer où tu vas dormir.

Il la conduisit jusqu'à un couloir. Il avait une sorte de bureau, meublé d'une banquette convertible.

— Je vais chercher des draps et deux ou trois autres trucs. Attends-moi ici.

Lorsqu'il revint une minute plus tard, Maisy se tenait exactement là où il l'avait laissée. Elle ne bougea pas pendant qu'il faisait son lit, s'écartant simplement de son chemin pour qu'il puisse terminer sa tâche. Il s'éloigna encore une fois afin d'aller chercher un tee-shirt et un short de sport pour elle, et là encore, lorsqu'il revint, elle se tenait toujours là où elle était plantée, quelques instants auparavant.

— Tiens, dit-il en lui tendant les vêtements. Ils sont trop grands, mais ce sera plus confortable pour dormir.

Elle regarda les vêtements qu'elle tenait et acquiesça.

Stone n'aimait pas le regard vide de sa femme. Même si

elle se trouvait en face de lui, elle aurait tout aussi bien pu être séparée de lui par des millions de kilomètres.

— Je vais te chercher de l'eau. Bois-la. Cela t'aidera à purger ton organisme. Il y a une salle de bain dans le couloir si tu en as besoin. Tu pourras te doucher quand tu te lèveras.

— D'accord, dit-elle doucement.

Stone n'avait qu'une envie : lui prendre la main et l'emmener jusqu'à sa chambre à lui, dans son lit. Mais tout était différent à présent. Il ne connaissait même pas cette femme. Et maintenant que ses souvenirs lui étaient revenus, les raisons pour lesquelles il ne devait pas l'emmener dans son lit étaient encore plus terribles.

Ses cauchemars. La violence dont il faisait parfois preuve.

Mais une fois de plus, la voix dans sa tête lui rappela qu'il avait dormi aux côtés de Maisy pendant des semaines et qu'il ne lui avait jamais fait de mal. En fait, il n'avait jamais aussi bien dormi depuis des années, depuis qu'Owl et lui avaient été sauvés de cet enfer à l'étranger.

Soupirant mentalement, Stone sortit de la pièce à reculons. Il ne savait pas quoi dire d'autre. Alors, au lieu de proférer une parole qu'il pourrait regretter, il referma simplement la porte et laissa Maisy seule.

Une heure plus tard, Stone n'y tenait plus. Il fallait qu'il aille la voir. Il n'avait pas entendu le moindre bruit dans la chambre d'amis/bureau depuis qu'il en avait refermé la porte tantôt.

Il frappa doucement, mais ne reçut aucune réponse. Craignant que quelque chose n'aille pas, qu'une réaction différée aux médicaments n'ait bloqué sa respiration, Stone n'hésita plus et entrouvrit la porte.

Les rideaux de la fenêtre étaient ouverts et la lumière de

l'après-midi entrait abondamment dans la pièce. Recroque-villée sur le flanc au bord du matelas, elle ne s'était pas glissée sous le drap ou la couverture, et elle serrait les vête-ments qu'il lui avait donnés contre sa poitrine, le nez enfoui dans le tissu. Elle paraissait petite et vulnérable.

Stone avait déjà fait deux pas dans la pièce avant que son cerveau ne rattrape son cœur. Il se figea, indécis. Il voulait aller vers elle, la prendre dans ses bras et lui dire que tout irait bien. Mais il avait aussi envie de la frapper, de la secouer et de la forcer à tout avouer. Il voulait qu'elle lui explique pourquoi elle l'avait tant trahi. Lui demander si toutes ses belles paroles sur l'amour et son désir de prendre soin de lui n'étaient que des mensonges.

Il ne fit ni l'un ni l'autre. Il recula simplement, jusqu'à repasser le seuil de la porte, qu'il referma sans bruit avant de retourner sur le canapé. Il s'assit, les yeux dans le vide. Il était épuisé, sa tête le lançait encore. Mais il devait renoncer à dormir. Avec un peu de chance, ce soir, à la tombée de la nuit, il pourrait prendre quelques heures de repos. Pour l'ins-tant, tout ce qui était à sa portée, c'était s'asseoir et repenser aux dernières semaines. Afin de comprendre les motivations de la femme qu'il avait épousée.

Demain. Demain, il aurait les réponses qu'il attendait. Il déciderait quoi faire après avoir entendu ce que Maisy avait à dire. D'ici là, tout ce qu'il pouvait faire, c'était ressasser toutes les petites choses qu'elle avait dites et faites depuis qu'il l'avait rencontrée.

15

Maisy avait l'impression d'être à deux doigts de vomir. Elle était assise à une table dans une salle de conférence du pavillon principal du Refuge dont Jack était apparemment copropriétaire. Tous ses amis étaient là, à la dévisager avec impatience. Ils voulaient des informations et attendaient qu'elle les leur donne.

Elle avait dormi tout l'après-midi et toute la nuit. Lorsqu'elle s'était réveillée ce matin avec l'odeur du bacon, sa première pensée avait été agréable. Paige ne préparait pas souvent de bacon ou de saucisses, car Jason les trouvait trop gras.

Mais en ouvrant les yeux et en se retrouvant dans une pièce qu'elle ne reconnaissait pas, Maisy s'était souvenue. Elle n'était plus à Seattle. Paige n'était pas là. Et Jack avait retrouvé la mémoire.

Elle avait deviné le moment où ça s'était produit. Quand ils étaient dans le parc et que l'hélicoptère les avait survolés.

Maintenant, il la détestait et elle ne pouvait s'en prendre qu'à elle-même.

Le voyage jusqu'au Nouveau-Mexique s'était déroulé

dans le flou le plus total. Elle ne se souvenait pas vraiment de ce qui s'était passé après que son frère l'avait forcée à avaler le valium. Elle se rappelait vaguement le vol qu'ils avaient pris, mais c'était tout. Elle avait rencontré beaucoup de gens la veille et, étonnamment, la plupart d'entre eux s'étaient montrés gentils avec elle. À leur place, elle n'était pas certaine qu'elle aurait pu se montrer aussi aimable que les hommes et les femmes du Refuge.

Depuis son réveil, une gêne s'était installée entre Jack et elle. Elle s'était douchée, ils avaient mangé, Alaska était passée avec des vêtements et, dès qu'elle s'était changée, Jack l'avait informée qu'ils allaient monter au pavillon pour parler avec ses amis.

Et maintenant, on y était.

Elle se sentait encore un peu dans les vapes... mais le brouillard qui l'avait envahie à cause du valium s'était dissipé. Lorsqu'il lui avait demandé si elle allait bien, ce matin, la tentation de répondre par la négative avait été forte, mais il était temps qu'elle reconnaisse son rôle dans ce qu'il avait subi. Plus vite elle apprendrait à ces gens ce qu'elle savait, plus vite elle pourrait partir.

Parce que son frère viendrait la chercher, elle n'avait aucun doute là-dessus. Il engagerait tous les hommes qu'il faudrait pour la dénicher puisque, sans elle, il ne pourrait pas accéder à sa fiducie. Et il n'aurait aucun scrupule à blesser quiconque se dresserait entre lui et ce qu'il voulait, à savoir l'argent de sa sœur.

Elle devait partir. Et dès que possible. Où, elle n'en avait aucune idée, mais elle se débrouillerait. Peut-être qu'elle demanderait à Ry de l'aider à changer de nom et à repartir de zéro quelque part. Cette femme avait été extrêmement gentille avec elle, la veille, et Maisy avait le vague souvenir de Ry lui disant qu'elle était un génie de l'informatique et qu'elle avait sauvegardé toutes les photos de son téléphone, probablement enterré dans une décharge quelque part à l'heure qu'il était.

— Pourquoi ton frère a-t-il kidnappé Stone ? demanda Brick.

Maisy se raffermit mentalement et prit une grande inspiration. Ses hôtes avaient été plus que patients, s'assurant qu'elle se sentait bien, lui offrant quelque chose à boire et lui demandant si elle se sentait à l'aise. Mais ils avaient le droit de savoir pourquoi leur ami avait été enlevé. Et Jack devait l'apprendre, lui aussi.

— Pour répondre à cette question, je dois remonter dans le temps..., commença-t-elle. Mes parents étaient riches. Ils avaient fait de bons investissements et mon père avait un emploi haut placé dans la Silicon Valley. Ils ont déménagé à Seattle quand j'étais petite, acheté une grande maison d'où mon père travaillait. Ils ont embauché quelques personnes pour les aider et se sont montrés très généreux de leur argent dans la communauté. Jason a sept ans de plus que moi et il semblait heureux, même s'il avait dû laisser tous ses amis derrière lui lorsque nous avons déménagé. Aux alentours de mes quatorze ans, Jason a commencé à changer. Il était sur le point d'obtenir son diplôme universitaire et nos parents lui demandaient de faire quelque chose de sa vie, au lieu de quoi il passait son temps sur le canapé de ses amis, à ne rien faire. Les choses paraissaient tendues entre nos parents et lui, mais honnêtement, j'étais trop préoccupée par mes propres affaires pour y prêter attention. L'adolescente typique. Je ne faisais pas partie des gens populaires, mais j'avais quelques amis proches avec qui j'aimais passer du temps. J'avais quinze ans et je dormais chez une amie quand mes parents ont été tués. Jason est venu me chercher chez mon amie et m'a ramenée à la maison. Il m'a raconté que papa et maman étaient sortis dîner et qu'en regagnant leur voiture, ils s'étaient fait tirer dessus et voler leur véhicule. Papa est mort sur le coup, mais maman a survécu assez longtemps pour ramper à ses côtés et on l'a retrouvée la main sur la tête de mon père. La police pense qu'elle essayait de stopper l'hémorragie.

Maisy ignora les marques de compassion en provenance des hommes qui l'entouraient. Cela ne durerait pas, et elle ne voulait pas être touchée par leur sollicitude quand elle devrait y renoncer une fois qu'ils auraient entendu toute l'histoire.

— Les flics n'ont pas trouvé le ou les meurtriers. Il n'y avait pas de preuves physiques sur les lieux, pas de douilles, pas de sang autre que celui de mes parents, pas d'empreintes sur l'un ou l'autre. Il n'y avait même pas de vidéo de surveillance, parce que les caméras du restaurant étaient cassées ou quelque chose comme ça. Personne n'a donc jamais payé pour leur mort. Je ne l'ai pas bien pris. J'étais hystérique à l'idée de ne plus jamais les revoir. Après être revenu vivre à la maison, Jason est devenu mon tuteur légal. Il s'est occupé de moi, s'est assuré que je consulte des médecins pour ma dépression et mon anxiété. Je n'arrivais pas à aller à l'école ni à m'intéresser à quoi que ce soit. J'ai abandonné le lycée, mais Jason m'a aidée à préparer mon diplôme de fin d'études secondaires. Que j'ai décroché, de justesse, mais je n'avais pas envie d'aller à l'université de toute façon. Les douze années qui ont suivi la mort de mes parents sont floues, car je prenais beaucoup de médicaments. Ils m'empêchaient de me préoccuper de ce qui se passait autour de moi. Je n'avais pas à m'inquiéter de quoi que ce soit puisque Jason était là. Mes parents avaient souscrit une assurance vie et Jason a reçu son argent sur-le-champ. Je suppose qu'il a utilisé ma part pour payer mes

SUSAN STOKER

dépenses... les médicaments, les factures médicales, ce genre de choses. Mais honnêtement, j'étais trop droguée pour l'interroger là-dessus. Aux environs de mes vingt-deux ans, Jason a rencontré une fille. Elle s'appelait Martha. Je l'aimais bien. Elle était timide et gentille. Elle m'a aidée à devenir un peu plus forte, et j'ai pu arrêter de prendre certains des cachets que j'avalais au quotidien depuis si longtemps. Jason et elle se sont mariés civilement, elle ne semblait pas avoir beaucoup d'amis. Mais environ quatre mois après le mariage, elle a disparu.

— Disparu comment ? demanda Pipe.

— Un jour, elle était là et le lendemain, elle n'a plus reparu. Toutes ses affaires avaient disparu. Son sac à main, une valise de vêtements, les bijoux que Jason lui avait offerts. La police a enquêté, mais étant donné toutes les affaires que les flics ont à élucider et l'absence de preuve qu'il s'agissait d'une disparition criminelle, je pense qu'ils ont fini par la considérer comme une épouse majeure ayant décidé de quitter son mari. Elle n'avait pas de famille pour stimuler les ardeurs de la police.

— Ton frère ne s'en est pas chargé ? demanda Brick.

— À l'époque, je pensais qu'il était trop bouleversé et humilié qu'elle l'ait quitté. Il avait évoqué la possibilité d'une infidélité de la part de son épouse, et je pensais qu'il n'était pas prêt à s'abaisser à la supplier de revenir.

— Et maintenant ?

Maisy se tourna vers Owl. Jack était installé à côté de lui... de l'autre côté de la table. Quand elle s'était assise et avait vu Jack prendre place à côté de son ami, aussi loin que possible d'elle, la douleur avait été cuisante. Très cuisante. Mais elle n'était pas surprise. Elle avait su que ce jour vien-drait dès le premier mensonge qui avait franchi ses lèvres.

— Comme je l'ai dit au début, mes parents avaient beaucoup d'argent. Leur fortune a été partagée entre nous deux à leur mort. Mais mes parents étaient... excentriques. Ils croyaient aux âmes sœurs et voulaient que leurs enfants connaissent le même amour qu'eux. Alors, pour nous inciter à le trouver, l'argent qu'ils nous ont laissé était assorti de conditions.

Elle n'attendit pas que quelqu'un demande quelles étaient ces conditions pour continuer.

— Pour avoir accès à l'argent de nos trusts, nous devions être restés mariés pendant au moins trois mois. Il fallait passer ce délai-là pour que l'argent soit débloqué. Nous recevions une allocation mensuelle, que nous soyons mariés ou non, mais l'essentiel de l'argent n'était accessible qu'après le mariage.

— Ah..., fit Tiny, qui comprenait enfin.

Maisy sentit ses joues s'échauffer. Elle savait ce que ces hommes pensaient. Qu'elle était une garce avide d'argent qui avait mis au point un plan pour accéder à sa fortune.

Ils étaient tellement loin du compte que ça n'était même pas drôle. Mais pourquoi la croiraient-ils ? Tout indiquait qu'elle collait probablement à l'opinion qu'ils s'étaient forgée.

— Ton frère s'est marié et après qu'il a eu accès à son argent... sa femme a disparu ? demanda Jack.

Maisy acquiesça.

— C'est pratique, commenta Tonka.

— Pas pour Martha, ne put s'empêcher de répliquer Maisy avant de soupirer. Il l'a tuée.

Les trois mots demeurèrent en suspens sur la pièce, mais le poids qui s'était installé sur ses épaules depuis qu'elle avait réalisé les agissements probables de son frère s'allégea soudain. Elle n'était pas sûre que quelqu'un la croirait, mais au moins partageait-elle enfin ses soupçons.

— Je ne sais pas comment le meurtre a été exécuté, mais un jour, très peu de temps après sa disparition, Jason a engagé quelqu'un pour installer un terrain de basket dans notre jardin, ce qui était bizarre, car mon frère n'est pas vraiment du genre sportif. N'empêche qu'une entreprise est venue, a creusé un grand trou, puis il a plu pendant des jours et des jours, comme c'est le cas à Washington. Ils sont revenus environ une semaine plus tard, ils ont rempli le terrain et ont posé la dalle de béton, mais je pense que Jason a enterré le corps de Martha dans ce trou.

— Pourquoi ? demanda Spike. Il me semble risqué d'enfouir un corps dans un trou que quelqu'un d'autre va combler.

— Je sais. Je n'ai jamais dit que c'était un plan intelligent. Mais je me suis réveillée une nuit après un cauchemar et je suis descendue à la cuisine. Il arrivait par l'arrière, couvert de boue. Il m'a crié dessus et m'a dit de remonter dans ma chambre. Je pense qu'il se préparait à déplacer le corps. Et les affaires de Martha. Celle-ci n'était pas très grande, elle ne mesurait qu'un peu plus d'un mètre cinquante. Je pense qu'il l'a mise là, peut-être même en creusant un peu plus profond pour que les entrepreneurs ne le remarquent pas, qu'il l'a recouverte avec un peu de la terre que les excavateurs avaient enlevée pour créer le trou. Lorsque les entrepreneurs sont revenus, ils l'ont aidé en comblant le trou avec du béton et en installant ce stupide terrain de basket par-dessus. Et après, je pense qu'il a dû jouer trois fois au basket, maximum.

— Mais tu n'as aucune preuve, déclara Jack.

Maisy se força à croiser son regard et haussa les épaules. Elle possédait quelque chose qui pourrait être une preuve, mais elle n'était pas sûre que ce soit suffisant.

La pièce était silencieuse et elle avait l'impression d'être seule au monde avec Jack. Elle voulait qu'il la croie. Qu'il n'aille pas s'imaginer qu'elle mentait simplement pour se couvrir. Lorsqu'il détourna le regard, elle eut le cœur serré.

— Ton frère aurait donc tué sa femme après avoir récupéré l'argent de vos parents. Mais qu'est-ce que Stone vient faire là-dedans ? s'enquit Owl.

— J'y viens, dit Maisy en se forçant à continuer : c'était la partie la plus difficile. Jason a été heureux pendant un certain temps. Il avait beaucoup d'argent et pas besoin de travailler pour cela. Mais tout comme il a réussi à magouiller pour se faire verser le montant des assurances-vie, il a fini par dépenser tout l'argent qu'il avait reçu de son trust.

— Combien ? l'interrompit Brick.

— Quatre millions.

Brick siffla tout bas.

— Ça fait un paquet d'argent.

— Oui, et il n'aime pas ne plus pouvoir dépenser à tort et à travers. Il avait accaparé mon allocation mensuelle, mais ce n'était pas suffisant.

— Attends... Ton allocation mensuelle ? insista Jack.

Maisy acquiesça.

— Comme j'étais mineure à la mort de nos parents, il s'est arrangé pour que l'argent soit déposé sur son compte, ce qui était légal à l'époque puisqu'il était mon tuteur. Et quand j'ai eu dix-huit ans, je n'étais pas en état de le gérer moi-même. L'argent a donc continué à être versé sur son compte. Lorsque j'ai commencé à aller mieux, à ne plus prendre autant de médicaments et à avoir la présence d'esprit de demander, des années s'étaient écoulées et il m'a dit qu'il avait utilisé l'argent pour s'assurer que j'aie tout dont j'avais besoin. De la nourriture, un toit au-dessus de nos têtes, des médicaments, le salaire de Paige... des choses comme ça. Il a insisté sur le fait que je n'étais pas encore prête à m'occuper de tout ça toute seule.

— Donc, pendant toutes ces années, il a aussi volé ton argent, conclut Tiny.

Maisy regarda la table et haussa les épaules.

— Ce n'est pas comme si j'en avais eu besoin. Mais après que Martha a disparu et qu'il a dépensé tout son argent... il a arrêté de m'administrer tous mes médicaments et s'est mis à m'encourager à me trouver un petit ami, admit-elle en soupirant. Je suppose qu'il avait besoin que je sois lucide s'il voulait me marier. Je n'étais pas intéressée par tout cela. Je n'avais pratiquement pas quitté notre maison depuis des années, je ne connaissais rien aux rencontres. Mais il m'a quand même inscrite sur des sites et m'a fait rencontrer des hommes. Il invitait ces hommes à la maison, et c'était vraiment gênant. Je n'aimais aucun d'entre eux, ils ne semblaient intéressés que par le sexe, pas par une relation. Jason s'en fichait, il me reprochait ma pruderie. Mais je ne voulais aucun de ces hommes.

— Il est donc allé te dégoter un mari, conclut Brick.

Maisy ne pouvait pas déchiffrer l'expression de son visage, et elle refusait de regarder Jack.

— Oui, murmura-t-elle. Mais je ne sais pas comment il s'est débrouillé. Bon, il a des amis vraiment horribles, mais je n'aurais jamais pensé que lui ou eux feraient ce qu'ils ont fait.

— Des amis comme Don Coffey ? demanda Tiny.

— Oui.

— Qui ? demanda Owl.

— Don Coffey. Ryleigh a trouvé des échanges de textos et d'e-mails entre ce type et le frère de Maisy. Ce n'est pas le gars avec qui il a travaillé pour kidnapper Stone. Mais ils ont fait d'autres trucs ensemble. Des trucs de tordus, comme droguer des femmes dans des bars et les emmener dans des motels, où elles se réveillaient seules sans aucun souvenir de la nuit qu'elles venaient de passer.

— Les connards ! marmonna Spike.

Maisy était tout à fait d'accord. Elle ignorait que son frère et Don s'adonnaient à ce genre de choses. Cela la rendait malade et elle avait encore plus honte de ne pas être allée trouver la police plus tôt. D'avoir laissé son frère la manipuler à ce point.

— Pourquoi ce Don ne l'a-t-il pas épousée ? demanda Spike. Si Jason voulait mettre la main sur son argent, pourquoi ne pas avoir demandé à un de ses amis de se marier avec sa sœur ?

— Parce que quelqu'un d'autre aurait appris l'embrouille, dit Maisy. J'y ai pensé aussi. Don est affreux. Il me sortait toujours des grossièretés, il me tripotait quand Jason n'était pas dans les parages. Mais si mon frère avait dû payer Don pour m'épouser, il aurait aussi dû lui expliquer pourquoi, et probablement partager une partie de mon héritage avec lui aussi. Or Jason est avide. Il ne veut pas avoir à payer plus que nécessaire.

— Donc il s'est arrangé pour faire kidnapper quelqu'un. Dans quel but ? Pour le forcer à se marier avec toi ? Ce genre de merdes n'arrive plus aujourd'hui. Peut-être à l'époque des mariages sous la menace d'un fusil, oui, mais aujourd'hui ? Impossible, lâcha Owl en secouant la tête.

— Qu'est-ce qu'il aurait fait si je ne m'étais pas réveillé amnésique ? demanda Jack.

Maisy se força à le regarder. C'était lui qui avait été lésé, pas elle. C'était lui qui avait été kidnappé et à qui on avait menti. Elle aurait eu tout le temps de se dissocier de son frère, et elle ne l'avait pas fait.

— Les mariages sous la menace d'un fusil ne sont peut-être plus d'actualité, mais il n'aurait pas hésité à braquer un pistolet sur ta tête, ou la mienne, pour t'obliger à aller jusqu'au bout.

Elle avait beau parler calmement, le cœur de Maisy battait à tout rompre et elle se sentait un peu étourdie. Mais elle se força à continuer.

— Tout ce dont il avait besoin, c'était de ta signature sur le certificat de mariage. Une fois qu'il l'aurait eue, il t'aurait enfermé dans la chambre forte de notre sous-sol pendant trois mois, jusqu'à ce que je signe les papiers pour entrer en possession de mon héritage, et ensuite il t'aurait tué.

L'atmosphère de la salle était devenue électrique.

— Je n'y crois pas !

— Putain de merde !

— J'hallucine !

— Bon sang !

Maisy ne pouvait pas reprocher à ces hommes de réagir comme ils le faisaient.

— Et toi ? aboya Jack.

Maisy ne put s'empêcher de tressaillir.

— Et moi, quoi ? demanda-t-elle.

— Qu'est-ce qui te serait arrivé, une fois les trois mois écoulés ?

— Il m'aurait tuée aussi. Histoire d'éliminer tout risque que je le trahisse.

— Il pensait vraiment s'en sortir si d'autres personnes disparaissaient de sa vie ? s'étonna Brick.

— Je ne pense pas qu'il y ait beaucoup réfléchi, répondit honnêtement Maisy. Du moment qu'il avait accès à l'argent, il ne semblait pas se soucier des détails.

— Mais ce n'est pas ce qui s'est passé, constata Owl. Stone s'est réveillé sans aucun souvenir de qui il était.

Quand avez-vous décidé de lui faire croire que vous étiez déjà mariés ?

Jack avait manifestement déjà raconté à ses amis les parties de l'histoire qu'il connaissait.

— Jason l'a inventé dans le feu de l'action. Dès que Jack s'est réveillé, au moment où Jason a compris qu'il ne savait plus qui il était, il lui a dit qu'il était son beau-frère et tout s'est enchaîné.

— Et pourquoi tu as accepté ? insista Brick d'un ton dur.

Il se pencha vers Maisy. Même si elle s'attendait à cette question, elle n'était toujours pas plus près de savoir comment y répondre.

— Tu vois ce bleu sur son visage ? répondit Jack à sa place.

Le regard de Maisy se porta à nouveau sur lui.

Quand tout le monde eut hoché la tête, Jack continua.

— Elle en a d'autres sur les bras, et un énorme hématome sur la hanche. Elle en a eu d'autres. Sur tout son corps. Elle m'a toujours dit qu'elle était maladroite, mais je ne l'ai jamais vue trébucher pendant qu'on était ensemble.

Maisy rougit d'embarras, mais elle ne l'interrompit pas.

— Quand je me suis réveillé la première fois, j'ai entendu Jason lui parler de façon grossière. Je ne comprenais pas ce que j'entendais et je me suis dit que je m'étais peut-être mépris, parce que j'avais très mal à la tête. Mais je suppose que si cet homme était prêt à mettre un pistolet sur la tempe de sa sœur pour me forcer à l'épouser, il n'a pas hésité à la menacer pour qu'elle fasse ce qu'il voulait... c'est-à-dire se taire et corroborer l'histoire de notre mariage. Laisse-moi deviner, c'est lui qui a eu l'idée de me raconter que j'étais chasseur de primes ?

Maisy acquiesça, plus soulagée qu'elle n'aurait su le dire de voir qu'il avait compris tout seul.

— Comme c'est un métier solitaire, il s'est dit que ça expliquerait pourquoi tu n'avais pas d'amis.

— Et cette histoire d'appartement à Spokane, dans une résidence qui aurait brûlé ?

Une fois de plus, Maisy acquiesça.

— La cérémonie de renouvellement des vœux a vraiment été une idée de génie. Je ne me suis douté de rien.

Elle ne savait pas quoi répondre à ça. En fait, si, elle savait.

— Je suis désolée, murmura-t-elle.

— Vraiment ? demanda Jack.

Maisy se mordit la lèvre. Elle regrettait de l'avoir trompé. Qu'il ait été entraîné là-dedans par l'avidité de son frère. Mais était-elle désolée pour les dernières semaines ? Regrettait-elle d'être sa femme ? Et tout ce qui allait de pair avec ce statut ?

Non, pas le moins du monde. Malgré la peur qui l'assaillait, elle n'avait jamais été aussi heureuse depuis la mort de ses parents. Jack lui avait fait sentir qu'elle valait quelque chose. Que ce n'était pas une obligation de prendre soin d'elle, mais un privilège. Elle n'était pas un obstacle ni un désagrément. Elle était sa femme, quelqu'un à qui il tenait et qu'il voulait protéger parce qu'elle était importante, pas parce qu'il lui était redevable.

Mais elle ne pensait pas que ce genre de propos servirait ses intérêts pour le moment. Elle répondit donc simplement par l'affirmative.

Jack n'eut pas l'air content, mais il n'avait pas non plus l'air de vouloir se jeter en travers de la table pour l'étrangler. Une victoire, en quelque sorte.

— Alors, et maintenant ? demanda Pipe. Tu as repris tes esprits. Cet enfoiré de kidnappeur ne sait pas où tu es. Mais vous êtes vraisemblablement mariés légalement, ce qui signifie que l'horloge permettant à Maisy de toucher son argent continue de tourner.

— Ils ne sont pas vraiment mariés, objecta Owl. Le nom sur le certificat de mariage n'est pas le sien. Jack Smith n'existe pas. Et on sait tous que Ry pourrait faire disparaître ce document en un clin d'œil.

Le cœur de Maisy manqua un battement. Elle n'avait pas aimé tromper Jack, mais elle fut surprise par la tristesse qu'elle ressentit à l'idée de ne plus être son épouse.

— Ce n'est pas ça qui va résoudre le problème, s'emporta Jack. Tu crois que Jason va renoncer à mettre la main sur l'argent de Maisy ?

— Vous pourriez divorcer, cela arrêterait l'horloge, suggéra Brick.

— Mais alors quoi ? On renvoie Maisy chez elle pour qu'il puisse kidnapper quelqu'un d'autre et recommencer l'opération ? demanda Jack, incrédule. Non, ce n'est pas une option.

Le cœur de Maisy se gonfla. Il la détestait peut-être, ainsi que ce qu'elle avait fait, cependant il n'avait aucune intention de l'obliger à retourner auprès de son frère. Ou de mettre quelqu'un d'autre en danger d'être kidnappé pour satisfaire sa cupidité.

— Que se passera-t-il lorsque les trois mois seront écoulés, Maisy ? demanda Pipe.

Elle se tourna vers l'homme tatoué.

— Qu'est-ce que tu veux dire ?

— Comment mets-tu la main sur ton argent ? C'est automatique ?

— Oh, non. Il y a des papiers et des trucs à signer. Je dois me présenter devant le type de la banque et l'avocat qui s'occupe de la fiducie pour que l'argent soit débloqué.

— Qu'est-ce que ton frère allait faire après que tu aurais signé ? insista Jack.

Elle détourna le regard.

— Comme je vous l'ai déjà dit : il m'a expliqué qu'il te tuerait, parce qu'il ne pouvait pas courir le risque que tu retrouves la mémoire. Et il a évoqué une « overdose » de mon côté, sous l'effet du chagrin. Après cela, j'en ai conclu qu'il avait l'intention de vivre heureux avec ses millions, plus le produit de nos polices d'assurance vie.

— Attends : quelles polices d'assurance vie ? demanda Brick.

Maisy soupira.

— Celle qu'il m'a fait signer pour Jack, et celle qu'il a apparemment prise pour moi à un moment donné.

— Putain de merde, je n'aime pas ce type, grogna Owl.

— Il faut que j'en touche deux mots à Ryleigh, déclara Tiny.

— Je croyais que tu ne lui faisais pas confiance, objecta Brick.

— Je ne sais pas. Mais cette femme sait se servir d'un ordinateur, c'est une certitude. Maisy, je suppose que l'argent de ta fiducie est censé aller sur le compte de ton frère ?

— Probablement.

— D'accord... et si ce n'était pas le cas ? Et s'il était versé sur un compte à ton nom ?

Maisy secoua la tête, déjà paniquée.

— Cela ne mènerait pas directement Jason à moi ? Non ! Je ne veux pas qu'il s'approche d'ici.

— Ryleigh est assez sournoise pour mettre en place quelque chose que personne ne pourra jamais relier à toi ou au Refuge. Elle pourrait aussi faire annuler ces polices d'assurance vie. Et votre mariage après les trois mois.

— Elle en est capable ? s'étonna Maisy en haussant les sourcils.

— Elle peut faire n'importe quoi avec son ordinateur. C'est pour ça, d'ailleurs, que je ne lui fais pas confiance. À mon avis, il faut qu'on la mettre sur cette affaire.

— Je suis d'accord, convint Brick, bientôt suivi par tous les autres.

Tous sauf Jack.

— Stone ? Qu'est-ce que tu en penses ? demanda Owl.

— Je pense que c'est bien beau de faire travailler Ry sur un clavier, mais cela n'empêchera pas Maisy de devoir se montrer en personne pour récupérer son argent. Et je ne veux pas la voir à moins de plusieurs centaines de kilomètres de son trou du cul de frère. On ne sait pas ce qu'il fera quand il réalisera qu'il s'est fait baiser dans les grandes largeurs. Il sera prêt à tout pour mettre la main sur cet argent.

Il avait raison. Jason serait furieux de voir ses plans tomber à l'eau. Il était vraiment instable, Maisy le comprenait clairement maintenant, et elle ne savait pas ce qu'il ferait s'ils se revoyaient.

Mais pour repartir de zéro, elle avait besoin de cet argent. Oh, pas de tout l'argent. Elle ne voulait pas se retrouver dans la position de se faire abuser à nouveau, et des millions de dollars sur son compte en banque pourraient bien produire cet effet. De plus, elle n'avait jamais eu besoin de millions jusqu'à présent, et elle n'en avait pas besoin maintenant. Il lui fallait juste assez d'argent pour mener une vie correcte. Elle verrait peut-être avec Ry comment en donner la plus grande partie.

Elle garderait assez pour s'acheter une petite maison et vivre confortablement, trouver un emploi quelque part et

essayer d'oublier l'homme qui avait été piégé pour l'épouser... et qu'elle aimerait pour le restant de ses jours.

Mais ses rêves seraient voués à l'échec si elle ne faisait
pas ce qu'il fallait. Ce qu'elle aurait dû faire depuis
longtemps.

— Je dois parler à la police. Pour leur répéter ce que je
vous ai dit, déclara-t-elle.

— On peut arranger ça pour que tu le fasses d'ici,
consentit Brick.

Maisy secoua la tête.

— Non. Je veux dire, ce serait bien, mais il y a un officier
à Seattle... Je pense qu'il a toujours eu des soupçons à
l'égard de Jason. Il est venu me voir plusieurs fois après la
mort de Martha, mais il n'a jamais pu me parler seul à seule.

— On peut demander aux inspecteurs d'ici d'aller s'en-
tretenir avec lui, la rassura Brick.

Maisy savait qu'elle devrait finir par retourner à Seattle
et affronter son frère, lui faire savoir qu'elle ne se laissait
plus manipuler. Mais ce n'était pas tout.

— J'ai des preuves, avoua-t-elle dans un murmure.

Elle venait d'attirer l'attention de toutes les personnes
présentes dans la salle.

— Quelles preuves ? aboya Jack.

Maisy sentit sa gorge se nouer.

— J'ai tout écrit, juste au cas où il m'arriverait quelque
chose. Je l'ai consigné dans un journal et j'ai dit à Paige où je
l'avais caché, en lui demandant de l'apporter à la police.

Les épaules de Jack se détendirent un peu.

— D'accord, mais comme tu es saine et sauve, tu peux
dire aux inspecteurs tout ce que tu as écrit.

— J'ai aussi pris des photos, ajouta-t-elle avec un calme
qu'elle était bien loin de ressentir.

— Quoi ? Quand ? De quoi ? demanda Jack.

— La nuit où il est rentré couvert de boue, j'ai eu des doutes sur ses agissements. Alors quand je suis remontée, je me suis faufilée dans la salle de bain du couloir, qui donne sur le jardin. J'avais un appareil photo à l'ancienne. Vous savez, le genre avec une vraie pellicule ? Jason est retourné dans le jardin, et j'ai pris des photos de lui en train de s'affairer dans le trou. Je ne sais pas si elles seront nettes, il faisait peut-être trop sombre, mais cette pellicule pourrait prouver qu'il y a quelque chose là-dessous. Si les flics creusent sous cette saleté de terrain de basket, ils trouveront Martha. Je le sais.

— Putain de merde, souffla Owl.

— Où est la pellicule ? demanda Spike.

— Dans le trou de mon plancher, avec le journal. Et ce n'est pas tout.

— Qu'y a-t-il d'autre ? la pressa Jack.

— J'ai le portefeuille de Martha. Je l'ai trouvé par terre, sous la banquette arrière de Jason. Il m'emmenait à un rendez-vous chez le médecin, et il me faisait toujours asseoir à l'arrière parce que j'avais vomi une fois et que ça lui avait donné des haut-le-cœur. Le portefeuille se trouvait par terre et je l'ai ramassé. Je ne comprenais pas ce qu'il fabriquait là, la raison pour laquelle il se trouvait dans la voiture de Jason alors que Martha était censée avoir quitté la ville avec son sac à main et une valise remplie de ses affaires.

Les hommes échangèrent un regard. Maisy aurait donné cher pour savoir ce qu'ils pensaient.

— On pourrait demander à cette Paige de récupérer ce matériel, comme Maisy le lui a demandé, suggéra Pipe.

— Si Jason l'attrape, autant dire qu'elle est morte, lâcha Jack.

Maisy grimaça. Elle n'avait pas voulu mettre son amie en danger lorsqu'elle lui avait parlé de la cachette, mais elle réalisait maintenant que ce n'était probablement pas son geste le plus intelligent. Il se pouvait fort que Paige ait déjà récupéré le journal, comme elle le lui avait demandé. Mais il y avait encore plus de chances pour que Jason ait menti au personnel sur l'endroit où Jack et elle étaient allés, afin de dissimuler leur fuite.

— OK. Dans ce cas, on dira à l'enquêteur où les objets sont cachés et ce sera lui qui ira les chercher, déclara Jack.

— Pas sans un mandat de perquisition, nuança Spike en secouant la tête.

— Mais après que Maisy aura dit aux flics ce qu'elle sait et ce qu'elle a vu dans son jardin, ça devrait leur fournir un argument valable, insista Jack.

— C'est la parole de Maisy contre celle de son frère, objecta Tiny.

— Putain ! gronda Jack en se passant une main dans les cheveux.

— Je peux y aller. Je le veux, déclara Maisy. Je n'ai jamais eu l'intention de faire courir un danger à qui que ce soit. Surtout pas à Paige. Et... je dois affronter Jason. Qu'il voie qu'il ne m'a pas vaincue, qu'il n'a pas gagné.

— Elle ne serait pas seule, ajouta Brick. On irait avec elle.

— Non, trancha Jack.

— On retourne dans leur maison, on récupère les preuves, et on va trouver les flics.

— J'ai dit « non ».

— Si, répliqua Maisy en se redressant sur son siège.

Jack lui lança un regard noir depuis l'autre extrémité de la table.

Elle le soutint pendant la tirade qui suivit.

— J'ai merdé. C'est moi qui ai commis une erreur. C'est ma faute. J'aurais dû aller voir la police quand Martha a disparu. Mais je ne l'ai pas fait. J'ai été lâche. Et le jour où Jason t'a ramené à la maison en m'annonçant qu'il m'avait trouvé un mari, j'aurais dû prendre notre défense à tous les deux. À la place, j'ai suivi son stupide plan parce que j'avais peur. Je savais que c'était mal, et pourtant j'ai fait comme toujours : j'ai laissé mon frère dicter chacun de mes actes. Je me moque de l'argent. Je préférerais ne pas en avoir, parce qu'alors rien de tout cela ne serait arrivé. Mes parents seraient peut-être en vie, Martha le serait certainement, et tu ne serais pas marié à une femme dont tu n'aurais jamais voulu, sans tout ça. Je dois le faire, Jack.

— Ce n'est pas ta faute, répliqua-t-il au bout d'un moment.

Il avait tort. Tout était sa faute.

— Ce n'est pas non plus la tienne, lui lança-t-elle. Tu n'as pas demandé à être kidnappé, à être traumatisé au point que ton cerveau soit obligé de s'éteindre pour que tu puisses affronter la situation. Je n'ai pas demandé à perdre des années de ma vie dans un brouillard d'anxiété et d'anti-dépresseurs. Tu as dit un jour que tu ne m'obligerais jamais à te supplier pour quoi que ce soit... mais je vais le faire. Il faut que j'y aille, Jack. Pour avancer. Pour tourner la page.

Jack la fixa du regard, mâchoires serrées. Puis il grogna :

— D'accord. Mais j'ai des conditions. Si tu es enceinte, tu ne t'approches pas de ton frère. Je refuse de mettre mon fils ou ma fille en danger.

Maisy entendit quelques murmures émaner des hommes autour d'eux, mais elle ne quitta pas Jack des yeux. Cela craignait qu'il accepte qu'elle se mette en danger, elle, mais pas son bébé. Pourtant elle le comprenait. Vraiment.

— Je suis d'accord. Si je suis enceinte, j'attendrai la naissance du bébé avant d'aller à Seattle.

Jack soupira, puis acquiesça.

— Et tu n'iras pas seule.

Maisy s'affaissa presque sur sa chaise, tant elle était soulagée. Elle ne voulait pas affronter Jason seule. Impossible de prévoir ce qu'il ferait si elle se présentait sans personne. Elle finirait probablement comme Martha, au fond d'un trou dans le jardin ou au mieux, droguée jusqu'à la moelle. Elle ressentait encore les effets du valium qu'il l'avait forcée à prendre. Elle opina.

— Et tu ne me mentiras plus jamais. Je veux tout savoir. Où tu es, où tu vas, à qui tu envoies des e-mails, qui tu appelles... Tout, Maisy. Plus de secrets.

Cela ne lui posait aucun problème. De toute façon, ce n'était pas comme si elle avait des amis à qui envoyer des courriels ou à qui téléphoner.

— D'accord.

— Je suis sérieux. Je ne supporterai plus aucun mensonge.

— J'ai dit : « D'accord », répondit Maisy avec une pointe d'irritation. Quand est-ce qu'on part ?

— Quand est-ce que tu sauras si tu es enceinte ? répliqua-t-il.

Elle fronça les sourcils.

— Je ne sais pas.

— Tu peux prendre rendez-vous avec le médecin de Henley en ville, proposa Tonka.

— Je pense que Cora a peut-être conservé un de ces tests sur lesquels on fait pipi, ajouta Pipe.

— On fera les deux.

— Il est peut-être trop tôt pour l'un ou l'autre. Cela dépend, suggéra Brick.

— Comment tu sais ça ? s'étonna Tiny.

Brick sourit.

— Je le sais, c'est tout.

— Tu as quelque chose à nous annoncer ? demanda Spike.

— Non. Et même si c'était le cas, Alaska me botterait le cul si je la privais du privilège de partager avec vous la bonne nouvelle.

— Tu as eu tes règles il y a un peu plus d'une semaine, c'est ça ? glissa Jack à Maisy.

Elle s'empourpra. Jack faisait exprès d'étaler leurs affaires privées, et même si elle n'aimait pas ça, elle savait qu'elle le méritait. Car il savait très bien quand elle avait eu ses règles. Il avait semblé contrarié de ne pas l'avoir déjà mise enceinte, et lorsqu'elle avait protesté contre ses avances, disant qu'elle n'était pas sûre de vouloir faire l'amour alors qu'elle saignait, il avait réussi à passer outre toutes ses inquiétudes. Il avait protégé le lit avec des serviettes, lui avait fait l'amour sous la douche et s'était assuré qu'elle était propre et nette avant qu'ils ne s'endorment.

Mais ils avaient fait l'amour de nombreuses fois depuis. Et même si ce n'était pas a priori le moment propice, elle n'était pas naïve au point de penser qu'il était impossible de tomber enceinte juste après la fin des règles.

Elle adressa un signe de tête à Jack, pour confirmer ses dires.

— On a donc quelques semaines devant nous avant de savoir ce qu'il en est, déclara-t-il.

Maisy avait la gorge nouée. Voulait-elle le bébé de Jack ? Oui... et non. Oui, parce qu'elle l'aimait tellement qu'elle avait presque mal. Et non, parce que cela compliquerait grandement son nouveau départ.

— C'est probablement mieux de toute façon. Comme ça, ce connard mijotera plus longtemps, et Ryleigh aura le temps de s'activer de son côté, commenta Tiny. Sans compter que ça n'a pas de sens d'y aller deux fois. Tu es censée rencontrer le banquier une fois les trois mois écoulés alors autant attendre et faire d'une pierre deux coups.

— En attendant, on te fera examiner par un médecin, au cas où les médicaments que ton frère t'a obligée à prendre pendant toutes ces années auraient causé des dommages irréversibles, et tu pourras te remettre d'aplomb, conclut Jack.

Maisy se réjouit qu'il utilise le pronom « on » et ne dise pas « tu ». Elle n'aurait pas reproché à Jack de se laver les mains de sa situation, mais en réalisant que ce n'était pas le cas, elle sentit la boule d'angoisse dans ses tripes refluer un peu.

— Tu veux voir l'avancement des travaux du hangar ? proposa Owl à Jack avec un grand sourire.

— Oui ! Je n'ai même pas demandé, mais on en est où avec l'hélicoptère ?

— On est sur le point de le récupérer. Il est actuellement bloqué à Washington jusqu'à ce que toutes les enquêtes sur Grant soient terminées, mais après, il est à nous.

— Génial ! s'exclama Jack.

— Oui, alors... tu veux venir voir le hangar avec moi ?

— Oui. J'installe Maisy au chalet et je te retrouve ici.

Tout le monde se leva, la réunion étant manifestement terminée. Maisy se sentait mal à l'aise. Jack avait raison, il faudrait patienter quelques semaines avant de savoir si elle était enceinte. Que devait-elle faire en attendant ?

Jack ne lui laissa pas le temps de réfléchir. Il lui fit signe de le précéder et ils quittèrent la salle de conférence. Alaska la salua depuis la réception, mais il était évident que Jack avait hâte de retrouver Owl. Aussi Maisy se contenta-t-elle de lui adresser un petit sourire et continua-t-elle à avancer.

Avant qu'elle ne soit prête, Jack ouvrait la porte de son chalet. Il l'y accompagna, mais en restant près de la porte.

— À plus tard, lui dit-il.

Maisy acquiesça.

Sur quoi il s'en fut, en refermant la porte derrière lui.

Demeurée seule, Maisy eut envie de pleurer. Elle ne s'était pas attendue à ce que Jack la prenne dans ses bras et lui dise qu'il lui pardonnait et qu'il l'aimait toujours. Mais elle avait espéré... quelque chose. Peut-être une discussion, une fois qu'ils seraient seuls. Elle n'avait pas pensé qu'il l'ignorerait complètement.

Elle se dirigea vers le canapé et s'assit, regardant à travers la grande baie vitrée. Elle n'était pas sûre de pouvoir survivre le mois prochain dans ce chalet si Jack avait l'intention de la traiter ainsi.

Puis elle secoua la tête. Si, elle en était capable. C'était sa pénitence. Elle avait été faible en trompant le meilleur homme qu'elle ait jamais connu. Elle accepterait n'importe quelle punition qu'il voudrait lui infliger. Et quoi qu'il arrive entre eux, une fois que tout serait dit, elle l'accepterait aussi calmement que possible.

Jack n'était pas à elle. Même si elle aurait aimé le garder pour toujours, il était entré dans sa vie pour des raisons mensongères. Peu importait qu'elle l'aime de tout son être. Pour lui, elle serait toujours la sœur de l'homme qui l'avait kidnappé. La femme qui lui avait menti.

Elle enleva ses chaussures, puis remonta ses genoux. Elle hissa ses pieds sur le bord du coussin du canapé et entoura ses jambes de ses bras. Le menton sur les genoux, elle soupira. Que faisait Jason en ce moment ? Était-il en colère ? Était-il inquiet ?

Maisy secoua la tête : ce n'était pas le cas, elle le savait. Il redoutait de ne pas pouvoir mettre la main sur son argent, dans quelques semaines, mais ses inquiétudes n'allaient pas plus loin. Son frère ne s'intéressait qu'à lui et à lui seul. Et bientôt, il aurait ce qu'il méritait. Le karma le trouverait. Maisy devait y croire, sinon elle n'aurait probablement pas la force de l'affronter, de le dénoncer. D'admettre sa part de responsabilité dans tout ce qu'il avait fait.

Elle était coupable par association. Elle n'avait pas parlé quand elle en avait eu l'occasion. Au lieu de cela, elle avait caché des preuves, d'abord parce qu'elle ne voulait pas croire que le frère qu'elle connaissait et aimait pouvait être un tueur... ensuite parce qu'elle était convaincue qu'il était capable de la tuer.

Mais tout l'amour qu'elle avait pour Jason avait disparu maintenant. Confisqué par Jack, et elle ferait tout ce qu'il faudrait pour qu'il reste en sécurité. Même si c'était d'elle-même qu'elle devait le préserver.

* * *

— Trouve-la, lança Jason à Don, l'air mauvais.

— Et lui ?

— Rien à foutre de lui !

— Donc quand je les trouverai, je pourrai descendre le gars ? insista Don avec un sourire diabolique.

— Tu ne m'as pas entendu ? Il n'est rien. J'ai eu ce que je voulais de lui : sa signature sur un certificat de mariage. Mais j'ai besoin de ma sœur. Vivante. Elle doit se présenter à la banque dans trois mois pour que l'argent soit transféré.

— Et je recevrai vingt mille dollars, c'est ça ? voulut préciser Don.

— Oui, confirma Jason en serrant les dents.

— Je les retrouverai. Ils n'ont pas pu aller bien loin. J'ai déjà vérifié auprès d'un type que je connais et qui travaille à l'aéroport. Il baise avec une des filles qui travaille à l'accueil. Elle s'est renseignée. Vu qu'ils n'ont pas pris l'avion, ils doivent être quelque part dans le coin.

— Et si on ne les retrouve pas rapidement, ma sœur a besoin de cet argent pour survivre. Elle reviendra après la date butoir des trois mois. Elle ira à la banque comme la salope avide qu'elle est, fulmina Jason.

Il détestait Maisy. Cela faisait des années qu'elle l'emmerdait. Il lui en voulait d'avoir dû s'occuper d'elle, de chaque putain de centime qu'il avait dû gaspiller pour la maintenir en vie. Si elle n'avait pas été là, tout l'argent de ses parents lui serait revenu.

— Y a moyen que je puisse me la taper avant que tu te débarrasses d'elle ? demanda Don.

— Si tu veux la tringler, vas-y. Mais elle n'est plus la petite salope étroite qu'elle était. Son mari lui a étiré la chatte, c'est sûr et certain.

— Je m'en fous. Elle me méprise depuis que je la connais. Ce sera un plaisir de la remettre à sa place.

— Dans ce cas, fonce, mais c'est toi qui devras te débarrasser d'elle, si c'est ça, précisa Jason.

— Pas de problème.

— Parfait.

— Qu'est-ce que tu vas faire en attendant ? demanda Don.

Jason se renfrogna.

— Tout ce qui me passe par la tête. J'ai déjà renvoyé tous les employés. Je les gardais seulement pour préserver les apparences et pour surveiller ma sœur.

— Eh ben, merde. J'aimais bien les biscuits que cette salope de cuisinière faisait.

— Aucune importance, dit Jason en levant les yeux au ciel.

La colère grimpa en lui une fois de plus. Lorsqu'il s'était réveillé et qu'il avait réalisé la fuite de Maisy et de son putain de mari, il avait été sidéré. Puis il avait paniqué. Il se foutait de l'identité de Jack, mais il avait besoin de Maisy. Au moins encore un mois ou deux.

Pour la première fois depuis l'enlèvement, il regrettait de ne pas avoir posé plus de questions sur l'homme dont il avait payé le kidnapping. Il n'avait pas spécifié quelqu'un en particulier, il avait juste dit qu'il avait besoin d'un type susceptible d'être forcé à épouser sa sœur. L'homme que l'ami de son pote avait engagé était un fantôme. Jason n'avait aucun moyen de le contacter, et le type ne répondrait probablement pas même s'il avait son numéro. Dès qu'il avait été payé, l'homme s'était évaporé.

Par conséquent, Jason n'avait aucune idée de l'identité de Jack. Ni de son nom de famille ni de l'endroit d'où il venait. Il ne savait même pas s'il avait des amis haut placés qui avaient pu les aider à disparaître, Maisy et lui, aussi complètement que s'ils s'étaient volatilisés.

Mais ça n'avait pas d'importance. La garce finirait par revenir. Elle y était bien obligée si elle voulait avoir accès à son héritage. Et quand elle reviendrait, Jason serait prêt.

Il n'avait pas fait tout cela toutes ces années pour échouer maintenant. Non, il avait son héritage, plus les polices d'assurance vie à encaisser. Une fois l'opération faite, il serait prêt. Il vendrait cette putain de maison pour quelques millions supplémentaires et déménagerait au Mexique. La vie n'était vraiment pas chère là-bas et il vivrait comme un roi, à culbuter toutes les gonzesses qui lui feraient envie.

Il était trop près du but pour laisser sa sœur tout gâcher maintenant.

Tournant le dos à Don, il regarda le jardin. Le panier de

basket-ball, pitoyable, avait besoin d'être réparé. Il devait s'occuper du problème avant de mettre la maison en vente. En pensant à ce qui se trouvait sous le béton, il sourit. Il était plus intelligent que tout le monde. Les policiers étaient des idiots qu'il avait tous bien bernés. Personne n'avait de soupçons à son sujet. Bientôt, il serait à nouveau millionnaire et pourrait recommencer sa vie, sans le boulet que constituait sa sœur autour de la cheville.

La seule inconnue était Jack. Mais en fin de compte, ce type n'avait aucune importance. Jason se débarrasserait de lui aussi facilement que de sa sœur. Il aurait dû faire dès le départ ce qu'il avait prévu et l'enfermer dans la chambre forte du sous-sol. Il était trop tard maintenant, mais Jack aurait ce qu'il méritait.

La porte du bureau se referma et Jason entendit Don gagner l'entrée. Il devrait sans doute aussi s'occuper de son vieil ami. Il pourrait rejoindre Martha dans l'arrière-cour. Ou peut-être appellerait-il le numéro vert pour le livrer aux flics, après que cet idiot aurait tué sa sœur. Histoire de faire d'une pierre deux coups. Don serait enfermé, et il n'aurait pas à lui verser un centime.

Sourire aux lèvres, Jason se réjouit de ce plan. Il ne se souciait pas de l'augmentation exponentielle du nombre de cadavres. Tout ce qui comptait, c'était que l'argent atterrisse dans sa poche. Il ferait tout pour l'obtenir. Il l'avait déjà fait, d'ailleurs. Il ne lui fallait que quelques semaines supplémentaires, et s'il ne retrouvait pas Maisy avant l'anniversaire des trois mois de son mariage, c'était elle qui viendrait à lui.

Il connaissait sa sœur, sa manière de penser. Elle reviendrait, ne serait-ce que pour réclamer son argent.

Et alors... elle serait comme morte.

16

———————

Installée dans le chalet de Brick et Alaska, Maisy devait se pincer. Les femmes qui vivaient au Refuge avaient été si... gentilles. Elle ne s'y était pas attendue, surtout après qu'elles avaient appris son rôle dans l'enlèvement de Jack. Ou du moins, son mensonge par omission et le simulacre de mariage auquel elle avait consenti.

Ce soir-là, Alaska l'avait invitée pour une « fête impro-visée autour du bébé ». C'était comme ça qu'elle l'appelait et, apparemment, c'était juste une excuse pour se réunir et parler de « trucs de filles ».

Cela faisait une semaine que Maisy était arrivée, et elle n'était pas sûre de rester jusqu'aux trois mois de son mariage.

Jack n'avait pas été hostile avec elle, ne l'avait pas traitée comme une prisonnière ou une paria, mais il n'était plus l'homme qu'elle avait appris à connaître et à aimer. Non qu'elle lui en veuille, car elle ne savait pas trop si elle aurait été capable de se conduire de façon civilisée si elle avait connu son sort.

Mais elle détestait dormir dans la chambre d'amis. En

fait, elle ne dormait pas très bien, et elle pensait que Jack non plus. Elle l'entendait parfois crier pendant la nuit, au cours d'un de ses cauchemars. Elle aurait aimé aller le trouver, l'apaiser comme avant, mais comme ce n'était pas possible, tout ce qu'elle pouvait faire, c'était rester allongée sur le canapé et l'écouter souffrir.

Il était d'une politesse excessive lorsqu'il lui parlait, ce qui la blessait au plus haut point. Comme s'ils étaient des étrangers, ce qui lui faisait plus mal que tout ce qui s'était passé ces derniers mois. Peut-être n'avait-il aucun mal à oublier les souvenirs des semaines qu'ils avaient passées ensemble, mais elle n'y arrivait pas. Elle l'aimait toujours. Et ça craignait de se rendre compte que ses sentiments n'étaient pas réciproques, quoi qu'il ait prétendu avant de retrouver la mémoire.

Quand Alaska l'avait invitée à venir passer du temps avec elle et les autres femmes, Maisy avait sauté sur l'occasion. Elle n'aurait pas dû. Elle ne devrait pas essayer de se lier d'amitié avec ces femmes, parce que dès que les trois mois seraient écoulés, elle partirait. Mais si elle devait rester assise dans le chalet une soirée de plus, aux côtés d'un Jack qui se comportait comme si elle était une étrangère, une invitée qu'il tolérait tout juste, elle allait devenir folle.

Le chalet était bondé, ce qui ne semblait gêner personne. Alaska était dans la cuisine en train de servir des boissons alcoolisées à celles qui n'étaient pas enceintes. Jess, l'une des femmes de ménage, faisait la navette entre la cuisine et le salon, et toutes les autres étaient assises, riant et discutant.

Maisy s'était installée par terre, adossée au canapé à côté de Ry. Cora et Lara avaient pris place sur un siège d'appoint. Henley, Reese et Luna – qui était la fille du chef des cuisines du Refuge – se trouvaient toutes sur le canapé, derrière Ry et elle. Dans cette ambiance détendue et joyeuse, Maisy réalisa qu'elle n'avait jamais rien vécu de tel. Du moins, pas depuis ses soirées chez des amies à l'époque du lycée.

— Qu'est-ce que Stone t'a raconté sur nous et sur les problèmes qu'on a rencontrés ? demanda Henley à Maisy, qui secoua la tête.

— Rien.

— Comment ça, rien ? s'étonna Reese.

— Rien du tout, répondit lentement Maisy.

— De quoi vous parlez, le soir ? demanda Cora.

— Euh... de rien.

— Ils ont probablement mieux à faire, plaisanta Jess.

Mais personne ne releva... preuve que toutes savaient que les choses n'allaient pas bien entre Jack et elle.

— Non, ce n'est pas comme ça entre nous, dit Maisy à Jess.

Elle s'efforçait de paraître décontractée et de ne pas laisser transparaître le désespoir qui l'envahissait. En regardant les femmes autour d'elle, elle éprouva un besoin soudain de confesser tous ses péchés. Elle n'avait aucune idée de leur opinion sur elle – même si elle ne pensait pas qu'elles la détestaient, sans quoi, elle ne serait pas ici en ce moment. Mais elle tenait à ce qu'elles sachent combien elle était désolée du rôle qu'elle avait joué dans ce qui était arrivé à Jack, d'avoir suivi le plan de son frère, même si elle n'avait pas vraiment eu le choix... Bref, elle était désolée pour tout.

— Jack est l'homme le plus extraordinaire que j'aie jamais rencontré. Il est tout ce que j'ai toujours voulu chez un compagnon. Les quelques semaines que nous avons passées ensemble ont été... les meilleures de ma vie, ajouta-t-elle en baissant la voix sur les deux derniers mots, qui semblaient tout à fait inadéquats pour décrire ce que Jack lui faisait ressentir. Mais je savais que dès qu'il retrouverait la mémoire, ce bref intermède serait terminé. Et voilà. Mon frère est quelqu'un... de mauvais. Je ne sais pas pourquoi. On a reçu la même éducation. Mais il a décidé que l'argent était la chose la plus importante au monde pour lui. Je ne suis pas sûre, mais je pense qu'il a tué mes parents. Et je sais qu'il a assassiné Martha, sa femme. Tout ça pour de l'argent. Après quoi, il a décidé qu'il voulait aussi mon héritage.

Maisy était en train de parler à tort et à travers, mais elle n'arrivait pas à s'arrêter. Son débit était rapide, aussi, elle ne voulait pas être interrompue de peur de ne pas pouvoir aller jusqu'au bout de ce qu'elle avait à dire.

— Puisque je devais être mariée pour obtenir mon argent, il a kidnappé Jack et s'apprêtait à lui pointer un pistolet sur la tempe, ou la mienne, probablement les deux, et le forcer à signer l'acte de mariage. Ensuite, je suppose qu'il avait prévu de le garder enfermé dans notre sous-sol pendant les trois mois nécessaires pour que je puisse réclamer mon héritage, puis de le tuer. Avant de m'éliminer à mon tour. Je ne voulais pas épouser Jack contre son gré, mais je n'avais pas le choix. Non, ce n'est pas vrai. Je l'avais en fait. J'aurais pu refuser. J'aurais pu dire à mon frère d'aller se faire voir, mais je ne l'ai pas fait, j'avais trop peur des conséquences. C'est donc autant ma faute que celle de mon frère si Jack s'est retrouvé marié avec moi. Et maintenant, il me déteste.

Sa dernière phrase la laissait à bout de souffle, et Maisy culpabilisa un instant d'avoir autant plombé l'ambiance de la fête. Mais elle se sentait beaucoup mieux maintenant qu'elle avait évacué tout cela.

— Ce n'est pas ta faute, intervint Henley.

— Je n'ai pas contredit mon frère quand il a prétendu qu'on était déjà mariés. J'ai menti à Jack, j'ai accrédité l'histoire. Et Jason ne braquait pas un pistolet sur ma tête. Je me suis retrouvée en tête-à-tête avec Jack, j'aurais pu le lui dire. Lui conseiller de se tirer de là. Mais je n'ai rien fait, avoua tristement Maisy.

— Qu'est-ce que ton frère t'aurait fait si tu n'avais pas suivi le scénario ? s'enquit Reese.

Maisy haussa les épaules.

— Il aurait sans doute kidnappé un autre type qui ne se doutait de rien. Il m'aurait enfermée dans ma chambre. Et frappée.

— Exactement ! s'exclama Reese avec une telle férocité que Maisy sursauta de surprise. Désolée, je ne voulais pas te faire peur, mais sérieusement, tu n'avais pas le choix. Si tu n'avais pas fait ce que ton frère exigeait de toi, ça ne se serait pas bien passé pour toi. Tu es une victime au même titre que Stone.

Maisy appréciait que Reese cherche à lui remonter le moral, mais elle n'en était pas encore au point de se pardonner.

— Et Stone ne te déteste pas, reprit Alaska en sortant de la cuisine pour se joindre au groupe. Non, il ne te déteste pas, répéta-t-elle devant le regard incrédule de Maisy.

La nouvelle venue s'assit à côté d'elle et posa une main sur son genou.

— Il me parle à peine, objecta Maisy. La plupart du temps, c'est comme si je n'étais pas là. Il est excessivement poli quand il m'adresse la parole, et il fait tout son possible pour ne pas me toucher ou même s'approcher de moi. Je comprends, bien sûr que oui, je me détesterais aussi si j'étais à sa place, mais... ça fait mal.

Maisy prit une profonde inspiration et regarda autour d'elle. Beaucoup de femmes ici étaient mariées. Elles avaient un homme prêt à tout pour s'assurer qu'elles étaient en sécurité. Et qui leur reparlait probablement tous les soirs de la profondeur de leur amour pour elles.

— On a été ensemble presque vingt-quatre heures sur vingt-quatre pendant des semaines. Et, j'ai... j'ai commis l'erreur d'être trop proche. De croire qu'on formait vraiment un couple. Il passait rarement deux minutes sans me toucher. Il s'asseyait si près que nos cuisses étaient collées l'une contre l'autre. Il laissait toujours une main sur ma jambe, ou effleurait ma joue de ses doigts. Et la nuit...

La voix de Maisy se brisa et elle fut obligée de baisser les yeux sur ses genoux.

— Il me serrait si fort que je l'utilisais comme oreiller, reprit-elle enfin. Et maintenant, s'il effleure accidentellement mes doigts, on dirait qu'il a touché un fil électrique. Tout ça n'était qu'un mensonge. Mais ça semblait authentique, ajouta-t-elle si doucement qu'elle ne fut pas sûre que quelqu'un puisse l'entendre.

— Ce n'était pas un mensonge, déclara Lara avec fermeté. Ni pour toi ni pour lui. Il t'observe. Quand tu ne fais pas attention, il ne te lâche pas des yeux. Il est constamment en train de t'observer, de s'assurer que ça va.

Maisy secoua tristement la tête.

— L'autre jour, quand tu étais à la grange avec Tonka, il a fait irruption dans le pavillon pour savoir où tu étais, en disant à Brick et Spike qu'il ne te trouvait nulle part. Il avait l'air affolé, déclara Henley.

— Mon père m'a dit qu'il lui avait demandé de préparer un ragoût de haricots verts, parce que c'était l'un des plats que tu réclamais souvent à la cuisinière de Seattle, ajouta Luna.

— Et il est presque aussi pénible que Tiny, quand il me surveille pendant que je travaille : il insiste pour que je sois très prudente et que je ne laisse pas ton frère savoir où tu es, afin qu'il ne puisse pas mettre la main sur toi, lui glissa Ry.

Leurs paroles lui firent du bien. Vraiment. Mais Maisy ne pouvait pas les prendre à cœur. Si elle laissait la moindre parcelle d'encouragement s'infiltrer dans son âme, elle souffrirait d'autant plus lorsque Jack se débarrasserait d'elle. Il attendait simplement que l'anniversaire des trois mois de mariage soit passé pour qu'elle puisse accéder à son argent. À ce moment-là, il pourrait en finir et ne se sentirait pas coupable d'avoir signé les papiers d'annulation et de l'avoir renvoyée à sa vie.

— N'abandonne pas, insista Alaska en resserrant un instant les doigts autour de la jambe de Maisy. Je suis mieux placée que quiconque pour savoir ce qu'on ressent quand on aime quelqu'un sans retour. Mais je suis ici... avec l'homme que j'ai aimé toute ma vie.

Maisy se tourna vers elle.

— Je ne peux pas croire que Brick ne t'aime pas depuis toujours. Tu es tout pour lui, c'est évident.

— Maintenant, oui, admit Alaska. Mais il n'en a pas toujours été ainsi. Tu ne connais vraiment pas nos histoires ?

Maisy secoua la tête.

— Eh bien, assieds-toi, frangine. On a des choses à raconter.

L'heure qui suivit ouvrit les yeux de Maisy. Jamais elle n'aurait imaginé que ces femmes avaient vécu des situations aussi terribles. Elles semblaient si... normales. Heureuses. Elle était plus qu'impressionnée après avoir entendu ce qu'elles avaient vécu. Et se sentait encore plus à côté de la plaque.

— Tu vois, les choses peuvent s'arranger. Il suffit d'avoir la foi, lui dit Alaska quand chacune eut partagé son histoire.

Maisy ne put que pousser un soupir d'incrédulité.

— Pas une seule de vos situations ne vous a poussées à mentir à vos hommes. À les tromper. À participer à un plan d'enlèvement, protesta-t-elle.

— Écoute-moi, Maisy. Sérieusement, intervint Lara en se penchant pour fixer Maisy de son regard intense. Owl et Stone ont vécu l'enfer ensemble. J'ai été curieuse un soir et j'ai regardé une des vidéos en ligne que leurs ravisseurs avaient postées, lorsqu'ils étaient prisonniers de guerre : j'ai tenu à peu près dix secondes avant de devoir couper. Ce qui leur est arrivé est horrible. Cela les a amenés à remettre en question tout ce qui avait trait à leur vie et à leurs convictions. Malgré cela, je n'ai jamais rencontré deux hommes plus aptes à vivre une relation. Ils ont tous les deux d'immenses ressources d'amour. Ils veulent prendre soin du monde. Mais plus encore, ils sont loyaux envers ceux qu'ils aiment. Protecteurs. J'ai cru qu'Owl allait perdre la tête après la disparition de Stone, quand on ne savait pas ce qui lui était arrivé. D'après ce que j'ai vu, Stone te regarde comme Owl me regarde. Comme s'il n'arrivait pas à croire que j'étais dans sa vie. Que je sois avec lui, précisa-t-elle en regardant les autres avec un sourire. Bon, je suis tout à fait consciente qu'il aimerait me garder en sécurité et enfermée dans son chalet en permanence, juste pour s'assurer que rien ne m'arrive. Et maintenant que je suis enceinte ? Ça s'est encore renforcé. Mais il s'en abstient parce qu'il sait que je détesterais ça. Ses insécurités et ses craintes que quelque chose nous arrive à notre enfant ou à moi le tourmentent chaque fois que je franchis le seuil de notre porte, pourtant il me laisse vaquer à mes occupations quotidiennes. Mais cela ne veut pas dire qu'il ne garde pas un œil sur moi. Il attend que j'aie besoin de quelque chose. Et à ce moment-là, il est là. Sans poser de questions. Cela lui fait du bien : ça comble un besoin profond en lui.

— Elle a raison, commenta Henley d'une voix douce. Tu ferais une excellente psychologue, Lara.

L'intéressée se contenta de lever les yeux au ciel.

— Non, je connais mon homme. Quoi qu'il en soit, je sais que j'ai raison. Comme je l'ai dit, Stone veille sur toi comme le fait Owl avec moi. Il donne peut-être l'impression de s'en ficher, mais je pense que c'est un mécanisme d'autodéfense. Son monde a été bouleversé, et pas qu'un peu. Et je ne dis pas ça pour te blesser, c'est simplement un fait. Il a été tellement effrayé que son cerveau s'est arrêté et ne lui a pas permis de se souvenir de son passé, par mesure de protection. Mais maintenant qu'il a retrouvé la mémoire, il essaie de comprendre comment concilier son amour pour toi, avec ce que ton frère et, je suis désolée de le dire, toi lui avez fait. Comme l'a dit Alaska, n'abandonne pas. Les sentiments que Stone avait pour toi n'ont pas disparu. Ils sont toujours là. Simplement, ils sont mêlés à tous les autres sentiments qu'il essaie de réconcilier. Mais si les choses tournaient mal, il donnerait sa vie pour toi de toute façon. Je n'ai aucun doute là-dessus.

Maisy voulait la croire. Elle voulait voir dans les yeux de Jack autre chose que de la méfiance. Mais elle n'avait aucune idée de ce qu'il fallait faire pour se racheter. Si tant est qu'elle en soit capable. Elle n'était pas sûre que la vie puisse tourner aussi bien pour elle que pour toutes celles qui étaient assises autour d'elle, mais elle en brûlait d'envie. Bon sang, comme elle le voulait !

— Bon, sur ce, on peut parler de bébés maintenant ? demanda Luna. J'ai vraiment hâte que vous commenciez à pondre des enfants !

Toute l'assistance s'esclaffa, y compris Maisy. C'était un soulagement de briser la tension qui régnait dans la pièce.

— Je ne sais pas ce qu'il en est pour vous autres, mais je suis plus que prête à le pondre, cet enfant, déclara Henley en se frottant le ventre.

— Tu en es à combien ? demanda Maisy.

— Environ sept mois. Reese est un mois derrière moi, et Lara vient de découvrir qu'elle était enceinte.

— Je suis tellement excitée ! s'exclama Alaska.

— J'ai des nouvelles, annonça Cora un peu timidement. Notre agrément a été accepté.

Les femmes applaudirent à tout rompre.

— Quand l'aurez-vous votre premier enfant ? Sais-tu quel âge il aura ? Ce sera un garçon ou une fille ? la mitrailla Jess, sans lui laisser le temps de répondre.

— Je ne sais pas. En fait, on a demandé des enfants plutôt âgés. Pas des bébés. Il y a tellement d'enfants qui ont besoin d'un foyer sûr. Et on se moque de savoir si ce sera un garçon ou une fille.

— Tu n'as pas dit que vous aviez décidé de poser votre candidature à cause d'un enfant en particulier ? insista Ry.

— Si, il y avait un garçon de sept ans dont Pipe avait entendu parler, mais ses grands-parents ont décidé de le prendre en charge et de l'élever, répondit Cora en haussant les épaules. Je suis sûre qu'il y en aura d'autres. L'agence peut littéralement nous appeler à tout moment, maintenant qu'on a reçu l'agrément.

— C'est génial ! s'écria Lara en serrant son amie dans ses bras. Je suis tellement contente pour vous.

— Et Jasna va être aux anges. Elle aime bien les bébés, mais je pense qu'elle sera plus heureuse avec un camarade de jeu à qui montrer toutes les ficelles, déclara Henley.

Alors que toutes parlaient de leurs envies de femmes

enceintes, de ce qu'il convenait de faire si les bébés avaient des coliques et autres sujets liés aux enfants, Ry se pencha et chuchota à l'oreille de Maisy :

— On peut parler ?

Intriguée, faute de deviner de quoi elle pouvait bien vouloir lui parler, Maisy acquiesça en haussant les épaules.

Ry se leva aussitôt et attrapa la main de Maisy, pour l'aider à se remettre elle aussi sur pieds.

— Maisy et moi, on va parler d'autre chose que de bébés, lança-t-elle à ses amies.

— Vous allez rater un grand moment quand on va aborder la question de la dilation de nos utérus pour atteindre la taille d'une boule de bowling ! plaisanta Henley.

— Oh, mon Dieu, je peux encore changer d'avis sur le fait d'avoir un enfant ? demanda Lara.

L'éclat de rire fut général. Ry entraîna Maisy dans la cuisine. Le chalet n'était pas immense, et ses espaces étaient ouverts, comme chez Jack, mais personne ne semblait leur prêter attention, maintenant qu'elles s'étaient réfugiées dans la cuisine.

Ry lâcha la main de Maisy et s'appuya au comptoir.

— J'ai fait quelques recherches.

Et elle se tut.

Maisy fronça les sourcils, confuse.

— Et ?

— Tu sais de quoi je suis capable, n'est-ce pas ?

— Euh... oui. Les gars ont dit que tu étais douée en informatique ?

Ry n'ébaucha pas le moindre sourire. Elle haussa un sourcil.

— Je ne suis pas douée en informatique, nuança-t-elle. Je suis hyper douée. Personne n'est meilleur que moi. Personne. Je suis capable de pirater les bases de données du

FBI et de la CIA, d'obtenir les codes des armes nucléaires russes, de savoir exactement ce que les dirigeants chinois planifient au jour le jour et d'effacer toutes les recherches sur leurs foutus ballons-espions, et tous les progrès de la Corée du Nord en matière de guerre biologique illégale. Alors, pirater la base de données d'une entreprise et annuler des polices d'assurance vie, ou changer la destination de l'argent d'un fonds fiduciaire..., c'est du gâteau pour moi. Tu comprends ?

Maisy regarda fixement la femme devant elle. D'après ce que les autres lui avaient dit, elle savait que Ryleigh était douée avec un ordinateur entre les mains, mais elle ignorait à quel point.

— Je pense que oui, répondit-elle au bout d'un moment.

— Parfait. Je voulais juste m'assurer que tu n'allais pas paniquer en te connectant à ton compte bancaire et en découvrant ton solde.

— Qu'est-ce que tu as fait ? chuchota Maisy.

— Rien que personne ne mérite. D'abord, j'ai fait en sorte que les mensualités auxquelles tu as droit s'acheminent non plus sur le compte de ton frère, mais sur le tien – le nouveau compte que j'ai créé pour toi en ville. Autrement dit, tu reçois maintenant l'allocation mensuelle que tu aurais dû recevoir depuis des années. Tiny m'a également parlé des polices d'assurance vie que Jason avait souscrites pour Stone et toi. Tu n'as plus à t'en soucier. J'ai aussi changé la propriété de la maison, qui n'appartient plus à ton frère. Pour commencer, ça n'aurait jamais dû se produire : la maison a été laissée à vous deux. Ce connard a réussi à la faire passer uniquement à son nom. Aujourd'hui, elle est à toi. Juste pour le plaisir, je l'ai aussi mise sur le marché. Jason sera surpris la première fois que quelqu'un se présentera pour la visiter.

Maisy la regarda avec incrédulité.

— Quoi ? Je suis désolée, tu veux y vivre après l'expulsion de ton frère ?

— Non ! Enfin, j'ai aimé cette maison à une époque, mais elle contient maintenant trop de mauvais souvenirs. Je ne veux plus jamais y mettre les pieds.

— Parfait. Donc tu vas toucher le produit de la vente, ce qui compensera l'allocation qu'il t'a volée pendant toutes ces années. Je ne sais pas combien de temps ça va prendre, car je suis sûr que Jason refusera de partir, mais les offres me parviendront, et je les partagerai avec toi pour que tu puisses décider laquelle accepter. Je l'ai mise en vente à un prix très compétitif, si bien qu'à mon avis, tu vas recevoir plusieurs offres intéressantes.

— Putain de merde ! s'écria Maisy, vraiment impressionnée par Ry.

— La seule chose que je ne peux pas faire, c'est contourner l'obligation qui t'est faite de venir signer en personne pour récupérer ton héritage. Je suis désolée. Tu vas être obligée de retourner à Seattle. Mais Tiny m'a dit que tu étais déjà au courant.

Maisy acquiesça.

— Je veux y aller.

Ry la dévisagea un instant, puis reprit :

— Tu veux montrer à ton frère qu'il n'a pas gagné.

— Oui.

— C'est bien. Stone a besoin de quelqu'un qui a les reins solides. Je ne suis pas ici depuis aussi longtemps que d'autres, n'empêche que je l'aime bien. Il est intense, mais dans le bon sens du terme, si ça fait sens pour toi.

En effet. Maisy acquiesça.

— Je n'ai pas été ravie d'apprendre qu'il avait disparu. Je me suis sentie coupable de ne pas avoir pu atteindre Lara,

Owl et Stone avant qu'il ne soit enlevé. Et, j'avais les boules de ne pas avoir tiré le bon fil pour le retrouver. Ton frère est un connard, mais il n'est pas complètement stupide. Non, en fait, je retire ce que j'ai dit, c'est un idiot. Il n'avait aucune idée de l'identité de Stone, de la personne qu'il avait kidnappée. S'il avait su qu'il avait affaire à un ancien pilote des forces spéciales ayant des amis prêts à tout pour le retrouver, je parie qu'il aurait choisi quelqu'un d'autre. Mais dans ce cas, tu ne serais pas tombée amoureuse de lui, alors même si Jason est un crétin, je suis contente qu'il ait choisi Stone.

Le cerveau de Maisy tourbillonnait au rythme des paroles de Ry. Elle n'arrivait pas à suivre. Cela étant, Dieu merci, son interlocutrice ne semblait pas s'attendre à une réponse. Elle continua à parler.

— J'étais tout à fait prête à ne pas t'apprécier, Maisy. J'avais les doigts qui me démangeaient de causer le plus de désordre possible dans ta vie, mais je me suis rendu compte que tu vivais déjà en pleine tempête. Ton frère t'a isolée, droguée, menacée et blessée. Tout ça pour de l'argent. Et j'ai vu aussi la façon dont Stone te regardait. Puis, il m'a fait promettre que rien de ce que je ferais électroniquement ne te nuirait de quelque manière que ce soit. Il est évident qu'il t'aime.

Maisy secouait la tête avant même que Ry ait achevé son discours.

— Si, il t'aime. Et je suis d'accord avec tout ce qu'a dit Lara. Si tu ne te bats pas pour cet homme, tu n'es pas la femme que je vois en toi. Ce ne sera pas facile, mais rien de précieux ne l'est, n'est-ce pas ?

— Je ne sais pas quoi faire. Il ne veut pas m'adresser la parole. Il ne veut pas me toucher. Il ne me regarde même pas.

— Séduis-le, répliqua Ry sans hésiter.

Maisy manqua de s'étouffer.

— Quoi ?

— Enlève tous tes vêtements et mets-toi au lit avec lui. Il ne pourra pas te résister.

— Ou il me repoussera et me fera mourir d'embarras, répliqua Maisy, incrédule.

— Ça n'arrivera pas. Crois-moi.

Maisy ne demandait pas mieux, mais elle ne supporterait pas que Jack la rejette à un moment où elle était particulièrement vulnérable.

— Dis-moi la vérité : tu penses être enceinte ?

Maisy soupira.

— Non.

— Si tu tombes enceinte, cet homme ne va pas te lâcher d'une semelle, déclara Ry.

— Je ne veux pas le piéger. La dernière chose que je veux, c'est ne pas savoir s'il est avec moi pour le bien de son enfant ou parce qu'il m'aime.

— Oui, c'est un problème, admit Ry en soupirant. N'empêche, il cessera de t'ignorer après une bonne partie de jambes en l'air.

Maisy en brûlait d'envie. Elle vivait dans le souvenir de leurs étreintes, avant que les choses ne tournent au vinaigre. Et un bébé de Jack serait un rêve devenu réalité, car il serait le meilleur père qu'un enfant puisse espérer avoir.

— Bien, conclut Ry en scrutant le visage de Maisy, un petit sourire aux lèvres. Alors pendant que tu attends d'affronter ton trou du cul de frère, tu as encore le temps de convaincre Stone qu'il ne peut pas vivre sans toi.

— Mais comment ?

— Je ne sais pas. Mais tu es intelligente, tu trouveras, répondit Ry sans hésiter.

Elle s'appuya au comptoir en feignant la désinvolture.

— Je ne suis pas intelligente, protesta Maisy. J'ai abandonné l'école, j'ai réussi de justesse mon examen de fin d'études secondaires. Jack n'est que le deuxième homme dans ma vie. Je ne sais vraiment pas comment m'y prendre pour le convaincre que je l'aime et que je déteste mon frère à cause de tout ce qu'il a fait.

— Attends, quoi ?

— Quoi, « quoi » ? répéta Maisy, confuse à son tour.

— Comment ça, tu as réussi de justesse ton examen de fin d'études secondaires ?

— Jason m'a dit que j'avais obtenu un score si bas que j'avais été à un point d'échouer.

— Et tu l'as cru ? s'étonna Ry, dont l'expression montrait clairement qu'elle trouvait l'hypothèse ridicule.

— Euh... oui, répondit Maisy.

— Écoute, pendant que je cherchais des informations sur ton crétin de frère, j'ai fait des recherches sur toi aussi. Tu as obtenu un score de sept cent quatre-vingt-cinq.

— Oui, c'est-à-dire soixante-cinq pour cent de réussite, répliqua Maisy en haussant les épaules.

— Quoi ? Non, pas du tout ! Bon Dieu. Écoute, on sait que Jason n'est pas vraiment un type bien, mais s'il t'a dit que le score à viser pour cet examen était de mille deux cents, il a menti. Aucun examen ne vise ce score. Le test d'entrée dans les universités, c'est mille six cents. Le diplôme de fin d'études secondaires est divisé en quatre matières. Quand on obtient cent quarante-cinq dans chaque section, on passe ric-rac. Obtenir entre cent soixante-cinq et cent soixante-quatorze points dans une section ? Ça signifie en général qu'on est prêt pour l'université. Si on obtient une note supérieure, on aura la possibilité d'obtenir des crédits pour l'université. Maisy, tu as obtenu cent quatre-vingt-dix en mathématiques – ton score le plus bas, soit dit en passant

–, deux cents en raisonnement dans les arts du langage, cent quatre-vingt-dix-sept en sciences humaines et cent quatre-vingt-dix-huit en sciences. Ma belle, tu es presque un génie !

Maisy regarda Ry sans comprendre.

— Je n'ai pas failli rater ?

Ry s'esclaffa.

— Non, Maisy. Tu as obtenu une note parfaite dans une matière et presque parfaite dans deux autres. Tu n'as certainement pas failli rater.

— Oh, mon Dieu ! chuchota Maisy. Je me suis toujours demandé comment je pouvais avoir de si mauvais résultats. J'avais des A à l'école. Mais comme j'avais commencé à prendre des tas de médicaments, j'ai supposé... j'ai supposé que les médicaments étaient peut-être la cause de ma baisse de niveau. Quoi qu'il en soit, j'ai cru Jason sur parole, comme pour tout le reste.

— Ton frère savait à quel point tu étais intelligente. Il savait donc que tu finirais par voir l'ordure de bas étage qu'il était. J'imagine qu'il t'a droguée pendant des années pour pouvoir dépenser l'argent qui t'était destiné.

En effet. Maisy, qui détestait déjà Jason, le détestait maintenant plus encore. Elle avait toujours cru qu'elle ne valait rien. Qu'elle était stupide ! Et un être du même sang qu'elle l'avait entretenue dans cette croyance. Et pour quoi ? Pour de l'argent.

— Je le déteste, lâcha-t-elle entre ses dents serrées.

— Moi aussi, dit Ry presque joyeusement. Mais je m'occupe de lui. Tu savais que ton héritage avait augmenté au fil des ans ?

Maisy haussa un sourcil et la regarda.

— C'est vrai, désolée. Bien sûr que non. Ce n'est plus quatre millions de dollars qui t'attendent. C'est presque dix.

— Quoi ? Sérieusement ?

— Oui. Tu es une véritable millionnaire.

Maisy secoua la tête.

— Je n'en veux pas.

— Quoi ? De cet argent ?

— Oui. Je n'en veux pas. Il ne m'a apporté que du chagrin. Il a transformé mon frère en monstre, l'a poussé à tuer mes parents, à assassiner une innocente adorable, et à kidnapper Jack.

— Jusqu'à maintenant, je t'aimais bien, mais dorénavant, je t'adore, affirma Ry sans trace d'amusement ou d'humour. L'argent est à n'en pas douter à la racine de tous les maux. Et je ne te reproche pas de ne pas en vouloir. Mais tu auras besoin d'avoir de quoi vivre quand ton frère ne sera plus une menace.

— Je trouverai, le moment venu.

Ry l'observa un long moment.

— Et si tu en gardais une partie, genre un million, et que tu donnais le reste ?

— Un million, c'est trop, déclara Maisy.

Mais Ry éclata de rire.

— Oh que non ! Tu n'as aucune idée de la vitesse à laquelle cet argent va s'envoler, surtout si tu as un bébé. Mais heureusement, tu as une amie qui connaît les meilleures actions et obligations dans lesquelles investir.

Maisy regarda sa nouvelle amie d'un air sceptique.

Ry s'esclaffa.

— Bon, on abordera la question de mes compétences de courtière en bourse plus tard. Et si tu ne veux pas tout cet argent, qu'est-ce que tu veux en faire ?

— Le donner à un organisme.

— C'est un bon choix. Et il se trouve que je suis également experte en matière d'organismes de bienfaisance légaux. Dans quel domaine veux-tu affecter ton argent ?

— Je ne sais pas. J'aime bien les animaux.

— Je peux te recommander plusieurs refuges pour animaux très méritants, qui ont vraiment besoin d'argent, déclara Ry.

— Et j'aime aussi les enfants. Oh, et les groupes d'anciens combattants. Ce serait possible de donner cet argent au Refuge ?

— Oui. Mais c'est un peu délicat, car Brick et le reste des gars sont assez susceptibles, pour ce qui est d'accepter la charité. Mais j'ai déjà orienté des dons jusqu'ici. Tu sais qu'il y a un bouton « don » sur leur site ? J'ai mis en place un don automatique qui est envoyé par le biais de leur site tous les quatre jours. Et ils n'en ont aucune idée, ajouta-t-elle avec un sourire. C'est génial. Le hangar qu'ils construisent pour l'hélicoptère ? Il est bâti uniquement grâce aux dons.

— Qui viennent de toi ? voulut préciser Maisy.

— Bon, il y a aussi d'autres dons que je n'ai pas instaurés, mais ça fait du bien de donner à ces gars ce dont ils ont besoin pour rendre cet endroit encore plus génial qu'il ne l'est déjà. Ils font vraiment du bon travail ici.

— D'où vient l'argent ? demanda Maisy.

Il n'en fallut pas plus pour que toute satisfaction disparaisse du visage de Ry.

— Aucune importance. Bon, alors animaux, enfants, anciens combattants... Quoi d'autre ?

Maisy aurait bien aimé poser d'autres questions, mais il était évident que Ry n'y répondrait pas.

— Il y avait une femme qui travaillait chez nous. Elle s'appelle Paige. J'ai entendu dire que Jason l'avait renvoyée, ainsi que le reste de notre ancien personnel. Ce qui n'est pas juste. Elle travaillait pour nous depuis des décennies, et je suis certaine qu'il la sous-payait.

— Tu as raison sur ce point. Je veillerai à ce que tous les

gens qui ont travaillé pour vous soient indemnisés correctement. Autre chose ?

Maisy fit quelques suggestions supplémentaires, mais honnêtement, elle n'avait aucune idée de la manière dont il fallait s'y prendre pour faire don de neuf millions de dollars.

— Je vais commencer par tes suggestions et on partira de là, qu'en penses-tu ? demanda Ry avec douceur.

Soudain submergée par l'émotion, Maisy sentit sa gorge se nouer. Elle était arrivée au Nouveau-Mexique une semaine auparavant, s'attendant à être rejetée, ostracisée. Au lieu de quoi, elle avait été aussi bien intégrée par ces femmes que si elle avait toujours vécu là. Et Ry... Maisy ne trouvait pas les mots pour la remercier.

— Ça va aller, murmura Ry.

Prenant une profonde inspiration, Maisy acquiesça.

— Oui. Parce que je vais le dénoncer.

— Ton frère ?

Elle acquiesça.

— Je ne peux pas prouver qu'il a tué mes parents. Mais je ferai ce que je peux pour prouver qu'il a tué sa femme. J'ai quelques photos floues que j'ai prises dans le noir, j'ai le portefeuille de Martha – qui a son importance puisque Jason a affirmé à la police qu'elle l'avait pris en partant –, quelques enregistrements de mon frère se comportant de façon horrible avec moi, et un journal où j'ai écrit toutes les choses auxquelles j'ai pu penser et qui, je l'espère, pourront déclencher une enquête.

Ry la fixa un long moment avant de renchérir :

— De mon côté, j'ai des e-mails. Et des textos. Je les ai téléchargés depuis son téléphone. Ça peut aider dans le cas de Martha, mais peut-être pas avec tes parents. Leur assassinat s'est produit il y a trop longtemps. Je vais imprimer tout ça et tu pourras les emporter quand tu iras trouver la police à Washington.

— Vraiment ? Tu ferais ça ?

— Tout à fait. Je ferai tout ce qui peut aider à le faire tomber et à préserver ta sécurité.

— Pourquoi ?

— Parce qu'il ne faut pas qu'il s'en sorte avec ce qu'il a fait. Parce que c'est un trou du cul avide de fric. Et parce que je t'aime bien, Maisy. On se ressemble beaucoup. Plus que tu le penses. Tu as été forcée de faire des choses parce que tu n'avais pas le choix. Tu as dû garder le silence pour ta propre sécurité. Je comprends. Je comprends vraiment. Tu mérites une seconde chance, et je veux t'aider à la saisir.

— Toi aussi, tu en mérites une.

Maisy ignorait d'où venaient ces mots, mais elle avait le sentiment que c'était bel et bien le cas.

Ry sourit tristement.

— Je n'en suis pas si sûre. Mes péchés sont bien plus graves que les tiens. Je n'ai pas été forcée de mentir. J'ai rusé pour faire partir l'ancienne gouvernante du Refuge, afin d'obtenir le poste. Et je ne suis pas certaine que quelqu'un puisse me pardonner d'avoir eu des informations sur les femmes quand elles étaient dans la panade, et de ne pas les avoir partagées.

— D'après ce que je viens d'entendre, tu les as partagées au contraire, protesta Maisy.

Ry haussa les épaules.

— Trop peu, trop tard. Je mettrais ma main à couper que c'est l'opinion des hommes du Refuge. De plus, je sais des choses sur cet endroit. Des choses qu'ils tiennent à garder secrètes, et je ne leur dirai pas comment je les ai découvertes. Même si ça devrait être évident. On ne peut rien me cacher de ce qui est électronique. Tiny ne me fait absolument pas confiance.

Maisy se mordit la lèvre, mais comme elles jouaient cartes sur table, elle décida de poser la question qui la taraudait.

— Pourquoi es-tu encore là, dans ce cas ? Parce que, bon, je doute que tu aies vraiment besoin de ce travail de gouvernante.

— Je ne sais pas. Enfin, je suis restée parce que je voulais retrouver Stone, répondit Ry.

— Eh bien, il est là. Et il va bien.

— Tu veux que je parte ? demanda Ry en inclinant la tête.

— Non, pas du tout. Mais avec toute notre conversation sur Jack et la façon dont il me regarde, je ne peux pas m'empêcher de te signaler que Tiny ne te perd pas de vue.

— C'est un fait, mais qui s'explique par sa peur de me voir précipiter cet endroit dans la faillite ou quelque chose comme ça, répliqua Ry en levant les yeux au ciel.

— Je ne crois pas.

— Non, dit Ry en secouant la tête.

— Non, quoi ?

— Je ne pense pas qu'il puisse y avoir quoi que ce soit entre Tiny et moi. Je suis encore là en ce moment parce que je cherche à anéantir ton frère. Désolée, mais s'il te reste ne serait-ce qu'une once d'amour pour lui, tu dois l'oublier. C'est un monstre.

— Je sais. Mais, Ry...

— S'il te plaît, non..., murmura son amie d'un ton torturé.

Maisy voulait insister, en faire davantage pour Ry, mais il était évident qu'elle ignorait des tas de choses sur elle, et ce n'était pas comme si elle connaissait très bien Tiny. Elle n'aimait tout simplement pas voir sa nouvelle amie aussi... résignée. Résignée à quoi ? Maisy l'ignorait, mais elle n'aimait pas ça.

— OK. Je ne sais pas ce que je pourrais faire pour te remercier de ton aide, mais si tu as besoin de quoi que ce soit, n'hésite pas, Ry.

— Merci. Tu ne sais pas ce que ça représente pour moi.

— Si, en fait.

— Ne renonce pas à Stone, chuchota Ry. Il t'aime, je le sais. Il lui faudra du temps pour se remettre de ce qui s'est passé, mais il y viendra. Fais ce que je t'ai conseillé. Séduis-le. Je n'ai jamais vu deux personnes aussi faites l'une pour l'autre que Stone et toi.

Maisy n'en était pas si sûre. Elle n'avait pas minimisé la gêne et les problèmes entre elle et Jack. Mais elle ne voulait plus y penser.

— Tu sais pourquoi tout le monde l'appelle Stone ? Je n'y arrive pas. Dans ma tête, il a toujours été Jack, mais je suis curieuse.

— Lorsqu'il s'entraînait pour devenir pilote, ils devaient faire des exercices de simulation de noyade. Ça a l'air horrible, et les vidéos sont encore pires. Ils les mettent dans un simulateur d'hélicoptère et le retournent dans tous les sens sous l'eau. Les gars doivent rester dedans pendant trente secondes avant d'essayer de sortir. Une fois qu'ils y sont parvenus, les instructeurs allument des jets qui font remonter des bulles du fond de la piscine – à mon avis, un truc pour la formation des plongeurs, afin qu'ils ne percutent pas l'eau trop violemment. Bref, ils mettent le truc en marche, si bien qu'il n'y a plus aucune visibilité et que l'eau est très agitée. C'est vraiment effrayant. Stone n'est pas vraiment un bon nageur, si bien que chaque fois, après sa sortie du faux hélicoptère, il a coulé directement au fond de la piscine.

— Comme une pierre, comprit Maisy avec un petit sourire.

— Oui.

— Comment a-t-il réussi alors ? Parce qu'il a dû passer par là pour devenir Night Stalker, non ?

Maisy avait entendu dire que Jack et Owl étaient des pilotes extraordinaires. Rares étaient les gens capables de devenir des Night Stalkers légendaires dans l'armée. Si elle n'avait pas été surprise de l'apprendre – elle savait déjà à quel point Jack était extraordinaire –, elle était tout de même impressionnée.

— Il a été autorisé à retenter le test à la fin de la formation. Il a passé chacun de ses moments de libres à la piscine, pour apprendre à nager. Il est parvenu à ne plus couler directement, lorsqu'il se trouve dans l'eau, mais il n'est toujours pas un bon nageur. Il est arrivé à remonter à la surface lors de son nouvel examen et, bien qu'il ait obtenu la note la plus basse possible, il a réussi. Le surnom, lui, est resté.

— Comment tu sais tout ça ? s'étonna Maisy.

Ry se contenta de hausser un sourcil.

— D'accord, désolée. J'avais oublié. Tu es une super pirate informatique, conclut-elle avec un petit rire.

— Et il n'a pas toujours porté des lunettes, ajouta Ry.

Maisy était perplexe. Quel rapport entre ce surnom et des lunettes ?

Ry ne la fit pas attendre longtemps pour lui expliquer son raisonnement.

— Les pilotes d'hélicoptère doivent avoir une vision parfaite. Ils ne peuvent pas se retrouver à survoler le désert et avoir un grain de sable dans l'œil qui les empêche de porter des lentilles de contact ou autre. Et si leurs lunettes s'embuent en plein milieu d'une opération, ce n'est pas bon non plus.

— C'est vrai, concéda Maisy.

— Il n'en avait pas besoin jusqu'à récemment. Il s'en est passé aussi longtemps qu'il a pu – parce que c'est un homme – et a finalement consulté un ophtalmologiste. Il n'a pas de verres correcteurs très forts, mais il n'était pas pour autant ravi d'en avoir besoin.

— Je les aime bien. On dirait un peu une bibliothécaire sexy, mais en homme. Attends, c'est sexiste. Bien sûr que les hommes peuvent être bibliothécaires.

— Tout à fait. L'ancien partenaire de Tonka, qui vit en Virginie, est bibliothécaire.

— Vraiment ?

— Oui.

— C'est cool. Mais bref, je devrais peut-être dire qu'il ressemble à l'un de ces professeurs d'âge mûr dont il est toujours question dans les romances que je lis, dit Maisy avant de rougir.

Elle n'avait pas prévu d'avouer qu'elle lisait ce genre de choses.

— Ooooh, j'adore ces bouquins ! s'exclama Ry.

Maisy fut rassurée sur son choix de lecture. Ce qui était stupide. Pourquoi ses goûts en la matière pouvaient-ils être critiquables ? La romance était un genre génial. Ces histoires se terminaient toujours bien et amélioraient son humeur, en lui montrant que les choses pouvaient bien tourner. Cela lui donnait de l'espoir pour elle-même.

Puis Ry sidéra Maisy en l'attirant contre elle pour la serrer dans ses bras. C'était si bon d'être touchée à nouveau. Maisy n'avait pas réalisé qu'elle était frustrée de caresses avant l'arrivée de Jack. Et maintenant qu'il faisait tout pour éviter le moindre contact physique avec elle, cette étreinte avait encore plus de sens.

— Fais ce que feraient les héroïnes de romances. Va dans sa chambre, nue, au milieu de la nuit, et saute-lui dessus avant que son cerveau n'ait le temps de prendre le dessus.

Sur ces mots chuchotés à l'oreille de Maisy, Ry s'écarta, sourit, ouvrit le frigo et prit un autre pichet, plein d'une concoction sucrée préparée par Alaska, avant de retourner dans l'autre pièce où les filles étaient encore en train de bavarder.

En les observant, Maisy se rendit compte qu'elle se sentait mieux. Elle avait le cafard depuis des jours, et le soutien de Ry était d'autant plus agréable. Surtout qu'il n'était pas isolé. Toutes les femmes avaient été plus que gentilles.

Elle comprit soudain pourquoi Jack était si loyal. Si elle avait des amis comme ces gens-là, elle ferait tout ce qu'il fallait pour s'assurer de leur bien-être. Elle n'avait aucune idée de ce que l'avenir lui réservait, mais elle veillerait à ce que rien de ce qu'elle dirait ou ferait n'ait le moindre impact négatif sur le Refuge ou sur les personnes qui y vivaient ou y travaillaient. Le monde avait besoin de plus de gens dans leur genre.

Honnêtement, affronter son frère lui faisait peur, mais si elle voulait pouvoir passer à autre chose, elle devait le faire. Il devait apprendre qu'il ne l'avait pas battue. Que peu importaient les mauvais traitements qu'il lui avait infligés, elle s'en sortirait. Si elle devait s'abaisser à son niveau pour lui faire comprendre le sérieux de ses intentions, soit. Elle n'allait plus jamais tomber dans ses pièges et ses manipulations. Avec un peu de chance, il finirait en prison pour ce qu'il avait fait, mais dans le cas contraire, elle ne voulait pas qu'il cherche à se venger d'elle jusqu'à la fin de ses jours.

Maisy voulait être libre. Elle voulait que Jack soit libre. Car si elle savait bien une chose à propos de son frère, c'était son caractère extrêmement rancunier. Autrement dit, s'il y avait ne serait-ce qu'une chance sur cent pour qu'il puisse atteindre Jack et lui faire du mal, il n'hésiterait pas. Ce qui était hors de question. Maisy devait réparer le mal causé à Jack, et peut-être repartir de zéro dans le processus.

Jason serait furieux, il essaierait probablement de lui faire du mal. Mais elle ne pensait pas qu'il la tuerait. Car son argent irait alors à une œuvre de charité, pas à lui. Elle dirait ce qu'elle avait à exprimer, puis ficherait le camp.

Elle ne pensait pas que Jack aurait envie d'affronter son frère. Mais il ne la laisserait pas longtemps hors de sa vue, sachant de quoi Jason était capable. Elle devait donc saisir le temps qu'il était prêt à lui accorder. Même une minute, ce serait suffisant.

Se sentant un peu mieux à propos du voyage qui l'attendait jusque dans l'État de Washington, Maisy rejoignit ses nouvelles amies. Elle laissa Ry remplir son verre et savoura la sensation de faire partie d'un groupe soudé pour la première fois de sa vie.

17

_____

Quelque chose devait céder. Stone n'était pas sûr de pouvoir continuer ainsi très longtemps. À chaque jour qui passait, il avait de plus en plus de mal à garder ses distances avec Maisy. Plus il essayait, plus il avait envie d'être avec elle. Surtout quand elle faisait autant d'efforts pour s'intégrer. Pour donner un coup de main au Refuge.

Un jour, il l'avait trouvée dans l'étable avec Tonka et Jasna, en train d'enlever les bouses des stalles. Un autre jour, elle était dans la cuisine avec Robert et Luna, à préparer une énorme salade en riant. Et un autre jour encore, elle avait fait de la randonnée avec Brick et quelques clients : elle avait bavardé avec eux, veillé à ce qu'ils apprécient leur excursion.

Mais les choses n'allaient pas bien entre eux deux. Stone ne savait plus quoi lui dire quand ils se trouvaient dans la même pièce.

Ry l'avait coincé, quelques jours plus tôt, pour lui remettre une épaisse liasse de documents en lui disant de se sortir la tête du cul. Que s'il ne pensait pas que Maisy avait été, autant que lui, retenue prisonnière par son frère, il était un idiot.

Lorsqu'il eut fini de lire les courriels et les textos envoyés par Jason à ses soi-disant amis, il était prêt à reprendre l'avion pour Seattle dans la seconde et à mettre cet homme hors d'état de nuire.

La correspondance remontait à plusieurs années. Il s'y moquait régulièrement de Maisy, racontant à ses copains qu'elle était pathétique et qu'elle était une « prude étriquée ». Il désespérait de lui trouver un mari, vu sa corpulence, sa stupidité et sa laideur. Il se croyait intelligent au motif qu'il utilisait des anxiolytiques pour s'assurer sa docilité. Dans d'autres courriels, il se plaignait de la nullité de sa femme au lit, et ne manifesta pas la moindre inquiétude lorsqu'elle avait « disparu ».

C'était toutefois une conversation récente entre Jason et son ami Don qui incita Stone à revoir son jugement à propos de Maisy. C'était quelques semaines après leur mariage. Don avait demandé à Jason si Maisy causait des problèmes avec ce nouveau beau-frère qui vivait sous le même toit que lui. Sa réponse était restée gravée dans la tête de Stone.

« Non. Ma sœur est tellement amoureuse de lui qu'elle m'obéit au doigt et à l'œil. »

Maisy lui avait professé son amour plus de fois que Stone ne pouvait les compter. Pourtant, après avoir retrouvé la mémoire, il avait douté. Maintenant qu'il avait eu plus de temps pour réfléchir, pour accepter ce qui s'était passé, il avait le sentiment qu'elle n'avait pas menti sur ses sentiments.

Il n'avait jamais été avec une femme qui soit autant en phase avec lui. Dès qu'il avait mal à la tête, elle le sentait et s'allongeait avec lui sur leur lit. Ils restaient alors sans parler, mais le contact de son corps contre le sien le soulageait.

Et ils ne s'étaient pas envoyés en l'air... ils avaient fait l'amour. Il doutait sérieusement qu'une femme puisse être aussi bonne actrice que Maisy lorsqu'ils étaient seuls. Il avait eu une ou deux aventures d'un soir, mais sans l'intensité qu'il y avait avec Maisy au lit. Elle faisait avec empressement tout ce qu'il lui demandait, même lorsqu'elle était manifestement nerveuse. Impossible qu'elle ait couché avec lui parce que son frère le lui avait ordonné.

En fait, elle avait tout fait pour éviter de se retrouver seule avec Jason, ce que Stone avait approuvé et encouragé. Les rares fois où elle n'avait pas pu l'éviter, elle lui était revenue avec des bleus.

Les signes avaient toujours été là, mais à cause de sa blessure et de sa trahison, il avait refusé de les voir. À présent, en revanche, les échanges entre Jason et ses abrutis de copains lui révélaient, avec la force d'un coup de poing, l'ampleur de l'enfer que Maisy avait enduré pendant des années. Oui, il avait été victime du plan diabolique de ce type, mais Stone avait été raisonnablement bien traité parce que Jason ne voulait pas risquer d'éveiller ses soupçons. Manifestement, il n'avait pas la même délicatesse lorsqu'il s'agissait de sa sœur.

Maisy avait été complètement dépendante de son frère. Elle était mineure à la mort de ses parents, lorsque son monde avait été ébranlé jusque dans ses fondements. Et la personne qu'elle pensait être entièrement de son côté s'était avérée un ennemi déguisé. Il l'avait droguée pendant des années, volée, puis avait inventé cette histoire d'enlèvement et menacé de tuer non seulement Maisy, mais aussi son mari contraint et forcé.

Puis Stone l'avait arrachée à tout ce qu'elle avait connu, l'avait forcée à vivre avec lui, en affirmant qu'il annulerait

SUSAN STOKER

leur simulacre de mariage dès que possible et en la traitant comme si elle était atteinte d'une maladie contagieuse.

Le problème, c'était qu'il ne savait pas comment revenir en arrière. Les sentiments qu'il éprouvait pour Maisy étaient très confus. Il n'avait pas envie de se trouver près d'elle, et en même temps il ne pouvait plus imaginer se passer de sa présence à ses côtés dans le salon chaque soir. Il voulait tout savoir sur ce qu'elle faisait pour occuper ses journées, pourtant chaque fois qu'il entendait sa voix, le souvenir de sa tromperie revenait l'agacer.

Les nuits étaient les pires. Il ne dormait pas bien. Pas bien du tout. Son lit lui paraissait trop grand, trop vide, sans elle. Et, bon sang, la sensation d'être en elle lui manquait. La voir au-dessus de lui, sourire aux lèvres, tout en le chevauchant. Son expression de surprise chaque fois qu'elle avait un orgasme. C'était mignon. Et tellement excitant.

Elle lui donnait l'impression de pouvoir tout faire. Comme s'il pouvait être son protecteur, son roc, l'homme vers qui elle se tournait quand elle était bouleversée.

Tout cela lui avait été arraché avec le retour de ses souvenirs… mais encore une fois, maintenant que du temps s'était écoulé, il ne pouvait s'empêcher de se demander si tout ce qui s'était passé n'avait pas été un mensonge.

Cette soirée avait été la pire de toutes. Il leur avait préparé un simple dîner de tacos et ils avaient mangé dans le silence le plus complet. Puis il avait allumé la télévision pour regarder un match de base-ball. Ils s'étaient assis aux deux extrémités de son canapé sans dire un mot. Il sentait son parfum de pomme si caractéristique – elle avait manifestement commandé son shampoing préféré et se l'était fait livrer – et, chaque fois qu'elle remuait, Stone devait s'interdire de se tourner vers elle et lui demander si quelque chose n'allait pas.

Elle avait fini par soupirer, lui murmurer qu'elle allait se coucher et lire, et elle avait quitté la pièce. Après son départ, le salon lui sembla vide comme jamais auparavant. Il avait tellement envie de lui parler ! De lui dire qu'il lui pardonnait. De lui demander si leur mariage avait été réel à ses yeux ou s'il s'agissait simplement d'un moyen de se soustraire aux coups de son frère.

Quand il eut éteint la télévision, dégoûté, et alla se coucher, Stone était démoralisé. Il désirait toujours Maisy. Il voulait être son mari. Il voulait l'entendre parler avec enthousiasme de sa soirée avec les filles. Au lieu de quoi, c'était à Carly qu'elle avait fait ce récit, l'après-midi précédent, pendant qu'elle l'aidait à nettoyer l'un des chalets destinés à la clientèle.

Ce que faisait Maisy, ce qu'elle pensait, ce qu'elle prévoyait pour son avenir..., il souffrait de ne pas le savoir et il détestait ça.

Il resta longtemps allongé dans son lit, à l'affût du moindre son en provenance de la chambre voisine de la sienne. Il aurait aimé que les choses soient différentes. Qu'il ait eu le courage d'asseoir Maisy sur ses genoux et de la faire parler. Non, ce n'était pas exact. C'était lui qui ne parlait pas. C'était lui qui faisait tout pour qu'elle ne se sente pas la bienvenue. C'était sa faute. Pas celle de Maisy.

Il finit par s'endormir, sans que son cerveau se calme pour autant. Il ne cessa de penser à chaque minute passée dans la maison familiale de Maisy. À son bonheur, malgré tout. Et ça avait été grâce à elle. C'était elle qui avait fait toute la différence.

* * *

Maisy ne dormait pas. Elle n'avait pas passé une nuit de sommeil complète depuis... eh bien, depuis la dernière fois qu'elle s'était endormie dans les bras de Jack. Elle était en sécurité avec lui. Son frère n'était plus entré une seule fois dans sa chambre après son arrivée. Il se dressait comme un mur entre Jason et elle, l'empêchant de lui sortir des méchancetés, de la pincer, de la faire tomber. Et sans lui à ses côtés, elle avait l'impression que chaque bruit pouvait indiquer le retour de Jason, désireux de se venger de son départ. Qu'elle ait gâché ses projets.

À l'heure qu'il était, il avait réalisé qu'il ne recevait plus son allocation mensuelle. Il avait peut-être été informé de l'annulation des polices d'assurance vie. Il s'était peut-être même rendu compte que la maison avait été mise sur le marché et qu'elle n'était plus à son nom. Il devait être en train de paniquer et de tenter désespérément de trouver comment reprendre le contrôle. Sur elle, sur son argent, sur la situation.

Comme elle était réveillée, elle entendit frapper douce-ment à la porte d'entrée. Un instant perplexe, elle se leva ensuite d'un bond. Il était 23 h 30, bien trop tard pour que quelqu'un vienne leur rendre une visite anodine. Il devait y avoir un problème.

Maisy se précipita hors de sa chambre et jeta automati-quement un coup d'œil à la porte de Jack. Fermée. Il faisait cela tous les soirs : il fermait sa porte pour lui montrer clai-rement qu'elle n'était pas la bienvenue dans le sanctuaire privé qu'était sa chambre.

Sans penser à rien d'autre qu'à trouver qui pouvait frapper si tard, si quelqu'un était blessé ou, pire, si Jason, ayant compris où Jack et elle s'étaient réfugiés, était mainte-nant en route, elle se précipita vers l'entrée. Sans regarder par le judas, elle déverrouilla et ouvrit la porte.

Owl se tenait sur le seuil.

— Quelque chose ne va pas ? s'écria Maisy d'une voix presque désespérée.

— Rien. Je veux dire... j'espère que non. C'est juste que... Stone n'avait pas l'air en forme aujourd'hui, et je voulais vérifier qu'il allait bien.

— Oh, chouette. Enfin... Non, ce n'est pas ce que je voulais dire, mais je me réjouis que ce ne soit pas quelque chose de plus grave. Entre.

Elle recula en lui tenant la porte ouverte.

— Je sais qu'il est tard, admit Owl sans bouger. Lara m'a dit que j'étais ridicule, mais je n'ai pas pu me débarrasser de l'impression que je devais absolument venir. Et m'assurer qu'il allait bien.

— Ce n'est pas grave. Il n'est pas si tard, le rassura Maisy d'un ton apaisant.

Owl avait l'air stressé et, une fois de plus, elle se réjouit que Jack ait un ami comme lui. Ils avaient vécu des expériences intenses ensemble, et sa disparition avait dû être encore plus difficile à vivre pour Owl que pour les autres.

Tendant la main, elle le fit entrer dans le chalet, puis referma la porte derrière lui.

— On s'est couchés tôt, donc on est tous les deux au lit depuis un moment. Il est probablement endormi, mais je suis sûre que ça ne le dérangera pas si tu vas le réveiller.

— Oh non, s'empressa-t-il de protester. Je ne ferais jamais ça.

— Pourquoi pas ?

— Il ne supporte pas qu'on le réveille quand il dort. Tu es au courant de ses cauchemars, n'est-ce pas ? demanda Owl.

Maisy acquiesça.

— Oui, il en avait de temps en temps quand on était à Seattle.

— Il t'a fait du mal ?

— Jack ? Non ! Pourquoi une question pareille ? s'étonna-t-elle.

— Parce que lorsqu'il fait un cauchemar, il perd en partie le sens des réalités. Il n'est pas dans son état normal. Et si on le touche, il devient violent.

— Mais non, voyons, protesta Maisy, confuse.

— Oh que si, rétorqua Owl. Il m'a frappé plus d'une fois lorsque j'ai essayé de le réveiller. J'ai appris à garder mes distances et à faire ce que je pouvais pour le réveiller, ajouta-t-il avant de paraître se rendre compte de ce que Maisy avait dit. Attends, il ne devient pas violent quand tu essaies de le réveiller pendant un cauchemar ?

Elle secoua la tête.

— Waouh ! OK, c'est... c'est génial.

Toujours aussi déroutée, Maisy avait d'autres questions sur le bout de la langue, mais un bruit dans le couloir les fit se tourner.

— Putain ! jura-t-il. On dirait que mon intuition était la bonne. Reste ici.

Mais Maisy en aurait été bien incapable. Elle reconnaissait les cris de souffrance qui montaient de la chambre de Jack. Elle les entendait tous les deux soirs. Il faisait un nouveau cauchemar, et chaque gémissement, chaque mot implorant des hommes sans visage d'arrêter de lui faire du mal la déchiraient de l'intérieur.

Elle dépassa Owl et parcourut le petit couloir presque au pas de course.

— Maisy, attends !

Elle l'ignora et ouvrit la porte de Jack. Comme elle s'y attendait, il se débattait dans son lit. Les couvertures emmêlées autour de lui, il combattait un ennemi imaginaire. Non, pas « imaginaire », ce n'était pas le mot adéquat. Il luttait contre le souvenir de ceux qui l'avaient torturé des années auparavant.

Voyant qu'il se tournait brièvement face à eux, Maisy n'hésita plus. Elle grimpa sur le lit à côté de l'homme qu'elle aimait. Peu importait ce qui s'était passé entre eux, elle aimait toujours Jack. De tout son cœur. Elle l'aimerait jusque dans la tombe.

— Maisy...

Pour elle, il n'y avait que Jack et elle dans la pièce.

— C'est bon, Jack, ça va. Tu es en sécurité, au Refuge. Ces hommes ne peuvent plus te faire de mal.

Il roula brusquement sur le dos, ce qui fit sursauter Owl, et attira Maisy contre lui si brutalement qu'elle grogna sous l'impact. Mais il ne lui avait pas fait mal, non, il se contentait d'enfouir le nez dans ses cheveux et de la serrer presque désespérément contre son torse.

— Je suis là, c'est bon. Owl est là aussi, murmura Maisy.

— Owl ! Sors de là ! File !

Mince, peut-être que mentionner le nom d'Owl n'était pas la meilleure chose à faire. Maisy fit de son mieux pour dégager un bras, et une fois qu'elle y fut parvenue, elle passa une main dans la nuque de Jack.

— Il est en sécurité. Lara et lui vont bien. Elle est enceinte. Tu vas devenir tonton.

Entendant ces mots, Jack se figea.

— Et Henley et Reese aussi. Tu vas être tonton trois fois. Enfin, quatre, si on inclut Jasna. Oh, et Cora et Pipe ont reçu un agrément pour devenir famille d'accueil. Tout va bien, Jack. Promis. Tu es en sécurité chez toi, ces hommes ne peuvent plus t'atteindre.

— Stellina, murmura Jack qui n'avait pas encore ouvert les yeux.

— C'est ça. C'est moi. Je suis là.

— Je vais y aller, chuchota Owl.

Maisy acquiesça, sans détourner son attention de l'homme qu'elle tenait dans ses bras. Son seul but était de le calmer. De l'apaiser. Elle entendit vaguement la porte de la chambre se refermer, mais n'y prêta guère attention.

— Je suis désolé, murmura Jack.

Maisy cligna des yeux, surprise. Pourquoi s'excusait-il ?

— Tout va bien, lui dit-elle.

Mais il ouvrit les yeux, et elle fut surprise de les voir si clairs. Si concentrés.

— Jack ? demanda-t-elle en se raidissant.

C'était une chose de grimper dans son lit quand il faisait un cauchemar et n'avait aucune idée de ce qui se passait, c'en était une autre quand il était lucide. Surtout avec leur passif.

— Je suis désolé, répéta-t-il.

— Euh... d'accord ?

C'était plus une question qu'une affirmation.

— J'ai été un con. Tu ne méritais pas ça.

Maisy n'osait pas se faire trop d'illusions. D'habitude, il était un peu dans les vapes après un cauchemar. Il était probable qu'il ne se souviendrait pas de cette conversation le lendemain matin.

— En fait, je mérite toutes les critiques ce que tu voudras me faire, lâcha-t-elle un peu tristement.

Les bras de Jack se resserrèrent autour d'elle.

— On peut en parler ?

Maisy savait exactement ce qui se cachait sous ce « en ». Et non, elle ne voulait surtout pas en parler.

— Maintenant ?

— Je suis réveillé, tu es réveillée, et la dernière chose que je veux, c'est ressasser ce dont je viens de rêver... Alors oui, maintenant.

Soupirant, Maisy ferma les yeux. Elle ne voulait pas parler de sa conduite inadmissible. De ses innombrables mensonges. Elle était exactement là où elle voulait être depuis une semaine. Elle avait envie de ça, de lui. Et maintenant qu'elle était dans ses bras, dans son lit, elle ne voulait pas faire ou dire quoi que ce soit qui puisse l'en éloigner à nouveau.

— S'il te plaît ?

La question suffit. La dernière chose qu'elle voulait, c'était que cet homme la supplie pour quoi que ce soit. D'autant plus qu'il répugnait à le faire.

— Qu'est-ce que tu veux savoir ? demanda-t-elle.

— Tout ce que tu voudras bien me dire. Évidemment, je sais que ton frère m'a fait kidnapper pour que je puisse t'épouser et enclencher le compte à rebours pour que tu touches ton héritage. Tout ce que tu m'as dit sur notre relation, c'était son idée ?

Maisy secoua la tête contre lui. Elle avait ouvert les yeux et fixait son torse.

— Je suis allée trouver Jason et je lui ai dit que ça ne marcherait pas. Que tu voudrais savoir pourquoi aucune de tes affaires n'était à la maison, ce que tu faisais dans la vie, des choses comme ça. Il m'a indiqué quoi dire. Et quand j'ai exprimé des doutes sur son plan, il m'a fait comprendre que je n'avais pas le choix.

Les bras de Jack se resserrèrent autour d'elle un instant avant de se détendre à nouveau.

— Je ne comprenais pas pourquoi j'avais décidé de partir vivre à Spokane. Cela n'avait aucun sens pour moi.

Même si on ne s'entendait pas, ça ne me semblait pas mon genre.

Elle ne put s'empêcher de ricaner contre lui.

— Un peu comme maintenant. Tu me détestes, et pourtant tu ne me laisses pas m'éloigner.

Jack roula alors pour obliger Maisy à s'allonger sur le dos. Elle leva vers lui des yeux méfiants.

— Je ne te déteste pas, déclara-t-il.

— C'est cela, oui, répliqua-t-elle, le ton plein de sarcasme. Je t'ai menti sans relâche, j'ai prétendu être ta femme, je t'ai piégé pour que tu m'épouses, tout cela parce que j'avais peur de ce que mon frère dirait ou ferait si je le défiais. J'aurais dû te dire la vérité. Aller trouver la police. Faire quelque chose, quoi.

— Tu as menti, mais c'était pour une bonne raison. Tu savais que si tu disais « non » à ton frère, il t'en cuirait. Et si tu m'avais raconté qu'on n'était pas mariés, que j'avais été kidnappé, que j'étais amnésique... je ne suis pas sûr que je t'aurais crue. Cela m'aurait semblé extrêmement farfelu.

Maisy plongea les yeux dans ceux de Jack. Il avait ôté ses lunettes pour dormir et ses yeux bruns semblaient encore plus intenses ainsi. Il s'était coupé les cheveux et la barbe depuis leur arrivée au Nouveau-Mexique, et elle avait envie de sentir ses joues et ses lèvres contre les siennes.

La suggestion de Ry – séduire son mari – lui traversa l'esprit, mais elle ne ferait pas cela à Jack. Il avait déjà été contraint de faire beaucoup trop de choses contre sa volonté. Elle ne voulait surtout pas en rajouter une à la liste. S'il y avait une chance pour eux, elle voulait lui laisser le choix.

— Je te pardonne, Maisy.

Elle sursauta. Craignant d'avoir mal entendu, elle demanda :

— Quoi ?

— Je te pardonne. J'ai eu une longue discussion avec Henley aujourd'hui, et elle m'a fait réfléchir à des choses que je n'avais pas envisagées auparavant. Surtout à la peur que tu as dû éprouver. Ton frère amène un homme inconscient dans ta chambre et t'annonce qu'il va devenir ton mari. Chaque jour qui passe depuis notre mariage se décompte des trois mois fatidiques. Tu sais mieux que quiconque de quoi ton frère est capable, et non seulement tu essayais de le gérer, mais tu devais continuer à me mentir, à t'inquiéter de ce qui se passerait si je retrouvais la mémoire, et de la réaction de ton frère. Tu avais beaucoup à penser, et je n'ai absolument pas cherché à considérer la situation de ton point de vue.

Le cœur de Maisy tambourinait dans sa poitrine. Elle allait s'accrocher des deux mains au rameau d'olivier que Jack lui tendait. Elle n'avait pas le droit d'espérer que les choses redeviendraient comme avant, mais ne plus être détestée par Jack... elle s'en contenterait.

— En fait, je n'arrive pas à oublier comment les choses se sont passées entre nous, poursuivit Jack. Cela faisait longtemps que tu n'avais pas été avec quelqu'un avant notre nuit de noces... non ?

Maisy ferma brièvement les yeux. Elle savait qu'elle rougissait : ses joues la brûlaient. Elle était affreusement gênée.

— Depuis mes quinze ans, murmura-t-elle, en rouvrant les yeux.

À en juger par son expression, elle l'avait choqué.

— Je n'arrête pas de repenser à cette nuit-là. Au courage dont tu as fait preuve. Je pensais que nous avions déjà fait l'amour des centaines de fois. Que tu avais déjà vu chaque centimètre carré de mon corps. J'étais tellement excité à l'idée d'avoir une deuxième chance de faire l'amour à ma femme pour la première fois que j'y suis allé brutalement. J'aurais dû être plus doux. J'aurais dû y aller plus doucement.

Maisy regretta qu'il ait pu penser même une seconde qu'elle n'avait pas aimé tout ce qu'ils avaient fait.

— C'était parfait, murmura-t-elle. J'ai beaucoup de regrets par rapport à ce qui s'est passé. Les mensonges que je t'ai racontés, le fait de ne pas avoir été assez forte pour tenir tête à Jason. Mais je n'ai aucun regret concernant notre relation physique.

Elle n'en revenait pas de l'avoir admis à voix haute, mais elle avait besoin que Jack comprenne.

— Mon frère m'a peut-être prostituée, mais quand il n'y avait que toi et moi... je me sentais spéciale. Comme si c'était vraiment ma nuit de noces. Que tu étais vraiment mon mari.

— C'était notre nuit de noces, affirma Jack sur un ton qu'elle ne put interpréter. Et je suis ton mari.

— C'était un mensonge, nuança Maisy, mal à l'aise.

— Vraiment ? rétorqua Jack.

Elle ne lui mentirait plus. Plus jamais.

— Pas à mes yeux.

— Pas aux miens non plus. Je savais que quelque chose n'allait pas. J'ai bien entendu la façon dont Jason te parlait. Je n'aimais pas ça, pas du tout. Je ne comprenais pas pourquoi je ne pouvais pas accéder à mon compte en banque, je n'arrivais pas à m'imaginer en chasseur de primes. Ça ne collait pas, et maintenant, évidemment, je sais pourquoi. Mais avec toi, Maisy... dès le début, j'ai senti que j'étais à ma place. C'est pourquoi je ne me suis pas posé de questions sur ce qui se passait. J'aimais trop ma femme.

Maisy n'arrivait pas à croire ce qu'elle entendait. Elle

rêvait peut-être. Les mots qui sortaient de la bouche de Jack étaient un miracle.

Il était toujours allongé sur elle, la gardant coincée sous lui. Elle portait le tee-shirt qu'il lui avait donné la première nuit dans son chalet et une culotte. C'était tout. Il était en caleçon. Et maintenant qu'elle y prêtait attention, elle sentait son érection contre son ventre.

Le désir grimpa, vite et fort, en Maisy. Elle avait peut-être passé des années sans être sexuellement active, Jack avait actionné comme un interrupteur dans son corps. Elle le voulait avec une urgence qu'elle n'avait jamais ressentie auparavant. Ses tétons durcirent sous sa chemise et elle sentit son entrejambe s'échauffer.

— Tu me pardonnes d'avoir été un con ? demanda-t-il.

— Bien sûr.

Il sourit.

— Il n'y a pas de « bien sûr » qui tienne. Je ne t'en voudrais pas si tu refusais d'avoir affaire à moi.

— C'est un peu difficile de ne rien avoir affaire avec son mari, répliqua-t-elle. Surtout quand il refuse que sa femme séjourne ailleurs que dans son chalet.

— J'ai détesté chaque seconde où tu étais dans la chambre d'à côté. Je te voulais ici. Avec moi. Dans mon lit.

Il était en train de la tuer.

— Je me fiche de tout ce qui s'est passé avant aujourd'hui, reprit Jack avec une sincérité impossible à ne pas percevoir. Du kidnapping, de ton connard de frère, de tous les mensonges que tu as dû me faire pour rester en sécurité. Attends, non, ce n'est pas vrai, il y a une chose qui m'importe... J'ai fait un vœu, Maisy. Je me suis engagé à veiller sur toi, pour le meilleur et pour le pire, dans la richesse et dans la pauvreté, dans la maladie et dans la santé... Et je prends mes promesses au sérieux.

Qu'était-il en train de dire ? Maisy avait du mal à respirer.

— Je ne veux pas annuler ce mariage, précisa-t-il, achevant de lui faire perdre la tête. Je te veux, toi. Je veux des enfants. Je veux repartir à zéro. Sans mensonges entre nous. Tu penses pouvoir me pardonner assez pour que cela se produise ?

Maisy n'en croyait pas ses oreilles. Elle poussa un petit cri et se tortilla afin de pouvoir dégager les bras de son emprise et les lui nouer autour du dos. Elle se redressa assez pour que son nez soit enfoui dans l'espace entre l'épaule et le cou de Jack, puis enroula ses jambes autour de sa taille et s'accrocha à lui aussi fort que possible avant d'éclater en sanglots.

Elle était incapable de parler, incapable de comprendre ce qu'il disait. Il voulait d'elle ? Pour de vrai ?

Heureusement, Jack ne parut pas alarmé par sa réaction. Il s'assit et, agrippée à lui comme elle l'était, elle se retrouva sur ses genoux. Il lui passa une main derrière la tête pour la maintenir contre lui et glissa l'autre dans le bas de son dos pour l'attirer contre lui.

Lorsque Maisy eut recouvré un peu plus de contrôle, elle leva la tête et le regarda dans les yeux. Il n'ôta pas la main à l'arrière de sa tête, continuant son étreinte protectrice.

— Te pardonner ? Tu n'as rien fait de mal. Rien, assénat-elle vivement. Je n'ai aucune idée de la raison pour laquelle tu veux de moi. Mon frère est très probablement un meurtrier, certainement un kidnappeur et un trou du cul. Tu as été forcé de m'épouser sous un prétexte, et si mon frère découvre un jour où on vit, il cherchera probablement à faire de nos vies un enfer.

— Tout cela n'a rien à voir avec toi. Avec nous, répliqua simplement Jack.

Les yeux de Maisy s'emplirent à nouveau de larmes.

— Oui, Jack. Je veux tout ça. Je t'aime. Je crois que je t'ai aimé dès le premier soir, quand tu t'es montré si doux avec moi. Si inquiet de me faire du mal. J'ai su alors que tu étais quelqu'un de bien jusqu'au bout des ongles, et tu viens de le prouver à nouveau.

— Je te prends, Maisy, comme épouse légitime, pour le meilleur et pour le pire, dans la richesse et dans la pauvreté, dans la maladie et dans la santé, jusqu'à ce que la mort nous sépare.

Merde, elle ne pouvait pas s'arrêter de pleurer !

— Je te prends, Jack, comme époux légitime, pour le meilleur et pour le pire, dans la richesse et dans la pauvreté, dans la maladie et dans la santé, jusqu'à ce que la mort nous sépare.

Jack baissa alors la tête et l'embrassa avec le plus grand amour et la plus grande douceur qu'elle ait jamais ressentis de sa vie. Il releva la tête et approcha les mains de son visage, pour essuyer les larmes qui ruisselaient sur ses joues.

— On va faire en sorte que ça fonctionne, promit-il.

— Tes amis vont se demander ce qui ne va pas chez toi, prévint Maisy.

Il s'esclaffa.

— Absolument pas. Ils me regardent déjà tous de travers. Ils n'aiment pas la façon dont je te traite. Ils sont de ton côté, Maisy. Même avec tout ce que ton frère a fait, ils comprennent que tu es la meilleure chose qui me soit arrivée. Oui, le kidnapping, ça craint, mais pour nous deux, et à la fin, j'en suis sorti gagnant. Et imagine comme ton frère va être énervé quand il saura qu'on est ensemble pour de bon.

Maisy ne put s'empêcher de rire. Oui, son bonheur allait certainement mettre Jason en rogne.

— Ça va ? demanda-t-il.

SUSAN STOKER

— Oui. Et toi ?

— Impec.

— Owl m'a dit que tu l'avais frappé une fois où il avait essayé de te réveiller en plein cauchemar.

Maisy ne savait pas trop d'où cela sortait, mais elle tenait à s'assurer qu'il allait vraiment bien, et que toute cette conversation n'était pas un effet de son somnambulisme ou de quelque chose comme ça.

— Oui. Plus d'une fois. Personne ne pouvait s'approcher de moi quand je rêvais. Ça n'a jamais bien tourné.

— Tu ne m'as jamais frappée, dit Maisy.

— En effet. Et ça n'arrivera pas. Jamais. Tu es la seule à pouvoir m'atteindre quand je suis perdu dans mes cauchemars, et je ne voudrais pas qu'il en aille autrement.

Sur quoi, il rallongea Maisy sur le dos et, en appui au-dessus d'elle, porta une main au tee-shirt qui lui couvrait la hanche.

Il n'en fallut pas plus pour que l'excitation enflamme les veines de Maisy.

— Jack. J'ai envie de toi.

— Tu es sûre ?

En réponse, plus hardie qu'elle ne l'avait jamais été, Maisy se tortilla jusqu'à ce qu'elle se soit débarrassée de son haut. Puis elle s'allongea sous lui sans rien d'autre que sa culotte.

L'avidité et le plaisir dans ses yeux lui donnèrent l'impression d'être la femme la plus sexy du monde. Sans rien répliquer, il se contenta de baisser la tête et de prendre un téton dans sa bouche.

Maisy gémit. Les mains et la bouche de Jack sur elle lui paraissaient être exactement ce qu'il fallait. Elle avait l'impression d'être enfin rentrée chez elle.

Cette fois, il n'y avait pas de secrets. Il savait qui elle

était, et qui elle n'était pas, et il la voulait quand même. Cela ressemblait à un miracle. D'une certaine manière, on pouvait considérer qu'il s'agissait de leur véritable nuit de noces. Ils s'étaient à nouveau engagés l'un envers l'autre, sans plus aucun mensonge entre eux.

Mais contrairement à leur première fois, il n'y eut rien de lent et de doux dans leur étreinte. Jack ôta son caleçon, Maisy fit glisser sa culotte le long de ses jambes et s'en débarrassa d'un coup de pied. La main de Jack, se faufilant entre ses jambes, la conduisit au bord du gouffre sans le moindre effort. Elle était trempée. En manque. Désespérée.

— Je suis prête. Maintenant, Jack. Maintenant !

Il ne lui redemanda pas si elle était sûre. Il n'hésita pas. Après lui avoir écarté les jambes à l'aide de ses genoux, il la pénétra d'un seul coup de reins, long et dur.

Ils gémirent à l'unisson.

— On ne peut pas aller lentement, la prévint-il.

— Surtout pas, haleta-t-elle.

Alors il la prit. Sans aucune douceur. Et Maisy adora chaque seconde de cette étreinte. Jack gardait son regard fixé sur le sien, comme s'il la voyait enfin complètement.

Son orgasme la prit au dépourvu. L'instant d'avant, elle admirait la couleur des yeux de Jack et la façon dont ils semblaient changer juste devant elle, et l'instant d'après, elle basculait par-dessus le précipice.

— C'est ça, Stellina. Jouis sur ma queue. Serre-moi fort. Putain, que c'est bon !

Ses mots prolongèrent son plaisir. Elle avait l'impression de voler. Lorsqu'il grogna et s'enfonça en elle aussi fort qu'il le put, pour rester fiché là, elle sut qu'il allait jouir lui aussi.

Ils étaient tous deux en sueur et haletants lorsqu'il releva la tête. Il était toujours logé au fond de son corps, sensation que Maisy n'aurait jamais cru ressentir un jour.

— Je ne te laisse pas repartir, lâcha-t-il avec autant de désinvolture que s'il lui demandait l'heure.

— Tant mieux, parce que je ne veux pas que tu le fasses, répondit-elle.

— Je ne suis pas un homme facile à vivre.

Maisy ne put s'empêcher de rire.

— Quoi ? Qu'y a-t-il de si drôle là-dedans ?

— Jack, je sais. Quand tu enlèves tes chaussettes, tu les laisses au milieu de la pièce. Tu monopolises les couvertures, mais comme je suis généralement collée à toi, ça ne me dérange pas. Tu es un peu difficile en matière d'alimentation, tu es grognon quand tu n'as pas mangé, et tu n'es pas vraiment du matin. Tu es protecteur, gentil et loyal à l'extrême. Il y a plus d'intégrité en toi qu'en n'importe qui d'autre de ma connaissance. Je t'aime. Tout entier. Et cette histoire comme quoi tu n'es pas facile à vivre, c'est ridicule quand on sait que j'ai vécu aux côtés d'un homme qui aimait me tourmenter, me rabaisser et me blesser physiquement quand personne n'allait le lui reprocher. Avec toi, j'ai l'impression de pouvoir enfin être la personne que j'ai toujours voulu être.

— Tu peux. Et je ne te ferai jamais de mal, Maisy. Je t'en donne ma parole.

Elle voulait l'entendre lui dire encore qu'il l'aimait, mais elle était plus que satisfaite qu'il en ait terminé avec les regards noirs ou les prises de distance.

— Reste ici, ordonna-t-il, avant de se retirer doucement de son corps.

Maisy ne put dissimuler une petite grimace. Même si cela ne faisait qu'une semaine qu'ils avaient fait l'amour pour la dernière fois, Jack était solidement membré et, comme il l'avait promis, il n'y était pas allé tendrement.

Il s'absenta moins d'une minute et revint avec un gant de

toilette chaud. Il la nettoya – Maisy se tortilla au passage –, puis revint sous les couvertures après un rapide retour à la salle de bain. Dès qu'il la prit dans ses bras, Maisy se blottit contre lui, comme elle l'avait fait tant d'autres nuits.

— Ça va ? demanda-t-il.

— Ça va, confirma-t-elle.

Un peu plus tard, il lâcha :

— Ça m'a manqué. Que tu t'accroches à moi comme un bébé singe.

Elle aurait pu se sentir insultée s'il n'avait pas eu l'air si content.

— Moi aussi, admit-elle. Ta peau est toujours aussi chaude.

— Et la tienne aussi glacée. Tes pieds sont des blocs de glace, madame.

Maisy gloussa. Elle sentit qu'il lui embrassait le sommet du crâne avant de se détendre complètement.

Il s'endormit en quelques secondes, et Maisy resta allongée contre lui, se délectant de pouvoir le serrer dans ses bras à nouveau. Elle n'avait jamais espéré que cela se reproduirait. Non seulement c'était arrivé, mais il semblait bien que Jack et elle soient... remariés ?

Cela n'avait aucun sens, et personne ne comprendrait si elle essayait de l'expliquer. Mais ils avaient littéralement échangé leurs vœux tout à l'heure. Cette fois-ci, ils signifiaient beaucoup plus, vu qu'elle ne vivait pas un mensonge. Jack n'était plus amnésique. Et son pardon signifiait tout pour Maisy.

Mais au fond d'elle, Maisy ne se satisfaisait pas de laisser les choses en l'état. Jason était toujours là. Comme un nuage noir planant au-dessus de Jack et elle. Il n'arrêtait pas d'essayer de lui soutirer de l'argent. Elle le savait aussi bien qu'elle le savait coupable de l'assassinat de leurs parents.

Et si elle voulait être heureuse pour toujours, elle devrait se battre. Elle avait une peur bleue d'affronter Jason, mais il le fallait. Elle lui montrerait qu'elle n'était plus la petite sœur qu'il avait malmenée pendant la moitié de sa vie. Oh, elle ne ferait rien de stupide, mais elle voulait qu'il ressente un peu de la peur qu'il lui avait inspirée pendant des années.

Elle avait cru devoir affronter seule Jason, même si Jack et ses coéquipiers étaient prêts à l'escorter jusqu'à Seattle pour régler ses affaires financières. Mais maintenant que Jack lui avait pardonné et semblait aspirer à une vraie relation avec elle, Maisy voulait qu'il soit là pour la voir revendiquer ce qui lui appartenait. Elle ne voulait plus être la femme pathétique et lâche qu'il avait rencontrée la première fois, mais elle se refusait tout autant à être TSPV : Trop Stupide Pour Vivre. Elle avait appris cette expression en ligne, dans la recension d'un livre. L'héroïne avait un harceleur et pourtant elle avait insisté pour être indépendante et partir faire quelque chose seule. Des courses, peut-être. Et l'auteur de la recension avait eu raison. Cette héroïne avait été trop stupide pour vivre.

Alors peut-être qu'au lieu d'essayer d'affronter Jason toute seule, elle demanderait à Jack de la seconder. Et peut-être aussi à Brick et Tiny, qui s'étaient déjà portés volontaires pour les accompagner à Seattle. La présence de deux anciens Navy SEALs et de Jack à ses côtés lui donnerait du courage et dissuaderait Jason de commettre un acte inconsidéré... comme la frapper, ou la traîner jusqu'à la banque par les cheveux et la forcer à lui céder son héritage.

Elle avait juste besoin de quelques minutes. Assez longtemps pour lui dire enfin qu'à agir comme il l'avait fait, c'était lui l'être pathétique, et non elle, comme il l'avait si souvent décrété.

Maisy se sentait sûre son plan. Elle n'était pas certaine de savoir comment le réaliser, si Jason ne vivait plus dans leur maison, et elle avait le sentiment que Jack consentirait difficilement à la laisser affronter son frère, mais pour avancer dans sa vie, elle devait le faire.

Poussant un soupir, Maisy passa une jambe sur la cuisse de Jack et sourit lorsque son bras se resserra autour d'elle.

— Ça va ? murmura-t-il, visiblement presque endormi.

— Plus que bien, répondit-elle.

Elle s'endormit avec son odeur dans les narines et sa chaleur dans le corps. Elle n'avait aucune idée de ce que l'avenir lui réservait, mais, pour une fois dans sa vie, elle avait hâte d'en connaître la suite.

18

L'anniversaire des trois mois de mariage de Stone était passé. Entre Maisy et lui, tout allait mieux que jamais. Il n'avait pas réalisé à quel point il avait été tendu jusqu'à ce qu'elle vienne de nouveau dormir dans ses bras et qu'ils aient mis les choses au point entre eux.

Maisy n'était pas son frère. Ce n'était pas elle qui l'avait kidnappé. Elle était autant victime de ce qui s'était passé que lui. Il avait fallu sa discussion avec Henley pour s'en rendre vraiment et honnêtement compte. Une fois qu'il avait pris le temps de réfléchir à ce qu'avait été sa vie, la décision de lui pardonner n'avait pas été difficile à prendre.

Son retour au Refuge était une thérapie pour Stone. Il aimait l'endroit que ses amis et lui s'étaient aménagé et ne pouvait imaginer vivre ailleurs. Heureusement, Maisy s'y intégrait parfaitement. Elle aidait partout où elle le pouvait et tout le monde l'avait accueillie chaleureusement.

Mais aucun d'eux ne parvenait à oublier que son frère était toujours dans la nature. Probablement en train de ruminer la perte de l'allocation mensuelle de Maisy et l'impossibilité de la trouver pour la forcer à modifier ce que Ry avait accompli électroniquement.

Le moment approchait où ils devaient retourner à Washington pour que Maisy puisse rencontrer l'avocat et signer les papiers qui lui donneraient un accès total et légal à son héritage. Stone n'aimait pas l'idée, mais c'était nécessaire s'ils voulaient couper une fois pour toutes les ponts avec Jason.

Maisy avait parlé à Stone de la manière dont elle comptait employer son argent. Elle n'en voulait pas pour elle-même, ayant l'impression qu'il était en quelque sorte souillé. Il n'était pas d'accord, mais il ne dirait jamais à Maisy ce qu'elle devait faire de son propre argent. Ry et elle étaient en train de réfléchir aux œuvres de charité auxquelles faire don de la plus grande partie de l'argent, et il n'avait jamais été aussi fier de quelqu'un que de son épouse.

Son épouse. Stone n'avait pas prévu de se marier, il n'y avait jamais vraiment réfléchi. Mais maintenant, il ne pouvait pas s'imaginer rentrer dans son chalet, ne pas y trouver tous les soirs Maisy, et encore dormir sans elle dans ses bras. Leurs étreintes étaient incroyables, mais c'était plus profond que cela. La connexion qu'ils avaient, leur lien émotionnel était plus intense qu'il n'aurait jamais pu l'imaginer.

Lorsque ses amis comprirent qu'il avait pardonné à Maisy et qu'ils étaient désormais plus que de simples colocataires, il fut la cible d'une avalanche de taquineries. Mais il s'en moquait. Ils pouvaient bien le charrier autant qu'ils voulaient, il n'avait jamais été aussi heureux.

Il serait plus détendu une fois leur voyage à Seattle terminé. Il n'était pas ravi que Maisy veuille retourner chez elle pour récupérer son journal, les photos qu'elle avait prises il y avait des années et les autres preuves, mais en fin de compte, s'ils voulaient que Jason soit condamné pour ses crimes, ils avaient besoin de ces éléments. La police voudrait des preuves pour obtenir un mandat de perquisition afin de pouvoir faire expertiser le terrain de basket dans le jardin et espérer trouver le corps de la pauvre Martha.

Brick avait proposé à Maisy d'organiser une expédition à la maison avec Tiny pour tout récupérer, mais elle avait refusé. Ils avaient dû discuter un peu pour comprendre pourquoi elle était si déterminée à obtenir elle-même les preuves dont ils avaient besoin pour aller voir la police, mais elle avait fini par céder et leur expliquer qu'elle tenait à revoir son frère une dernière fois. Pour lui déballer tout ce qu'elle ne s'était pas sentie capable de dire auparavant. Et avec lui, Brick et Tiny à ses côtés, elle était sûre de ne courir aucun risque.

Stone voulut protester, lui dire qu'il était idiot de s'approcher de son frère, mais il comprenait aussi qu'elle avait besoin de tourner la page. Et le fait qu'elle soit assez intelligente pour ne pas vouloir le faire toute seule, pour admettre qu'il lui fallait de gros bras pour la protéger, poussa finalement Stone à céder.

Sans compter qu'il avait aussi des choses à dire à Jason.

Ils allaient donc partir dans deux jours. Ils avaient appelé l'avocat chargé de la fiducie, qui avait accepté de les voir dans le bureau du directeur de la banque, à la première heure, le lendemain de leur arrivée. Ensuite, ils iraient à la maison récupérer les preuves que Maisy avait laissées derrière elle, ainsi que tout ce qu'elle pourrait vouloir conserver, puisque, la dernière fois, Stone les avait exfiltrés de la maison sans même une valise. Il la laisserait dire ce qu'elle avait à dire à son frère – à supposer qu'il se trouve sur les lieux –, puis ils passeraient une autre nuit à l'hôtel avant de repartir le lendemain matin.

L'un dans l'autre, le voyage serait aussi bref que possible. La simple pensée d'un retour dans l'État de Washington hérissait la nuque de Stone. Il se sentait nerveux, excité, comme avant un vol dangereux lorsqu'il était dans l'armée.

Ce matin, Brick tenait sa réunion hebdomadaire. Chacun parlerait de sa vie au Refuge, des choses qu'il souhaitait changer ou mettre en œuvre et, d'une manière générale, prendrait le pouls de l'entreprise. Stone appréciait vraiment ces réunions. Il aimait entendre les idées de ses amis sur cet endroit. Beaucoup de choses semblaient s'être passées pendant les semaines où il était parti.

Tonka commença par donner des nouvelles des animaux dont il s'occupait, puis Brick fit le point sur les finances et les dons, qui avaient augmenté de cinq cents pour cent au cours des dernières années. Owl parla de l'avancement de la construction du hangar pour l'hélicoptère, et Brick ajouta qu'il espérait qu'il ne faudrait pas plus d'un mois pour que l'enquête sur Carter Grant et ce qui s'était passé sur son île soit terminée. Ils pourraient alors organiser la livraison de l'hélicoptère au Refuge.

Stone était plus excité qu'il ne pouvait l'exprimer à l'idée d'avoir un hélicoptère sur la propriété. Voler lui avait vraiment manqué : il s'en était rendu compte quand Owl et lui avaient fait un trajet en hélicoptère jusqu'à la frontière mexicaine pour sauver Reese. Et même s'il était maintenant évident que Grant avait utilisé l'hélicoptère comme appât pour mettre la main sur Lara, Stone ne pouvait nier qu'il avait adoré le Bell quand ils l'avaient testé, avec Owl.

— Quels sont les projets de Ry ? demanda Pipe à Tiny, dont les yeux se firent soupçonneux.

— Pourquoi ? rétorqua brusquement l'interpellé.

— Du calme, mec, je me demandais juste.

— Désolé. Je ne sais pas. Elle travaille avec Maisy pour

baiser son frère. Une fois que ce sera fait... je suppose qu'elle s'en ira.

— Où veut-elle aller ? demanda Spike.

— Je ne sais pas.

— Ça te préoccupe ? insista Brick.

La salle devint silencieuse, car l'attention générale s'était portée sur Tiny.

— Pourquoi ? Je le devrais.

— Parce que tu l'aimes bien, répliqua Tonka sans s'embarrasser de circonvolutions.

— Absolument pas.

— Ah OK. Donc c'est pour ça que tu ne la perds pas de vue, conclut Owl avec un grognement sarcastique.

— Elle nous a menti. Elle nous a trompés. Elle pourrait littéralement nous faire les poches et on ne s'en apercevrait que trop tard. C'est probablement la personne la plus dangereuse que j'aie rencontrée de ma vie. Parce que, bon, chaque fois qu'elle touche un ordinateur, elle peut causer des dégâts incommensurables. Au Refuge, à nous personnellement, aux États-Unis. Vous saviez qu'elle avait l'habitude de pirater la messagerie du président pour s'amuser ?

Brick se pencha en avant et fixa Tiny d'un regard intense.

— Elle ne nous ferait pas de mal.

— Vous n'en savez rien.

— Ton refus de l'admettre signifie que tu n'es pas prêt à ouvrir les yeux et à voir ce qu'il y a devant toi.

— C'est-à-dire ? grogna Tiny.

— Que Ry est morte de trouille, répondit Brick.

Tiny s'esclaffa. Mais sans le moindre amusement.

— Ben voyons.

— C'est vrai, insista Brick.

— La seule chose dont elle a peur, c'est de ne plus pouvoir jouer avec la vie des gens si elle est jetée en prison.

Stone ignorait si Tiny essayait de se convaincre ou de les convaincre qu'il croyait ce qu'il disait. Il ne connaissait pas très bien Ry, qui ne se laissait guère approcher au Refuge, mais il appréciait le peu qu'il connaissait d'elle. Ry était gentille, toujours prête à aider, et elle n'aimait pas les ragots. Et bien qu'elle ait apparemment la capacité de mettre la main sur d'énormes quantités d'argent, elle travaillait toujours comme gouvernante au Refuge : cela en disait long sur elle.

— Tu te comportes comme un con, cracha Spike, d'un ton inhabituellement dur. Elle n'était pas obligée de trouver comment traquer Reese. Et si elle ne nous avait pas aidés, je ne suis pas sûr que je l'aurais retrouvée.

— Et rappelle-toi qu'elle a sauvé Jasna, sans demander ni vouloir de remerciements : ça m'indique tout ce que j'ai besoin de savoir sur elle, ajoute Tonka.

— Elle a localisé nos bunkers ! objecta Tiny. On était tous d'accord pour ne jamais en parler à qui que ce soit. Et, pourtant, non seulement elle connaissait leur existence, mais en plus, elle nous l'a balancé à la figure en cachant Jasna dans l'un d'entre eux. Pourquoi ne l'a-t-elle pas simplement ramenée ici ? Pourquoi ce subterfuge ?

— Je suppose qu'elle les a découverts en recourant à la même méthode que d'habitude, répliqua Pipe avec logique. Parce qu'elle a découvert les plans quelque part en ligne. Ou peut-être qu'elle est tombée sur un e-mail égaré, de l'époque où on les faisait construire. Je n'en sais rien. Mais tu sais quoi ? Ça m'est égal qu'elle le sache. Je suis content qu'elle ait utilisé ses connaissances pour protéger Jasna.

— Moi aussi, renchérit Tonka, sans surprise, puisque Jasna était sa belle-fille.

— Ce que je veux savoir, c'est pourquoi, ajouta Brick après un moment.

— Pourquoi, quoi ? s'enquit Tiny.

— Pourquoi a-t-elle travaillé ici pendant des mois sans nous mettre au courant de ce qu'elle savait faire. Cette femme est un véritable génie. Tex a admis qu'elle était meilleure que lui en informatique, et on sait tous que ce n'est pas rien. Elle pourrait siroter des margaritas sur une plage quelque part, à dépenser des millions mal acquis. Et pourtant, elle a choisi d'être ici, au milieu de nulle part, au Nouveau-Mexique, à nettoyer des sanitaires et à laver des serviettes et des draps. Il y a une histoire là-dessous… et je veux la connaître.

Stone était tout à fait d'accord.

— Eh bien, pas moi, grommela Tiny.

— Si elle partait aujourd'hui, ça ne te ferait ni chaud ni froid ? insista Brick. Tu ne repenserais pas à elle ? Tu ne te demanderais pas ce qu'elle fuit ? Et ne lève pas les yeux au ciel, on sait tous qu'elle fuit quelque chose. Qu'elle se cache. Si on ne fait rien, elle finira par partir, vulnérable face à ce dont elle a manifestement peur. Et si cela arrive, on ne la retrouvera jamais. Elle prendra un nouveau nom et sera définitivement perdue pour nous, ajouta-t-il en secouant la tête. Peut-être que tu la détestes, Tiny, mais pas moi. En fait, je l'aime bien. Et Alaska aussi. Je ne veux pas la laisser partir sans avoir au moins essayé de découvrir ce qui ne va pas, pour voir si on peut l'aider.

— Moi aussi, approuva Tonka.

— Idem, acquiesça Owl.

— Elle a sauvé ma Reese, c'est suffisant pour que je fasse ce que je peux pour l'aider.

Stone était sur la même longueur d'onde que ses amis.

Ry faisait beaucoup pour Maisy, sans rien demander en retour.

— Je ne la déteste pas, lâcha Tiny au bout d'un moment.

— Un peu plus, tu nous bernais, ironisa Brick.

Tiny se passa une main dans les cheveux, signe qu'il était perturbé.

— Elle... me déroute. Je ne comprends pas ses motivations.

— Peut-être qu'elle fait ces choses parce que c'est une bonne personne, déclara Stone.

Tiny soupira.

— Parfois, quand elle ne sait pas que je l'observe, elle baisse sa garde. Elle a l'air... hanté. Je ne sais pas ce qu'elle cache, mais ce n'est pas bon. Et traitez-moi d'égoïste si vous voulez, mais je ne veux pas que ça se retourne contre nous. J'ai le sentiment que ça aurait la capacité de détruire le Refuge.

— Raison de plus pour trouver ce que c'est et la convaincre de nous laisser l'aider, insista Brick.

— Il faut que tu arrêtes, Tiny, ajouta Tonka d'un ton sévère. Elle a sauvé Jas. Tu n'es pas obligé de l'aider, mais je me porterai garant pour Ry, ou quel que soit son nom.

— Même chose, fit Spike.

— Elle a été un miracle pour la plupart d'entre nous, ajouta Owl.

— Très bien. Je vous entends. Je vais arrêter. Mais ne venez pas vous plaindre si on se réveille un jour avec nos comptes bancaires à sec et Ry dans la nature, capitula Tiny en lançant les mains en l'air.

Tonka recula sa chaise si vite qu'elle tomba par terre derrière lui.

— Tu es un connard, lâcha-t-il d'un ton égal et contrôlé.

J'ai été comme toi pendant longtemps, mec. J'ai refusé de voir ce qu'il y avait devant moi jusqu'à ce qu'il soit trop tard. Ry ne restera pas ici si elle ne se sent pas la bienvenue. Si elle pense que tu as d'elle la pire des opinions. Elle a déjà un pied dehors. Si elle n'est pas encore partie, c'est seulement parce que Maisy a besoin d'elle. À la seconde où ce sera terminé, elle s'en ira. Et ça craindra, parce qu'elle a sauvé la vie de ma fille sans rien demander. Elle était prête à affronter un tueur en série en devenir pour ramener Jas à la maison.

— Ry ne va pas voler notre argent. Elle aurait pu le faire dès qu'elle est arrivée ici et on n'aurait même pas eu l'idée qu'elle était derrière la magouille. Sors-toi ta tête du cul avant qu'il ne soit trop tard, Tiny. Maintenant... je vais aller voir Melba. Un de ses sabots la gêne.

Sur ce, Tonka se dirigea vers la porte et sortit sans se retourner.

La pièce demeura silencieuse jusqu'à ce que Brick intervienne.

— Je vais chercher Savannah et lui dire qu'on est prêts à écouter son rapport.

Stone fronça les sourcils. Tonka était beaucoup plus bavard depuis que Henley et lui s'étaient mis ensemble, mais il n'était pas le genre d'homme à faire des pieds et des mains pour imposer son opinion. Or il venait de placer Tiny devant ses responsabilités, ce qui n'était pas rien. En même temps, il ne pouvait s'empêcher d'être désolé pour son ami. Il était évident qu'il avait du mal à gérer ses sentiments pour Ry.

— Tu vas être en mesure d'aller à Seattle ? lança discrètement Stone à Tiny, une fois que tout le monde se fut remis à discuter.

— Oui, pourquoi pas ?

Stone haussa les épaules.

— Je ne savais pas trop si tu serais à l'aise de laisser Ry chez toi pendant ton absence.

Tiny soupira.

— Brick a raison. Tonka aussi. J'ai été un connard. C'est juste que... j'ai un très mauvais pressentiment à propos de Ry. Pas contre elle personnellement, mais concernant ce qu'elle cache. Ce qu'elle peut faire a beau être hors de ma portée, je sais que ce qui cloche... pourrait nous ruiner, tous autant que nous sommes.

Stone opina.

— On ne sera partis que quelques jours. À notre retour, on parlera avec elle et on la rassurera en lui disant qu'on ne veut pas la voir partir, qu'on veut l'aider.

— OK, dit Tiny.

— Et on trouvera une solution, déclara Stone avec fermeté.

— Je l'espère. Parce que sinon, j'ai l'impression que c'est nous qui en paierons le prix.

Stone voulut ajouter quelque chose, mais Savannah entra, Brick sur les talons. Ce n'était pas le meilleur moment pour discuter de la situation de Ry, mais ils devaient absolument avoir une autre discussion sérieuse avec la petite génie de l'informatique. Très bientôt.

19

———————

— Avez-vous assez à manger ? demanda Luna.

Maisy s'esclaffa.

— Oui, c'est bon. La moitié de mon bagage à main est rempli de nourriture.

— Surtout, fais tout ce qu'ils te disent, la prévint Alaska. Drake s'y connaît. Et Tiny aussi, vu qu'il était également un Navy SEAL.

— On ne part pas à la guerre, ironisa Maisy.

— À mon avis, tu ne devrais pas sous-estimer ton trou du cul de frère, répliqua Lara.

Elle n'avait pas tort. Maisy acquiesça.

— Ça suffit. Vous lui faites peur, intervint Jack en passant un bras autour de la taille de Maisy.

Levant les yeux vers lui, elle vit tressauter un muscle dans sa mâchoire. Il faisait de son mieux pour paraître nonchalant à propos de ce voyage, mais il était évident, du moins pour elle, qu'il était tout sauf détendu.

S'il y avait eu un moyen d'obtenir son héritage sans faire ce voyage à Seattle, Maisy ne doutait pas que Jack aurait insisté pour qu'ils s'en abstiennent. Ils avaient essayé de faire en sorte qu'elle voie quelqu'un ici au Nouveau-Mexique, mais l'avocat en charge du trust était le seul à pouvoir débloquer l'argent, et des engagements familiaux l'empêchaient de faire le voyage jusqu'au Nouveau-Mexique.

Maisy comprenait. On ne pouvait pas attendre de lui qu'il sillonne le pays au gré des caprices de ses clients. Et elle appréciait qu'il s'en tienne à la lettre de la loi. Dans le cas contraire, son frère aurait probablement déjà trouvé un moyen de mettre la main sur son argent.

Par ailleurs, il y avait des choses qu'elle voulait récupérer dans la maison... Les preuves contre Jason pour commencer, naturellement, mais aussi des souvenirs, des vêtements, les mouchoirs que son père portait toujours et qu'elle gardait dans sa commode, l'alliance de sa mère. Ce n'étaient que des objets, mais c'était tout ce qui lui restait de ses parents.

Brick, Tiny et Jack étaient tous aussi tendus que s'ils se préparaient vraiment à une mission. Maisy aurait aimé les rassurer en leur disant que son frère céderait devant la moindre manifestation de force. C'était le comportement typique d'une brute. Face à plus faible qu'eux, ils roulaient des mécaniques, mais dès que quelqu'un leur résistait, ils cédaient. Son frère n'était pas différent. Bien sûr, le savoir ne lui avait été d'aucune utilité par le passé, mais elle avait secrètement hâte que Jason se retrouve face aux gars. Il se ferait dessus, c'était une certitude.

Mieux encore, il ne pourrait pas lui faire de mal. Pas avec Brick, Tiny et Jack pour la protéger. Elle pourrait lui dire ce qu'elle avait sur le cœur sans crainte de représailles. En fait, elle avait hâte de voir son frère.

Ils mirent finalement un terme à leurs adieux et prirent la route de l'aéroport de Santa Fe. Comme ils n'avaient que des bagages à main, l'enregistrement fut bouclé en un clin d'œil. Elle s'assit entre Jack et Brick dans l'avion, avec Tiny dans la rangée derrière eux. En un rien de temps, ils atterrirent à Seattle et Tiny les conduisit à leur hôtel.

Leur rendez-vous à la banque se tiendrait le lendemain matin. Avant qu'ils ne posent le pied à Seattle, le timing semblait parfait, mais Maisy regrettait maintenant qu'ils ne puissent aller à la banque à la seconde même. Elle ne put se défaire de son anxiété pendant que Tiny conduisait, craignant que son frère ne découvre sa présence et ne fasse quelque chose pour l'empêcher de se rendre à la banque et de signer les papiers.

— Détends-toi, tout va bien, lui souffla Jack, comme s'il pouvait lire dans ses pensées.

Sans doute pas, mais il était probablement en mesure de déchiffrer son langage corporel. De sentir son stress dans la façon dont elle s'accrochait à sa main, presque désespérément.

— Même si ce n'est pas légal, l'idée de Ryleigh de se servir des fausses cartes d'identité que Stone et toi avez utilisées pour quitter Washington la première fois était intelligente, commenta Tiny en conduisant. Si ton frère a un moyen de surveiller qui entre et sort de Seattle, il ne saura pas que tu es revenue avant qu'il ne soit trop tard pour qu'il puisse faire quoi que ce soit.

Tiny avait raison, elle le savait, mais cela ne l'empêchait pas de jeter des coups d'œil craintifs à tous les véhicules qui les entouraient.

— On s'enregistre, puis on commande le service d'étage. On trouvera quelque chose à regarder pour te changer les idées, dit Jack.

Maisy appréciait qu'il fasse ce qu'il pouvait pour l'aider à se calmer, mais la dernière chose dont elle avait envie, c'était de rester assise dans la chambre à penser à toutes les façons dont Jason pourrait gâcher leurs plans.

— Et si on allait au restaurant dans le hall ? suggéra-t-elle.

Elle n'était pas assez stupide pour suggérer une escapade touristique ou quoi que ce soit d'autre, mais peut-être serait-il d'accord pour qu'ils mangent en bas.

— Je ne sais pas, répondit Jack, pensif.

Brick intervient depuis le siège avant.

— À mon avis, ça ira. On demandera un box au fond du restaurant, loin des fenêtres.

— Tu es sûre ? demanda Jack à Maisy.

Elle hocha la tête avec enthousiasme.

— D'accord. On se retrouve en bas environ une heure et demie après l'enregistrement ?

Tout le monde fut d'accord, et Maisy tenta de forcer ses muscles à se détendre. Tout allait bien. Comme sur des roulettes.

Et ce fut le cas. Ils s'enregistrèrent sans problème ; Brick et Tiny partageaient une chambre à l'autre bout du couloir par rapport à Jack et elle. Ils se retrouvèrent dans le hall pour dîner, et Maisy se surprit à rire et à oublier ce qu'ils projetaient de faire le lendemain... du moins pour un petit moment.

Jack la ramena ensuite à l'étage, mit un film que ni l'un ni l'autre n'avait envie de regarder, et la prit dans ses bras.

C'était ce dont elle avait besoin. Maisy se sentait toujours en sécurité avec Jack à ses côtés. La journée du lendemain se passerait bien. Ils feraient ce qu'ils étaient venus faire, puis rentreraient chez eux et reprendraient le cours de leur vie.

— La journée de demain va bien se passer, murmura Jack.

Maisy gloussa.

— Qu'y a-t-il de drôle ? demanda-t-il.

— J'étais en train de penser la même chose au mot près.

— Les grands esprits se rencontrent.

Maisy sourit.

— Jack ?

— Oui, Stellina ?

— Merci.

— De quoi ?

— D'être là. De ne pas avoir paniqué quand j'ai dit que j'avais besoin d'affronter Jason. De me procurer une sensation de sécurité. De m'avoir pardonné.

— Tu n'as pas à me remercier pour tout ça, Maisy. On n'a peut-être pas commencé notre mariage de manière conventionnelle, mais je prends mes vœux au sérieux. Si tu désires quelque chose, je me plierai en quatre pour te l'obtenir.

— Je n'ai besoin que de toi, répliqua-t-elle.

— Tu m'as.

Et c'était un miracle. Jason avait fait beaucoup de mal à cet homme. Il l'avait kidnappé et forcé à épouser sa sœur. Et pourtant, c'était le meilleur homme que Maisy ait jamais rencontré. Non seulement il était beau – ce qui était le moindre de ses critères quand il s'agissait d'un partenaire –, mais il était intelligent, indulgent, compréhensif, empathique et gentil. Elle n'aurait pas pu faire mieux si elle avait choisi son propre mari. Ce qui l'exaspérait, car elle ne voulait pas accorder à Jason ne serait-ce qu'un iota de crédit pour le bonheur qu'elle éprouvait en ce moment.

— Je t'aime, murmura Maisy en se blottissant contre Jack.

Il la serra affectueusement en retour. Il ne lui avait pas dit qu'il l'aimait depuis qu'il avait retrouvé la mémoire, mais

Maisy savait être patiente. C'était fou qu'elle soit si amoureuse de lui après si peu de temps, mais elle s'en fichait. Elle voulait qu'il sache ce qu'elle ressentait, même si ses sentiments n'étaient pas réciproques. Elle espérait que ce serait le cas un jour, qu'il serait capable de l'aimer autant qu'elle l'aimait. Il avait déjà prononcé ces mots auparavant, lorsqu'il ne savait pas qui il était, et il recommencerait, elle y croyait.

* * *

Ni Jack ni elle ne dormirent très bien, mais, au moins, aucun ne fit de cauchemar. Ils s'étaient levés, préparés pour la longue journée qui les attendait, puis ils avaient rejoint Brick et Tiny en bas avant de se rendre à la banque pour y être à l'heure de l'ouverture.

Tout le monde était tendu et Maisy regrettait d'avoir autant mangé au petit déjeuner. Pourvu qu'elle ne vomisse pas tout sous l'effet de la nervosité. Brick et Tiny étaient en état d'alerte et, pour la première fois, Maisy put déceler les Navy SEALs qui se tapissaient en ces hommes. Ils ne cessaient de balayer les lieux du regard et se tenaient toujours entre elle et ceux qui étaient susceptibles de s'approcher.

Jack avait refermé sa main sur la sienne, refusant même de la lâcher lorsqu'ils arrivèrent à la banque, insistant pour qu'elle se glisse sur la banquette et descende de son côté du véhicule. En vérité, bien que leur attitude la fasse paniquer, Maisy était soulagée qu'ils se montrent aussi vigilants.

Et quand elle songeait à ce qui se serait passé si Jason avait obtenu ce qu'il voulait : il l'aurait traînée jusqu'ici, en lui serrant probablement le bras assez fort pour y laisser des bleus, en la menaçant tout le long du chemin... oui, elle était heureuse d'avoir à ses côtés trois hommes aussi protecteurs.

À sa grande surprise, la signature des documents n'eut rien de grandiose. Après toutes ces années, après tout le stress et la douleur, ils rencontrèrent l'homme chargé de sa fiducie et furent conduits dans le bureau du directeur de la banque : la signature des documents permettant d'accéder à dix millions de dollars prit moins de trente secondes.

Une fois la chose faite, on lui assura que les papiers seraient immédiatement enregistrés et l'argent transféré sur son nouveau compte – celui que Ry avait ouvert pour elle dans une banque de Los Alamos – dans un délai d'une semaine. L'homme s'excusa pour la lenteur de l'opération, mais en raison du montant, certaines précautions devaient être prises.

Puis ils remontèrent dans la voiture, où l'atmosphère s'allégea considérablement.

— Ce n'était… pas ce à quoi je m'attendais, lâcha Maisy lorsque Tiny eut démarré.

— À quoi tu t'attendais ? demanda Brick depuis le siège avant.

— Je ne sais pas trop. À plus de sécurité, plus de… quelque chose.

Jack sourit.

— C'est fait. Ton frère n'a plus aucun contrôle sur tes faits et gestes, sur l'endroit où tu vis ou la manière dont tu dépenses ton argent.

Ce fut alors qu'elle comprit.

— C'est fini.

— Oui, son règne de terreur est terminé, acquiesça Jack.

Maisy éclata en sanglots, mélange de soulagement, de tristesse pour ses parents et de bonheur que son frère ne puisse plus lui faire de mal.

— Merde ! Elle va bien ? Je me gare ? demanda Tiny, un peu inquiet.

Brick sourit.

— Tu as beaucoup à apprendre sur les femmes. Elle va très bien. Juste le stress qui retombe. Je me trompe, Stone ?

Maisy sentit l'interpellé hocher la tête tout en faisant de son mieux pour maîtriser ses émotions. Le plus facile était fait. Restait encore à affronter Jason, récupérer les preuves et faire ses bagages. Plus tard dans la soirée, elle pourrait rouvrir les vannes de ses larmes, mais pour l'instant, il fallait se ressaisir.

Prenant une profonde inspiration, Maisy se redressa.

— Tout va bien ? demanda Jack.

Elle secoua la tête, mais répondit par l'affirmative.

Jack s'esclaffa.

— Tout va bien, déclara-t-il fermement avant de lui passer une main autour de la nuque pour l'attirer vers lui et l'embrasser sur le front.

— Je suis fier de toi, murmura-t-il.

Ses paroles firent vibrer Maisy de la tête aux pieds. Elle n'avait rien fait d'autre que d'entrer dans une banque et de signer un bout de papier, mais savoir que Jack était fier d'elle signifiait tout à ses yeux.

— Bon, le plan reste le même ? lâcha Tiny au bout d'un moment.

Au cours du dîner de la veille, ils avaient parlé de la façon de procéder dans la maison, mais Maisy comprit que Tiny réaffirmait seulement ce qu'ils avaient déjà décidé.

— On fait le tour du pâté de maisons pour se familia- riser avec les lieux. Puis on se gare quelques maisons plus loin, et Maisy utilise sa clé pour entrer. On ne frappe pas. Si son frère a fait changer les serrures, on va jusqu'à la porte de la cuisine, on casse l'une des fenêtres et on entre par là, développa Brick.

— Tu tiens toujours à faire ça ? s'enquit Jack. On peut

aussi aller trouver la police et leur demander un mandat de perquisition pour récupérer les photos et ton journal.

— Je pensais qu'il y avait un risque que le mandat soit refusé si on procédait de cette façon ? s'étonna Maisy. Quelque chose comme ma parole contre la sienne et pas assez de preuves.

Jack ne répondit pas, il se contenta de continuer à la regarder, et elle sut qu'elle avait raison.

Même si cela paraissait impossible, Maisy tomba encore plus amoureuse de lui à cet instant-là. Il était évident qu'il ne voulait pas retourner chez elle. Il ne voulait pas qu'elle y aille non plus. Il ne voulait surtout pas que Jason l'approche. Malgré tout, il était prêt à l'accompagner parce que c'était quelque chose qu'elle devait faire.

— Je dois m'assurer qu'il sera puni pour ce qu'il a fait à Martha. Et s'il a quelque chose à voir avec le meurtre de maman et papa, il faut qu'il paie pour cela aussi. Et puis, j'ai besoin de ces photos et du portefeuille de Martha pour confirmer ma déposition aux inspecteurs.

— On pourrait aller les chercher pour toi, suggéra Brick.

Maisy les appréciait tous énormément. Mais c'était à elle de s'en charger. Elle aurait dû le faire bien avant. Elle se détestait d'avoir laissé passer autant de temps, permettant à son frère s'en tirer malgré ses crimes.

— On va faire vite, dit-elle aux gars dans la voiture.

— Oh que oui, confirma Tiny.

— On entre, on monte, on prend les affaires et on sort, récapitula Brick.

Maisy eut envie de leur rappeler qu'elle tenait à confronter Jason, mais plus ils approchaient de la maison, plus elle avait la nausée et plus cette idée lui semblait mauvaise. Elle n'avait aucune envie d'entendre les paroles haineuses de son frère. Et elle ne doutait pas qu'il se défendrait de la seule manière à sa portée, verbalement et émotionnellement. Il la connaissait mieux que quiconque et savait donc exactement comment la blesser.

Pour la première fois, elle croisa les doigts dans l'espoir que Jason ne soit pas à la maison à leur arrivée. Mais ses espoirs furent anéantis dès qu'ils passèrent devant la maison et qu'elle vit sa voiture dans l'allée. Pour une raison inconnue, il ne se servait jamais du garage, il préférait se garer juste devant la porte et entrer par là. Comme s'il avait des domestiques pour déplacer la voiture à sa place... ce qui n'était pas le cas.

Tiny s'arrêta quelques maisons plus loin et coupa le moteur.

— Allons-y, déclara-t-il fermement.

Une partie de sa confiance se communiqua à Maisy. Elle ne faisait rien d'illégal. C'était aussi sa maison. Elle pouvait y entrer si elle le voulait. Prenant une profonde inspiration, elle resserra les doigts autour de ceux de Jack et sortit de la banquette arrière.

Ils se dirigèrent vers la maison comme s'ils avaient tous les droits d'y être... parce que c'était bel et bien le cas. Ils ne cherchèrent pas à passer inaperçus, ne traversèrent pas les jardins comme des cambrioleurs. La clé bien ferme dans sa main, Maisy s'efforça de ralentir les battements de son cœur à mesure qu'ils approchaient de la porte d'entrée. Retenant son souffle, elle enfonça la clé dans la serrure et poussa un soupir de soulagement : elle tourna sans problème.

Dès qu'ils furent à l'intérieur, Brick referma derrière eux. La maison était étrangement calme. Il était encore tôt, du moins pour Jason, et comme il s'était débarrassé de Paige et des autres femmes qui travaillaient pour eux, il n'y avait personne. Pas d'odeur de petit déjeuner dans la cuisine, et même si Maisy n'était partie que depuis quelques semaines, l'absence de femme de ménage se faisait sentir. Il y avait de la poussière et des détritus partout. Des sacs de nourriture à emporter jonchaient le sol, comme si la personne qui les avait déposés s'attendait à ce que quelqu'un d'autre les ramasse. La maison avait aussi une odeur un peu bizarre : Jason avait dû organiser une fête, où l'on avait renversé de l'alcool sans que personne ne s'avise de nettoyer les dégâts.

— Viens, Maisy, allons récupérer ces preuves, dit Tiny dans un murmure à peine audible.

D'un signe de tête, elle indiqua l'escalier. Pendant qu'ils montaient, elle jeta un coup d'œil à Jack. Il serrait à nouveau la mâchoire, et elle devina que ses souvenirs « mitigés » liés à cette maison revenaient le tourmenter. Il est vrai qu'il ne savait pas qu'il avait été kidnappé pendant la majeure partie du temps qu'il avait passé ici, mais cela n'avait pas d'importance.

Ils passèrent devant la chambre de Jason sans un bruit et se dirigèrent vers la sienne. Lorsque la porte fut ouverte, Maisy ne put ravaler le petit cri qui s'échappa de sa bouche devant le spectacle de désolation qu'elle avait devant elle.

Aucun objet de la grande pièce n'était intact.

Les tiroirs avaient été ouverts et leur contenu éparpillé sur le sol. La literie et le matelas lui-même avaient été éventrés, leur rembourrage répandu pour aller rejoindre les autres affaires sur le sol. La moquette était tachée de ce que Maisy supposait être de la peinture rouge, mais l'effet était effrayant, car les traînées évoquaient du sang. Les vêtements qui se trouvaient dans l'armoire avaient été déchirés et jetés çà et là.

Hébétée, Maisy se dirigea vers la salle de bain. Ses articles de toilette avaient été vidés sur le comptoir et le sol. Dentifrice, shampoing, même la petite bouteille de parfum que sa mère lui avait offerte pour ses treize ans avait été vidée.

Elle savait sans l'ombre d'un doute que c'était l'œuvre de Jason. Dans un accès de rage, il était venu ici et avait tout détruit.

Au lieu d'être bouleversée, Maisy était furieuse. Il avait piqué une crise comme un gosse, parce qu'il n'avait pas obtenu ce qu'il voulait, à savoir de l'argent qui n'était même pas le sien. Il avait kidnappé Jack, lui avait menti, l'avait traitée comme une merde, et il était furieux !

Pour la première fois, Maisy se rendit compte de la chance qu'elle avait eue de s'en sortir. Si Jason n'avait pas enlevé Jack, s'il n'avait pas été un connard aussi avide, elle n'aurait probablement pas tardé à rejoindre Martha sous le béton.

— Où les as-tu cachés, ces trucs, Maisy ? demanda gentiment Brick.

Pinçant les lèvres, elle se détourna du désordre qui régnait dans la salle de bain et se dirigea vers la fenêtre. Autrefois, elle aimait s'asseoir sur le petit siège de fenêtre que son père lui avait fabriqué pour qu'elle puisse lire confortablement tout en regardant dehors. Les livres qui, pendant des années, avaient été posés avec amour sur la petite étagère au-dessous du siège étaient maintenant en lambeaux. Leurs pages avaient été arrachées, leurs couvertures tordues et piétinées. Couvertes de peinture.

Maisy s'agenouilla sur le sol et écarta une partie du désordre. Elle retint son souffle en attrapant la planche mal fixée. Il y avait juste assez d'espace sur un bord pour que son ongle puisse passer dessous. Elle la souleva et entendit Tiny jurer : il ne voyait rien dans cette cavité.

Elle se contenta de sourire en son for intérieur et tendit la main. Le trou était profond, et elle avait fourré les preuves bien au fond, hors de vue, juste au cas où quelqu'un trouverait sa cachette.

Elle réalisa sa tension au moment où ses doigts effleurèrent le petit sac qu'elle avait caché là et qu'elle tendit aux autres dès qu'elle l'eut récupéré.

— Tout y est ? demanda Brick.

Elle acquiesça.

— Tu es sûre ?

Elle acquiesça à nouveau.

— Je vais le garder pour toi, dit Jack en s'emparant du sachet bleu.

Sans hésiter, Maisy le laissa faire. Il glissa le tout dans une poche la veste qu'il portait. Elle s'était demandé pourquoi il l'avait emportée dans ses bagages, parce que ce n'était pas son genre de vêtements, d'habitude. Puis elle avait réalisé la commodité de cet habit lorsqu'elle avait vu que ses multiples poches contenaient des objets comme des couteaux, des attaches autobloquantes et d'autres objets potentiellement utiles à un dur à cuire comme son mari.

Une fois le sac en lieu sûr, il lui tendit la main pour l'aider à se relever.

— L'étape suivante consistait à emballer tes affaires, mais...

La voix de Brick s'éteignit et ils balayèrent tous la pièce du regard.

Maisy fut triste pendant quelques secondes, lorsqu'elle vit son pantalon de survêtement préféré couvert de peinture sur le sol. La photo de vaches qu'elle avait toujours aimée était cassée en deux et éclaboussée de peinture. Toutes ses affaires n'étaient plus qu'un champ de ruines.

Mais elle prit une profonde inspiration. Comme elle se l'était dit un peu plus tôt, ce n'était que du matériel. Alaska et les autres femmes avaient tout fait pour qu'elle se sente à l'aise et lui avaient acheté des tonnes de vêtements sympas. Jasna lui avait fait un dessin de Melba la vache, pour la faire sourire, et il était accroché au mur du chalet de Jack.

Heureuse d'avoir songé à mettre en sécurité la bague de sa mère, l'un des mouchoirs de son père et une photo de ses parents dans sa cachette des mois plus tôt, Maisy se tourna vers Jack.

— Je ne veux rien. J'ai tout ce qu'il me faut à la maison.

La maison. Les gens prononçaient ces mots sans réflé-chir. Elle y comprit. Mais une maison, ce n'étaient pas quatre murs et un toit. C'était n'importe quel endroit – ou n'importe quelle personne – qui vous communiquait un sentiment de sécurité. Or cette maison-ci n'était plus sûre pour elle depuis des années. Depuis que ses parents avaient été tués. Elle ne s'y sentait plus en sécurité, d'abord parce que la ou les personnes qui avaient tué ses parents étaient toujours en liberté. Puis à cause de Jason. Il avait fait de sa vie un enfer, et elle avait été heureuse de se perdre dans le brouillard des médicaments pour y échapper.

Sa maison était là où se trouvait Jack. Peu importait qu'il s'agisse de Washington, du Nouveau-Mexique ou de la lune. Tant que Jack était à ses côtés, elle était chez elle.

— D'accord, alors on se casse d'ici, déclara Brick d'un ton brusque.

Jack se saisit à nouveau de la main de Maisy et ils suivirent Brick, avec Tiny à l'arrière, tandis qu'ils sortaient de sa chambre et descendaient le couloir. Ils arrivèrent au rez-de-chaussée… et ce fut alors que leur chance tourna.

Jason, qui se tenait dans le salon, leva les yeux, surpris, lorsque Maisy et les autres apparurent.

— Eh bien, eh bien, eh bien, lâcha-t-il. Qui revoilà au bercail ? Ne serait-ce pas ma petite sœur et son mari ?

Maisy resta bouche bée. Jason avait une mine affreuse.

Ses cheveux en bataille se dressaient par touffes brunes sur sa tête. Il ne s'était pas rasé depuis plusieurs jours, et elle sentait son odeur corporelle lui parvenir de l'autre côté de la pièce. Il n'avait manifestement pas pris de douche depuis un bon moment, et ses vêtements pendaient sur sa carrure décharnée.

Elle était choquée par son apparence. Son frère avait toujours été fier de son physique. Aujourd'hui, il avait tout simplement l'air d'un clochard.

— Jason, souffla-t-elle, faute de savoir quoi dire d'autre.

— Puisque tu es ici, il faut croire que tu m'as complètement baisé, lâcha Jason.

Maisy fronça les sourcils.

— Pardon ?

— Tu l'as fait, c'est ça ? Tu as signé les papiers.

Elle comprit alors.

— Oui, confirma-t-elle.

— Tu m'as volé cette maison et l'argent de mon compte, l'accusa Jason.

— Ce n'était pas ton argent, intervint Jack pour la première fois. C'était celui de Maisy.

— C'était le mien ! cria Jason, ce qui la fit sursauter.

Jack la soutint et elle sentit Tiny se rapprocher derrière eux.

— C'est mon argent ! Qui s'est occupé de toi quand papa et maman sont morts ? Moi ! Au lieu de prendre le travail qu'on m'offrait, je suis rentré à la maison pour garder ma petite sœur. Tu étais une loque ! Tu ne pouvais pas fonctionner sans moi. Tu te serais suicidée si je ne t'avais pas emmenée voir un médecin. Tu es restée dans les vapes pendant des années. Des années, Maisy ! Et cette maison m'a coûté bonbon, entre l'emprunt, les femmes de ménage, le cuisinier, l'électricité. Je me suis occupé de tout ça pendant que tu étais aussi amorphe qu'une limace.

Maisy serra les dents. Elle détestait que Jason lui rappelle cette époque. Certes, elle n'avait pas bien supporté la mort de leurs parents, mais il n'avait pas fait grand-chose pour l'aider, à part la gaver de médicaments pour qu'elle oublie tout.

— Et qu'est-ce que je reçois en remerciement ? Des lettres m'informant que tu as annulé des polices d'assurance, volé mon argent, retiré mon nom des comptes... Tu es une putain de salope !

— J'ai annulé les polices d'assurance vie que tu avais souscrites pour Jack et moi sans notre autorisation, répliqua Maisy d'un ton ferme. Et tu me volais mon allocation mensuelle parce que tu avais dépensé ton héritage et toutes les assurances-vie reçues de papa et maman.

Elle se sentait calme. Son cœur battait fort et elle tremblait un peu, mais c'était bon de pouvoir tenir tête à Jason pour une fois.

Il fit un pas vers elle, sauf que Brick était là, s'interposant entre Maisy et lui.

Jason se renfrogna.

— C'est qui, ça ? Tu baises aussi avec lui ? Tu aimais bien la queue de ton mari, on t'a tous entendue crier. Tu n'es qu'une sale pute. La meuf couche avec un homme qu'elle ne connaît que depuis quelques jours. Si j'avais su la chaudasse que tu étais, j'aurais vendu ton corps depuis longtemps. Je me serais fait un peu de fric avec mes amis. Et ne va pas te faire des illusions : ton mari, je l'ai acheté. Personne d'autre n'aurait voulu de toi, vu comme tu es pathétique et hideuse !

Maisy blanchit. Elle n'avait pas honte de ce que Jack et elle avaient fait. Leurs ébats étaient magnifiques, et les commentaires grossiers de Jason n'y changeraient rien. Mais elle n'aimait pas qu'il parle ainsi de Jack.

— Tu l'as kidnappé, rétorqua-t-elle en serrant les dents.

— Parce que tu étais incapable de te trouver un homme toute seule ! hurla Jason. Je l'ai fait pour toi ! Tu es tellement naïve. Tu pensais vraiment que tu pourrais continuer à vivre ici, sans travail, sans rapporter d'argent, pour le restant de tes jours ? Je t'ai rendu service. D'ailleurs, il semble que tu n'aies plus à te plaindre maintenant.

— C'est terminé, annonça Jack en poussant Maisy derrière lui.

— Va te faire foutre ! s'esclaffa Jason. Tu crois que j'en ai quelque chose à foutre de ce que tu penses ? Tu es encore plus pathétique que ma sœur. Un vrai mec se serait battu. Il n'aurait pas perdu la tête – littéralement – pour avoir été coincé dans un coffre pendant quoi, vingt minutes ? Tu as gobé mon histoire, hameçon, ligne et plomb compris. Sans même ciller. Tu étais juste content de fourrer ma sœur par tous les trous. Si tu n'avais pas été si faible et si risible, tu aurais su que tu n'avais pas rencontré ma sœur avant le moment où tu t'es réveillé.

Maisy sentait Jack trembler de rage devant elle. Les paroles de Jason lui retournaient le cœur. Elle ne pouvait pas imaginer ce que Jack ressentait.

— Si tu l'as emmenée quand tu es parti, c'est seulement pour pouvoir mettre la main sur son argent. Elle est pleine aux as. Riche comme Crésus, putain ! Et si tu penses que tu vas palper tout cet argent parce que tu es son mari, tu te trompes !

Jason éclata alors d'un rire aigu et hystérique qui hérissa les poils des bras de Maisy.

— Votre mariage n'était pas légal. Comment as-tu pu être assez stupide pour penser qu'il l'était ? Ce n'est pas ton vrai nom qui figure sur ce stupide certificat. Le document était assez ressemblant pour tromper le gouvernement et le trou du cul à la banque, mais il ne vaut rien. Tout a été falsifié. Même le type qui vous a mariés n'avait pas les qualifications requises. Donc si tu t'imagines que tu auras un seul centime, tu es encore plus stupide que je ne le pensais.

— On en a terminé ici, annonça Brick d'un ton bas et furieux.

Maisy avait envie de lever les yeux au ciel. Elle avait toujours su que son mariage avec Jack n'était pas légal. Mais Jason avait raison, le faux certificat avait été assez bon pour tromper la banque. Et une fois que l'argent serait sur son compte, elle pourrait le donner à qui elle voulait... mariée ou non. Maintenant qu'elle n'était plus sous l'emprise de son frère, elle ne lui en concéderait pas un centime.

— Vas-y, dégage, chère sœur. Mais on n'en a pas terminé, toi et moi. Tu m'es redevable !

— Moi ? fit Maisy, incrédule. Je ne te dois rien du tout. Tu m'as volé mon argent pendant des années. Tu m'as fait du mal, Jason. Encore et encore. Tu es une brute abusive, et j'en ai marre de tes conneries. Donc c'est bel et bien fini. Je vais faire ce que j'aurai dû faire le jour où Martha a disparu.

Jason se fit mauvais.

— Et qu'est-ce que c'est ?

— Tu le sais très bien. Je suis au courant, Jase. Je sais ce que tu as fait. À Martha et probablement à nos parents.

— N'importe quoi, répliqua-t-il, sans la corriger sur l'emploi de ce surnom pour la première fois dont Maisy se souvienne.

— Je sais que tu as kidnappé un innocent. Et je sais que tu ne me poursuivras pas, parce que tu seras trop occupé à essayer de trouver d'autres mensonges pour couvrir les précédents. Tu te souviens de tout ce que tu as raconté aux flics, il y a des années, quand Martha a disparu, comme si elle s'était évaporée ? J'ai entendu dire qu'il était très difficile de se rappeler ses mensonges sans se trahir. C'est le karma, Jason. Il va venir s'occuper de toi.

Maisy était fière de sa conduite. Elle tenait enfin tête à son frère et cela lui faisait vraiment du bien.

Mais il bondit alors, si vite qu'elle chancela.

Elle se heurta à Tiny, qui la stabilisa immédiatement, puis la fit pivoter pour qu'elle se retrouve derrière les trois hommes qui avaient formé une sorte de mur entre son frère, manifestement dingue, et elle.

Brick repoussa Jason si fort qu'il tomba sur les fesses. Il se releva d'un bond, les yeux flamboyants d'une haine qui fit tressaillir Maisy.

— Sors-la d'ici, ordonna Jack à Tiny.

— On devrait tous y aller, insista Maisy, au désespoir.

— Je pense que ton frère et moi avons besoin de parler, déclara Jack.

— Non, Jack. Allons-y. Il n'a pas aucune importance.

Mais on aurait dit que Jack ne l'avait pas entendue. Lorsqu'elle toucha son dos droit, elle sentit que chaque muscle était crispé à l'extrême.

— S'il te plaît, Jack, insista-t-elle encore. Je t'en supplie, allons-y.

Il lui avait promis un jour qu'il ne l'obligerait jamais à le supplier pour quoi que ce soit. Elle utilisait ses mots contre lui. Elle le savait, et elle s'en fichait. Elle devait absolument les éloigner de la langue venimeuse de son frère.

— On n'en a pas fini ! hurla Jason alors que Brick et Jack commençaient à reculer vers la porte d'entrée.

Maisy se moquait bien de ce que son frère disait, ils en avaient bel et bien fini. Avec un peu de chance, son frère irait en prison pour très longtemps à cause de ce qu'il avait fait à Jack et à Martha. Ry enverrait les preuves électroniques qu'elle avait découvertes et, en creusant suffisamment, la police trouverait peut-être qui Jason avait sollicité pour tuer leurs parents.

Elle se sentait triste et soulagée à la fois, enfin libérée de l'emprise de son frère. Elle ne penserait pas à la dernière menace qu'il avait proférée, concentrée qu'elle était sur le fait de quitter cette maison une fois pour toutes.

Maisy poussa un soupir de soulagement qu'une fois tous les quatre sortis de la maison et la porte claquée derrière eux. Jack lui prit le bras et l'entraîna jusqu'à leur voiture. Personne ne dit un mot pendant qu'ils grimpaient à bord et que Tiny démarrait.

Cependant, Maisy était en train de paniquer. Pas à cause de ce que Jason avait dit. Pas parce qu'elle devait maintenant se rendre au poste de police et convaincre un inspecteur que son frère était un meurtrier.

Non, parce que Jack était assis à côté d'elle, qui regardait par la fenêtre... sans la toucher.

Au cours des dernières vingt-quatre heures, il avait en permanence maintenu un contact entre eux, comme avant que ses souvenirs ne reviennent. Il lui avait tenu la main dans l'avion, dans la voiture, il avait posé une main sur sa cuisse pendant qu'ils mangeaient, il l'avait serrée toute la nuit contre lui... et maintenant il était à quelques centimètres, mais il aurait pu être à des kilomètres.

La mâchoire serrée, la tête détournée, il regardait le paysage défiler. À quoi pensait-il ? Aucune idée. Parmi les insultes de son frère, lesquelles avaient fait mouche ? En tout cas, il était évident qu'un propos de Jason l'affectait maintenant et le poussait à s'éloigner d'elle.

Elle voulait le supplier de lui parler, mais avec Brick et Tiny à portée de voix, ce n'était pas l'endroit. Tout ce qu'elle pouvait faire, c'était attendre son heure. Prier pour qu'il se rende compte que Jason était désespéré, qu'il racontait n'importe quoi et qu'il était prêt à tout pour faire réagir l'un ou l'autre d'entre eux.

* * *

Stone était assis sur une chaise au poste de police, les yeux fixés droit devant lui. Il avait repoussé les tentatives de Tiny et de Brick pour engager la conversation. Il ne pouvait s'empêcher de repenser aux paroles que le frère de Maisy avait prononcées. Il était déjà furieux des saloperies qu'il avait dites à sa sœur, mais il ne s'était pas préparé à ce que le venin l'atteigne.

Il aurait dû. Il avait entendu pire lorsqu'il était prisonnier de guerre. Mais les paroles de Jason avaient atteint leur but avec une précision mortelle.

« Un vrai mec se serait battu. »

C'était vrai, Stone ne s'était pas battu du tout. Il avait été pris au dépourvu et avait perdu connaissance avant même de savoir qu'il était en danger.

« Il n'aurait pas perdu la tête – littéralement – pour avoir été coincé dans un coffre pendant quoi, vingt minutes ? »

Au lieu de chercher comment sortir de ce coffre, de désactiver les feux de freinage, d'utiliser la poignée de déverrouillage d'urgence dont toutes les voitures étaient désormais équipées, Stone avait paniqué. Son esprit s'était éteint, incapable de gérer le stress de la situation. Quel genre d'homme était-il ?

Un type pathétique, comme l'avait dit Jason.

« Tu as gobé mon histoire, hameçon, ligne et plomb compris. Sans même ciller. »

C'était vrai aussi. Beaucoup des détails que Maisy lui

avait communiqués sur son passé avaient été démentis par les faits. Pourtant, Stone n'avait jamais vraiment remis en question l'idée qu'il était marié. Il n'avait pas non plus hésité à se faire repasser la bague au doigt, parce que leur union semblait une bonne chose. Et tout son entraînement, tout ce qu'il avait vu et fait, ce qu'il avait vécu aux mains de terroristes internationaux n'avaient pas suffi à le faire réagir à la menace évidente qu'il avait perçue chez son frère depuis son réveil.

« Si tu n'avais pas été si faible et si risible, tu aurais su que tu n'avais pas rencontré ma sœur avant le moment où tu t'es réveillé. »

Il aurait dû le savoir. Son instinct aurait dû se manifester. Au lieu de quoi, il n'avait pas demandé mieux que de se perdre en Maisy, pour ignorer tous les signaux d'avertissement qui lui criaient que quelque chose n'allait pas. Non seulement cela, mais il avait laissé Jason abuser continuellement de Maisy, sous prétexte qu'il ne fallait pas causer encore plus de problèmes entre un frère et une sœur à la relation déjà tumultueuse.

Il s'était tellement planté qu'il était vraiment pathétique. Brick, Pipe ou Owl... aucun de ses amis ne se serait laissé prendre par ces balivernes. Ils n'auraient pas été assez faibles pour laisser leur cerveau s'éteindre. Henley lui avait expliqué qu'il avait été victime d'une amnésie induite par un traumatisme, symptôme aussi soudain que rare, bien qu'un peu plus fréquent chez les anciens combattants et les victimes d'abus... mais cela ne le rassurait pas le moins du monde.

Il était perdu dans un brouillard de dégoût de soi, et même la vue d'une Maisy pâle et tremblante, s'approchant de lui après avoir passé deux heures dans une salle d'interrogatoire, ne parvenait pas à l'en débarrasser. En fait, la voir le rendait encore plus honteux. Il n'avait rien fait pour aider cette femme. À cause de lui, elle avait vécu un enfer encore plus grand. Toutes ses affaires avaient été détruites. Tout ce qu'elle possédait.

Stone se leva, mais il n'arrivait pas à faire fonctionner ses jambes, à marcher vers elle. Brick fit ce que Stone aurait dû faire, il alla passer un bras protecteur autour des épaules de Maisy.

— Qu'est-ce qui ne va pas chez toi ? siffla Tiny. Sors-toi les doigts, mec.

Stone acquiesça... sans bouger pour autant.

Tiny le saisit par l'épaule et se tourna vers la porte, pour le pousser vers elle.

Le retour à l'hôtel depuis le commissariat de police fut un peu flou. Stone entendit Brick et Tiny interroger Maisy sur son entretien avec les inspecteurs. Pensait-elle qu'ils la croyaient ? Une partie de lui fut soulagée quand elle déclara qu'ils allaient immédiatement se pencher sur la question et obtenir un mandat de perquisition dès que possible. Mais même s'il brûlait de participer à la conversation, il en était incapable.

Pathétique.

Faible.

Stupide.

Les mots résonnaient dans sa tête. Il tenta de les bloquer, sans succès.

Lorsqu'ils eurent regagné l'hôtel, Tiny demanda :

— Vous voulez déjeuner au restaurant ? Ou y dîner ce soir ?

— Hum... je ne pense pas. Je veux juste me reposer dans la chambre, dit Maisy. Je n'ai pas faim.

— D'accord. Si tu changes d'avis, préviens Stone. Il commandera des plats à emporter, lui dit Brick.

— D'accord.

— On se retrouve en bas à 6 heures demain matin. On a un vol très tôt. Si bien qu'on sera rentrés à la maison avant de dire « ouf ».

— Parfait. J'ai hâte de partir d'ici. Je devrai probablement revenir pour le procès, s'il y en a un, mais pour l'instant, je n'imagine pas remettre les pieds ici de sitôt.

Brick et Tiny serrèrent Maisy dans leurs bras avant de monter dans l'ascenseur qui devait les conduire à leur étage.

Brick retint Stone pendant que Tiny raccompagnait Maisy jusqu'à leur chambre.

— Qu'est-ce qui se passe avec toi ? demanda-t-il.

— Rien.

— N'importe quoi. Maisy a vécu l'enfer, tu dois sortir de ton cafard et l'aider.

— Oui, dit Stone, sachant très bien qu'il mentait.

Maisy méritait mieux que lui. Il lui fallait quelqu'un qui puisse la défendre quand les choses tourneraient mal. Et il n'était manifestement pas cet homme. Qui savait quand il allait avoir une nouvelle crise de panique et péter les plombs ? Leur mariage n'étant pas légal, la meilleure chose à faire était de la laisser partir. La laisser vivre sa vie. Elle avait maintenant assez d'argent pour aller n'importe où, être ce qu'elle voulait. Ry trouverait un moyen pour qu'elle garde l'héritage même s'il s'avérait que son mariage n'était pas légal, il n'avait aucun doute là-dessus.

Brick le dévisagea, puis secoua la tête.

— Ne fous pas tout en l'air, Stone. Je suis sérieux. Elle est la meilleure chose qui te soit arrivée.

Son ami avait raison, Stone le savait. Jusque dans la moelle de ses os. Mais il n'était pas la meilleure chose qui soit arrivée à Maisy. Loin de là.

Il hocha la tête, puis se retourna et s'éloigna dans le couloir.

La porte se referma derrière lui et il ne resta plus que Maisy et lui dans la pièce. Elle le fixa un long moment avant de soupirer et de se diriger vers la salle de bain.

— Je me sens dégoûtante d'avoir côtoyé Jason. Je vais prendre une autre douche.

— OK, dit Stone, toujours déconnecté de Maisy et de ce qui s'était passé dans cette maison.

Il se mit à déambuler dans la pièce dès qu'il entendit l'eau couler dans la salle de bain.

Il ne pouvait pas rester ici. La pièce était trop petite. Les murs se refermaient sur lui.

Il enfila rapidement un short et un tee-shirt, puis frappa à la porte de la salle de bain.

— Oui ? répondit Maisy.

Stone entrouvrit la porte.

— Je descends à la salle de sport. Ne quitte pas la chambre pour quelque raison que ce soit. D'accord ?

Il n'était pas déboussolé au point d'oublier de lui dire de rester en sécurité.

— Promis. Jack ?

— Oui ?

— Ça va ?

C'était lui qui aurait dû poser la question à Maisy. Un autre échec de sa part.

— Oui, ça va. J'ai juste besoin de me défouler un peu. Je reviens.

— D'accord.

Refermant la porte de la salle de bain, Stone prit une profonde inspiration et quitta la pièce.

* * *

Maisy laissa les larmes couler sans les retenir. L'eau de la douche les effaça immédiatement. Elle ne savait pas trop pourquoi elle pleurait. Tout s'était plutôt bien passé. Elle avait obtenu son héritage, récupéré les preuves contre Jason, l'avait confronté et avait même convaincu les inspecteurs qu'ils avaient probablement un dossier solide contre son frère.

Mais quelque part entre la confrontation et le poste de police, elle avait perdu Jack.

Elle ne savait pas comment ni pourquoi, il avait définitivement disparu. Il était là, sans l'être.

Les propos de son frère avaient été horribles, mais sans rien qu'elle eut déjà entendu. Il aimait lui répéter qu'elle était pathétique. Les mots glissaient quasiment sur elle sans l'atteindre. De plus, c'était un putain de meurtrier, comment aurait-elle pu prendre à cœur ce qu'il disait ?

Mais peut-être que Jack avait été blessé, lui ? Ou peut-être qu'après avoir revu Jason, dans cette maison, il avait changé d'avis concernant son pardon ?

Elle n'en avait aucune idée, et ça craignait. Tout ce qu'elle savait, c'était que Jack ne semblait plus vouloir s'occuper d'elle. Bon sang, même à l'hôtel, il s'était éloigné d'elle autant qu'il le pouvait.

Prenant une profonde inspiration, Maisy s'essuya les yeux. C'était elle qui avait provoqué cette situation. Comment avait-elle pu s'imaginer une seconde que les choses entre Jack et elle s'arrangeraient, étant donné la façon dont elles avaient commencé ? Son frère avait raison, elle était tombée amoureuse d'un parfait inconnu. Elle avait couché avec lui sans réfléchir.

Mais elle l'aimait. Même au bout de si peu de temps, elle aimait vraiment Jack.

Poussant un soupir, elle sortit de la douche et se sécha.

Dans la chambre d'hôtel, elle se rhabilla, sachant qu'elle ne pourrait pas dormir comme elle l'avait prévu, et s'assit sur le lit. Ce serait une longue journée et une nuit difficile, avec Jack qui l'évitait et un seul lit où s'allonger. Cela dit, vu ses dimensions, ils devraient pouvoir le partager sans se toucher.

Cette idée la déprima. L'une des choses qu'elle aimait par-dessus tout, c'était se blottir contre Jack pendant qu'ils dormaient.

Maisy ignorait depuis combien de temps elle était adossée à la tête de lit, les bras autour des jambes, à regarder par la fenêtre le ciel nuageux de l'après-midi, lorsqu'elle entendit frapper. Pensant que Jack avait dû oublier sa clé dans sa hâte de s'éloigner d'elle, ou qu'elle s'était démagnétisée, Maisy sortit du lit. Sans regarder par le judas, elle déverrouilla la serrure et ouvrit.

À la seconde où son cerveau enregistra qui se tenait là, Maisy sut qu'elle venait de commettre une énorme erreur.

Elle essaya de claquer la porte, mais reçut un coup de poing au visage avant même d'avoir pu la refermer à moitié. Elle s'effondra sur le sol. Puis une main brutale se referma sur le haut de son bras pour la redresser.

Elle gémit tandis que Don Coffey la traînait dans le couloir.

— Pas un bruit. Ou je tue le connard qui fait son sport en bas. Pigé ?

Maisy acquiesça immédiatement. Don mettrait sa menace à exécution, elle n'avait aucun doute là-dessus. Il n'était manifestement pas le genre d'homme à hésiter à frapper une femme au visage ou à tirer sur un parfait inconnu.

Il contourna les ascenseurs et l'entraîna dans la cage d'escalier. Maisy trébuchait souvent, tant ils dévalèrent rapidement les marches. Ils sortirent sur le parking par une porte latérale. Avant qu'elle ne comprenne ce qui se passait, Don la poussa dans sa voiture et démarra.

L'emmenant loin de Jack.

Loin de la sécurité.

Il la ramenait probablement chez Jason.

Autant mourir. Pourvu seulement que Jack se rende compte qu'elle n'était pas partie de son plein gré. Qu'il sache qu'elle n'avait aucune intention de le quitter, qu'elle avait juste commis une erreur. Qu'elle n'avait pas eu le choix.

La terreur menaçait de la submerger, mais elle inspira profondément. Elle devait rester forte. Jack, Brick et Tiny la retrouveraient. Ils comprendraient ce qui s'était passé et qui l'avait enlevée. Elle n'avait qu'à s'accrocher jusqu'à ce moment-là.

Jetant subrepticement un coup d'œil à ce qui l'entourait, elle essaya de trouver un plan pour échapper à Don, mais en la voyant approcher une main de la poignée de la portière, il se contenta de glousser.

— Vas-y, essaie, ironisa-t-il.

Ce qu'elle fit. Sans qu'il se passe rien. La portière ne bougea pas d'un pouce.

— Le système de verrouillage pour enfants, tu connais ? C'est très utile dans des circonstances comme celle-ci.

Maisy n'aimait vraiment pas cet homme. Parce que qui avait ce genre de pensées ? Combien de femmes avait-il retenues prisonnières avec des serrures pour enfants ?

Mais elle n'allait pas abandonner. Pas question, alors qu'elle était sur le point de se libérer une fois pour toutes. Qu'elle allait pouvoir faire ce qu'elle voulait, vivre le reste de sa vie avec Jack... du moins l'espérait-elle. Après cette journée, elle n'en était plus si sûre. Son frère se débrouillerait sans doute pour gâcher la meilleure chose qui lui soit jamais arrivée.

Elle s'efforça de rester calme et de ne pas paniquer pendant que Don empruntait les routes familières qui la ramenaient à la maison de son enfance. Il s'arrêta derrière la bâtisse, coupa le moteur, descendit, puis, se penchant à nouveau dans l'habitacle, saisit une fois de plus le bras de Maisy.

Elle grimaça de douleur et fit de son mieux pour s'extirper rapidement du véhicule, histoire que son bras ne se fasse pas déboîter pendant que Don la tirait. Elle le suivit d'un pas chancelant jusqu'à la porte de la cuisine, avant qu'il ne la lui fasse franchir d'une poussée. Et elle n'éprouva pas la moindre surprise en constatant qu'il la conduisait vers le bureau de son frère.

Ayant ouvert la porte, il la poussa violemment à l'intérieur. Ayant atterri à quatre pattes, Maisy s'empressa de se relever en écartant ses cheveux de son visage.

— Merci. Maintenant, du balai, lâcha froidement Jason.

Confuse, Maisy regarda vers la porte.

— Pas toi, salope, grogna Jason, agacé. Toi, précisa-t-il en désignant Don.

— Je pars... dès que je suis payé.

— OK. Vas-y, prends la télé dans l'autre pièce.

Don ricana.

— C'est une blague ? Je veux l'argent que tu m'as promis.

— Je ne l'ai pas. Pas encore.

— Qu'est-ce que c'est que ce bordel ? fit Don, manifestement très énervé.

Maisy faisait de son mieux pour se fondre avec le décor. La dernière chose qu'elle voulait, c'était se retrouver au milieu de la bagarre qui se préparait manifestement entre Jason et son ami. Elle ne pouvait s'empêcher de repenser à l'histoire de Lara : le tueur en série qui les avait kidnappés, Owl et elle, et le type qu'il avait engagé pour les enlever s'étaient tellement énervés l'un contre l'autre que les deux hommes avaient fini par s'entretuer lors d'une fusillade. Peut-être aurait-elle la chance qu'il en aille de même aujourd'hui.

Jason se leva du bureau, si vite que sa chaise crissa sur le parquet avant de vaciller, de tomber à la renverse et de percuter le sol.

— Tu auras ton argent dès que j'aurai récupéré le mien, cria-t-il.

— C'est des conneries, ça ! s'insurgea Don. Tu as dit vingt mille : j'étais censé suivre ta sœur et son connard de faux mari et l'enlever à la première occasion. Eh bien, c'est ce que j'ai fait. Dès que le type est descendu à la salle de sport, je suis monté et j'ai frappé à la porte. Elle m'a ouvert, sans avoir pu vérifier par le judas. Je le savais, vu que j'avais mon doigt sur la lentille.

— Comment tu as su dans quelle chambre j'étais ? demanda Maisy, incapable de se taire.

— J'ai séduit la femme de chambre, répondit Don en ricanant. Et par « séduite », je veux dire que je l'ai menacée après me l'être tapée.

Maisy pinça les lèvres. Elle n'aimait vraiment pas cet homme.

Don se retourna vers Jason.

— Je veux les vingt mille que tu m'as promis.

— Tu les auras. Ma sœur a des millions maintenant.

— Très bien. Dans ce cas, je veux cinquante mille, répliqua Don.

Son frère fusilla son soi-disant ami du regard. Maisy

retint son souffle. qu'ils sortent un pistolet de leur ceinture et commencent à s'entretuer.

— Voilà pourquoi je ne t'ai pas demandé de l'épouser, répliqua Jason d'un ton plutôt calme.

Le rêve de fusillade que caressait Maisy s'évanouit. Elle avait reconnu ce ton. Son frère mijotait quelque chose. Il allait doubler Don. Elle n'en doutait pas. Il utilisait ce ton avec elle juste avant de l'informer de quelque chose qu'elle n'aimerait pas.

— J'ai besoin de temps pour... parler... à ma chère sœur. J'aurai ton argent demain.

Don fixa sur lui un regard menaçant.

— Tu as tout intérêt.

— Promis, le rassura Jason. On se connaît depuis long-temps. Tu sais beaucoup de choses sur moi. Tu sais que je ne vais pas te doubler.

Maisy fut à deux doigts d'éclater de rire. Son frère doublerait tout le monde et n'importe qui si cela lui permet-tait d'obtenir ce qu'il voulait. Il avait tué ses propres parents pour de l'argent. De plus, ce n'était pas comme si Don pour-rait aller se plaindre aux flics que Jason ne lui avait pas payé l'argent promis pour l'enlèvement de sa sœur.

— Très bien. Je reviendrai demain. À midi. Tu as intérêt à avoir la somme.

— Je l'aurai. Je suis sûr que ma sœur se montrera coopé-rative. Et dans le cas contraire... eh bien, ce n'est pas comme si elle avait besoin des doigts de sa main gauche pour m'ajouter à son compte, puisqu'elle est droitière.

Les deux hommes éclatèrent de rire, et Maisy eut l'im-pression qu'elle allait vomir.

— Tu as besoin d'aide pour l'emmener au sous-sol ? demanda Don au bout d'un moment.

— Le jour où j'aurai besoin d'aide pour obliger cette

salope à m'obéir, autant que tu m'enfermes et jettes la putain de clé.

— Je vérifiais juste, dit Don, puis il la fixa d'un regard qui lui donna l'impression d'être sale simplement parce qu'elle l'avait reçu. Avant de faire ce que tu as l'intention de faire d'elle, peut-être que tu me laisseras passer du temps avec elle, demain, comme tu me l'avais promis ?

Jason haussa les épaules.

— Je ne vois pas très bien pourquoi tu aurais envie d'elle. C'est un laideron.

— Je n'ai pas besoin de regarder sa tronche pour faire ma petite affaire, répondit Don en souriant.

Une fois de plus, Maisy sentit la bile lui monter à la gorge.

— Très bien. Ça me va.

— Bien. Mais il vaudrait mieux que tu aies mon argent, Jason. Sans quoi je ne serai pas content.

— Je l'aurai, lui assura Jason.

Don acquiesça, puis se tourna et sortit du bureau.

— Jason..., commença Maisy, mais son frère se jeta sur elle avec une telle rapidité que les mots moururent dans sa gorge et qu'elle recula en trébuchant.

Sauf qu'elle n'avait nulle part où aller. Jason lui attrapa le bras au même endroit que Don, ce qui la fit grimacer, et se dirigea vers la porte.

Elle voulut l'obliger à retirer sa main de son bras, mais échoua. Alors elle essaya de lui retirer son bras, mais il ne fit que resserrer les doigts. Paniquée, elle commença à se battre pour de bon. C'était presque ridicule de voir la facilité avec laquelle il la maîtrisait. Peu importait ce qu'elle faisait, ses coups de pied ou ses tentatives de le mordre, il la maintenait fermement sous son emprise.

— Ça suffit ! aboya-t-il en la secouant si fort que la tête de Maisy vacilla.

— S'il te plaît, Jason, on peut parler, supplia Maisy.

Elle n'avait pas l'intention de signer quoi que ce soit. Plutôt mourir que de le laisser prendre un centime de plus. Mais ce n'était pas une question d'argent, pas vraiment. Il s'agissait de se défendre pour la première fois de sa vie. De ne pas céder à son frère. Voulait-elle mourir ? Non. Parce qu'elle avait des tas de raisons de vivre. Mais si elle devait choisir entre donner à son frère ce qu'il voulait et mourir, elle choisirait la seconde solution.

— Le temps de la discussion est terminé, sœurette, lâcha-t-il. Tu as fait ton choix. Ce connard plutôt que moi. Un type que tu viens juste de rencontrer. Sa queue doit avoir des qualités magiques ou quelque chose comme ça pour que tu le choisisses au détriment de quelqu'un de ton propre sang, qui t'a recueillie quand personne d'autre ne voulait le faire et t'a évité de finir en famille d'accueil. Qui t'a procuré les médicaments dont tu avais besoin pour ne pas finir dans un asile. OK. Très bien. Peu importe. Maintenant, je veux récupérer ce qui m'est dû.

Maisy voulait lui hurler dessus. Lui dire qu'il avait déjà reçu sa part d'héritage. Que ce n'était pas sa faute s'il avait tout dépensé. Ce n'était pas juste qu'il veuille aussi lui voler son argent, il en avait déjà assez volé au fil des ans. Mais elle devait surtout veiller à rester debout pendant que Jason l'entraînait rapidement vers la porte du sous-sol.

— Je pense qu'un peu de temps dans la chambre forte t'amènera à changer d'attitude. J'ai encore des choses à faire cet après-midi. Mais ce soir, on l'aura, cette discussion. Et par « discussion », je veux dire que tu signeras des papiers qui m'ajouteront à ton compte en banque et me donneront le droit de décider seul de la façon dont cet argent sera dépensé. Demain matin, j'irai là-bas, je dirai à ces connards que tu es clouée au lit et que tu ne peux pas venir... Un truc à propos de tes règles, les hommes détestent parler de cette merde. Ensuite, je prendrai l'argent de Don, je reviendrai ici, je le laisserai passer un bon moment en tête-à-tête avec toi... Et après, Maisy... je suis désolée, mais tu devras partir.

Le sang de Maisy se figea dans ses veines.

— Jason, si je disparais, les gens le remarqueront. J'ai des amis... un mari.

— Oh, j'y compte bien, s'esclaffa-t-il en allumant en haut de l'escalier qui menait au sous-sol. Je déclarerai ta disparition. Je raconterai aux flics ta récente dépression, ton mariage avec un type que tu ne connaissais que depuis cinq jours et qui a réussi à prendre le contrôle de ta fortune, et que maintenant tu as disparu. Ils finiront par retrouver ton corps dans un champ quelque part... et quand ils feront un test de viol, ils trouveront l'ADN de mon cher ami en toi. Don sera accusé. Vlan ! Terminé. Il ira en prison, et je serai libre. Un frère en deuil.

Abasourdie, Maisy n'y comprenait plus rien. De quoi parlait son frère ? Don ? Jason allait dire aux flics qu'elle avait épousé Don ? Comment pouvait-il être aussi stupide ? Il avait un certificat de mariage indiquant qu'elle avait épousé un certain Jack Smith. Et son soi-disant « ami » déballerait tout aux flics sur son héritage et sur ce que Jason avait fait pour l'obtenir.

Et puis, il y avait Jack et ses amis. Ils iraient probablement trouver la police à la seconde où ils constateraient sa disparition. Le coupable était tout indiqué, et Jack, Tiny et Brick savaient exactement de qui il s'agissait.

Sans parler du fait que la cacher chez lui était le comble du ridicule ! Ce serait le premier endroit où tout le monde la chercherait.

Son frère avait perdu la tête. Il y avait suffisamment de trous dans son histoire pour y faire passer un semi-remorque. Il était clairement déséquilibré.

— J'avais oublié que Don voulait se taper tes miches, mais ça fonctionnera encore mieux que ce que j'avais prévu. Je vais voir si je ne peux pas prendre son téléphone pendant qu'il s'amuse avec toi... et l'emporter quand je jetterai ton corps. Comme ça, quand les flics remonteront sa trace numérique, ils le verront dans la zone où ton corps aura été trouvé... et mon téléphone sera ici à la maison, ce qui me fournira un alibi.

Bon sang, il n'y avait pratiquement aucune chance que son plan fonctionne. Mais cela ne voulait pas dire qu'elle n'était pas en danger.

Ratant la dernière marche, elle se retrouva à genoux, mais Jason ne ralentit pas. Il lui fallut un moment pour se remettre debout et, le temps qu'elle le fasse, son frère était devant la chambre forte. Leurs parents l'avaient fait construire parce qu'ils craignaient que quelqu'un ne s'en prenne à eux pour leur argent. L'ironie du sort était patente : leur propre fils allait maintenant l'utiliser pour torturer et finalement tuer sa sœur pour l'argent qu'ils lui avaient laissé.

Il ouvrit la porte et conduisit Maisy de l'autre côté de la pièce, où il avait fait fixer des chaînes au mur. Il avait mani-festement prévu la chose, ou plus probablement, c'était Jack qui aurait dû être enchaîné ici, après avoir été forcé à l'épou-ser. Maisy se débattit une fois de plus, mais elle n'était pas de taille face à Jason. Il lui passa les menottes aux poignets et recula.

Les chaînes reliées aux menottes étaient fixées au mur à peu près au niveau des hanches et mesuraient environ un mètre de long. Assez longues pour qu'elle puisse se lever et se déplacer un peu, assez solides pour qu'elle se retrouve dans l'impossibilité de les arracher du mur ou tout autre acte entrepris en général par les héroïnes de films pour se sauver.

— Ne pisse pas et ne chie pas par terre. Je ne nettoierai pas. Fais tes besoins là-dedans, précisa Jason en désignant un seau à portée de main contre le mur. À tout à l'heure. Sois sage.

Puis sur un éclat de rire, il lui tourna le dos.

— Jase, s'il te plaît ! Tu n'as pas à faire ça, s'écria Maisy, au désespoir.

Son frère se retourna.

— Combien de fois va-t-il falloir que je te dise de ne pas m'appeler comme ça ?

Sur ce, il partit sans rien ajouter, refermant la porte derrière lui. Heureusement qu'elle se verrouillait de l'intérieur et non de l'extérieur. Il ne pouvait pas vraiment l'enfermer, mais les chaînes empêchaient Maisy d'atteindre la porte pour l'empêcher d'entrer. D'ailleurs, cela ne lui servirait à rien. Elle aurait beau s'enfermer dans la chambre, elle serait toujours foutue. Certes, Don et Jason ne pourraient pas l'atteindre, mais elle finirait par mourir de soif. Autrefois, leurs parents avaient stocké des mois de provisions dans cette pièce, mais il n'y en avait plus depuis longtemps.

Le dos appuyé contre le mur, Maisy se laissa glisser jusqu'à rencontrer le sol, puis elle entoura ses genoux de ses bras et pleura. Sur le frère qu'elle avait connu. Parce qu'elle avait peur. Parce qu'elle savait que lorsque Jack regagnerait leur chambre à l'hôtel, il paniquerait en constatant qu'elle n'était plus là.

Puis elle prit une grande inspiration. Elle n'avait aucune idée de ce qui avait effrayé Jack tout à l'heure. Pourquoi était-il perturbé ? Mais elle avait toute confiance en lui. Dès qu'il se rendrait compte qu'elle ne se trouvait pas avec ses amis dans le hall de l'hôtel, le premier endroit où il penserait à la chercher, c'était ici. Il allait venir. Même s'il avait renoncé à l'épouser, parce qu'elle posait trop de problèmes ou qu'il n'arrivait tout simplement pas à lui pardonner finalement, il ne la laisserait pas entre les mains de son frère. Elle n'avait aucun doute là-dessus.

Elle devait s'accrocher jusqu'à ce que Brick, Tiny et lui débarquent. Elle espérait juste que Jason mettrait assez de temps pour que la cavalerie arrive à son secours. Avant que son frère ne revienne la torturer.

Le plus fou, c'était qu'il fut un temps où, si Jason avait été le frère dont elle se souvenait, s'il le lui avait simplement demandé, elle aurait probablement partagé son héritage avec plaisir.

La gorge nouée, elle s'essuya les joues sur son bras et releva la tête. Non, elle n'allait pas rester assise ici comme une damoiselle en détresse. Elle allait trouver un moyen de s'échapper. Lorsque Jason reviendrait, elle ferait tout ce qu'elle pourrait pour s'enfuir. Si elle y parvenait, elle raconterait tout aux flics, puis, avec un peu de chance, rentrerait au Refuge avec Jack. Ils travailleraient alors sur ce qui le dérangeait.

Elle n'était pas prête à abandonner. Ce Jack qu'elle aimait de tout son cœur, elle se battrait pour avoir le droit de rester à ses côtés.

20

———

— Qu'est-ce que tu fabriques ? grogna Brick.

Stone l'ignora et cliqua sur le lien que Ry venait d'envoyer. Il ne lui avait pas fallu longtemps pour se rendre compte qu'il était un idiot. Il s'était laissé atteindre par les mots du frère de Maisy, exactement comme ce connard l'avait voulu.

Il s'arrêta net sur le tapis de course de la petite salle d'entraînement de l'hôtel, évitant in extremis d'être projeté contre le mur derrière lui par le mouvement rapide du tapis roulant. Il se serait donné un coup de pied aux fesses.

D'une manière ou d'une autre, Jason avait deviné exactement comment faire douter Stone, non seulement de lui-même, mais aussi de Maisy. Il n'était pas faible. Merde, il avait survécu à quelque chose que la plupart des hommes n'auraient pas pu supporter pendant cinq minutes. Il avait été torturé par des putains de terroristes, et pourtant, il était là.

Owl et lui avaient vécu l'enfer, et ils avaient réussi à trouver des femmes qui n'avaient pas pitié d'eux, qui ne les voyaient pas comme des sous-hommes à cause de ce qu'ils avaient vécu. Elles les aimaient exactement comme ils étaient. Et leurs expériences avaient fait d'eux les hommes qu'ils étaient aujourd'hui.

Il avait été un vrai con. Maisy avait besoin qu'il la soutienne et l'encourage, et il avait tout gâché. Il n'avait pas été là pour elle quand elle avait parlé aux inspecteurs, or l'épreuve avait dû être extrêmement difficile. Il n'avait pas insisté pour rester à ses côtés pendant qu'elle racontait son histoire. Il n'avait rien fait.

Grimpant l'escalier deux à deux, il s'était précipité dans leur chambre pour s'excuser. Pour implorer son pardon. Pour dire à Maisy qu'il avait été un vrai con, mais elle n'était pas là. Stone n'avait pas paniqué, pas au début. Il s'était simplement dirigé vers la chambre de Brick et Tiny, sûr d'y trouver Maisy.

Mais elle n'était pas là non plus. Il demeura confus pendant une demi-seconde, puis la terreur s'empara de lui.

Jason avait mis la main sur sa sœur.

Bien sûr, elle était peut-être descendue chercher de la glace, ou dans le lobby, pour y prendre une collation, mais au fond de lui, il savait que c'était exclu. Elle ne ferait jamais ça toute seule.

Il n'y avait qu'une personne au monde désireuse de nuire à Maisy. Son propre frère. Et Stone l'avait laissée seule et vulnérable. Un autre mauvais point pour lui. Une autre erreur à rattraper.

Brick s'était empressé de fouiller les parties communes de l'hôtel. Et pendant que Tiny essayait de le rassurer en énumérant toutes sortes de raisons susceptibles d'expliquer l'absence de Maisy et tous les endroits où elle pourrait se trouver – le restaurant, la piscine –, Stone avait envoyé des textos à Ry.

À l'insu de ses amis et de Maisy, il avait eu une longue

conversation avec elle avant leur départ. Ses capacités l'intriguaient. Et comme il était mal à l'aise à l'idée de revenir à Seattle avec Maisy, il voulait savoir si elle avait des suggestions pour assurer sa sécurité.

Oui, Ry en avait.

— Sérieusement, Stone, qu'est-ce que tu fous ? Il faut qu'on aille chercher Maisy.

Même son de cloche chez Brick, qui était revenu quelques minutes plus tôt, bredouille lui aussi.

— Je sais où elle se trouve, annonça Stone en regardant la carte devant lui.

— Quoi ? Comment ?

— Où ?

Il s'était attendu aux questions de ses amis.

— Ry m'a donné des traceurs. J'en ai un et j'en ai donné un à Maisy. Enfin, disons plutôt que je l'ai glissé dans sa poche ce matin. On dirait une pièce de vingt-cinq cents, sauf que ce n'en est pas une.

— Sans déconner ? fit Brick.

— Sans déconner. J'ai parlé à Ry, qui a apparemment consulté Tex. Et il a suggéré le traceur.

— Ce n'est pas une surprise. Il adore ces trucs flippants, déclara Tiny.

— Exactement.

— Comment tu as deviné que tu en aurais besoin ? s'enquit Brick.

— Je n'ai rien deviné. Enfin, j'espérais ne pas en avoir besoin, mais si son frère était prêt à kidnapper un parfait étranger et à l'incarcérer pendant trois mois, puis probablement à le tuer, juste pour mettre la main sur l'argent de Maisy... je n'allais pas prendre le moindre risque.

— Donc c'est lui qui l'a enlevée ? demanda Tiny.

— Je ne sais pas. Mais je pense que non. Il ne voudrait

pas courir le risque de se faire filmer quelque part, pour pouvoir prétendre qu'il ne sait rien. Ry travaille sur le piratage des caméras de surveillance de l'hôtel, histoire qu'on en soit sûrs. Mais en fin de compte, aucune importance. Il l'a. Elle est chez lui.

— Qu'est-ce qu'on attend ? Allons la chercher ! On va vraiment pouvoir s'occuper de ce connard ! s'exclama Tiny en se dirigeant vers la porte.

— Vous n'allez nulle part, les gars, leur dit Stone.

— Quoi ? firent Brick et Tiny à l'unisson.

— Je voudrais que vous ralliiez les troupes. Maisy a posé les bases aujourd'hui quand elle a raconté son histoire aux inspecteurs. Il faudrait que vous contactiez l'un d'entre eux, pour l'informer que Jason détient Maisy sous la contrainte, pour essayer de lui soutirer de l'argent, puis que vous me rejoigniez là-bas.

— Et toi, qu'est-ce que tu vas faire ? demanda Brick.

Stone lui lança un regard résolu.

— Je vais chercher ma femme.

— Ce n'est pas une bonne idée, le prévint Brick.

— Bien sûr que si. Elle est partie parce que j'ai été un abruti. J'ai laissé ce connard m'atteindre.

Brick fusilla Stone du regard.

— Si tu fais référence à son putain de discours sur la faiblesse, ce n'était qu'un ramassis de conneries.

— Oui, je m'en rends compte maintenant, mais j'ai pris ses paroles à cœur sur le moment. Je ne suis pas comme toi et les autres. Owl non plus. On est les meilleurs aux commandes d'un hélico, on n'hésiterait pas à voler dans une tempête de sable ou un putain d'ouragan, mais avoir les pieds au sol, ce n'est pas notre truc... à l'évidence. Je me suis battu quand notre hélico s'est écrasé à l'étranger, on s'est battus tous les deux, avec Owl, mais ça n'a rien changé, on a quand même été capturés et torturés. Quand l'homme de main de Jason m'a enlevé, je n'ai pas pu riposter parce que j'ai été frappé par-derrière. Et il avait raison : dans le coffre, j'ai paniqué. Je n'ai même pas essayé de m'échapper. Je vais devoir vivre avec ça, mais en fin de compte... j'ai tiré de cette épreuve la meilleure chose qui me soit jamais arrivée.

— Maisy, précisa inutilement Tiny.

— Exactement. Le passé est le passé. Jason n'a pas joué à la loyale, et il est temps que je le batte à son propre jeu.

— C'est quoi, ton plan ?

— Tiny et toi allez convaincre les flics d'obtenir un mandat de perquisition, ce qui ne devrait pas être difficile quand Ry aura récupéré les images des caméras de l'hôtel et qu'ils auront vu la carte avec les infos de traçage. Ils combineront ces infos avec ce que Maisy leur a raconté aujourd'hui. Pendant ce temps, je vais aller frapper chez Jack et exiger de voir ma femme.

— Quoi ? C'est de la folie ! s'exclama Tiny.

— En fait, c'est impeccable, répliqua Brick en hochant la tête. Tu as dit que tu n'avais aucune compétence, quand il s'agissait de combat au sol.

— Jason pourrait lui tirer dessus, prévint Tiny.

— Il pourrait. Mais je ne pense pas qu'il le fera. Il veut voir sa sœur souffrir le plus possible. Si on arrive au bon moment, Jason sera trop préoccupé par l'arrivée de Stone pour penser qu'il s'agit d'un piège ou pour se demander ce qu'on fabrique. Quand il s'en apercevra, trop tard, il sera fichu !

— Et s'il le blesse ? Ou Maisy ? Est-ce que tu pourras vivre avec ça ? demanda Tiny à Brick.

Celui-ci croisa le regard de Stone.

— Je lui fais confiance. Il peut gérer jusqu'à ce qu'on arrive.

Ces mots signifiaient beaucoup pour Stone. Brick avait raison. Jason pourrait lui tirer une balle dans la tête à la seconde où il le verrait. Cela blesserait sa sœur comme rien d'autre ne serait en mesure de le faire. Mais même si le risque existait, il était d'accord avec Brick. Jason était fou. Et avec Stone à sa merci, il pourrait se vanter auprès de sa sœur d'avoir le contrôle total. Cela causerait sa chute. Stone était prêt à parier sa vie là-dessus.

Il pariait bel et bien sa vie là-dessus.

— Et je tiendrais ce discours même si c'était Alaska dans ce sous-sol, et que Jason était le connard de trafiquant qui voulait mettre la main sur elle.

Voilà pourquoi Brick était l'un de ses meilleurs amis. La loyauté. La confiance. La certitude absolue que Stone, même s'il n'était pas un Navy SEAL ou un opérationnel de la Delta Force, pouvait gérer la situation jusqu'à l'arrivée des renforts.

À cet instant précis, une notification fit tinter le téléphone de Stone. Un texto de Ry. Un autre lien. Cliquant dessus, Stone vit un homme dont il connaissait les traits frapper à la porte de sa chambre d'hôtel. La datation du fichier indiquait que la scène s'était déroulée une heure plus tôt.

Dès que Maisy avait ouvert la porte, Don lui avait un coup de poing, puis l'avait empoignée sans ménagement pour la tirer hors de la pièce et la forcer à emprunter le couloir. Stone serra les dents.

— Qu'est-ce que tu vois ? demanda Tiny.

Au lieu de répondre, il envoya le lien à ses deux amis.

— Vous pouvez montrer ça aux flics.

Il attendit que Brick et Tiny aient regardé la courte vidéo, voyant leurs corps se crisper devant le spectacle de ce que Maisy avait enduré.

— Elle a probablement pensé que c'était moi. Elle s'inquiétait de savoir ce qui me tourmentait, je le sais. Je suis reparti si vite après notre retour qu'elle a dû penser que j'avais oublié ma clé. Je vais arranger ça. Une fois pour toutes. Son frère ne sera plus un problème après ce soir.

— Oh que non, putain. Vas-y, l'encouragea Brick. Prends la voiture. On va aller chez les flics en taxi et on te retrouvera sur place.

Après avoir récupéré les clés auprès de Tiny, Stone se dirigea vers la porte. Il était encore en short et en tee-shirt, sa tenue d'entraînement, mais son unique préoccupation, c'était de retrouver Maisy. Elle devait être terrifiée et se demander s'il viendrait la chercher.

Il avait fait un vœu qu'il n'avait pas l'intention de rompre. Une fois toute cette histoire derrière eux, il s'assurerait que sa femme n'ait plus jamais de raison de douter de lui. Il n'avait fait que trahir sa confiance, et si elle le reprenait, il veillerait à ce que ça ne se reproduise jamais.

Maisy était la femme la plus étonnante qu'il ait jamais rencontrée. La vie ne cessait de lui donner des coups de pied au visage, et elle voyait toujours le bien chez les gens. S'ouvrait aux autres. Les inconnus du Refuge, elle les avait fait tomber amoureux d'elle en quelques semaines.

Tout comme lui.

Il aimait Maisy. Il n'avait pas prononcé ces mots à voix haute depuis qu'il avait retrouvé la mémoire, et il le regrettait amèrement. Elle le lui avait répété maintes et maintes fois, espérant sans doute qu'il lui avouerait son amour en retour. Encore un comportement de con. Mais c'était terminé.

Elle était à lui. Certificat de mariage légal ou non, elle était à lui. Tout comme il était à elle.

Il était temps de le prouver à Maisy.

21

Maisy n'avait aucune idée de l'heure qu'il était. Elle ne savait pas depuis combien de temps elle était dans la chambre forte. Tout ce qu'elle savait, c'était qu'elle avait les fesses engourdies à force d'être assise sur le sol en béton. Et qu'elle avait froid. Et faim. Mais c'était le cadet de ses soucis. Elle aurait bien plus mal une fois que Jason reviendrait.

Elle avait encore du mal à croire que son propre frère avait l'intention de lui couper les doigts si elle ne signait pas les papiers qu'il lui présentait. Mais d'un autre côté, il avait tué Martha, probablement leurs parents, et il avait l'intention de faire accuser son propre ami de son meurtre. Que représentaient quelques doigts dans tout ça ?

Un bruit provenant de l'extérieur de la pièce la fit tressaillir, si bien que les chaînes la retenant au mur cliquetèrent. Son cœur battait la chamade et tous ses muscles étaient tendus. Elle n'allait pas faciliter la tâche de Jason. Il devrait s'asseoir sur elle pour atteindre sa main. Elle le grifferait afin que l'ADN de son frère soit retrouvé sous ses ongles. Elle le marquerait autant que possible pour que les flics aient des soupçons.

S'il se servait d'un couteau, elle perdrait beaucoup de sang. Et si elle parvenait à faire en sorte qu'il se coupe dans le processus et que leurs sangs se mélangent, les techniciens du laboratoire seraient en mesure de déterminer qu'il était pour quelque chose dans ses blessures, tout autant que Don.

Son esprit tournait à plein régime. Toutes les émissions sur les meurtres qu'elle avait regardées défilèrent dans son cerveau pendant qu'elle essayait de trouver un moyen de faire payer ses crimes à Jason, même une fois qu'elle serait morte et enterrée.

La dernière personne qu'elle s'attendait à voir lorsque la porte s'ouvrit, c'était Jack.

Aussitôt, son moral grimpa en flèche, puis son ventre se serra lorsqu'elle vit Jason derrière lui, un pistolet pointé sur sa tête. Alors son cœur se brisa en mille morceaux. Dès l'instant où Jason menaçait Jack, elle ferait tout ce qu'il lui demandait. Il lui couperait tous les doigts et tous les orteils qu'elle ne protesterait pas. Du moment que cela signifiait sauver Jack.

— Eh, frangine ! Regarde qui a décidé de se joindre à la fête ! lança Jason, jovial, en entrant dans la pièce. Là-bas, ordonna-t-il à Jack d'un ton beaucoup plus dur.

Sans se plaindre, comme s'il se joignait à eux pour une tasse de thé, Jack se dirigea vers le mur de l'autre côté de la pièce et s'assit à l'endroit indiqué par Jason.

— Enfile-les, lui indiqua Jason en montrant les menottes avec l'arme qu'il tenait.

Encore une fois, Jack obtempéra sans moufter, refermant les menottes autour de ses poignets.

Maisy tenta de croiser son regard, pour lui dire silencieusement d'arrêter. De se battre. De faire quelque chose.

Mais Jack ne la regarda pas tant qu'il ne fut pas menotté, lui aussi.

— Jack, gémit-elle, au désespoir.

— C'est bon, la rassura-t-il.

— Oui, sœurette, c'est bon ! renchérit Jason.

Il rangea le pistolet dans sa ceinture et Maisy pria pour qu'à la faveur d'une fausse manœuvre, il se prenne une balle dans l'entrejambe. Ça serait bien fait pour lui. Elle aurait dû être choquée par cette pensée sanguinaire et, dix minutes plus tôt, elle l'aurait peut-être été. Mais maintenant que Jack était là ? Et à la merci de son frère ? Elle ne voyait plus aucun mal à cette idée.

— Laisse-le partir, supplia-t-elle son frère.

La réponse tomba, sans équivoque.

— Non.

— S'il te plaît, Jason ! Tu veux que je signe tous les papiers ? Très bien. Je vais le faire. Donne-les-moi. Mais ne lui fais pas de mal. Il n'a rien à voir avec tout ça. Il n'a jamais rien eu à voir avec ça.

— Ne fais pas ça, Maisy, intervint Jack.

Elle l'ignora.

— Je suis sérieuse ! Laisse-le partir ! Je signerai tout ce que tu veux.

— Bien sûr que tu vas me donner mon argent, répliqua Jason. Mais il est trop tard pour le laisser partir. Tu devrais l'avoir compris à ce stade.

— Il n'est pas trop tard, protesta Maisy.

— Tout est ta faute ! hurla soudain Jason, incitant Maisy à se taire et à s'adosser au mur. Si tu n'étais pas aussi conne, aussi demandeuse d'attention, aussi difficile à tuer, ça ne serait pas en train d'arriver !

Maisy le regarda, les yeux écarquillés.

— Quoi ? De quoi parles-tu ?

— Jason, c'est quoi, ton plan, mec ? demanda Jack.

Mais son frère l'ignora tout autant.

— Merde, je t'ai droguée pendant des années, et au lieu de te rendre suicidaire comme le disaient les notices d'avertissement, cette merde t'a juste rendue plus docile. Alors je t'ai droguée à mort ! Et au lieu d'arrêter ton cœur, ça t'a juste endormie... et tu t'es réveillée chaque fois, putain ! Donc j'ai essayé de créer une association à but non lucratif, puis de te faire signer des papiers par lesquels tu léguais ton héritage à mon association, mais c'était trop de travail. Je devais fournir des tas de preuves pour montrer que l'association était légitime. Donc adieu, ce plan. Je ne pouvais pas te tuer sans que tu sois mariée, sinon tout ton argent irait à d'autres associations caritatives. Quels parents de merde on a eus ! Des bienfaiteurs de mes deux ! Pourquoi n'ont-ils pas rédigé un testament normal comme tout le monde ?

— Tu les as tués, constata Maisy d'une voix basse et égale, presque dénuée d'émotion.

Elle s'en était doutée, elle avait même confié à la police que, selon elle, son frère avait engagé celui qui avait abattu leurs parents, mais elle n'avait pu s'empêcher d'espérer se tromper. Que son frère n'était pas un monstre à ce point. Malheureusement, cet espoir aussi s'était éteint.

— Évidemment, grogna Jason. Ils étaient trop radins. Tu savais qu'ils avaient refusé de payer mes deux dernières années d'université ? Malgré leurs millions de dollars, ils ne voulaient pas en débourser quelques milliers pour mes frais de scolarité. Ils m'ont obligé à trouver un travail ! Putain, pas étonnant que mes notes aient été nulles. C'était leur faute, pas la mienne !

— Qu'est-ce que tu as fait ? demanda Maisy.

— Ce qu'il fallait. Je ne voulais pas de ce fichu boulot qui les enthousiasmait tant. Ils ont gâché ma vie ! Et toi, tu étais là, la préférée. Leur ange. Qui collectionnait les bonnes notes, avec plein d'activités extrascolaires que je détestais. Tout ce que tu faisais, c'était génial. Tout ce que tu voulais, tu l'avais. Ce n'était pas juste !

— Tu les as tués parce que tu étais jaloux ?

— Non. Je les ai tués parce que je voulais leur argent. L'argent que je méritais. L'argent que je n'aurais pas dû mendier tous les mois !

Maisy n'avait pas de mots pour décrire ce qu'elle entendait. Mais elle se dit que tant qu'il était parti pour parler...

— Et Martha ?

Jason ricana.

— Tu sais très bien pourquoi cette salope est morte. Elle avait rempli sa mission.

— Tu n'es pas mon frère. Tu es un monstre, siffla-t-elle.

Mais Jason se contenta d'en rire.

— Je me fiche de ce que tu penses. Et ça a d'autant moins d'importance que je n'aurai bientôt plus à m'inquiéter que tu fasses foirer tous mes plans.

— Tu crois vraiment que tu vas t'en sortir ?

— C'est déjà fait, répliqua Jason d'un air suffisant. Je n'étais même pas suspect dans l'agression de papa et maman. J'étais le pauvre mari en deuil quand Martha a disparu, et je t'ai déjà dit qui sera accusé de ton viol et de ta mort.

— Et quelle sera ton excuse pour lui ? demanda Maisy, sincèrement curieuse de savoir ce que pensait son frère.

Il ricana.

— Lui ? Ce loser ? Tout le monde s'en fout. Personne ne remontera jusqu'à moi.

Incapable de se retenir, Maisy éclata de rire. Et une fois qu'elle eut commencé, elle ne parvint plus à s'arrêter. Ce qui mit Jason en rage.

— Maisy, la prévint Jack.

Mais elle rit de plus en plus fort, le regard fixé sur son frère. Cela ne les concernait que tous les deux, et elle avait fini de se faire toute petite devant ce trou du cul.

— Arrête. La ferme ! aboya Jason.

Sauf que Maisy en aurait été bien incapable. Son frère était prétentieux. Stupide. Il l'avait toujours traitée d'idiote, mais sa conviction de pouvoir assassiner Jack sans en subir les conséquences, ça dépassait toutes les bornes.

Ce fut seulement lorsque Jason s'approcha d'elle et que Jack prononça de nouveau son nom en guise d'avertissement que Maisy réussit à se contrôler. Juste à temps, d'ailleurs, car Jason était manifestement prêt à lui flanquer un coup de pied. Levant les yeux vers lui, elle lâcha :

— Tu n'as aucune idée de qui tu as kidnappé, hein ?

Jason eut un rictus ironique.

— Aucune importance, lâcha-t-il.

Oh que si ! Jack avait une énorme importance.

— Il s'appelle Jack Wickett. Il était Night Stalker dans l'armée américaine. Sache que c'est l'un de nos tout meilleurs pilotes d'hélicoptère. Il a été prisonnier de guerre et son visage diffusé sur Internet par ses ravisseurs. Lorsqu'il a été sauvé, le pays a été en liesse. Il y a eu des défilés, on l'a décoré.

Elle en faisait un peu trop, mais elle s'en fichait.

— Lorsqu'il a quitté l'armée, enchaîna-t-elle après avoir repris son souffle, il s'est associé à quelques-uns de ses amis, d'anciens Navy SEALs, des Delta Force, d'autres membres des forces spéciales, et ils ont créé un refuge au Nouveau-Mexique. Leur entreprise a été récompensée par des prix, les photos de ses propriétaires circulent sur Internet. Tu as kidnappé l'un des visages les plus connus du pays, mon cher frère. Je ne suis pas surprise qu'aucun de tes idiots d'amis ne l'ait reconnu. Mais maintenant, s'il disparaît à nouveau... Je te promets que ses amis vont mettre sur tous les réseaux sociaux, avec tous les détails de son enlèvement et de notre faux mariage. Le monde entier saura qui il est... et ce que tu as fait.

Maisy redoutait vaguement qu'il lui demande pourquoi ses amis n'avaient pas soulevé la sphère médiatique la première fois, mais vu la mine furieuse de Jason, dont le visage s'empourprait de plus en plus, elle comprit qu'il était trop en rage contre elle pour penser à autre chose en cet instant. Et c'était ce qu'elle voulait.

— Tu t'en es peut-être tiré pour le meurtre de nos parents, de Martha, et il se peut même que tu ne sois pas inquiété pour le mien. Mais il te sera impossible, je dis bien impossible, de dissimuler le fait que mon mari était le célèbre Jack Wickett. Et qu'il a mystérieusement disparu en même temps que moi. Les flics vont te tomber dessus. Surtout après ce que je leur ai raconté ce matin. Tu seras tout en haut de leur liste de suspects, c'est sûr.

— Quoi ? Qu'est-ce que tu leur as dit ? s'emporta Jason, dont la colère augmentait encore.

— Tout, Jason. Je leur ai tout dit, répondit-elle en le regardant droit dans les yeux.

— Putain... Putain, putain, putain, putain ! s'exclama son frère en se mettant à déambuler frénétiquement dans la chambre forte.

Puis il tira le pistolet de sa ceinture et le lui pointa sur le front.

Maisy cessa de respirer. Malgré toutes ses fanfaronnades, elle ne voulait pas mourir. Pas maintenant. Pas après avoir retrouvé Jack.

— Ce n'est pas en la tuant que tu vas arranger les choses, intervint ce dernier depuis l'autre extrémité de la pièce.

Maisy vit du coin de l'œil qu'il était debout, mais elle n'osa pas le regarder.

Parce que son frère n'avait pas baissé son arme.

— Non. Mais je me sentirai mieux, répliqua-t-il, d'une voix étrangement calme.

— Pose ton arme ! Tout de suite !

La nouvelle voix, qui avait retenti depuis l'embrasure de la porte, fit sursauter Maisy, mais elle ne détourna toujours pas le regard du canon pointé sur sa tête.

Jason ne bougea pas. Mais Jack, si.

Dans sa chute, le front de son frère alla percuter le béton. Maisy poussa un cri de surprise et d'effroi, mais avant qu'elle puisse faire quoi que ce soit, deux hommes tout de noir vêtus, avec des gilets pare-balles truffés d'un nombre de poches qui rivalisait avec celui de Jack, se joignirent à lui pour retenir son frère.

L'arme que Jason pointait sur elle fut écartée d'un coup de pied et on lui menotta les mains dans le dos avant que Maisy ait pu cligner des yeux. Puis Jack fut à ses côtés. Agenouillé devant elle, il l'empêchait de voir ce qui se passait avec son frère.

— Espèce d'idiote, murmura Jack avec amour.

L'un des hommes présents dans la chambre forte, désormais bondée, la débarrassa des menottes qui lui emprisonnaient les poignets. Jack la souleva comme si elle ne pesait rien et la porta hors de la pièce, devenue soudain oppressante, pour lui faire traverser le sous-sol et grimper l'escalier. Il ne s'arrêta qu'une fois dans le salon, avant de la conduire dans la maison – également remplie d'officiers en uniforme – jusqu'à la porte puis directement dans une ambulance.

— Comment tu t'es libéré des menottes ? demanda-t-elle.

— J'avais une clé dans la main. Ton abruti de frère n'a même pas vérifié. J'attendais une occasion de le maîtriser, et tu me l'as fournie. Même si je ne suis pas ravi que tu l'aies énervé au point qu'il pointe son arme sur toi. Je te jure que je viens de perdre dix ans de vie.

— Jack, tout va bien, dit-elle après avoir dégluti plusieurs fois pour retrouver sa voix.

— Fais-moi plaisir. Ça ne s'est pas passé comme je l'avais prévu, marmonna-t-il en l'allongeant doucement sur un brancard.

Maisy n'eut pas le temps de lui demander quel était le plan que les ambulanciers s'affairaient autour d'elle, prenant ses constantes et l'interrogeant sur ses sensations.

Au bout d'une dizaine de minutes, ils finirent par estimer qu'elle n'avait pas besoin d'être conduite à l'hôpital.

— Pouvez-vous nous accorder une minute ? demanda Jack.

Sans hésiter, les ambulanciers descendirent du véhicule de secours, ce qui leur donna un peu d'intimité.

— On va devoir reparler aux flics, mais avant qu'ils arrivent, je voulais te dire que tu as été géniale. J'étais prêt à faire ce qu'il fallait pour gagner du temps afin que Brick, Tiny et la moitié de la police de Seattle arrivent jusqu'à nous, mais je n'ai pas eu à bouger le petit doigt. Tu as tout fait pour moi.

— Qu'est-ce que tu fabriquais ici ? C'est Don qui t'a amené, toi aussi ? demanda Maisy.

Jack secoua la tête. Il était agenouillé près du brancard, une main sur son bras, à lui caresser la peau avec son pouce. Maisy ne savait pas trop si elle rêvait ou non. Elle avait laissé à l'hôtel un homme qui semblait prêt à rompre avec elle, et voilà qu'il la regardait comme il le faisait avant de retrouver la mémoire. Avec amour.

Elle devait être en état de choc ou quelque chose comme ça.

— Non, je me suis pointé à la porte et j'ai frappé.

Maisy en resta bouche bée.

— Quoi ? Pourquoi as-tu fait ça ?

— Parce que je savais que tu étais quelque part dans cette maison.

Tant de questions se bousculaient dans la tête de Maisy.

— Comment ? demanda-t-elle au bout d'un moment.

— J'ai glissé un traceur dans ta poche ce matin.

— Quoi ? s'exclama Maisy, choquée.

— Pour faire court, j'ai parlé à Ry, et on a convenu tous les deux que, juste au cas où, ce ne serait pas une mauvaise idée que quelqu'un puisse nous localiser à tout moment pendant notre séjour ici. Après ce qui est arrivé à Lara et à Owl… et même à la plupart des femmes du Refuge… elle n'a pas hésité à me procurer deux traceurs. Elle n'a pas réussi à en trouver davantage à ce moment-là, sans quoi Brick et Tiny auraient eu des traceurs eux aussi. Quand j'ai arrêté de me comporter en idiot et que je suis revenu dans la chambre d'hôtel, tu n'étais plus là. Il m'a suffi de contacter Ry et de lui demander de te localiser. Dès que j'ai vu que tu étais ici, j'ai envoyé Brick et Tiny chez les flics et je suis venu directement à la maison. Je me suis dit que je pourrais distraire ton frère assez longtemps pour que nos sauveurs arrivent. Mais encore une fois, tu n'as pas eu besoin de moi.

Maisy secoua la tête.

— J'aurai toujours besoin de toi.

Un feu se mit à flamboyer dans les yeux de Jack et elle pria pour que ce soit bon signe. Il referma la main sur son avant-bras.

— Tu as fait un truc que je n'aurais jamais cru possible.

— C'est-à-dire ?

— Tu as fait avouer ton frère. Tous ses crimes. Il va séjourner au placard pour de bon, Maisy. Il ne sera plus jamais un problème pour toi.

— Ce sera ma parole contre la sienne.

— Non. Parce que les traceurs que Ry m'a donnés sont aussi de petits micros. Elle les a activés dès qu'elle a su que tu avais disparu.

— Mais il était dans ma poche. Il est impossible qu'elle ait entendu les paroles de Jason, protesta Maisy, tout en espérant que, par miracle, un enregistrement de Jason soit suffisamment audible pour être utilisé contre lui.

— Le tien, oui, mais pas le mien, répliqua Jack avec un petit sourire. Je l'avais à la main et j'avais prévu de le placer dans la cave. Si quelque chose nous était arrivé, quelqu'un aurait fini par le trouver et aurait tout compris. Et même si ça n'avait pas été le cas, Ry aurait certainement envoyé les fichiers audio aux autorités.

Les implications des propos de Jack commençaient à lui apparaître.

— C'est fini alors ?

— C'est fini, confirma Jack.

Maisy ferma les yeux et soupira de soulagement.

— Avec ses propres paroles utilisées contre lui, plus les photos que tu as données à l'inspecteur, le portefeuille de Martha et, je suppose, le témoignage de Don, ton frère est foutu. D'autant plus que son complice voudra obtenir l'indulgence des autorités pour son rôle dans ton kidnapping d'aujourd'hui et toutes les merdes qu'il a faites pour Jason par le passé et qu'il sera motivé après avoir entendu comment Jason entendait le piéger et lui faire porter le chapeau de ton meurtre.

Sentant sa main sur sa joue, elle ouvrit les yeux pour fixer le beau regard brun de Jack.

— Je suis désolé, dit-il. C'est ton frère. Je sais que c'est difficile.

Maisy se renfrogna.

— Ce n'est pas mon frère. Plus maintenant. Je refuse de le voir comme tel une seconde de plus. C'est un monstre. Un tueur en série. Je le déteste. Mais, Jack... Ça va, toi ?

— Moi ? Pourquoi ?

— J'ai dit certaines choses... Je ne voulais pas lâcher quoi que ce soit qui pourrait te rappeler de mauvais souvenirs.

Mais Jack secoua la tête.

— Tu as été magnifique. Je ne suis pas ravi de la façon dont tu l'as appâté. C'était mon plan, pour qu'il tourne son attention vers moi afin qu'il te laisse tranquille, mais rien de ce que tu as dit n'a diminué mon amour pour toi.

Maisy cligna des yeux. Elle avait peur d'avoir mal entendu et de se faire des illusions.

Accroupi jusqu'à présent, il se releva pour venir s'asseoir sur le bord du brancard. Prenant son visage entre ses mains, il se pencha vers elle.

— Je t'aime, Stellina. Je traverserais les flammes de l'enfer pour avoir le droit d'être ton mari. Jusqu'à présent, je n'ai pas été à la hauteur, mais je te promets d'être meilleur... si tu m'en donnes l'occasion.

Maisy n'hésita pas un instant, elle jeta ses bras autour de lui et le serra aussi fort qu'elle le pouvait. Elle sentit Jack glousser contre elle.

— J'en déduis que c'est un « oui » ? demanda-t-il dans son cou.

— Je t'aime aussi, répondit Maisy.

— Je vais m'améliorer, lui promit-il après s'être éloigné pour pouvoir croiser son regard.

— Impossible. Tu es déjà le meilleur homme que j'aie jamais rencontré. Et je t'aime à la folie.

— Et si on sortait, pour s'assurer que Brick et Tiny vont bien ? Après, on ira au commissariat pour causer avec l'inspecteur, on dormira un peu et on rentrera chez nous. Ça te tente ?

Le programme plaisait à Maisy, sauf peut-être la partie concernant la conversation avec les flics, mais elle ne devait pas se dérober. Il fallait le faire.

— D'accord, mais est-ce qu'on pourrait d'abord changer de vêtements ? Enfiler quelque chose de propre qui ne soit pas souillé par mon frère et sa cave ?

— Je vais envoyer Tiny à l'hôtel pour récupérer nos bagages et lui demander de nous retrouver au commissariat.

L'émotion submergea Maisy. Probablement une réaction tardive à tout ce qui s'était passé, mais elle ne pensait pas qu'on la mépriserait pour cela. Posant la tête contre le torse de Jack, elle fit de son mieux pour ne pas se briser en mille morceaux.

— C'est bon, Stellina. Je suis là. Je ne te lâche plus.

Ils ne bougèrent pas pendant une minute ou deux, puis Maisy se redressa.

— Tout va bien, maintenant.

— Que tu es forte ! Je t'aime.

Elle ne se lasserait jamais d'entendre ces deux mots.

— Je t'aime aussi. Maintenant, allons-y. Plus vite on rentrera à la maison, mieux ce sera.

— Amen, répondit Jack.

Puis il se leva pour l'aider à descendre du brancard, la tint jusqu'à ce qu'elle soit stable sur ses pieds et la fit sortir de l'ambulance.

ÉPILOGUE

Un mois s'était écoulé depuis que le frère de Maisy avait essayé de la tuer, et dans ses cauchemars, Stone n'était plus prisonnier de guerre : il voyait, impuissant, Jason tirer une balle dans la tête de Maisy.

Celle-ci avait ses propres cauchemars, mais ils avaient été là l'un pour l'autre, se serrant mutuellement dans leurs bras au milieu de la nuit, s'assurant qu'ils allaient bien. Que Jason ne pourrait plus jamais leur faire de mal.

Le frère de Maisy était en prison à Washington et la dernière fois qu'ils avaient parlé au procureur, il leur avait dit être certain qu'ils pourraient obtenir une condamnation pour trois meurtres avec préméditation, un enlèvement et une foule d'autres crimes et délits. Au minimum, il risquait la prison à vie, au mieux, il n'aurait aucune chance d'être libéré sur parole.

Son ami Don allait également purger une peine de prison, et ils avaient appris la veille que des enquêteurs avaient réussi à retrouver l'un des hommes que Jason avait engagés pour tuer ses parents. La journée avait été difficile pour Maisy, mais Stone était impressionné par sa capacité à rebondir, à voir le positif dans les derniers événements. Ses parents allaient enfin pouvoir bénéficier d'une forme de justice.

Ce matin, Maisy s'était levée avec le soleil, comme d'habitude, avait rejoint Tonka et Jasna à la grange pour les aider dans les tâches animalières, puis s'était rendue au pavillon afin d'aider Luna et Robert à préparer le buffet du petit déjeuner pour leurs clients. Stone n'aurait pas pu être plus fier d'elle, et il tenait par-dessus tout à la protéger de toutes les saloperies que la vie aimait parfois jeter à la tête des gens. Elle avait eu sa part, et si c'était dans ses cordes, il veillerait à ce qu'elle ne connaisse plus qu'une vie de bonheur à partir de maintenant.

Ry avait demandé à lui parler, trois jours plus tôt, et lui avait offert l'un des cadeaux les plus attentionnés qu'il ait jamais reçus. Il ne savait pas ce que Maisy en penserait, mais il espérait qu'elle en serait aussi heureuse que lui.

Stone avait voulu demander à Ry si elle comptait rester, mais elle semblait beaucoup plus... fragile ces derniers temps, et il ne voulait pas faire ou dire quoi que ce soit qui pourrait la pousser à prendre des décisions irréfléchies concernant son avenir. Personnellement, Stone ne verrait pas d'inconvénient à ce que Ry reste éternellement parmi eux. Il l'aimait bien, oui, mais par-dessus le marché, la présence de quelqu'un d'aussi doué qu'elle en informatique était, de son point de vue, une très bonne chose pour le Refuge.

Oui, il était un peu inquiet à propos de son penchant à enfreindre la loi lorsqu'elle recueillait des informations, mais elle lui avait promis, ainsi qu'au reste des gars, de ne jamais rien faire qui puisse attirer l'attention sur le Refuge. Ayant bénéficié de ses compétences, légales ou non, Stone était prêt à la croire sur parole.

Il n'avait aucune idée de ce qui se passait entre Tiny et elle. La plupart du temps, son ami semblait irrité par sa nouvelle colocataire, mais lorsque quelqu'un suggérait une autre solution, comme convertir l'une des salles de conférence du pavillon en espace de vie temporaire pour elle, ou la faire emménager dans le chalet qu'ils réservaient à la famille et aux amis, Tiny s'y opposait immédiatement.

Ry vivait donc toujours dans le chalet de Tiny, même s'ils étaient comme l'huile et l'eau. La moitié du temps, ils ne semblaient même pas s'apprécier, et pourtant... elle était toujours là.

Alaska lui ayant envoyé un message pour l'avertir que Maisy était sur le chemin du retour, Stone était prêt à l'accueillir lorsqu'elle entra.

— Salut ! lança-t-elle joyeusement.

Au cours du mois qui avait suivi leur retour de l'État de Washington, Maisy s'était épanouie, si l'on exceptait les cauchemars. Elle avait perdu le regard hanté qu'elle avait parfois, et elle semblait marcher la tête plus haute. Elle devenait de plus en plus extravertie. Stone aimait ces changements, il aimait la voir prendre confiance en elle. Son frère lui avait bien trop souvent répété qu'elle était stupide et faible, quand elle était en réalité l'exact opposé.

Connaissant ses résultats brillants à l'examen de fin d'études secondaires, Stone l'encourageait à s'inscrire à des cours à l'université du Nouveau-Mexique à Los Alamos. Elle y avait réfléchi, mais hésitait encore sur la spécialisation à choisir. Il lui restait beaucoup de temps pour décider du reste de sa vie et, honnêtement, Stone était ravi de l'avoir à ses côtés, de pouvoir mener enfin une vie normale, même si elle était trépidante.

On aurait pu croire qu'elle vivait au Refuge depuis toujours. Elle aimait faire des randonnées avec leurs clients, aider Lara et Cora à organiser des activités pour les enfants des pensionnaires la prochaine fois qu'ils ouvriront le Refuge aux familles. Bref, chaque fois qu'il se retournait, Maisy était en train d'aider quelqu'un dans son travail.

Ils avaient finalement engagé un nouvel intendant, puisque les... compétences de Ry... étaient mieux utilisées ailleurs. C'était Maisy qui avait fait visiter le Refuge à Joshua et l'avait présenté à tout le monde. Jess et Carly aimaient bien le jeune homme, et il semblait s'intégrer au mieux.

Stone avait enfin eu l'occasion d'appeler ses parents et de les mettre au courant de tout ce qui s'était passé dans sa vie. Il leur parla de sa perte de mémoire, même s'il minimisa son kidnapping... encore une fois. Ils avaient assez souffert lorsqu'il était prisonnier de guerre, et il voulait simplement les protéger. Il leur parla de Maisy, en revanche. De son mariage. Bien sûr, ils étaient ravis, et même s'ils ne pouvaient pas venir les voir tout de suite au Nouveau-Mexique – ils avaient réservé une croisière de trois mois qui partait dans une semaine environ –, ils avaient tenu à leur passer un appel en FaceTime, à Maisy et lui, afin de la rencontrer. L'appel dura deux heures, au terme duquel Maisy les avait complètement conquis, en étant simplement elle-même.

L'hélicoptère acheté par le Refuge devait enfin être livré la semaine suivante, et Stone et Owl brûlaient d'enthousiasme. Après tout ce qui s'était passé, Brick avait cette fois-ci engagé une équipe de pilotes pour acheminer l'hélicoptère. Owl, Stone et Brick retrouveraient les hommes à l'aéroport de Los Alamos, passeraient en revue la paperasse, inspecteraient l'oiseau, puis Owl et Stone effectueraient un dernier vol d'essai pour s'assurer que tout allait bien. Ensuite, ils rentreraient au pavillon avec. L'aire d'atterrissage et le hangar avaient été achevés la semaine précédente, et tout le monde était impatient d'entamer un nouveau chapitre au Refuge.

Mais Stone devait parler de quelque chose de très important avec Maisy. Et il était extrêmement nerveux.

— Ça va ? demanda-t-elle en s'approchant de lui, sourcils froncés.

Stone acquiesça.

— Oui. Tu as passé une bonne matinée ?

Maisy était rayonnante.

— Oui ! Tonka parle d'acheter quelques chèvres supplémentaires et peut-être de vendre leur lait à une femme, en ville. Elle fait du fromage de chèvre et des yaourts de la meilleure qualité qui soit. Et... des chèvres !

Stone aimait la voir aussi enthousiaste, aussi exubérante.

— Luna m'a parlé de ses cours, et... je crois que je veux au moins m'y plonger le semestre prochain avec elle. Parce que, bon, je ne suis pas allée à l'école depuis une éternité, et je ne suis pas sûre de me rappeler ce que signifie étudier, mais j'ai envie d'essayer.

— Tu vas être géniale, lui assura Stone.

— Quoi qu'il en soit, j'ai également discuté avec l'une des clientes. Je ne sais pas comment Henley arrive à faire son métier. Je suis tellement triste et bouleversée quand j'entends ce que ces gens ont vécu. Et avant que tu ne dises quoi que ce soit, non, je n'ai pas demandé à cette femme de me parler de son syndrome de stress post-traumatique, c'est elle qui a abordé le sujet.

— Je n'imaginais rien de négatif, Stellina, lui dit Stone.

Sa femme n'était vraiment pas du genre à s'immiscer dans les démons de quelqu'un.

— Quoi qu'il en soit, vu que l'histoire de nos mésaventures a fait le tour des réseaux sociaux, je suppose qu'elle l'a vue et a voulu me dire qu'elle était désolée. Elle a compati avec moi, parce qu'elle aussi avait eu une mauvaise expérience avec sa famille. Elle avait une sœur qui était la préférée de ses parents. Vraiment leur préférée. Ils la traitaient comme une princesse et enfermaient notre cliente dans un placard, sans quasiment la nourrir. Ils l'ont obligée à vivre au milieu de ses propres déjections, et elle n'avait pas le droit de sortir, d'aller à l'école ou quoi que ce soit d'autre !

Maisy s'énervait, mais Stone ne pouvait pas lui en vouloir. Il avait lu la fiche d'information de la cliente en question, et son histoire était horrible. Au fil des ans, il en avait entendu beaucoup de semblables, mais il ne s'était pas autorisé à s'appesantir dessus. Et pour cause. Après avoir lu ce qui était arrivé à cette pauvre femme, il s'était rappelé l'ignominie dont les humains savaient faire preuve.

Mais il y avait aussi des gens comme sa Maisy. Des gens qui se pliaient en quatre pour faire ce qu'il fallait, pour être gentils, pour aider autant qu'ils le pouvaient.

— Bref, ça craint. Mais il y a une bonne nouvelle : elle se porte à merveille, annonça Maisy en souriant. Elle a bénéficié d'une famille d'accueil incroyable qui l'a adoptée quand elle avait dix-sept ans. J'ai même rencontré sa fiancée. Elle est formidable et elles sont très mignonnes ensemble !

Stone sourit. Il avait rencontré le couple au moment où elles s'enregistraient, en début de semaine.

— C'est chouette, dit-il à Maisy.

Sa femme fronça le nez.

— Désolée, je parle, je parle et je ne t'ai même pas demandé ce que tu as fait de ta journée.

Il se mit à glousser.

— Maisy, il est 9 h 31. Je n'ai pas encore eu la chance d'avoir une journée.

Elle s'esclaffa.

— D'accord, tu as raison, mais ça fait quoi, trois heures qu'on est levés ? Qu'est-ce que tu as fait pendant mon absence ?

Elle se pencha vers lui, le regardant avec tant d'amour que Stone eut bien du mal à ne pas la jeter sur son épaule et aller l'allonger sur leur lit. Il s'était réveillé au milieu de la nuit avec une envie soudaine de faire l'amour à sa femme. Il n'avait pas eu de cauchemar ni vraiment rêvé de quoi que ce soit, mais le besoin de s'assurer que Maisy connaissait l'intensité de son amour l'avait poussé à glisser une main le long de son flanc, puis entre ses jambes.

Elle ne s'était pas plainte qu'il l'ait réveillée, et ils avaient fait l'amour longuement, lentement et doucement. Chaque fois qu'il était avec elle, Stone était de plus en plus convaincu qu'elle était son âme sœur.

— Jack ?

Et c'était une autre chose. Il aimait qu'elle l'appelle Jack. Tous les autres, vraiment tous, l'appelaient Stone. Mais pas sa Maisy. Elle insistait pour utiliser le nom par lequel elle l'avait d'abord connu. Il était son Jack, et il adorait ça.

— Désolé, je repensais à la nuit dernière, lui dit Stone.

Elle rougit et lui adressa un sourire timide.

— Ah oui ?

— Oui. Et même si je ne demanderais pas mieux que de te ramener au lit, il y a quelque chose dont je veux te parler. Quelque chose d'important.

— Jason ? demanda-t-elle, sourcils froncés.

— Non ! hurla-t-il presque.

Il prit une inspiration et se força à se détendre. Il détestait entendre le nom de son connard de frère. Ce mec avait fait de la vie de Maisy un enfer ; or Stone ne voulait que le meilleur pour elle à partir de maintenant.

— Non, répéta-t-il un peu plus calmement. Mais si j'apprenais quelque chose, je te le dirais tout de suite. Il s'agit d'un autre sujet.

Stone se sentit soudain hésitant.

— D'accord. Quoi qu'il en soit, tout ira bien. On trouvera une solution ensemble.

Cette femme. Il l'aimait tellement. Il était évident qu'il était nerveux et elle faisait ce qu'elle pouvait pour l'apaiser. Lui prenant la main, il l'entraîna vers la table qui séparait le salon de la cuisine, d'où il se saisit d'un morceau de papier pour le lui tendre.

— C'est Ry qui me l'a donné. Elle a pris sur elle de réparer les choses.

Maisy parut confuse, et Stone ne pouvait pas lui en vouloir. Il ne s'expliquait pas bien. Elle prit le papier qu'il lui tendait et entreprit de le lire.

Stone remarqua l'instant où les mots firent sens pour elle. Relevant la tête, elle croisa son regard.

— C'est notre certificat de mariage, chuchota-t-elle.

— Oui. Comme mon vrai nom ne figurait pas sur notre acte de mariage, cela signifiait que tu avais obtenu illégalement l'argent de ton héritage, question qui pourrait revenir te hanter. Et cela signifiait que techniquement nous n'avions jamais été mariés. Mais... comme je viens de te le dire, Ry a arrangé ça.

Maisy baissa les yeux sur le papier et passa un doigt sur sa signature. Au lieu de Jack Smith, nom duquel il l'avait signé ce jour-là, des mois plus tôt, il y avait maintenant Jack Wickett. Et elle avait indiqué Maisy Feldman, au lieu de Smith, ce fameux jour.

— Quoi ? Comment ? demanda-t-elle, incrédule.

— Ry a des compétences, se contenta-t-il de répliquer.

Ce n'était pas le moment d'expliquer en détail comment elle avait piraté la base de données de l'État de Washington et modifié le document original qui avait pourtant été scanné. Ni comment elle avait pris sa signature sur l'un des nombreux formulaires qu'il avait signés ici, au Refuge, et remplacé celle qu'il avait utilisée pour signer son certificat de mariage.

— Je sais que nous avons parlé de nous marier ici au Nouveau-Mexique, juste pour être sûrs de ne plus rien risquer... mais nous ne sommes plus obligés de le faire maintenant. À moins que tu y tiennes. Parce que, bon, si tu veux une fête avec nos amis, je suis sûr que tout le monde serait ravi. Et tu mérites le mariage de tes rêves. La robe blanche, l'allée, tout le tralala. Je voulais juste m'assurer que tu étais d'accord avec le fait qu'on soit déjà mariés. Pour de vrai.

Il parlait, parlait, mais il ne parvenait pas à déchiffrer l'expression de Maisy, et cela le tuait.

En réponse, elle reposa le certificat modifié sur la table... puis tourna les talons et s'éloigna de lui.

Stone ne put que la regarder avec consternation. Il avait le cœur au bord des lèvres et se demanda s'il n'allait pas vomir. C'était plus douloureux que tout ce qu'il avait connu. Y compris le temps qu'il avait passé comme prisonnier de guerre. Si sa Maisy le rejetait maintenant, il n'était pas sûr de s'en remettre.

Elle était entrée dans leur chambre, d'où elle ressortit un instant plus tard, le visage toujours impénétrable. S'arrêtant devant lui, elle lui tendit quelque chose.

Baissant les yeux, Stone sentit son cœur manquer un battement. Il sut aussitôt ce qu'il regardait. Son regard remonta vers le sien. Et cette fois, elle souriait. Un énorme sourire. Le bonheur et la satisfaction qui se dégageaient de son expression étaient éclatants.

— Il fut un temps où tu disais que je ne pouvais pas

partir, parce que je risquais d'être enceinte. Eh bien... on dirait que tu vas être coincé avec moi. Avec nous.

— Tu vas... on va... un bébé ?

Stone s'étrangla en serrant le test de grossesse positif dans sa main.

Maisy s'esclaffa.

— Oui. Tu ne peux pas être aussi surpris, vu qu'aucun de nous n'a utilisé de protection. Et comme ce que tu aimes le plus au monde semble être de jouir en moi...

Elle laissa sa phrase en suspens.

Stone tomba à genoux et l'entoura de ses bras, enfouissant le visage dans son ventre. Il sentit les mains de Maisy dans ses cheveux et ses yeux s'emplirent de larmes. Lui qui n'avait pas pleuré depuis des années. Même lorsqu'on l'avait torturé, il n'avait pas pleuré. Mais l'idée que cette femme allait avoir son bébé lui faisait perdre complètement les pédales.

Levant les yeux, il dit :

— S'il te plaît, ne me quitte jamais. Je ne pourrais pas le supporter. Je t'aime à la folie, Stellina. On s'est rencontrés de façon merdique, mais tu es littéralement la meilleure chose qui me soit arrivée. Je t'en supplie, ne me quitte jamais. Si je t'énerve, dis-le-moi pour que je veille à ce que ça ne se reproduise plus. Tout ce que tu veux, je me plierai en quatre pour te le donner. S'il te plaît, Maisy, s'il te plaît.

Elle secoua la tête. Ses propres yeux se remplissaient de larmes et elle tenta de l'obliger à se relever. Mais Stone ne bougeait pas. Il en était incapable. Ses genoux n'auraient jamais pu le soutenir.

— Non, dit-elle. Ne me supplie pas. Ce n'est pas toi. Et puis, ce n'est pas nécessaire. Je ne veux aller nulle part. Le jour où je t'ai rencontré a marqué le début de ma nouvelle vie, et je me battrai comme une diablesse pour la conserver.

Et je n'ai pas besoin d'un autre mariage. Peut-être que dans vingt ans, on pourrait renouveler nos vœux pour de vrai, mais en attendant, je veux juste profiter de Jack Wickett et fonder une famille avec lui.

Au diable ses projets. Ils avaient parlé d'une randonnée au Rocher-Table et il s'apprêtait à s'agenouiller pour lui repasser au doigt les bagues qu'il avait achetées pour elle à Seattle. Mais la perspective d'aller ailleurs que dans leur lit lui faisait horreur. Il devait montrer à sa femme à quel point il l'aimait. Son impatience de voir naître leur bébé. Elle avait raison, il adorait jouir en elle. Mais comme ça ne semblait pas la déranger le moins du monde, ça ne le dérangeait pas non plus.

Trouvant enfin la force nécessaire, Stone se leva. Il lui passa un bras autour de la taille et l'entraîna dans le couloir qu'elle venait d'emprunter. Il ouvrit alors le tiroir de la petite table à côté de leur lit, dont il sortit les bagues qu'ils portaient avant que sa mémoire ne revienne et prit respectueusement sa main dans la sienne. Il lui passa les bagues à l'annulaire et dès qu'elles furent en place, ce fut comme si tout dans la vie de Stone se mettait également en place. Il enfila son propre anneau, puis se pencha et embrassa Maisy, longuement, lentement et profondément.

Sans un mot, il déshabilla sa femme en un temps record et la rejoignit sur le lit après s'être déshabillé à son tour. Au lieu de l'attirer contre lui, Stone la plaqua sur le dos et se glissa entre ses jambes. Il posa le front contre son ventre, comme il l'avait fait dans l'autre pièce.

— Bonjour, bébé, murmura-t-il en caressant la peau douce du ventre de Maisy. Je suis ton papa. Et je vais être le meilleur papa du monde. On ira faire des randonnées, pêcher, et je t'apprendrai à piloter un hélico. Tu ne passeras pas un jour sans entendre « je t'aime ». On voyagera, on rira et on se disputera probablement. Mais quoi qu'il arrive, tu es déjà aimé.

Entendant un reniflement, Stone leva les yeux et vit Maisy qui pleurait à chaudes larmes. Mais il n'était pas inquiet, c'étaient des larmes de bonheur. Il remonta le long de son corps jusqu'à ce qu'ils se touchent des orteils à la poitrine. Il logea son sexe dur comme le roc entre ses jambes, puis la pénétra lentement.

Maisy lui sourit, tout en écartant les jambes pour lui faire de la place. Elle était étroite, et certainement pas assez mouillée pour qu'il la prenne vite et fort, mais Stone s'en fichait, et elle aussi. Il avait simplement besoin d'être connecté à elle en cet instant. Il sentit le sexe de sa femme se détendre progressivement autour de lui.

— Je t'aime, lui dit-il en plongeant le regard dans ses beaux yeux bruns.

— Je t'aime aussi.

— Je serai le meilleur des maris et le meilleur des pères. Je te donne ma parole.

— Tu l'es déjà, murmura-t-elle.

Ils firent l'amour avec toute la dévotion de leur âme, puis ils finirent dur et vite. Lorsqu'ils atteignirent l'orgasme, ils haletaient, trempés de sueur.

— Maintenant qu'on a fait notre sport de la journée, je pense qu'une sieste s'impose, déclara Maisy avec un petit sourire.

Et elle se blottit contre lui entre les couvertures emmêlées.

— Je suis d'accord, approuva Stone.

Tant pis s'il avait dit à Owl qu'il le verrait plus tard, et que Maisy était censée retrouver Cora pour l'aider à préparer leur chalet en vue de l'arrivée imminente de leur enfant adoptif.

Alors que Maisy commençait à s'endormir dans ses bras, Stone l'allongea sur le dos, puis posa une paume sur son ventre pour contempler sa belle épouse.

— Tu vas faire ça pendant les huit prochains mois ? marmonna Maisy d'une voix ensommeillée.

— Faire quoi ?

— Me reluquer.

— Oh, ça. Oui, répondit Stone sans hésiter.

— D'accord.

Elle s'endormit, le sourire aux lèvres et une main sur le ventre.

Stone ferma les yeux et réfléchit à sa vie. Comment en était-il arrivé là ? Il était un fils de pute sacrément chanceux, et il le savait. S'il avait deviné, lorsqu'il était prisonnier de guerre, que sa vie tournerait ainsi, il ne l'aurait pas cru. Mais tout ce qu'il avait vécu, les hauts comme les bas, en valait la peine s'il était là aujourd'hui. En fait, il méritait Maisy. Et elle le méritait en retour. Ils avaient vécu l'enfer et telle était leur récompense.

Il devait appeler ses parents. Informer les autres que Maisy et lui n'auraient finalement pas besoin d'une cérémonie de mariage... et bien sûr, annoncer aux uns comme aux autres qu'il y aurait bientôt un autre bébé au Refuge.

Il gloussa doucement. Quatre nouveaux bébés, plus l'enfant nouvellement accueilli par Cora et Pipe. Bon sang, leur projet de centre de repos réservé aux adultes avait fait long feu.

Posant sa tête sur l'oreiller à côté de celle de Maisy, Stone sombra dans un sommeil léger. Leur avenir ne serait pas de tout repos, il en était sûr, mais avec Maisy à ses côtés, il pourrait tout surmonter.

* * *

Il était temps pour elle de partir. Ryleigh le savait, mais elle avait du mal à s'y résoudre. Elle était déjà restée trop longtemps. Tout le monde était en sécurité, il n'y avait pas de nouvelle crise en vue. Elle avait fait tout ce qu'elle pouvait pour les hommes et les femmes du Refuge, et elle devait partir maintenant.

Mais chaque fois qu'elle prévoyait de s'éclipser au milieu de la nuit et de disparaître dans la nature, quelque chose l'en empêchait. Jasna lui demandait de l'aide pour ses devoirs. Maisy cherchait à savoir comment elle allait... et semblait honnêtement intéressée par sa réponse. Stone lui demandait de rectifier son certificat de mariage. Jess et Carly l'invitaient à bavarder avec elles pendant qu'elles pliaient les serviettes...

Ryleigh n'avait jamais été traitée aussi... gentiment qu'ici, au Refuge.

Et en retour, elle les avait trompés. Elle leur mentait encore. Ils ne savaient pas tout ce qu'elle avait fait. Ils ne comprenaient pas que le simple fait de la côtoyer pouvait leur attirer de graves ennuis. Elle était un poison, son père le lui avait répété à maintes reprises, et elle avait beau essayer de le nier, de bloquer sa voix dans sa tête, elle n'y parvenait pas.

Son père lui avait enseigné tout ce qu'il savait, autrement dit elle était aussi criminelle que lui. Peu importait qu'elle ait essayé de se racheter. Qu'elle ait fui son bon vieux père, qu'elle ait utilisé tout ce qu'il lui avait appris contre lui. Les flics, les fédéraux, personne ne croirait qu'elle n'avait pas eu le choix. Elle serait enfermée à l'instar de son père... si elle se faisait prendre.

Et plus elle restait au même endroit, plus elle se sentait à l'aise ici, et plus elle avait de chances d'être retrouvée. Elle n'avait pas peur de la police... elle accepterait la punition qu'ils lui infligeraient parce qu'elle la méritait. C'était son père qui la terrifiait.

Il ne se contenterait pas de lui donner l'impression d'être la pire fille du monde. Non, il la détruirait. Et pas seulement elle, mais tout ce qui lui était cher. Or pour la première fois de sa vie, il y avait quelque chose qu'elle appréciait. Le Refuge, et tous ceux qui y vivaient et y travaillaient.

Son père n'hésiterait pas à tout détruire petit à petit.

Il aurait fallu qu'elle s'en aille. Avant qu'il ne soit trop tard.

Or elle avait le sentiment qu'il était déjà trop tard.

Et tout était sa faute.

Elle avait su qu'il ne fallait pas utiliser l'ordinateur de Brick lorsqu'il le lui avait fait glisser avec colère sur la table, lorsque Lara et Owl avaient été kidnappés et que Stone avait disparu. Elle savait que ces opérations laisseraient une trace que son père serait en mesure d'exploiter.

Et c'était en train d'arriver.

Ça commençait.

La vengeance de son père.

Il avait attendu des années pour retrouver sa fille et lui faire payer sa trahison, pour avoir utilisé contre lui les connaissances qu'il lui avait inculquées.

Le premier indice avait été le prélèvement de dix cents sur le compte bancaire du Refuge. Ce n'était que dix centimes, mais cela aurait tout aussi bien pu être un million. Son père jouait avec elle. Il lui faisait savoir qu'il l'avait trouvée. Qu'il était là ! Qu'il l'observait ! Qu'il attendait son heure !

Il détruirait le Refuge sans se soucier des vies qu'il ruinerait par la même occasion. Même s'il ne savait pas que les gens d'ici comptaient pour elle... il les détruirait de toute façon. Simplement parce qu'elle avait vécu parmi eux. Et la seule personne capable de l'arrêter, c'était elle. Donc partir maintenant ne servirait à rien. Ça n'arrêterait pas son père.

Son téléphone annonça l'arrivée d'un message en vibrant. Ryleigh le consulta.

Henley : Tu as entendu la nouvelle ? Maisy est enceinte ! On se retrouve tous au pavillon dans quinze minutes !

Ryleigh aurait dû être heureuse. Et elle l'était. Maisy et Stone étaient adorables et ils allaient merveilleusement bien ensemble. Mais cela signifiait aussi une personne supplémentaire à protéger. La pression qu'elle ressentait était immense. Elle n'était pas sûre de pouvoir la supporter.

Mais là encore, elle n'avait pas le choix.

En regardant par la fenêtre, elle aperçut Tiny au loin. Il était avec l'un des couples séjournant au Refuge cette semaine-là. Aux gestes qu'il faisait vers le sol, elle devina qu'il leur montrait probablement les traces d'un lapin ou d'un cerf.

Son cœur battait la chamade et Ryleigh fronça les sourcils. Ce type la détestait, et elle ne pouvait pas lui en vouloir. Elle avait menti. L'avait trompé, et pas seulement lui, mais tout le monde ici. Et elle refusait de répondre à la plupart des questions qu'il lui posait lorsqu'ils étaient seuls. Elle se taisait pour ne pas lui mentir.

Il ne lui pardonnerait jamais, ce qui craignait vraiment. Parce qu'elle aimait bien l'ancien SEAL. Il était loyal et généreux, et un peu brutal sur les bords, ce qui l'excitait, elle qui avait grandi entourée d'intellos. Des hommes et des garçons qui passaient leurs journées devant des ordinateurs.

Elle rêvait d'un homme viril. Quelqu'un qui savait manier une machine-outil, qui n'avait pas peur de se salir les mains et qui préférait passer son temps à l'extérieur, à transpirer et à faire du travail physique.

Et elle avait nourri plus d'un fantasme où Tiny la plaquait contre le mur et la prenait vite et fort. Sans la laisser dire « non » – l'idée ne lui serait de toute façon pas passée par la tête – et lui donnait plus de plaisir qu'elle ne pouvait en supporter.

Mais Tiny la regardait à peine. Alors, autant renoncer à toute idée d'intimité avec lui.

Poussant un soupir, Ryleigh prit son téléphone et tapa une réponse rapide à Henley : elle les rejoindrait dès que possible au pavillon. Puis elle reporta son attention sur son ordinateur. Elle devait trouver un moyen de sceller électroniquement le Refuge. Elle ne devait pas laisser un seul petit interstice où son père pourrait se faufiler. Elle avait déjà verrouillé leur compte en banque du mieux qu'elle pouvait, mais vu le nombre de fournisseurs que le Refuge payait électroniquement, il y avait beaucoup de fils que son père pouvait suivre.

Pinçant les lèvres, Ryleigh inspira profondément. Une fois qu'elle serait sûre d'avoir verrouillé le Refuge, elle partirait. D'ici là, ses secrets auraient probablement été dévoilés. Personne ne serait triste de la voir partir... sauf elle-même.

* * *

Espérons que Tiny parviendra à surmonter son caractère grincheux pour accepter Ryleigh et découvrir ce qu'elle fuit. Lisez la conclusion de la série du Refuge dans Deserving Ryleigh.

DU MÊME AUTEUR

Un protecteur pour Bree

Sauvetage à Eagle Point

Un sauveteur pour Lilly

Un sauveteur pour Elsie

Un sauveteur pour Bristol

Un sauveteur pour Caryn

Un sauveteur pour Finley

Un sauveteur pour Heather

Un sauveteur pour Khloe

Silverstone

Pour la confiance de Skylar

Pour la confiance de Taylor

Pour la confiance de Molly

Pour la confiance de Cassidy

Delta Force Deux

Un refuge pour Gillian

Un refuge pour Kinley

Un refuge pour Aspen

Un refuge pour Jayme

Un refuge pour Riley

Un refuge pour Devyn

Un refuge pour Ember

Un refuge pour Sierra

Hawaï : Soldats d'élite

Un paradis pour Élodie

Un paradis pour Lexie

Un paradis pour Kenna

Un paradis pour Monica

Un paradis pour Carly

Un paradis pour Ashlyn

Un paradis pour Jodelle

Mercenaires Rebelles

Un Défenseur pour Allye

Un Défenseur pour Chloé

Un Défenseur pour Morgan

Un Défenseur pour Harlow

Un Défenseur pour Everly

Un Défenseur pour Zara

Un Défenseur pour Raven

Ace Sécurité

Au Secours de Grace

Au Secours d'Alexis

Au Secours de Bailey

Au Secours de Felicity

Au Secours de Sarah

Forces Très Spéciales Series

Un Protecteur Pour Caroline

Un Protecteur Pour Alabama

Un Protecteur Pour Fiona

Un Mari Pour Caroline

Un Protecteur Pour Summer

Un Protecteur Pour Cheyenne

Un Protecteur Pour Jessyka

Un Protecteur Pour Julie

Un Protecteur Pour Melody

Un Protecteur pour l'avenir

Un Protecteur Pour Les Enfants de Alabama

Un Protecteur Pour Kiera

Un Protecteur Pour Dakota

Forces Très Spéciales : L'Héritage

Un Sanctuaire pour Caite

Un Sanctuaire pour Brenae

Un Sanctuaire pour Sidney

Un Sanctuaire pour Piper

Un Sanctuaire pour Zoey

Un Sanctuaire pour Avery

Un Sanctuaire pour Kalee

Un Sanctuaire pour Jane

Delta Force Heroes Series

Un héros pour Rayne

Un héros pour Emily

Un héros pour Harley

Un mari pour Emily

Un héros pour Kassie

Un héros pour Bryn

Un héros pour Casey

Un héros pour Wendy

Un héros pour Mary

Un héros pour Macie

Un héros pour Sadie

Un héros pour Annie

Autre

Un moment suspendu : Recueil de nouvelles

<u>AUDIO</u>

Un paradis pour Élodie

À PROPOS DE L'AUTEUR

Susan Stoker est une auteure de best-sellers aux classements du New York Times, de USA Today et du Wall Street Journal. Elle a notamment écrit les séries Badge of Honor: Texas Heroes, SEAL of Protection et Delta Force Heroes. Mariée à un sous-officier de l'armée américaine à la retraite, Susan a vécu dans tous les États-Unis, du Missouri jusqu'en Californie en passant par le Colorado, et elle habite actuellement sous le vaste ciel du Tennessee. Fervente adepte des fins heureuses, Susan aime écrire des romans où les sentiments laissent place au grand amour.

http://www.StokerAces.com

facebook.com/authorsusanstoker

x.com/Susan_Stoker

instagram.com/authorsusanstoker

goodreads.com/SusanStoker